古典文獻研究輯刊

五 編

潘美月・杜潔祥 主編

第29冊

唐五代仙道傳奇研究

段莉芬 著

國家圖書館出版品預行編目資料

唐五代仙道傳奇研究／段莉芬著 — 初版 — 台北縣永和市：花
木蘭文化出版社，2007〔民 96〕

目 4+242 面；19×26 公分（古典文獻研究輯刊 五編：第 29 冊）

ISBN：978-986-6831-45-4（全套精裝）
ISBN：978-986-6831-74-4（精裝）
1. 傳奇小說　2. 道教文學　3. 文學評論　4. 唐代　5. 五代十國
820.9704　　　　　　　　　　　　　　　　　　　96017745

ISBN - 978-986-6831-74-4

9 789866 831744

古典文獻研究輯刊
五　編　第二九冊　　　　　　　ISBN：978-986-6831-74-4

唐五代仙道傳奇研究

作　　者　段莉芬
主　　編　潘美月　杜潔祥
企劃出版　北京大學文化資源研究中心
出　　版　花木蘭文化出版社
發 行 所　花木蘭文化出版社
發 行 人　高小娟
聯絡地址　台北縣永和市中正路五九五號七樓之三
　　　　　電話：02-2923-1455／傳真：02-2923-1452
電子信箱　sut81518@ms59.hinet.net
初　　版　2007 年 9 月
定　　價　五編 30 冊（精裝）新台幣 46,500 元

唐五代仙道傳奇研究

段莉芬　著

作者簡介

段莉芬，彰化人，祖籍河南洛陽。東海大學中文系博士，現任大葉大學通識教育中心國文教學群副教授。研究方向以古典小說為主，教學上除古典小說外旁及古典詩歌。個人部落格「青鳥之音」www.wretch.cc/blog/greenbird

提　　要

　　仙道作品向來在小說中佔有相當的數量，而在唐傳奇中亦有不可忽視的地位；然而過去研究唐傳奇者，多半視之為傳奇素材之一，或作為作品的時代及思想內容的分析項目之一，未有專以之為傳奇之一重要的題材類別。本論文因此針對唐傳奇中的仙道故事進行研究。

　　論文大體分為兩大部分：第一部分是唐傳奇中現的仙道思想，如成仙的理論與修件、成仙與修道的方法、唐人心目中的神仙世界等；第二部分是仙道傳奇的類型分析。最後則歸納仙道傳奇的特色。

　　唐傳奇的仙道思想，一方面承襲六朝的成仙思想，另一方面又呈現了唐人的精神正貌。唐人相信神仙可學，又接受仙骨說和宿命論，前者顯現修道的主觀意志，後者則歸之於先天的骨格命相，求道之人所以得遇仙師、得受仙食，皆因仙骨與仙緣的命定，後者這種思想成為仙道傳寄遇仙的主題之一；在成仙的宿命論中，處處浸染者唐人的定命觀，成仙或為官（宰相）皆有前定，唐人既想成仙，但也希冀在世的富貴顯達，此種思想特質在傳奇作品中便形成一種類型，以成仙或富貴為主題。

　　六朝入山修道的風氣在唐更加風行，名山洞天的仙境諸說在唐人手中發展完備，並進一步成為遊歷仙境的諸類型。以海外入仙境者，富含有六朝博物志怪的風采；而深山求道、仙人邀遊等類型中，必以名山洞天為重要背景。

　　六朝的仙真傳記在唐五代繼續發展，並成為仙道傳奇中最主要的作品。其思想內涵一者在宣揚世有神仙，一者以諸仙真之異能為宣教的材料。在寫作形式上，由六朝粗陳梗概之仙傳形式，踵事增華，揉合史實與傳說，增添虛構性的細節描寫，使仙傳更具可讀性與傳奇之趣味性，為往後的仙傳形式奠定大樣。在唐五代仙真傳奇中，女性修道教事的增加和各種謫仙故事的出現，最值得注意和深究。

　　仙真傳奇的世俗化，最主要出現在人仙情緣的類型故事中。人仙（神）情緣的故事原型原本具有相當的宗教意味，而唐人將之轉為世間人情的描寫。如果不管其中仙的氣息，有的作品往往被視為愛情傳奇。

　　以上，為本論文之大要。

　　本論文試圖對唐仙道傳奇作一完整的內容與形式的分析。但實際完成後，深覺這只是一個開端，實際上還有許多問題有待進一步的探究。

感 謝 辭

　　本論文的完成，首先感謝的是指導教授李田意老師的辛勤指導。老師透過越洋電話及信件往返，指點我研究的方向，指正我論文中的觀點與敝病；當我陷入寫作的低潮時，老師溫言鼓勵我，給我信心；最後並不辭辛勞從美國搭機來臺，親自主持我的論文口試。這種種的恩情，我永誌於心。

　　其次，論文口試時，初複審的諸位教授委員：胡萬川老師、王國良老師、許建崑老師、王三慶老師、康來新老師、鄭阿財老師，都一一提出精闢的意見，使我受益良多，在此致上十二萬分誠摯的謝意！本論文遵照委員們的意見，做了部分的修訂。但有些大的意見必須更動論文的架構，經過一段時間的考量，決定依從老師們的意見做為日後繼續研究的方向。

　　此外，十分感謝李立信老師從旁的協助與鼓勵，並許建崑老師私下的建議與鼓勵。

　　最後，感謝我的先生詹宗祐在這段期間支持與幫助。

目

錄

第一章 緒 論

第一節 唐五代仙道傳奇的界定

　　唐五代佛道並興，而唐傳奇又是中國小說史上的里程碑，小說至此而成熟獨立。在政治上，唐代皇室以道教爲國教，《封氏聞見記》云：「國朝以李氏出自老君，故崇道教。」〔註1〕士民學道之風大盛，因此唐之仙道類作品極爲興盛，以宋初編纂的五百卷《太平廣記》爲例，〔註2〕編排上以神仙類居首，分類爲神仙、女仙、道術、方士、異人者有八十六卷之多，幾乎佔了全書五分之一的份量，其中主要是唐人的作品，這樣高的比例，是相當值得注意的事。

　　要研究唐五代傳奇中仙道此一題材的作品，便需要對「傳奇」、「仙道」等名詞作一番界定。

一、傳奇小說的定義和範圍

　　本論文的傳奇，指小說意義的傳奇。〔註3〕

〔註1〕 唐‧封演著，趙貞信校注《封氏聞見記校注》（收在《晉唐札記六種》，臺北：世界書局，1984年9月再版）卷一，頁2。

〔註2〕 宋‧李昉編《太平廣記》（臺北：文史哲出版社，1987年5月再版）。

〔註3〕 「傳奇」一詞，可以指篇名：元稹的〈鶯鶯傳〉（最初題名爲〈傳奇〉）、書名：晚唐裴鉶的小說集名《傳奇》、宋人說唱藝術中關於愛情故事中的類名、劇種：明代爲戲劇之名等等。關於「傳奇」一詞名稱的來歷及其含義的演變，研究討論者眾多，主要者可參看李宗爲《唐人傳奇》（北京：中華書局，1985）第一章緒論，第一節〈傳奇名稱的含義及其名稱的演變〉（頁1～7）、李劍國〈唐稗思考錄〉（收在《唐五代志怪傳奇敘錄》，代前言，天津：南開大學出版社，1993年12月一版）頁6～9、王小琳〈唐代「傳奇」名稱問辨析〉（《中山大學人文學報》第3期，1995年4月）頁67～76。三者所引資料及其持論各有輕重詳略、觀點不盡全同，但所論甚詳，可以

　　爲傳奇小說下定義，從理論上說明傳奇與其他文言小說的區別，較爲容易；但針對具體的作品，認定何者爲傳奇，何者不是傳奇，則有頗爲費力之處。以下試作說明。

　　唐傳奇爲中國傳統文言小說中的一種，唐人小說中的一支。就中國小說史而言，唐人小說是中國小說史的開始，而唐傳奇是文言小說成熟的標誌。在唐以前粗陳梗概的六朝志怪、志人等小說，只能說是中國小說的濫觴。魯迅在論唐傳奇時說：「小說亦如詩，至唐代而一變，雖尚不離于搜奇記逸，然敘述宛轉，文辭華豔，與六朝之粗陳梗概者較，演進之跡甚明，而尤顯者在是時則始有意爲小說。」、「傳奇者流，源出於志怪，然施之藻繪，擴其波瀾，故所成就乃特異，其間雖或託諷喻以紓牢愁，談禍福以寓懲勸，而大歸則究在文采與意想，與昔之傳鬼神明因果而外無他意者，甚異其趣矣。」〔註4〕也就是唐代傳奇小說，在作者的創作意識上，是有意虛構，在實際作品的表現上，則具有「敘述宛轉，文辭華豔」、「施之藻繪，擴其波瀾」的特點。所謂「敘述宛轉」、「擴其波瀾」指敘事手法上有首尾、情節發展有曲折，不再只是片斷的、簡單的、平鋪直敘的。〔註5〕這是唐傳奇基本的定義。〔註6〕

　　然而唐代小說不只傳奇一種。〔註7〕就唐人小說而言大致分爲文言小說及通俗小說二大系。〔註8〕通俗小說指市人小說（話本）之類的作品。一般又將文言小說分爲傳奇小說、軼事小說和志怪小說三大類；其中有人將軼事小說和志怪小說歸爲筆記小說，即唐代文言小說分爲傳奇體和筆記體二大系。〔註9〕也有將筆記排除於

互相參看。

〔註4〕魯迅《中國小說史略》第八篇〈唐之傳奇文〉，頁75、76。

〔註5〕如魯迅在〈六朝小說和唐代傳奇文有怎樣的區別〉（收在《魯迅全集》第六集：《且介亭雜文二集》，臺北：谷風出版社，1989年12月臺一版）中說：「（傳奇文）文筆是精細的，曲折的」、「所敘事，也大抵具有首尾和波瀾，不止一點斷片的談柄」、「作者往往故意顯示著這事跡的虛構，以見他想像的才能了」。

〔註6〕後之論傳奇者大抵不出此一範疇，如侯忠義《中國文言小說史稿》（北京：北京大學出版社，1990年3月一版）下的定義是：「傳奇是我國小說的一種體裁，它用傳奇手法來『傳寫奇事，搜奇記逸』。其中既有志怪的內容，也有現實的內容，傳奇的手法有什麼特點呢？即指文辭生動華豔，情節委婉曲折，結構首尾完整，表達一定思想觀念。」（頁197～198）

〔註7〕王枝忠在〈唐人小說二札〉（收在《古典小說考論》，寧夏人民出版社，1992年11月一版）一文中，討論「關於唐代小說的範圍」，指出過去或明確或隱晦的以傳奇代表作爲唐人小說代稱的情形，是以偏概全的，唐人小說應該包含志怪、志人和話本（頁16～18）

〔註8〕如韓秋白、顧青《中國小說史》（臺北：文津出版社，1995年6月初版）將中國小說分爲文言小說和通俗小說小說二大系，在唐五代部分即有相應的二大類。

〔註9〕如陳文新所著《中國傳奇小說史話》（臺北：正中書局，1995年3月臺初版）、《中

外，分爲傳奇和志怪二大系。〔註10〕以上唐代文言小說的分類概況，雖各有理論上的說明，但在實際作品的類別之間如何區分？特別是在唐之志怪小說或筆記小說部分，有所謂受傳奇影響的志怪和筆記小說的說法。〔註11〕以至於在實際區分唐代文言小說的作品時，往往產生很大的混淆：用傳奇手法寫的志怪或筆記小說，可不可以視爲傳奇？

　　本人以爲傳奇是一種文學類型（簡稱文類）。如果作品具有傳奇的特質，或運用了傳奇的手法，就可以歸類爲傳奇。〔註12〕傳奇與志怪和筆記小說的區別，也應用同一標準審視：基本上，傳奇與志怪及筆記小說的區別，不是內容題材上的，而是在創作態度和寫作形式上的。傳奇作者有意虛構，寫作形式上篇幅較長，文字較爲細膩，已脫離六朝小說粗陳梗概的形式。而志怪的寫作是爲了發明神道之不誣、證明果報之實用，筆記小說的寫作帶有補史闕的意圖；在形式上，志怪與筆記小說篇幅較短，文筆簡樸，通常大約是僅具有「故事性」的二、三百字記錄。〔註13〕

　　國筆記小說史》（臺北：志一出版，1995 年 3 月初版），即是將文言小說分爲傳奇體與筆記體二種，而筆記體含軼事小說、志怪小說二類。又，侯志義《中國文言小說史稿》一書，在唐五代小說的部分，即分爲傳奇小說、軼事小說和志怪小說三大類。

〔註10〕如李劍國〈唐稗思考錄〉（收在《唐五代志怪傳奇敘錄》，代前言）一文中以爲六朝的志人小說到了唐代發生了蛻化，不宜再稱作志人小說，而應稱作筆記或筆記小說。李劍國以筆記指志怪、傳奇以外者，並且以爲唐人筆記已喪失了小說的性質，只剩目錄學意義的小說名義（頁 2～3，並頁 3 註 1）。

〔註11〕例如侯忠義《中國文言小說史稿》說唐五代軼事小說，受到傳奇的影響，脫去「粗陳梗概」的外衣，而在一般歷史瑣聞逸事故事中，有些就是傳奇故事（頁 293）。論及唐五代志怪小說時又說受傳奇小說創作手法影響，「因而使唐五代志怪小說大都結構完整，情節曲折，描寫細膩，人物形象突出，遠非六朝志怪小說可比，有時也與傳奇小說的界限難予辨清。」（頁 340）陳文新《中國筆記小說史》以爲在唐代志怪小說中，不難發現若干傳奇小說或準傳奇小說（頁 301）。而吳禮權《中國筆記小說史》（臺北：臺灣商務印書館，1993 年 8 月一版）一書中，以爲唐代筆記小說作者往往身兼傳奇作者，故作品染有傳奇之風（頁 111），而在論及唐代志怪筆記小說作品時，所舉之例如薛用弱《集異記》之〈蔡少霞〉、《宣室志》之〈許貞狐婚〉、《三水小牘》之〈步飛煙〉等等（頁 115、118、121），無不與傳奇相類。周勛初《唐人筆記小說考索》（江蘇古籍出版社，1996 年 5 月一版）的說法也很含混：「從源流上看，篇幅短的傳奇即是筆記小說，篇幅長而帶有故事性的筆記小說也就是傳奇。」（頁 20）

〔註12〕李劍國在〈唐稗思考錄〉一文中，指出應用創作意識和審美特徵來區分志怪和傳奇，他以爲：「舊有的志怪小說作爲一個有特定內涵的概念，已不再適用於雖仍含有怪異內容，但已脫離『殘叢小說』格局而演變爲『敘述宛轉，文辭華豔』的作品，它只能用來指稱那些還基本保持著六朝舊貌的作品，而其餘的成熟或比較成熟的作品——包括寫人和語怪、單篇和專集——是應當都稱作傳奇的。」（頁 5）

〔註13〕關於筆記志怪與傳奇之間分合，有二種極端的作法，一是因筆記志怪同爲文言之故，而納入傳奇系之中；一是擴張筆記小說之版圖，將傳奇作品散入筆記志怪之中。前

　　不過，爲唐傳奇下定義容易，在實際辨別上，有執行上的困難。因爲分別唐代文言小說之爲志怪或傳奇，除了有前述大類分法上的岐異，〔註14〕還有閱讀上各人主觀認定的問題。〔註15〕如在研究唐傳奇時，受到汪辟疆、張友鶴等人的傳奇選集的影響，〔註16〕這些傳奇選集中的作品都是精選佳作，一般人因此很容易以名篇佳構的高標準來審視唐人文言小說，凡是寫得篇幅不夠長的、內容不夠吸引人的，便有將之排斥在「傳奇」小說的範圍之外的傾向。而在仙道傳奇中，有相當多爲宣教而寫的作品，特別是仙眞的傳記，讀來不免枯燥，不能與傳奇名篇佳作相提並論。但本人以爲不能因此就將這樣的作品排除在傳奇之外。因爲作品水準的高低、可讀性的強弱，不應作爲區分作品類別的標準。

　　此外，唐人的仙眞傳記是否可列入「傳奇」之中，也是一個受到爭議的問題。問題主要是寫作仙傳者的創作態度與仙傳本身是否具有「虛構性」的關係。仙傳的作者幾乎都是信仰虔誠的道徒甚至是道士，他們「相信」神仙實有，以神蹟爲眞。他們爲神仙立傳的用意是在宣揚世有神仙，要使人崇信修道、堅守追尋眞理之心，這樣仙傳如何是具有虛構性質的「傳奇」呢？問題的前提當是：宗教文學是否容許虛構的創作態度和手法？答案是很明顯的。本人以爲宗教文學，含蓋了宗教與文學二大範疇，宗教中的眞與虛，涉及諸多層次，材料的問題、信仰態度的問題，都不是容易解決的。就道教仙傳而言，有一段自然形成的傳說，但也有出之於道教內部

者如張火慶在〈中國傳統短篇小說的特色〉（《文訊》雙月刊，36 期，頁 56～63，1988 年 6 月）一文中，將中國傳統短篇小說歸納爲文言的傳奇系和通俗的話本系二者。在傳奇系中，即包括筆記志怪，他說：「筆記可看作是粗陳梗概的故事，只是小說的材料與雛型，且使用文言寫錄，內容多爲志怪，志人或雜俎，形式上可以納入傳奇類。」（頁 58）後者如吳禮權《中國筆記小說史》給筆記小說在形式方面下的定義之一爲：「篇幅應短小，字數每則當在五千字以下。」（頁 3）按，文言小說若長至者一、二千字，多半已然是鋪寫極爲細膩的傳奇了！五千字以下的篇幅豈能算作「短小」？

〔註14〕李宗爲《唐人傳奇》（北京：中華書局，1985）：「從史傳和志怪發展到傳奇是一個漸進的過程，同時晚期的傳奇又復趨於志怪和野史別傳，所以要把志怪和傳奇截然區分，在某些具體的小說集上還是有一定的困難的。對這些作品，我們只能就其基本傾向來判斷其歸屬。」（頁 11）

〔註15〕李劍國《唐五代志怪傳奇敍錄》則說：「不過涉及具體作品，要加以區分並不都是好辦的。所謂描寫的精細，曲折，宛轉，華豔，在較長的作品中看得明顯，一篇幾百字的小說，又要如何判定呢？只能作大概判定，只能作直感的判定。甚至作些也許並不合理的人爲規定，比如四五百字以內的作品大概就不好叫做傳奇了，——自然也不盡如此。」（頁 5）也就是說在具體作品的判定上，可能有讀者的主觀，故而人言言殊。

〔註16〕汪辟疆《唐人小說》（臺北：純眞出版社，1983 年 11 月）張友鶴《唐宋傳奇選》（臺北：明文書局，1993 年 8 月四版）。

有意的造構。例如六朝道士許遜如何被神格化、祖師化的問題，李豐楙的研究有如下的說明：「有關中國諸神傳中的神仙，基本上都可當作傳說人物，但是像許遜等之能完成道師的崇高地位，仍與一般自然形成的傳說人物有根本差異，這是基於宗教信仰的實際需要，因而在信仰圈內有意的造構，尤其是其中的振興運動的主要人物有心地改造，更形成神仙（形象）由實轉虛的關鍵。凡此均涉及教團內部及信仰區域內的信仰心理，它折射地反映出不同時間、不同空間宗教信仰者集體的社會心理需求。」〔註17〕

至於文學的部分，則較易判明。文學的創作過程中，基本上很難排除有意虛構的成份。因此宗教文學應當是容許虛構的寫作態度和手法的。

其次，唐五代的仙眞傳奇在寫作手法上，是運用了「虛構」的技巧，甚至是有意虛構的。例如李豐楙在研究道教女仙「旰母」的傳說時，即說：「是否眞有其人？其實並不要緊，她只是宗教性的象徵而已。」對於神仙故事中常使用不知何許人的作法，又說：「類此仙傳的筆法正是飄渺不測中，讓人覺得傳授者眞有其人，他們是以隱喻的手法塑造一位原型的女性（按指女仙旰母）。」〔註18〕如此，則仙傳中神仙傳主的塑造便不免出於有意的塑造。這一點在唐人仙傳中尤其如此。例如本論文第四章關於神仙傳記的研究中，以所討論的實例可證唐人仙傳是有意虛構的。如沈汾《續仙傳》中的〈孫思邈〉，其中孫思邈路救小青蛇、入龍宮仙境的一段，全然是傳奇的筆調，充滿有意虛構的色彩。再如杜光庭寫的〈羅公遠〉（出於《神仙感遇傳》或《仙傳拾遺》）一則，經由本論文的分析，作者杜光庭是有意捏合前此羅公遠及羅方遠的傳說爲一體，有意拼合之跡甚明。

再者，此一問題如依前述的標準：「具有傳奇的特質，或運用了傳奇的手法」，唐五代仙眞傳記是可以列入「傳奇」之中。例如唐高宗時道士胡慧超撰《晉洪州西山十二眞君內傳》一書，內容敘述西晉許遜等人成仙及道術事蹟，性質上是仙眞傳記，而以傳奇的手法爲之。李豐楙在〈許遜傳說的形成與衍變〉一文中，即說：「而胡慧超所錄則屬於唐人的傳奇手法，應是民間的傳述者組合多個母題，在道士識破精怪的結構下所拼合而成。」〔註19〕而李劍國《唐五代志怪傳奇敍錄》也將之視爲「傳奇文」。〔註20〕同樣的，晚唐的諸仙傳專集，如沈汾《續仙傳》、杜光庭《神仙

〔註17〕 李豐楙〈許遜傳說的形成和衍變〉，《許遜與薩守堅》（臺北：臺灣學生書局，1997年3月初版），頁13～14。

〔註18〕 李豐楙《許遜與薩守堅》，頁56。

〔註19〕 李豐楙〈許遜傳說的形成與衍變〉一文收在其所著《許遜與薩守堅》（臺北：臺灣學生書局，1997年3月初版）一書中，頁50。

〔註20〕 李劍國《唐五代志怪傳奇敍錄》，頁132。另外關於晚唐五代的仙傳，如沈汾的《續

感遇傳》、《墉城集仙錄》等等，其中有的篇章是可以視爲傳奇。詹石窗在〈道教文學〉一文中，也認爲他們的作品有鮮明的傳奇筆法，是道教傳奇小說。〔註21〕

二、「仙道」傳奇與道教文學

本文以傳奇中「仙道」之題材爲研究範圍。

所謂「仙道」的題材，指以神仙思想爲主的各種神仙故事、修仙活動、遊歷仙境及人仙情緣等故事。因神仙思想是道教信仰的一個核心，故總稱爲「仙道」。

研究題材既以「仙道」爲主題，研究之類別爲「傳奇」乃文學之一形式，則基本上，本研究與道教文學有密不可分的關係。

所謂「道教文學」，歷來討論的有日人游佐昇的〈道教和文學〉（1983）、〔註22〕詹石窗的《道教文學史》（1992）、〔註23〕伍偉民和蔣見元的〈欲從文學說黃冠——道教文學概論〉（1993）〔註24〕等。而針對以上諸說提出整理與論析的有林帥月〈道教文學一詞的界定及範疇〉一文。〔註25〕

首先討論的有日人游佐昇的〈道教和文學〉一文，他認爲道教與文學關係可以從以下這的三個角度探討：（一）道教對於文學的影響、（二）道教徒創作的與道教這宗教相關的文學，即道教內部產生的文學、（三）「道家」和文學的問題。在三個角度中，游佐昇謂「暫把」第二類的作品視爲道教文學考察。〔註26〕因此這個定義是比較窄的，而且也只留於考察的階段，事實上並未作成正式的定義。〈道教與文學〉

仙傳》和杜光庭的《神仙感遇傳》，李氏以爲是「傳奇志怪集」（頁 998、1013）、同樣爲杜光庭撰的《仙傳拾遺》、《王氏神仙傳》和《墉城集仙錄》等三書是「志怪傳奇集」（頁 1025、1055、1061）。李劍國以爲傳奇、志怪的區分，在如僅是保持六朝舊貌、篇章簡短的爲「志怪」，至於較精細、曲折、宛轉、華豔等較成熟者爲「傳奇」，而一本唐人小說專集中，往往有志怪體、傳奇體並存的現象，因此，依混合的程度分爲「傳奇集」、「志怪集」、「傳奇志怪集」、「志怪傳奇集」等等（頁 5）。所以前述的仙傳，即是在具體篇章上，有的是鋪寫細膩的「傳奇」，有的是篇章簡短的「志怪」。雖然李劍國沒有針對仙傳中個別篇章標明何篇爲傳奇，但基本上是將仙傳之用傳奇手法者，視爲「傳奇」的。

〔註21〕〈道教文學〉，見卿希泰主編《中國道教》（上海：知識出版社，1994 年 1 月一版）第四冊，頁 24～36。關於道教文學中唐人傳奇小說的部分見 27～28。

〔註22〕日·游佐昇〈道教和文學〉，收在日·福井康順等監修《道教》第二卷（上海：上海古籍出版社，1992 年 11 月一版），頁 253～298。

〔註23〕詹石窗《道教文學史》，上海：上海文藝出版社，1992 年 5 月。

〔註24〕伍偉民·蔣見元〈欲從文學說黃冠——道教文學概論〉，收在二人合著之《道教文學三十談》卷首（上海：上海社會科學院出版社，1993 年 5 月一版）頁 1～20。

〔註25〕林帥月〈道教文學一詞的界定及範疇〉，《中國文史哲研究通訊》第六卷第 1 期，1996 年 3 月，頁 157～166。

〔註26〕日·游佐昇〈道教和文學〉頁 254～255。

一文是依作者所認定的三個角度，論六朝與唐代的文學與道教、中國小說與道教、敦煌俗文學與道教、近代俗文學與道教等等。全文爲概論性質，對於「道教文學」一詞並未有具體的論述。

詹石窗對道教文學的定義爲：「道教文學就是諸多宗教文學中的一類，它是以道教活動爲題材的，其形象的塑造和意境的創造都是以道教活動爲本原的」。〔註 27〕所謂「道教的活動」有那些呢？詹石窗以爲「一切修眞悟性、煉形求仙的活動都是道教活動」，因此內容上包括了以下六項：〔註 28〕

1. 活動的精神支柱──道體與諸神仙。

2. 活動的主體──人，道士及一般信仰者。

3. 活動的場所──宮觀、名山（洞天福地）。

4. 活動的方式──儀式及方術的實施。

5. 活動的基本理論指導──教義。

6. 道教產生的作用、影響，例如凡人悟道的情形、功過格等的修善方式、神明解救等等。

至於道教文學研究的對象，包含以下幾方面的作品：〔註 29〕

a. 主要是道教經典中的文學作品。

b. 道經以外的其他反映道教活動的文學作品。

c. 受道教思想影響的作品。

d. 以老莊道家思想爲宗旨的作品。

e. 反映隱逸的作品以及志怪和以陰陽五行爲宗旨的文學作品。

由上看來，道教文學的創作者不一定是道徒不可，而道教文學也不限定在道經等藏內文學，這一說較游佐昇的說法較寬廣，也較合理，因爲宗教文學不應只限於教徒的創作和教內的經典。不過詹氏之說，雖然極其周延，但這樣一來，「道教文學」的範圍似乎又太寬泛了！本人以爲依據詹氏對道教文學的定義，以 a、b 項爲道教文學的主要範圍，c 項的部分，則應考察作品中受道教思想影響的成份佔全作品的比重。因爲除道徒以外，一個人的思想信仰往往受多方的影響，其作品所呈現的思想成份，當然不止一端。而 d、e 兩項有更多值得商議之處。固然道士多有隱逸者、志怪中的怪異成份與道教神仙法術時有關聯，而陰陽五行固然爲道教所吸取成爲教理的一部分，但它們距離所謂「道教活動」可近可遠，一個有老莊之思、山林隱逸的

〔註 27〕詹石窗《道教文學史》，頁 3。

〔註 28〕詹石窗《道教文學史》，頁 5～6。

〔註 29〕詹石窗《道教文學史》，頁 6、7、8、9。

文士，可能未必有道教之信仰或思想傾向；志怪的內涵遠超過道教的活動範圍。因此，後三項在實際研究時，當有更嚴密的規範。

詹石窗後來在卿希泰主編的《中國道教》中，論〈道教文學〉一文中，則有更簡明的定義：「道教文學是以宣傳道教教義、神仙出世思想以及反映其宗教生活爲內容的各種文學作品。此類作品既見于《道藏》內，又見于《道藏》外。其作者既有道士，又有文人。」〔註30〕

伍偉民、蔣見元〈欲從文學說黃冠——道教文學概論〉一文，則將道教文學分爲二大部分：藏內與藏外文學。所謂藏內文學，指道教內部的文學，即各種《道藏》內具有相當文學水平和文學色彩以及與文學史關係密切的一些作品，作者基本上爲道士（有的則不易考察認定）；藏外文學，指反映道教的文學，其作品未被收入《道藏》之人，作者有道士，也有非道士但相信神仙傳說的文士。藏內文學與藏外文學最大的區別在，藏內文學富於宗教說教的意味，而藏外文學則主要傾向於宗教情感或情緒，並且又因多描寫快活神仙使藏外文學具有飄逸的風格特點。〔註31〕

對於伍氏、蔣氏將道教文學分爲藏內與藏外文學的作法，林帥月在〈道教文學一詞的界定及範疇〉一文中以爲是有缺失的。原因是《道藏》成書的複雜性，使收入《道藏》的作品，未必即是道教文學；其次，從作者的身份是否爲道士作爲藏內、藏外文學的區分依據，忽略了作品的主要內容，也不是很恰當的作法。〔註32〕

林帥月考察上述三篇論道教文學的文章之後，提出自己的看法，他以爲詹石窗的道教文學的定義和範疇受到「影響說」的影響，顯得模糊不清，因爲「那些受道教思想影響的作品，在某種意義上道教只是作爲該作品的『詮釋』工具而已。」〔註33〕林帥月以爲，道教文學應從「發生」的角度來界定，因此道教文學的作品首先必須產於道教成立之後，其次則是必須是以「道教活動」爲目的而產生的。〔註34〕亦即林帥月是採用了詹石窗的道教文學的定義，而將範圍緊縮在道教內部各道派、道經爲道教文學的研究範疇。事實上，也就是以詹石窗的說法去充實游佐昇的主張。

〔註30〕見卿希泰主編，《中國道教》第四冊，頁24。
〔註31〕伍偉民‧蔣見元〈欲從文學說黃冠——道教文學概論〉，頁13～19。
〔註32〕林帥月〈道教文學一詞的界定及範疇〉，頁160～161。
〔註33〕林帥月〈道教文學一詞的界定及範疇〉，頁163。
〔註34〕林帥月〈道教文學一詞的界定及範疇〉一文所謂的「道教活動」與詹石窗的說法相近：「包括涉及道體、神仙思想或事蹟、道士或信仰者情感、生活、以及道教儀式及方術的施行、闡發道教的基本理論、教義，或者宣揚道教影響等等，相當駁雜，簡言之舉凡與道教活動有關者都應包含其中。」（頁166）。

　　本人以爲林帥月的從「發生」的角度來界定道教文學，有其價值，但完全摒除「影響說」似乎也太嚴格。〔註35〕基本上本論文依詹石窗《道教文學史》中對道教文學的定義，道教文學是「以道教活動爲題材的，其形象的塑造和意境的創造都是以道教活動爲本原的」，而所謂道教活動指「一切修眞悟性、煉形求仙的活動都是道教活動」，具體內容爲其所列之六點。同時也包含在所謂道教影響下的作品的部分，只是如前所言，所謂受「道教影響」的作品，當依程度輕重有所擇別。也就是如作品所受影響完全是道教的，則視爲道教文學作品；如果所受的影響有道教以外的，則視何者爲主要的影響，在這方面需要考慮林帥月的主張，也就是把以道教作爲「詮釋」工作的作品，不當視爲道教文學。〔註36〕

　　本文以爲唐五代仙道傳奇是道教文學：第一，它是在道教成立之後產生的作品，這點無庸置疑；第二，作品內容主要是敘述「道教活動」的。不過「道教活動」包含的範圍較本文所論「仙道」題材的範圍爲廣。本論文以作品表現神仙思想及修仙悟道的故事爲主要範疇，而將相關道士活動的部分視爲次要的部分；第三，仙道傳奇的作品有的收入《道藏》之中，有的則否，而這一點不是鑑別其爲道教文學的必要條件；第四，仙道傳奇的作者有的是道士，有的爲道徒，有的僅是崇道的文士，但其作品內容以述道教活動爲主者則皆包含在仙道傳奇的範圍之中。第五，仙道傳奇的創作目的，有爲宣揚道教神仙思想者，也有借仙道以抒個人感懷者。

三、有關研究時間範圍的界定

　　本論文原先要研究的是唐傳奇中以仙道爲題材的作品，但因爲仙道傳奇的主要作品，有許多是集中在晚唐至五代這一階段。例如由唐入吳的沈汾，著有《續仙傳》，由唐入蜀的杜光庭，著有《仙傳拾遺》、《神仙感遇傳》、《墉城集仙錄》等，其中包含有仙道傳奇中重要的作品，而其內容有相當數量的唐人成仙傳說。如沈汾的《續仙傳》記的都是唐人神仙之事，杜光庭的諸作，一方面採集了唐前的仙傳，另一方面也收納了唐代的仙眞傳說，基本上可以代表唐人的仙道思想。李豐楙在〈唐人創業小說與道教圖讖傳說〉一文中論及杜光庭的《仙傳拾遺》一書時說：「（本書）乃引錄各類仙眞傳記資料而成，因而其中的看法並非代表晚唐人之說，而是唐人長時

〔註35〕例如李豐楙曾對「仙道類小說」下這樣的定義：「一爲記錄、傳述有關仙眞傳說的筆記小說；另一則指道教思想影響下所形成的作品。」（見其所著《六朝隋唐仙道類小說研究》，臺北：臺灣學生書局，1986 年 4 月初版，頁 1）可見李氏亦有將「影響說」列入道教文學的意思。

〔註36〕以道教作爲作品的詮釋工具者，林帥月所舉之例，有《水滸傳》、《西遊記》、《紅樓夢》，它們或用道教的觀念或借道教之說以作小說架構，但不當視爲道教文學。

期的傳說的結集。」〔註37〕本人認爲李豐楙此論亦可引用於其他晚唐五代的仙眞傳記諸書。

此外，一般研究唐人小說的著作，往往將五代部分併入唐代討論。如周光培編《歷代筆記小說集成》中《唐代筆記小說》的部分，收錄至五代；〔註38〕取材自唐人小說的《唐人軼事彙編》，〔註39〕其凡例謂：「本書所收人物，上起隋入唐，而主要事蹟在唐代者，下至五代十國入宋而主要事蹟在入宋以前者。」而程毅中《唐代小說史話》則謂：「五代十國小說作爲唐代小說的餘波，另立一章附於書末。」〔註40〕吳禮權《中國筆記小說史》將五代小說置於唐代筆記小說之末，並謂：「五代作家多爲晚唐遺民，又因五代社會之混亂，使文人嚮往盛唐之太平，反省晚唐之衰亂，故五代小說之內容集中於記敘唐代舊事。」〔註41〕雖然他們標舉的是「筆記小說」，但其小說史時代的劃分觀點亦可應用於傳奇的時代劃分。

綜上所述，本人以爲研究唐之仙道傳奇，應包括五代時的仙道作品，故論文題目訂爲「唐五代仙道傳奇研究」。爲便於釐清唐五代仙道傳奇作品的範圍，製一附錄「唐五代仙道傳奇作品分期表」，置於本文之末，以作參考。

第二節　研究概況、取材範圍與研究方法

一、研究概況

目前研究唐代仙道傳奇的論著，或爲概論性質，或是局部的研究，尚無較全面的論述。

概論性質如胥洪泉的〈論道教對唐代傳奇創作的影響〉、〔註42〕伍偉民、蔣見民合著的《道教文學三十談》一書中有〈神怪遺風－唐代傳奇〉、〔註43〕申戴春的〈道教與唐傳奇〉等，〔註44〕皆屬概論性質。胥洪泉以爲因爲唐代濃厚的崇道之風

〔註37〕 李豐楙〈唐人創業小說與道教圖讖傳說〉（收在李氏所著《六朝隋唐仙道類小說研究》第六章，臺北：學生書局，1986年4月初版），頁328。
〔註38〕 周光培編《歷代筆記小說集成》（秦皇島市：河北教育出版社，1994年4月一版）。
〔註39〕 周勛初主編《唐人軼事彙編》（上海：上海古籍出版社，1995年12月一版）。
〔註40〕 程毅中《唐代小說史話》，頁19。
〔註41〕 吳禮權《中國筆記小說史》，頁154。
〔註42〕 胥洪泉〈論道教對唐傳奇創作的影響〉，《四川師範大學學報》1990：4，頁33～38。
〔註43〕 伍偉民、蔣見元《道教文學三十談》（上海：上海社會科學院出版社，1993年5月一版），書中分藏內文學十五談和藏外文學十五談二部分，而〈神怪遺風－唐代傳奇〉則列在藏外文學部分，頁170～175。
〔註44〕 申戴春〈道教與唐傳奇〉，《山西師大學報》（社會科學版）24：1，1997年1月，頁

及傳奇小說寫奇記怪的特點，使部分傳奇作者自覺地吸收道教的觀念、追求道家的人生觀，因而出現淡泊名利，以人生爲虛幻的消極出世的傾向作品；而在審美情趣上，道教神仙世界影響傳奇作家筆下的女性形象、環境氣氛的描寫，趨向浪漫瑰麗的氣息；再次，道教神秘玄虛的神奇法術，啓示傳奇作家的想像力，並提供了大量的意象。伍、蔣以爲六朝的神怪遺風貫穿了唐傳奇，並因道教的關係更加增益了其中神怪的色彩。申戴春則以爲小說與道教之間存在著雙向互利的關係，道教借小說以宣揚教義，同時也爲小說提供創作素材，而在唐傳奇中，因爲文學上審美功能的加強，道教在其中的教化功能相對減弱，但唐傳奇在結構處理、人物塑造和環境時空的把握各方面，都有道教深層的積澱。如由仙人、仙境、仙事的描寫而至雖無仙人仙事等表層，卻有仙道思想的主題；又由仙遇小說演進而爲情遇小說。此外唐傳奇中仙人俗化而俗人仙化的人物描寫和幻化的時空、異代並陳的處理方式等，都是受了道教的影響，而又反過來將道教的宗教情感轉化爲審美情感。

以上泛論道教與傳奇之間的關係，雖各有精闢的論點，但並非針對「仙道」傳奇而論。

就六朝隋唐仙道類小說作專題式研究而有極豐碩的成果的，首推李豐楙先生，所著《六朝隋唐仙道類小說研究》（1986）、〔註45〕《誤入與謫降：六朝隋唐道教文學論集》（1996）。〔註46〕二書中所論，爲本論文所取資參考的甚多，因爲論唐五代仙道傳奇勢必要向六朝的仙道故事探源。在這方面李氏已作了相當精采而堅實的研究，如關於仙境傳說，有〈六朝道教洞天說與遊歷仙境小說〉、〈六朝仙境傳說與道教關係〉；關於神仙之說，有〈神仙三品說的原始及其演變——以六朝道教爲中心的考察〉、〈道教謫仙說與唐人小說〉；關於女仙傳說部分，有〈魏晉神女傳說與道教神女降眞傳說〉、〈西王母五女傳說的形成及其演變〉，以上這些論文俱收在《誤入與謫降》一書中。

其次則有許雪玲的碩士論文《唐代遊歷仙境小說研究》（1994）。〔註47〕對唐代遊歷仙境小說作了深入的處理，不過遊歷仙境小說僅爲唐代仙道小說之一主題。至於詹石窗的《道教文學史》（1992）一書中關於唐代的道教文學部分，用了四章討論詩歌這一範疇，而僅以一章的篇幅論中晚唐五代的傳奇小說與道教神仙傳記。在作

54～58。

〔註45〕李豐楙《六朝隋唐仙道類小說研究》（臺北：臺灣學生書局，1986 年 4 月初版）。

〔註46〕李豐楙《誤入與謫降：六朝隋唐道教文學論集》，臺北：臺灣學生書局，1996 年 5 月初版。

〔註47〕許雪玲《唐代遊歷仙境小說研究》（臺中：東海大學中文研究所碩士論文，1994 年 6 月）。

品範圍與深度上，都略嫌不足。〔註48〕

此外，部分論及唐人小說集中的仙道作品的，如王夢鷗《唐人小說研究》中有〈《傳奇》校補考釋〉，〔註49〕對《傳奇》的題材內容作一番整理考釋，由其中多言神仙之事，對照作者裴鉶之生平，定其篇章之先後。吳秀鳳的碩士論文《廣異記研究》（1986）、薛秀慧的碩士論文《唐人小說盧肇逸史研究》（1988）、梁明娜《集異記研究》（1991），〔註50〕都分別析論其中的仙道內容。至於一般泛論唐傳奇中的仙道思想，則有李劍國《唐五代志怪傳奇敘錄》將唐小說的題材分為十大主題：性愛、歷史、倫理、政治、夢幻、英雄、神仙、宿命、報應及興趣等，並針對各題材一一略述其內容。〔註51〕侯忠義《中國文言小說史稿》則僅在唐五代志怪小說的部分，定《錄異記》、《稽神錄》為神仙類，其他則散見在各傳奇志怪作品中涉及神仙思想的。〔註52〕又如陳文新《中國傳奇小說史話》，則按作品年代依序而論，因作品之內容而兼及仙道的題材分析。

凡此之類，不勝枚舉。也就是說，到目前為止，尚無對唐傳奇中的仙道類題材進行較全面的研究。因此本人希望就唐傳奇中仙道此一題材作較全面的考察研究。

二、取材範圍

在取材上，首先以《太平廣記》前八十六卷：〔註53〕神仙、女仙、道術、方士、異人等諸類中唐五代的傳奇作品為主，兼及涉及仙道思想與內容的部分。〔註54〕其次則參酌後人輯錄、校注的唐人傳奇作品集。

以《太平廣記》為主要取材的範圍，是因為唐人文言小說可以說主要保存在《太

〔註48〕 參見詹石窗《道教文學史》（上海：上海文藝出版社，1992 年 5 月一版）第二編隋唐五代北宋的道教文學部分。第五章中晚唐五代的傳奇小說與道教神仙傳記。在〈中晚唐傳奇小說的仙道意蘊〉一節，即係詹與黃景亮發表於《宗教學研究》1990：1～2（總 16 期）的〈中晚唐傳奇小說與道教〉一文，亦屬概論性質。

〔註49〕 王夢鷗《唐人小說研究》（臺北：藝文印書館，1997 年 6 月初版二刷）。

〔註50〕 吳秀鳳《廣異記研究》（臺北：輔仁大學中文研究所碩士論文，1986）、薛秀慧《唐人小說盧肇逸史研究》（臺中：東海大學中文研究所碩士論文，1988）、梁明娜《薛用弱集異記研究》（臺北：東吳中文研究所碩士論文，1991）。

〔註51〕 李劍國《唐五代志怪傳奇敘錄》頁 51。神仙主題的介紹在頁 71～74。

〔註52〕 侯忠義《中國文言小說史稿》（北京：北京大學出版社，1990 年 3 月一版），本書將五代（文言）小說分傳奇與志怪兩種，在傳奇的部分，僅在中期時，分類為志異類、政治類、愛情類、俠義類等四大類，而未將仙道獨立為一類。

〔註53〕 宋・李昉等編《太平廣記》（臺北：文史哲出版社，1987 年 5 月再版）。

〔註54〕 因本論文的研究範圍以唐五代之傳奇作品為主，故《廣記》卷一至卷十四所收為唐以前的志怪筆記，不納入研究範圍中；而凡篇幅簡短、不合於傳奇體製者亦不作為研析的對象，但在分析其中唐人仙道思想時，或採以為參考之用。

平廣記》之中（以下簡稱《廣記》）。

　　《廣記》為宋太宗太平興國年間命儒臣李昉等十三人編修而成。此十三人為五代舊臣或自南唐入宋之士，自太平興國二年（977）至三年八月完工。全書共五百卷，而歷時僅一年又六個月，而內容又為歷來所輕視的稗官小說，所以編輯上不免有粗疏謬誤。〔註55〕

　　《廣記》的體例上是依類編排，自神仙至雜錄共九十二類，每一類又細分小類，有一百五餘類。每一類中各條文字，大致依所記年代先後排列，基本上以篇中人名為篇名，篇末注明出處。《廣記》的價值之一便在於保存大批研究小說的重要材料。魏、晉、南北朝、唐、五代的小說筆記，原書多已散佚，靠《廣記》的收錄而得以流傳。就是原書尚存的，也可以利用《廣記》作讎校、補足。〔註56〕

　　近年來，對唐五代小說的集子和單篇傳奇有些不錯的點校本，他們作了校對及輯註的工作，有助於對唐傳奇的研究，也可作為本論文取材的對象：

書　名	作　者	校注者	出版者	叢　書	出版時間
大唐新語	劉　肅	許德楠點校	中華書局		1984年
北里志	孫　棨		世界書局	唐國史補等八種	1991年6月
玄怪錄	牛僧孺	程毅中	文史哲出版社	與續玄怪錄合刊	1989年7月
甘澤謠	袁　郊	李宗為	上海古籍出版社	與纂異記合刊	1991年11月
安祿山事蹟	姚汝能	曾貽芬	上海古籍出版社	唐代筆記小說	1994年4月
酉陽雜俎	段成式	方南生	漢京出版社		1983年10月
異聞集校補考釋	陳　翰	王夢鷗	藝文印書館	唐人小說研究二集	1973年3月
博異志	谷神子		世界書局	唐國史補等八種	1991年6月
集異記	薛用弱		世界書局	唐國史補等八種	1991年6月

〔註55〕如王國良〈太平廣記概述〉（收在文史哲版《太平廣記》書前），指出《太平廣記》因人多手雜，編修時間又短，難免有體例不一與照應不周的毛病；在引書上，有時名稱繁簡不一，有時總名別名互見，有時內容混雜，有時異名同實。此外，《廣記》經過歷代的傳鈔刊刻，又有書名脫漏及錯誤的現象（頁1、2）。又，參見盧錦堂《太平廣記引書考》（臺北：政治大學中文研究所博士論文，1981年5月）一書，「結論」部分就藝文印書館影印本略舉有關《廣記》引書之失：卷首所列引用書目與卷內所引不符、引書名稱雜亂不統一、捨早出而引晚出之書、濫注出處而未能徵實、複出或文異而事同之篇章不少、不註出之篇章頗多、任意竄改原文等等（頁452～458）。

〔註56〕參見王國良〈太平廣記概述〉一文「太平廣記的價值」部分，頁6～7。又，參看王國良《唐代小說敘錄》（臺北：政治大學中文研究所碩士論文，1976）一書，主要自《廣記》輯出而存的有《朝野僉載》、《紀聞》、《廣異記》、《明皇雜錄》、《談賓錄》、《逸史》、《纂異記》、《異聞集》、《甘澤謠》、《傳奇》、《大唐奇事》、《宣室志》、《河東記》、《梁四公記》、《會昌解頤》、《原化記》等等。

傳奇校補考釋	裴 鉶	王夢鷗	藝文印書館	唐人小說研究	1997 年 6 月
廣異記	戴 孚	方詩銘	北京中華書局	與冥報記合刊	1992 年 3 月
纂異記	李 玫	李宗為	上海古籍出版社	與甘澤謠合刊	1991 年 12 月
纂異記校補考釋	李 玫	王夢鷗	藝文印書館	唐人小說研究	1997 年 6 月
續玄怪錄	李復言	程毅中	文史哲出版社	與玄怪錄合刊	1989 年 7 月
獨異志	李 冗	侯志明、張永欽	北京中華書局	與宣室志合刊	1983 年 6 月
宣室志	張 讀	侯志明、張永欽	北京中華書局	與宣室志合刊	1983 年 6 月
唐人小說		汪辟疆	上海古籍出版社		1978 年

三、研究方法

本文對唐五代仙道傳奇的研究分二大部分，一是其中仙道思想和唐人心目中的神仙世界，一是仙道傳奇的故事主題類型。

在仙道思想的部分，採用歸納法。以製表的方式作專題式的歸納：歸納唐人小說中與成仙有關的思想和理論。

基本資料以《廣記》為主。所採收的資料，不限制於「傳奇」的體製，而涵蓋及於篇幅短小的志怪筆記。因為就仙道思想而言，表現在傳奇或志怪上的差異不大，但如果限於傳奇的部分，則可採收的資料顯然較為不足。

所製的表格，因以《廣記》為主，故採用《廣記》之篇名、註明《廣記》之卷數、並列出《廣記》所註之出處。以便核查。

至於唐人仙道思想的架構，依「理論、條件、方法」為說明架構。因為求仙活動的前提，必先有行動的理論依據，其次則是相配合的條件，再次才是努力實踐的方法。

唐人成仙的理論、條件與方法是承自漢魏六朝的神仙思想。因此每一主題的論述，皆先介紹漢魏六朝的相關說法，再說明唐人小說中的說法。而應注意的是，小說乃以故事為主體，並非是理論性的文字，因此各篇小說反映的仙道思想不可能是全面而有系統的，各篇彼此之間或有所偏，或有矛盾，是很自然的事。而這樣的歸納，只是以小說作為一種反映唐人仙道思想的資料。

在唐人心目中的神仙世界部分，首論神仙世界的主體：「神仙」，次則論神仙所居住的環境：「仙境」，然後是神仙的生活內容及其法術異能。

至於仙道傳奇類型的部分，一、限定作品為傳奇的體裁；二、依故事內容和結構區分類型。

唐五代仙道傳奇的類型可說已經十分完備。許多主要類型和情節單元在六朝時

已經出現，而到了唐朝發展成熟。因此，在每一類型的分析上，先論述六朝相關的故事類型和研究成果，再說明唐朝時的發展。基本上，六朝的仙道故事類型以情節單元為主，通常一個至數個情節單元構成一個類型。但到了唐五代仙道傳奇中，往往將六朝仙道故事中的諸多情節單元交織在不同的類型之中，運用純熟而巧妙，這是唐五代仙道傳奇發展成熟的一個現象，也是本論文的分析重點。

關於仙道傳奇主題類型的分析，參考了李豐楙在〈仙道的世界——道教與中國文化〉和張振軍〈論道教對中國傳統小說之貢獻〉的說法。

李豐楙說明文學中的仙道主題，約有仙境遊歷、度脫成仙、試煉指點、法術除妖及創業啓示等，前三者與修真成仙的經驗有關，後二項一為道教法術思想、一為政治神話的製造。〔註57〕

張振軍在〈論道教對中國傳統小說之貢獻〉一文中，指出道教為傳統小說提供了神妖仙道的意象，還孕育了一系列小說的母題。所謂母題，是指小說題材的原始範型，由此範型導出一串同一範式的作品。而傳統小說中由道教傳說化育出來的小說範型有：神仙洞窟範型、仙凡相戀範型、度脫範型和降妖鬥法範型等四種。〔註58〕

神仙洞窟範型即仙境遊歷類型，而仙凡相戀範型在六朝時是包含在仙境遊歷類型中，〔註59〕但到了唐五代的仙道傳奇已由附庸蔚為大國，應可獨立為一類，本文稱之為「人仙情緣類型」。

至於度脫成仙和試煉指點等與凡人如何修道成仙有關。本人以為在唐五代仙道傳奇中可以修仙為主題，再細分不同的類型。此外，唐傳奇中出現了針對修道的態度而寫的故事，如修道與追求仕途的對比型、抉擇型和夢幻型等，這一類的仙道情節似乎未見於六朝的仙道傳說之中，因此也獨立為「仙凡對照類型」。

與李、張二氏不同的是，本論文將神仙傳記亦視為仙道故事的類型之一。六朝的仙傳原本是被視為史書的，但唐人寫仙傳則加入了傳奇的筆法，因此神仙故事實際上也可以視為一種類型，稱之為「仙真傳記類型」。

至於道教的政治創業神話部分，因本論文以「神仙思想」及「成仙諸活動」為研究對象，故將這一部分排除不論。

〔註57〕李豐楙〈神仙的世界——道教與中國文化〉（收在劉岱主編《中國文化新論》，臺北：聯經出版社，1981 年 9 月初版），頁 293。

〔註58〕張振軍〈論道教對中國傳統小說之貢獻〉（收在陳鼓應主編《道家文化研究》，上海：上海古籍出版社，1996 年 6 月一版），頁 332～346。

〔註59〕參見李豐楙〈六朝道教洞天傳說與遊歷仙境小說〉（收在《誤入與謫降：六朝隋唐道教文學論集》，臺北：臺灣學生書局，1996 年 5 月初版），李豐楙在文中指出仙境傳說的早期類型為：觀棋與服食（頁 109），世俗化類型為人神戀與隱逸說（頁 125）。

綜上所述，本論文將唐五代仙道傳奇的類型分爲：仙眞傳記類、法術類、修仙類、仙凡對照類、遊歷仙境類和人仙情緣類。研究的順序是以仙道的核心：神仙、法術、修仙的人、修仙的過程態度等依次向外緣而推。而人仙情緣則是仙道故事中最世俗化的部分，故置於最末。

最後第六章則歸納唐五代仙道傳奇的特色。從歷時性的角度析論唐五代仙道傳奇與六朝的仙道故事的異同，以見其特色所在。並以傳統論傳奇特色的「史才、詩筆與議論」爲架構，析論仙道題材在其中如何表現。

第二章　成仙的理論與條件

前　言

　　唐人在小說中所反映的仙道思想，基本上是前有所承的；一般而言，成仙理論有其體系，如神仙可學，明師指引，修養心性，積功累德，修煉服食等等，不可偏廢；但在仙道的小說中，往往表現了理論之一隅，或重修養心性，或重修煉服食，或僅只是一種成仙的機緣，因此，部分的作品所表現出來的成仙理論甚至是彼此矛盾的。這一方面是與作者的創作背景有關，一方面或與各篇作品創作的主旨有關。本文在此嘗試抽繹出唐人小說的仙道思想，暫時不做作者與作品的寫作背景與主旨的分析。

　　其次，本文將唐人仙道思想，概略分為成仙的理論與條件、成仙與修道的方法及神仙的世界種種等，各為一章以說明其內容。

　　唐人的成仙理論，有以下幾點：一方面主張我命在我，神仙可學，另一方面又有許多因仙骨與仙緣而成仙的例子，含有濃厚的定命色彩；再者，由於修道過程是一種經驗的累積，如能得明師指引，傳授經訣，得賜仙食，亦是成仙與否的關鍵條件。此外，道徒往往要選擇名山福地，以利於修煉，這種注重世外名山修煉的理論形成了洞天福地諸說，這也是唐人承繼前人的說法而反映在小說中成仙理論之一。

第一節　成仙的理論：神仙可學，立志勤求

　　神仙道教的最高目標就是長生不死，成為逍遙自在的神仙。自秦漢方仙道主張肉身成仙，致力於成仙方術以來，東漢道教諸經基本上也都認為神仙可學，〔註1〕而集

〔註1〕王明編，《太平經合校》（北京：中華書局，1960年2月一版，1992年3月四刷）：「善

仙道理論之大成的葛洪《抱朴子》，更反復申述神仙可學的理論，〔註2〕葛洪認爲「長生之可得，仙人之無種」（〈至理〉篇），又引《龜甲文》之言「我命在我不在天，還丹成金億萬年」（〈黃白〉篇）。既然神仙可學，則立志勤求便是修仙求道的最重要的態度了，所以說「求長仙，修至道，訣在於志，不在於富貴也。」（〈論仙〉篇）〔註3〕

在《廣記》中有許多唐人成仙的事例，在在都表明了承繼漢魏以來神仙可學的觀點，又在修仙成功或失敗的故事中宣揚立志勤求的修道態度。題爲〈韓愈外甥〉一則故事中，〔註4〕韓愈問其甥曰：「神仙可致乎？至道可求乎？」答曰：「得之在心，失之亦心。」即表明求仙首在立志；〈陳惠虛〉條，〔註5〕陳惠虛問仙人張老：「神仙可學之否？」張老曰：「積功累德，肉身昇天，在於立志堅久耳」。另一則遊歷仙境的故事〈嵩岳嫁女〉，〔註6〕田璆、鄧韶二人遊歷仙境之後，仙人謂二人曰：「夫人白日上昇，驂鸞駕鶴，在積習而已。」這幾則故事都明示凡人可以成仙，只要立志勤習。

至於通篇在闡揚恆心勤求的修道精神的故事則有〈薛尊師〉一則，〔註7〕敘述薛尊師立志求道，通過試鍊終於得道。文中薛尊師與唐臣同往嵩山，尋仙境以求長生之道。在山口遇陳山人，陳山人囑二人在山口相待，將爲二人入山求之「期以五日」，然陳山人過期不至，二人於是自行前往，入谷三、四十里，忽於路側見一死人，虎食其半，乃陳山人也。唐子謂尊師曰：「本入山爲求長生，今反爲虎狼之饞。陳山人尚如此，我獨何人？不如歸人世以終天年耳。」而薛尊師則認爲「蓋陳山人所以激吾志也，汝歸，吾當終至，必也不幸而死，終無恨焉。」其後果於山中又遇陳山人，陳山人笑謂薛曰：「子之志可教也。」於是指授道要。薛尊師道成後，百餘歲時，告門人：「天帝召我爲八威觀主。」最後無疾而終，且死後顏色不變，暗示薛已成仙而去。故事中薛、唐二人代表二種求道的態度，而以堅定者得道成仙作結。唐人仙道傳奇中有一「求道對比型」的成仙故事，與此一題旨相類，都在強調神仙可學而

人好學得成賢人；賢人好學不止，次聖人；聖人學不止，知天道門戶，入道不止，成不死之事，更仙。」（頁222）。饒宗頤著《老子想爾注校箋》（收入《選堂叢書本》，自印本，香港：1954年）：「不勸民眞道可得仙壽，修善自勵，反云仙自有骨錄，非行所臻，云無生道，道書欺人，此乃罪盈三千，爲大惡人。」（頁25）而《周易參同契》以易理釋煉丹修仙之道。三書基本上都認定神仙可學而致。

〔註2〕 參見李豐楙《不死的探求：抱朴子》（台北：時報出版社，1983年11月）「抱朴子神仙說的論辯與建立」一節，其說甚詳（頁164～218）。

〔註3〕 以上所引見王明著《抱朴子內篇校釋》（北京：中華書局，1985年3月二版）〈至理〉頁110、〈黃白〉頁287、〈論仙〉頁17。

〔註4〕 〈韓愈外甥〉，《廣記》卷五四，注「出《仙傳拾遺》」。

〔註5〕 〈陳惠虛〉，《廣記》卷四九，注「出《仙傳拾遺》」。

〔註6〕 〈嵩岳嫁女〉，《廣記》卷五十，注「出《纂異記》」。

〔註7〕 〈薛尊師〉，《廣記》卷四一，注「出《原化記》」。

致，必須立志勤求方可。

唐人的成仙故事很多，本文將《太平廣記》中有關唐人傳奇成仙的故事列成〔表2-1 唐人成仙事例〕。這些事例一方面可作爲唐人「神仙可學」的具體例證，另一方面從表中也可觀察唐人的成仙觀中，有些表現了「立志勤求」主動修道精神，有些則反映了被動悟道成仙的情形。

〔表2-1 唐人成仙事例〕

序號	篇 名	卷數	好道	修鍊	結 果	說明	出 處
1	李筌	14	+	+	入名山訪道，不知所終。		神仙感遇傳
2	裴諶	17	+	+	成仙。		玄怪錄〔註8〕
3	盧李二生	17	+	+	成仙。		逸史
4	薛肇	17	+	+	成仙。		仙傳拾遺
5	楊通幽	20	+	+	一旦與群眞俱去。		仙傳拾遺
6	孫思邈 ①	21	+	+	舉尸就木，空衣而已（尸解仙）。		仙傳拾遺
7	（童子）②		+	－	乘空而飛。		
8	司馬承禎	21	+	+	若蟬蛻解化，弟子葬其衣冠。		大唐新語
9	王遠知	23	+	+	自言「今見召爲少室山伯，將行即在」翌日，沐浴加冠衣，焚香而卒。		談賓錄
10	張李二公	23	+	+	成仙。		廣異記
11	蕭靜之	24	+	+	有道士謂其食肉芝，將壽同龜鶴，後捨家雲水，不知所之。		神仙感遇傳
12	朱孺子	24	+	+	飛昇。		續神仙傳
13	葉法善	26	+	+	（辛）異香芬郁，仙樂繽紛。		仙傳拾遺
14	唐若山	27	+	+	成仙。		仙傳拾遺
15	司命君	27	+	+	成仙。		仙傳拾遺
16	玄眞子	27	+	+	白日上昇		續仙傳
17	翟乾祐	30	+	+	得道而去。		西陽雜俎、仙傳拾遺
18	李珏	31	+	+	尸解。		續仙傳
19	顏眞卿	32	+	+	尸解。		仙傳拾遺，戎幕閑譚，玉堂閑話

〔註8〕〈裴諶〉條，《廣記》卷十七注「出《續玄怪錄》」，誤，實出《玄怪錄》。參見程毅中點校《玄怪錄・續玄怪錄》（臺北：文史哲出版社，1989 年 7 月台一版）之「點校説明」部分，又李劍國《唐五代志怪傳奇敍錄》（天津：南開大學出版社，1993 年 12 月一版）考證謂：「牛李二書名目相同，只以續字爲別，且二書常合編，昔人不審，故致篇目相淆。」（頁 612）「〈杜子春〉、〈裴諶〉、〈柳歸舜〉、〈刁俊朝〉四事，《廣記》引作《續玄怪錄》……皆托之周隋，當爲牛書。」（頁 621）。

20	馬自然	33	＋	＋	尸解。		續仙傳
21	柏葉仙人	35	＋	＋	臨終異香滿室，空中聞音樂聲，乃青都，赴仙約耳。		原化記
22	韋丹	35	＋		無疾而卒，皆言黑老迎韋公上仙矣。		會昌解頤錄
23	李清	36	＋	＋	往泰山觀封禪，自此莫知所往。		集異記
24	李泌	38	＋	＋	成仙（死後，人於他處見之）		鄴侯外傳
25	石巨	40	＋	＋	化鶴成仙。		廣異記
26	薛尊師	41	＋	＋	無病而坐亡，顏色不變。		原化記
27	劉無名	41	＋	＋	築室修鍊，三年乃成，後入青城，不知所終。		仙傳拾遺
28	夏侯隱者	42	＋	＋	時號睡仙，後不知所終。		仙傳拾遺
29	王子芝	46	＋	＋	地仙。		神仙感遇傳
30	劉商	46	＋	＋	地仙。		續仙傳
31	宋玄白	47	＋	＋	白日上昇。		續神仙傳
32	許棲巖	47	＋	＋	入太白山去。		傳奇
33	鄭冊	49	＋	＋	少時而逝，形體柔軟，顏色不改。		原化記
34	侯道華	51	＋	＋	成仙。		宣室志
35	宜君王老	51	＋	＋	全家雞犬昇天。		續仙傳
36	王法進	53	＋	＋	昇天。		仙傳拾遺
37	金可記	53	＋	＋	昇天。		續仙傳
38	劉曙	54	＋	＋	成仙。		續仙傳
39	盧鈞	54	＋	＋	既終之後，異香盈室。		神仙感遇傳
40	謝自然	66	＋	＋	白日昇天，……五色雲遮亙一川，天樂異香，散漫彌久。		墉城集仙錄
41	盧眉娘	66	＋	＋	尸解成仙。（香氣滿堂）		杜陽雜編
42	楊敬眞〔註9〕	68	＋	－	成仙。（異香滿室）		續玄怪錄
43	裴玄靜	70	＋	＋	仙女奏樂，白鳳載玄靜昇天。		續仙傳
44	戚玄符	70	＋	＋	昇天。		墉城集仙錄
45	王氏女	70	＋	＋	尸解（香氣異常）。		墉城集仙錄
46	薛玄同	70	＋	＋	尸解（香氣）		墉城集仙錄
47	戚逍遙	70	＋	＋	成仙。		續仙傳
48	採藥民	25	※	＋	入山，不知所之。	ab	原化記
49	元柳二公	25	※	＋	得道成仙。	a	傳奇〔註10〕
50	僧契虛	28	※	＋	不知所在。	a	宣室志

〔註9〕　《廣記》卷六七引《逸史》〈吳清妻〉條，與本則相類而事略。

〔註10〕　〈元柳二公〉條，《廣記》卷二五注「出《續仙傳》」，據李劍國《唐五代志怪傳奇敘錄》考之，沈汾《續仙傳》實不載本條，本條乃出《傳奇》，《廣記》誤引（頁869、1012）。

51	李球	47	※	＋	老而復壯，與其子入王屋山去。	a	仙傳拾遺
52	陳惠虛	49	※	＋	昇天而去。	a	仙傳拾遺
53	陰隱客	20	※	※	莫知所在。	a	博異志
54	嵩山叟	14	※	－	不知所之。	a	神仙拾遺
55	元藏幾	18	※	－	成仙。	a	杜陽編
56	崔煒	34	※		煒因在穴飲龍餘沫，肌膚少嫩，後，挈室往羅浮，竟不知所適。	a	傳奇
57	嵩岳嫁女	50	※		捐棄家室，同入少室山，今不知所在。	a	纂異記
58	麒麟客	53	※		棄官遊名山，後，不知所在也。	a	續玄怪錄
59	裴航	50	※	＋	成仙。	b	傳奇
60	劉清眞	24	※	＋	通身生綠毛，乘雲上昇。	c	廣異記
61	劉白雲	27	※	＋	樂眞人授金液九丹之經，謂其千日可登仙。	c	仙傳拾遺
62	王可交	20	※	－	入四明山，不復出。	c	續仙傳
63	姚泓	29		＋	食松柏成仙。	c	逸史
64	陶尹二君	40		＋	得道成仙。	c	傳奇
65	楊正見	64		＋	白日昇天。	c	墉城集仙錄
66	瞿道士	45			乘五色雲去，隱隱有樂音。		逸史
67	張卓	52			娶仙女成仙。	b	會昌解頤錄
68	董上仙	64			尸解。		墉城集仙錄
69	韋蒙妻	69			昇天。		仙傳拾遺
70	何二娘	62		－	成仙。		廣異記
71	馬周	19	－	－	群仙迎歸，無疾而終。		神仙拾遺
72	崔生	23	－	－	入仙境，娶仙女。成仙。	bc	逸史

說明：

1. 選擇的事例以《廣記》一至七十卷神仙女仙類中，求仙成功者爲限，如人物本身在故事中出現時已爲仙眞者，便不列入；而故事中人物非唐人者亦不收入。

2. 表中「好道」一欄以三個符號表示三種情況：

「＋」：表示人物一開始即具有好道求仙的主動意願。

「※」：表示人物一開始可能沒有修仙的意願，後來因際遇之故，如遊歷仙境，遇見仙眞指引等等，因而悟道，才有了修仙的意願與或行動。

「－」：表示人物自始至終都沒有明顯的修道意願，卻依然成仙。

3. 在「修鍊」一欄裡的符號意義如下：

「＋」：表示人物有明確的修仙方法和一段修鍊過程。

「※」：表示文中沒有明確顯示人物修仙的方法和修鍊過程，

「－」：表示人物似無修鍊的經歷。

4. 在「說明」一欄中的符號意義如下：

「a」：該則事例有遊歷仙境的故事情節。

「b」：該則事有人仙婚配的故事情節。

「c」：該則事例有遇仙眞道人指引的故事情節。

5. 「結果」一欄出註明原文是飛昇、尸解、不知所至或卒而有異香盈室者。因爲在仙道小說中人物結果如爲「不知所在」「（卒）異香盈室」，都有暗示人物成仙的意味；而在求仙失敗的事例中，往往明言人物死亡，故本表將這些有成仙暗示意味的事例收入，以作參考。

6. 以上編排，先以類相從，其次依《廣記》卷數。

以上 72 則事例中，以 1～47 爲好道求仙而成仙的事例，具有主動積極的修道精神；48～62 共十四則事例，其求道修仙的欲望與行動是後起的，多數是遊歷仙境、遇見仙眞指引後，方悟道而求仙；62～72 十一則事例中，文中對人物好道與否，沒有明確的敘述。

總之，有一半的比例顯示，唐人仍有著相當積極主動的求仙精神，肯定神仙可學而致，唯要立志勤求。

第二節　成仙的條件（一）：仙骨說與宿命論

雖然唐五代仙道傳奇秉持了「我命在我」「神仙可學」的積極思想，但另一方面，又有所謂的仙骨宿緣的成仙說法。也就是一個人是否能成仙，除了努力以外，還要看自身是否有仙骨、宿緣。

仙骨與宿緣之說，可能與唐前流傳的仙命說、骨籙說有關。東漢造構的道教經典《太平經》，既主力爲又承認命運，〔註11〕它認爲神、眞、仙、道、聖、賢，「六人生各自有命」「命貴不能爲賤，命賤不能爲貴」、「有天命者，可學之必得大度；中賢學之，亦可得大壽；下愚爲之，可得小壽」。〔註12〕各人在其命定的範圍內得到最好的結果，是力爲與命運說的揉合；而《老子想爾注》完全反對命定之說，認爲所謂「仙自有骨籙，非行所臻」是罪大惡極的說法。〔註13〕從其反對之言，也可見有所謂骨籙之說，而主張骨籙之說者，便不注重後天求仙的修爲與努力。然而仙命與骨籙的說法依然流傳下來，東晉葛洪也一方面認爲神仙可學，另一方面主張「仙

〔註11〕 參見任繼愈主編《中國道教史》（台北：桂冠出版社，1991 年 10 月初版），頁 25。

〔註12〕 見《太平經合校》，頁 289。

〔註13〕 見《老子想爾注校箋》，頁 25。

命說」，所謂仙命指一個人「在結胎受氣之日，皆上得列宿之精」、「值壽宿則壽，值仙宿則仙」、「為人生本有定命」，〔註14〕但人如何知道自己是否稟受了仙命？葛洪從是否有好道求仙之心來逆推之：

苟不受神仙之命，則必無好仙之心。（〈辨問〉）〔註15〕

命屬生星，則其人必好仙道。好仙道者，求之亦必得也，命屬死星，

則其人亦不信仙道。不信仙道，則亦不自修其事也。（〈塞難〉）〔註16〕

如此，人之好道必因其先天稟受神仙之氣，有神仙之氣又好道勤學，再加以明師指引，必能成仙，葛洪認為有仙命者必能遇明師指點，「有仙命者，要自當與之（師）相值也」（〈勤求〉），〔註17〕而明師之選擇弟子以傳授成仙的丹法經訣時，也要視該人有否仙骨，「無神仙之骨，亦不可得見此道也。」（〈金丹〉）〔註18〕。

以下將《廣記》中相關事例整理為下表：

〔表 2-2　仙骨宿緣事例〕

序號	篇　　名	卷數	好道	遇仙	遊歷仙境	內　　　容	結　果	出　　處
1	張　老	16			+	然此地神仙之府，非俗人得遊，以兄宿命，合得到此。		續玄怪錄
2	薛　肇	17		+		子有骨籙，值此吾藥，不唯愈疾，兼可得道矣。	成仙	仙傳拾遺
3	王可交	20		+		好骨相，合仙。	飛昇	續仙傳
4	元柳二公	25		+	+	子有道骨，歸乃不難。…子但宿分自有師。	成仙	傳奇
5	採藥民	25		+	+	汝世人，不知有此仙境，汝得至此，當是合有仙分。	得五千歲	原化記
6	唐若山	27	+	+		子有道骨，法當度世。	成仙	仙傳拾遺
7	劉白雲	27		+		子有仙籙天骨。	成仙	仙傳拾遺
8	韋　弇	33		+	+	然子已至此（仙境），亦道分使然。		神仙感遇傳
9	韋　丹	35	+	+		汝似好道，吾亦愛之，大抵骨格不成就。	可能成仙	會昌解頤錄
10	齊　映	35		+		郎君有奇表，要作宰相耶，白日上昇耶？	宰相	逸史

〔註14〕見《抱朴子內篇校釋‧辨問》，葛洪在此引用古道經《玉鈐經》之說（頁226）。
〔註15〕見《抱朴子內篇校釋‧辨問》，頁226。
〔註16〕見《抱朴子內篇校釋，塞難》，頁136。
〔註17〕見《抱朴子內篇校釋‧勤求》，頁252。
〔註18〕見《抱朴子內篇校釋‧金丹》，頁74。

11	嚴士則	37		+	+	汝得至此（仙境），當由宿分。	修道	劇談錄
12	李球	47		+	+	（誤入仙境）二仙責引者曰：吾至道之要，當授有骨相之士，習道之人，汝何妄引凡庸，入吾仙府耶？	得食仙藥，入山修道	仙傳拾遺
13	許棲巖	47	+	+	+	先言許有仙相，後言「子有仙骨，故得值之，不然，此太白洞天，瑤華上宮，何由而至也？」	入山修道	傳奇
14	李吉甫	48		+		判官有仙骨，學道必白日上昇，如何？	不願學道	逸史
15	閭丘子	52	+			三生之事…道氣…眞人降生爲友，欲授眞仙之訣。	因性驕失之。	宣室志
16	王法進	53	+	+		上帝以汝凤稟仙骨，歸心精誠不忘於道，敕我迎汝受事於上京也。	飛昇	仙傳拾遺
17	麒麟客	53		+	+	此乃仙居，非世人所到，以君宿緣，合一到此。	不知所終	續玄怪錄
18	維楊十友	53	+			此所食者，千歲人參也，頗甚難求，不可一遇，吾得此物，感諸公延遇之恩，聊欲相報，且食之者，白日昇天，眾既不食，其命也夫！	不知所終	神仙感遇傳
19	薛逢	54			+	玉烈石髓，張華龍膏，得食之者，亦須累積陰功，天仙挺仙骨，然可上登仙品，若常人啗之必化而爲石矣。	食僧化爲石。	神仙感遇傳
20	驪山老母〔註19〕	63	+	+		受此符者，當需名列仙籍，骨相應仙，而後可以語至道之幽妙。	不知所終	墉城集仙錄
21	楊正見	64	+	+	+	正見服食人形茯苓，女冠聞而歎曰：「神仙固當有定分。」	成仙	墉城集仙錄
22	太陰夫人	64		+	+	（女仙）遺人間自求匹偶耳，君有仙相，故遺麻婆意。問盧杞要作隨之作地仙、或做人間宰相？	選擇人間宰相	逸史

由上表可知，當某人遇見仙師（神仙或道士）指點成仙之道時，有二種情形：

一、爲被指點者本身即好道之人，被指點的原因是其自身具有仙骨，如上表中6〈唐若山〉、7〈劉白雲〉、9〈韋丹〉、16〈王法進〉、20〈驪山姥〉等條。

二、爲被指點者原先非好道之人，而由仙師指出其具有仙骨，所以加以指引，被指點者經此而悟道求仙，終亦成仙而去，如上表中2〈薛肇〉、3〈王可交〉、4〈元柳二公〉等條。

〔註19〕本則記李筌驪山老姥受經之事，同事亦載《神仙感遇傳・李筌》，見《廣記》卷十四。

以上二點俱可見一種遇仙成仙的宿命論，此點使唐人仙骨說與葛洪之說仙命略有差異。葛洪由人之是否好道來判別該人是否有仙命；唐人則有不論本身是否好道，但問其人是否有仙骨，定命的色彩更濃。此外，葛洪的「仙命說」是承襲了漢人的星命說，〔註20〕而唐人的仙骨說在此之外，又與道士善於相術有關，而骨相便是相術中非常重要的一環。由骨相是否合仙，推而廣之，凡形貌之相均可含是否成仙的判斷之中。〔註21〕

以表中 3〈王可交〉一則為例，王可交以耕釣自業，年三十餘，莫知有真道，一日，於江上遇花舫道士七人，謂可交「好骨相，合仙。」並賜仙食，可交食後，從此絕穀，且不復耕釣，入四明山，不復出，暗示可交可能成仙作結。這是一則本無求道之心，因骨相合仙而受到仙真指引的例子；相對的 9〈韋丹〉一則，故事中主角韋丹為西臺御史，因求道而禮遇瓜園黑老，黑老於是告以：「汝似好道，吾亦愛之，大抵骨格不成就。且須向人間富貴，得合得時，吾當來迎汝。」二十年後，黑老復來，韋丹無疾而卒，人皆言黑老迎韋公上仙矣。這一則故事在濃厚的定命色彩的骨相之說中，肯定了人的好道精神或可超越先天的命相限制。

這種具有定命色彩的成仙條件，也成為遊歷仙境的前定機緣，使得遊歷仙境的情節中亦含有濃厚的宿命色彩，如表中 1〈張老〉、5〈採藥民〉、8〈韋弇〉、11〈嚴士則〉、12〈李球〉、13〈許棲巖〉、17〈麒麟客〉等條皆是。1〈張老〉一則故事中，韋義方訪妹遊仙境一節，仙人張老曰：「然此地神仙之府，非俗人得遊，以兄宿命，合得到此。」又如 17〈麒麟客〉一則，寫張茂實應其傭僕王夐之邀，得遊仙境，仙境主人曰：「此乃仙居，非世人所到，以君宿緣，合一到此。」而 12〈李球〉中記凡人李球誤入仙境，引之者遭仙人責備：「吾至道之要，當授有骨相之士，習道之人，汝何妄引凡庸，入吾仙府耶？」可見得遊仙境之人，亦需有仙骨、宿命方可。

同樣的在服食仙說中，何人得食成仙之物，亦往往因為仙骨與宿命，表中 18〈維揚十友〉、19〈薛逢〉、21〈楊正見〉等條皆為服食宿命論，如 19〈薛逢〉一則，寫一僧食洞中仙食化為石，是因為服食仙食者一「須累積陰功」，二要「天仙挺仙骨」，否則「若常人啗之必化而為石矣」。又如 9〈維揚十友〉、19〈薛逢〉二條寫服食人

〔註20〕見《抱朴子內篇校釋》，頁 182～187。
〔註21〕在唐・段成式《酉陽雜俎》（臺北：漢京出版社，1983 年 10 月初版）前集卷二〈玉格〉中，有這樣一段關於仙相的記錄，可茲參看：「白誌見腹，名在瓊簡者；目有綠筋，名在金赤書者；陰有伏骨，名在琳札青書者；胸有偃骨，名在星書者；眼四規，名在方諸者；掌理迴茵，名在綠籍者。有前相皆上仙也，可不學，其道自至。其次，鼻有玄山，腹有玄丘，亦仙相也。或口氣不潔，性耐穢，則壞玄丘之相矣。」（頁14）

參並人形茯苓以成仙之事，得食之與否，皆與宿命、定分有關，都反映了服食的定命觀。

由骨相之說引用到史實人物身上，便爲成仙與富貴之間的一個選擇點，如表中 10〈齊映〉、14〈李吉甫〉、22〈太陰夫人〉三條皆是。以〈齊映〉、〈李吉甫〉二則故事爲例，〈李吉甫〉一條中，記山南節師相國王起在富貴與升仙之間的抉擇，〔註22〕文中王鍊師問王起：「判官有仙骨，學道必白日上昇，如何？」王起良久無言，顯然選擇了人間富貴，後亦果然富貴。〈齊映〉一條中，齊映爲唐大曆四年狀元，後爲宰相。〔註23〕故事中齊映應進士舉，至省訪消息，遇一老人，老人謂齊映曰：「郎君有奇表，要作宰相耶？白日上昇耶？」齊思之良久，曰：「宰相。」以上這二條故事中的人物都沒有什麼好道心志的表現，考察二人在史書本傳的記載，亦皆無好道的事蹟，然而故事中二人都可在富貴與升仙之間自由選擇，只因爲二人有好骨相，這與葛洪的仙命好道之論已有相當距離，也無勸人好道求仙的立意，其中心思想已由「仙骨→好道→成仙」的單一命題，轉爲「成仙」或「富貴」的選擇題，表現出唐人的人生觀的一個面相，同時也可見唐人思想中有濃厚的定命色彩。

這種成仙的定命觀、宿命論，亦雜有佛教的宿世前緣的思想在其中，例如 15〈閭丘子〉一則，寫名家子鄭又玄好黃老之道，然而性驕侮人，幼時侮慢鄰舍閭丘子，閭丘子後病死；十年後，又羞辱友人仇生，仇生亦病卒。又十五年，鄭又玄遇一童兒，貌秀而慧，又玄自謂不能及，童兒謂又玄曰：「我與君故人有年矣，君省之乎？」原來此童前生先爲閭丘子，後爲仇生，又玄驚而拜謝，並問：「然子非聖人，安得知三生之事乎？」童兒曰：「我太清眞人，上帝以汝有道氣，故生我于人間，與汝爲友，將授眞仙之訣，而汝性驕傲，終不能得其道，悲乎！」這則故事，固然在諷刺修道之人要涵養心性，不可驕傲侮人，文中「因有道氣」故得仙眞指引的說法，亦與仙骨說相應，是作者揉合了道教仙命說、佛教前世思想，用以鋪陳諷刺之旨。

總之，唐人一方面繼承了神仙可學的積極思想，一方面繼承仙命之說而有更加濃厚的定命色彩，因有仙骨宿命所以能遇仙指引、服食仙藥、遊歷仙境，而在成仙與富貴的抉擇上，亦有仙骨宿命之說。

〔註22〕王起，貞元十四年擢進士第，見本傳，在《舊唐書》（北京：中華書局，1975 年 5 月一版，1991 年 12 月第四刷）一六四卷，頁 4278～4281。

〔註23〕齊映爲進士部分，據〔清〕徐松《登科記考》（北京：中華書局，1993 年 8 月二刷）頁 371。作宰相事，參見齊映本傳，在《舊唐書》卷一三六，《新唐書》（北京：中華書局，1975 年 2 月一版，1991 年 12 月第四刷）卷一五○。

第三節　成仙的條件（二）：明師指引，傳經授訣

　　成仙並非一蹴可躋，需要通過學習與實踐；因此透過仙眞的指引，取得正確的修仙方法，是修仙成功與否的關鍵。其次，以煉丹爲修仙的手段而言，更需要明師的指引，因爲丹經中有許多隱語，不能就字面意義去了解。葛洪在《抱朴子》中就十分強調明師指引的重要性，他認爲劉向作金不成的原因就在於「非爲師授」而「不知口訣」，因爲劉向雖得道書，但「雖有其文，然皆秘其要文，必須口訣，臨文指解，然後可爲耳。」其次，「其所用藥，復多改本名，不可按之便用也。」〔註24〕

　　在唐五代的仙道故事中，也反映了修道成仙過程中對明師指引的重視。一則，經訣多隱語，需要有人說明；二則明師指引在小說中成爲一個重要情節單元，指引者以智慧老人的姿態出現在小說故事中，促進小說情節的推衍。〔註25〕

　　以下將《廣記》中唐人遇仙眞得授經訣的故事列爲一表，以作參考。

〔表2-3　明師與經訣〕

序號	篇　　名	卷數	仙眞道人	經訣名稱	說　　明	出　　處
1	李　筌	14	驪山老母	黃帝陰符經	入名山訪道，不知其終。	神仙感傳
2	楊通幽	20	西城王君青城眞人	檄召之術，三皇天文	先習法術以輔君王，然後方飛昇之道。	仙傳拾遺
3	張　殖	24	道士姜玄辨	六丁驅役之術	術之與道，相須而行。	仙傳拾遺
4	唐若山	27	太上眞人	（黃白術）	眞人以黃白術示之，若山遂師之，後成仙	仙傳拾遺
5	劉白雲	27	樂子長	（變化法術）、金液九丹之經	先學變化之術，再授丹經，選名山福地鍊而服之，千日可登仙	仙傳拾遺
6	劉無名	41	青城眞人	示其陽罏陰鼎，柔金鍊化水玉之方，伏承鍊鉛朱髓之訣，亦名金液九丹之經。	後於霧中山修鍊，三年乃成。	仙傳拾遺
7	房　建	44	道士	六甲符、九章眞籙	好玄元之教	宣室志
8	王太虛	46	東極眞人	黃庭寶經	眞人以二十年相約，意爲若勉而行之，將得道成仙。	仙傳拾遺

〔註24〕《抱朴子內篇校釋・論仙》頁21～22。
〔註25〕所謂「智慧老人」指在故事中幫助人物脫離困境，解決主角人物由於內在或外在原因而力而未逮之處，參見康韻梅〈唐人小說中「智慧老人」之探析〉一文，（《中外文學》二三卷4期，1994年9月）。

9	王子芝	46	樵仙	（別傳修鍊之訣）	爲地仙	神仙感遇錄
10	劉　商	46	賣藥道士	（依道士口訣吞藥）	爲地仙	續仙傳
11	許棲巖	47	太乙眞君、穎陽尊師	（賜食石髓）	可壽千歲	傳奇
12	閻丘子	52	太清眞人	（授眞仙之訣）	閻丘子因性驕而未得仙人授訣。	宣室志
13	王法進	53	三青童	靈寶清齋告謝天地儀（即清齋天公告謝之法）	悔罪之法，可除宿罪，爲致豐衍。法進勸民有功，後昇天	仙傳拾遺
14	姚氏三子	65	（天上）夫人	玄女符玉瑻秘訣	修習之而靈巧，因泄秘而愚頑如昔。	神仙感遇傳
15	趙　旭	65	嫦娥	仙樞龍席隱訣	嫦娥勉其「努力修持，當速相見」，暗示成仙的希望。	通幽記
16	謝自然	66	道士程太虛	五千文紫靈籙	成仙	集仙錄

　　以經訣多隱語而言，上表中 9〈王子芝〉、10〈劉商〉、15〈趙旭〉三則爲例，王子芝因樵仙別傳修鍊之訣而成爲地仙；劉商依道士口訣服藥而爲地仙；而趙旭之仙妻嫦娥臨別告以〈仙樞龍席隱訣〉，「內多隱語，亦指驗於旭，旭洞曉之。」可見如無仙眞指點，則成仙不易。

　　以仙道傳奇中的智慧老人而言，「遇仙」是小說中一個普遍而重要的情節單元，人物因遇仙而受啓悟、獲贈仙食等等的例子，不勝枚舉，在此以〈元柳二公〉一則爲例，元徹、柳實二人越海而誤入海外仙境，得見仙人南溟夫人與玉虛尊師，尊師告以二人有道骨，且其宿分中自有仙師太極眞人指引。二人自海外而歸中國，自此悟而求道，周遊雲水以訪太極先生；一日，大雪中見一樵叟，心生憐憫而飲之以酒，方知樵叟即是太極眞人，二子因隨詣祝融峰，自此而得道。故事中，人物有二次遇仙，第一次遊仙境遇仙，因之感悟求道，並獲指引；第二次遇仙，即太極眞人，以之爲師，因之得道。人物前後兩次的「遇仙」情節，改變了人物的命運。

　　但仙眞在傳經授訣之前，師徒關係的建立亦是很愼重的，往往透過試煉觀察和機緣，〔註26〕就前者而言，成爲仙道傳奇中的一個有趣的情節單元，如第一節所引〈薛尊師〉的求道過程，透過試煉以見其是否有立志勤求之心；就後者而言，所謂師徒的「機緣」往往以所謂「仙骨」「仙相」「宿緣」「道分」等等宿命論來作解釋，如本章第二節所論。

　　而在傳經授訣的同時，往往對弟子有所要求，以示愼重。〔註27〕如 2〈李筌〉

〔註26〕參見李豐楙《不死的探求：抱朴子》，頁230。
〔註27〕如《抱朴子內篇校釋》〈勤求〉所言：「故血盟乃傳，傳非其人，戒在天罰。」〈明本〉

一則，李筌在嵩山虎口巖得《黃帝陰符經》後，又遇驪山老姥傳授其法，驪山老姥傳授之前，先是認定李筌有仙相，其次命其吞丹書符一通，最後又誡以「如傳同好，必清齋而授之」。又，6〈劉無名〉一則中，青城山人傳丹經之訣給劉無名之前，要求他要「齋心七日」。以上這些都可見道經傳授過程中的神秘色彩，這是基於道教中巫術、方術的傳統，具有濃厚的秘傳性格所致。〔註28〕

第四節　修道求仙的環境：名山洞天福地說

　　道士修行往往在名山之中，一則因山區野地遠離塵囂，有助於專心修煉，如〈閭丘子〉中所言：「子既慕神仙，當且居山林，無為汲汲於塵俗間耳。」〔註29〕；二則也利於採藥煉丹的取材；三則就宗教層面而言，山中修煉與「洞天福地」的仙境信仰有密切的關係。如〈劉白雲〉條中，劉白雲得仙人授金液九丹之經，仙人囑之曰：「可選名岳福地煉而服之，千日之外，可以登雲天矣。」〔註30〕又如〈許碏〉條，寫許碏晚「學道於王屋山，周遊五岳名山洞府，後從峨嵋山經兩京，復自襄汴來抵江淮，茅山天台、四明仙都、委羽武夷、霍桐羅浮，無不遍歷。」〔註31〕前者可見修煉與名岳福地相連，後者亦可見學道者周遊天下名山洞地的情形。

　　神仙所居之地為仙境，大致有天上、海外與山中之別，關於仙境諸說，請參見本文第四章第二節，本節專就與山有關的洞天福地之說而言，因為洞天福地一方面是神仙之居，一方面也是道士實際修煉之所，與道教成仙的理論相關。

　　天上、海外諸仙境多在虛無飄渺中，只有地上的洞天福地少數未詳所在外，皆有實處，因此，道士多立足於洞天福地諸名山中修煉，而以海外仙境和天上仙境作為得道成真的最後歸宿。

　　東晉時葛洪的《抱朴子》中已提出入名山合藥的說法，並列舉可修道的名山三十座左右，為後來洞天福地說的雛形；〔註32〕唐人司馬承禎有《天地宮府圖》列出十大洞天、三十六小洞天、七十二福地，並認為洞天福地均在諸名山之中，洞天為

　　　　謂：「登壇歃血，乃傳口訣。」
〔註28〕參見李豐楙《不死的探求：抱朴子》頁229。
〔註29〕〈閭丘子〉，《廣記》卷五二，注「出《宣室志》」
〔註30〕〈劉白雲〉，《廣記》卷二七，注「出《仙傳拾遺》」
〔註31〕〈許碏〉，《廣記》卷四十，注「出《續神仙傳》」
〔註32〕《抱朴子內篇校釋·金丹》：「古之道士，合作神藥，必入名山，不止凡山之中」，一則「不與俗人相見，爾乃可作大藥」，一則「（名山）皆是是神在其山中，其中或有地仙之人，上皆生芝草，可以避大兵大難，不但於中以合藥也。若有道登之，則此山神必助之為福，藥必成。」（頁85）

群仙所統治，而福地爲次一級的眞人所治理，且其間「多得道之所」，司馬承禎此圖已是洞天福地集大成之作。〔註33〕

本節將《廣記》中唐人於山中隱居修道、採藥鍊丹、尋師遇仙以及仙境之在名山者，列成下表：

〔表2-4　唐人修道諸名山〕

序號	篇　　　名	卷數	原　　因	山　　名		洞天福地補充資料	所在地	出　　處
1	杜子春	16	鍊丹	華山（西嶽太華山）	雲臺峰	西岳，第4小洞天，含第4大洞天西峰西元山	陝西華陰	玄怪錄〔註34〕
2	劉法師	18	修道		蓬花峰			玄怪錄〔註35〕
3	陶尹二君	40	採藥遇仙		芙蓉峰 蓮花峰			傳奇
4	唐若山	27	遇仙					仙傳拾遺
5	柏葉仙人	35	求長生術					原化記
6	韋仙翁	37	遇仙			因西有少華山，故又稱太華山		異聞集
7	僧契虛	28	尋稚川仙境	藍田山（玉山）〔註36〕		第54、55福地	陝西藍田	宣室志
8	盧李二生	17	修道	太白山		第11小洞天，秦嶺主峰。	陝西眉縣	逸史
9	許棲巖	47	修道、穴中仙境					傳奇
10	李吉甫	48	修道					逸史
11	裴氏子	34	石壁仙境					原化記
12	嚴士則	37	採藥遇仙	終南山		秦嶺主峰之一	陝西西安	劇談錄
13	陳惠虛	49	修道					仙傳拾遺
14	陸　生	72	遊歷仙境					原化記
15	李　筌	14	遇仙授經	驪　山			陝西潼關	集仙傳
16	張　卓	52	遊歷仙境	隔仙山			洋州西六十里，即今陝西西鄉	會昌解頤錄
17	郗　鑒	28	修道尋仙境	恆山		北岳，第5小洞天	山西渾源	記聞

〔註33〕參見《雲笈七籤》（北京：書目文獻出版社，1992年7月一版）卷二七，頁208～213。

〔註34〕〈杜子春〉條，《廣記》卷一六注「出《續玄怪錄》」，誤，實出《玄怪錄》。參見程毅中點校《玄怪錄・續玄怪錄》之「點校説明」部分，又參見李劍國《唐五代志怪傳奇敍錄》（頁621）。

〔註35〕〈劉法師〉條，《廣記》卷一八注「出《續玄怪錄》」，誤，實出《玄怪錄》。參見程毅中點校《玄怪錄・續玄怪錄》之「點校説明」部分。

〔註36〕該條文中有「至藍田上，治具，其夕即登玉山」，按，藍田山屬秦嶺東麓，在陝西藍田縣東南。山中藍田谷爲藍水的發源地，谷中昔產美玉，因之，文中玉山即是藍田山。道書中稱藍田山爲高溪藍水山，爲第54福地，山中的藍水爲第55福地。

18	張果	30	隱居	條山（中條山）	第62福地，因西有華岳，東有太行，故名中條。含第56福地玉峰（靈峰）	山西西南黃城平陸	明皇雜錄、宣室志、續神仙傳
19	姚氏三子	65	娶仙妻				神仙感遇傳
20	李球	47	穴中仙境	五臺山紫府洞		山西五臺	仙傳拾遺
21	秦時婦人	62	洞中仙境	鴈門山		山西代縣	廣異記
22	尹君	21	隱居修道	晉山		山西太原	宣室志
23	薛尊師	41	修道求仙境	嵩山	中岳，第6小洞天	河南登封	原化記
24	李元	48	隱居遇仙				逸史
25	潘尊師	49	修道				廣異記
26	嵩岳嫁女	50	遊歷仙境				纂異記
27	李筌	14	獲仙經				集仙傳
28	嵩岳嫁女	50	修道	少室山	爲嵩山西支，亦爲第6小洞天範圍	河南登封	纂異記
29	薛逢	54	仙境仙食				神仙感遇傳
30	蕭洞玄	44	煉丹	王屋山	第1大洞天。	河南濟源	河東記
31	王太虛	46	修道求洞天				仙傳拾遺
32	李球	47	修道				仙傳拾遺
33	張老	16	神仙之府		天壇爲王屋山山頂		續玄怪錄
34	張鎬妻	64	隱居娶仙妻			河南南陽	神仙感遇傳
35	張李二公	23	修道	泰山	東岳，第2小洞天。	山東、濟南泰安歷城長清之間	廣異記
36	李清	36	修道求仙境	雲門山		山東青州	集異記
37	馮大亮	35	仙眞之約	岷山		四川灌縣	仙傳拾遺
38	劉無名	41	訪師求道				仙傳拾遺
39	同上			霧中山		四川	
40	同上			青城山	第5大洞天，含第50福地大面山	四川灌縣	
41	崔生	23	由洞入仙境				逸史
42	採藥民	25	墮穴入仙境				原化記
43	劉無名	41	訪師求道	峨眉山	第7小洞天	四川眉縣	仙傳拾遺
44	孫思邈	21	隱居				仙傳拾遺、宣室志
45	蕭靜之	24	修道				仙傳拾遺
46	許老翁	31	隱居				仙傳拾遺
47	楊正見	64	服食	眉州山間			集仙錄
48	楊通幽	20	從師修道	後城山		四川	仙傳拾遺
49	翟乾祐	30	修道	黃鶴山		四川奉節	酉陽雜俎、仙傳拾遺
50	陰隱客	20	穴中仙境	孤星山		房州北三十里，即今湖北縣	博異志

51	姚　泓	29	遇仙	南岳（衡山）	南岳，第3小洞天。衡山中又含洞真壚、青玉壇、光天壇、洞靈源等諸福地	湖南衡山	逸史
52	元柳二公	25	隨師入山	祝融峰（衡山72峰最高峰）			傳奇
53	緱仙姑	70	入道隱居	衡山			墉城集仙錄
54	同　上			九疑	第23小洞天	湖南寧遠	
55	薛玄真	43	修道	九疑五嶺			仙傳拾遺
56	柳歸舜	18	仙境遊歷	君山	第11福地	湖南岳陽	玄怪錄〔註37〕
57	許宣平	24	隱居	城陽山		安徽歙縣	續仙傳
58	費冠卿	54	卜居	九華山		安徽青陽	神仙感遇傳
59	薛　肇	17	修道	廬山	第8小洞天	江西九江	仙傳拾遺
60	劉清真	24	服食				廣異記
61	王遠知	23	修道				談賓錄
62	呂　生	23	修道				逸史
63	黃尊師〔註38〕	42	修道	茅山	第8大洞天、第1福地。原名句曲山、地肺山。	江蘇句容	逸史
64	夏候隱者	42	修道				仙傳拾遺
65	劉　商	46	修道				續仙傳
66	宋玄白	47	修道				續神仙傳
67	裴　諶	17	修道	白鹿山	第64福地大滌山之舊名	浙江餘杭	玄怪錄
68	王可交	20	遇仙後修道	天台山	道教神仙窟宅薈萃之地：含第10大洞天赤城山、第14福地靈墟洞、第60福地司馬悔山	浙江天台	續神仙傳
69	司馬承禎	21	隱居修道				續仙傳卷下
70	葉法善	26	修黃籙齋				集異記、仙傳拾遺
71	夏侯隱者	42	修道				仙傳拾遺
72	陳惠虛	49	石壁仙境				仙傳拾遺
73	薛　逢	54	仙境仙食				神仙感遇傳
74	寒山子	55	隱居	天台翠屏山			仙傳拾遺
75	王可交	20	遇仙後修道	四明山	第9小洞天，含第63福地葰湖漁澄洞	浙江鄞縣奉化之間	續神仙傳
76	章全棄	31	鍊丹				宣室志
77	宋玄白	47	修道	括蒼山	第10大洞天	浙江麗水、青田之間	續神仙傳
78	朱孺子	24	修道採藥	大若巖	第12福地	浙江永嘉	續神傳
79	崔　煒	34	遊歷仙境後入山修道	羅浮山	第7大洞天朱明洞，又為第34福地	廣東東江北岸	傳奇
80	軒轅先生	48	歸隱				杜陽篇
81	劉　晸	54	修道				續仙傳

〔註37〕〈柳歸舜〉條，《廣記》卷一九注「出《續玄怪錄》」，誤，實出《玄怪錄》。參見程毅中點校《玄怪錄・續玄怪錄》之「點校說明」部分，又李劍國《唐五代志怪傳奇敘錄》（頁621）。

〔註38〕《廣記》卷四五〈瞿道士〉一則，亦提及黃尊師修道於茅山。

說明：

　　以上諸山所在地，皆是據原文中所述方位，對照以下諸書《中國道教洞天福地攬勝》（李曉實，香港：海峰出版社，1993 年 7 月一版）、《中國道教》第四冊第九編〈仙境宮觀〉部分、《中華道教大辭典》第十四類〈洞天福地及宮觀〉部分（胡孚琛主編，北京：中國社會科學出版社，1995 年 8 月一版）。

　　表中諸山如為洞天福地者，皆不難查證，其餘凡山或有經過一番檢索者，如表 22「晉山」，原文亦未詳其方位，考文中「有唐故尚書李公詵，鎮北門時，有道士尹君者，隱晉山」，查《唐五代五十二種筆記小說人名索引》（北京：中華書局，1992 年 7 月一版），頁 248 註 3、4 云：「《廣記》《宣室》謂 "李詵" 鎮北門，嚴綬為從事。檢（清）吳廷燮《唐方鎮年表》（收於《二十五史補篇》第六冊，北京：中華書局，1991 年 3 月六刷）卷四《河東》，北門帥（即河東節度使）有李說而無李詵，……蓋 "說"、"詵" 形近誤」，據此，則河東節度使即鎮太原，故晉山在太原附近。其他類此檢索者，不再一一表出。

　　由上表可以歸納出下列諸端：

一、唐人入山修道之風極盛，遍及全國，在傳奇中也完全反映出這一點。從仙道傳奇中修道地點的區域分佈而言，分布於華北、華中與華南，華南雖僅廣東羅浮山一處，但自魏晉以來，已是重要的修道場所，至隋唐時，羅浮山已建起一批道教宮觀了。〔註 39〕因此，可以說唐五代入山修道的風氣遍及全國。

　　　華北：表中 1～36，共十七座山。

　　　陝西：華山、藍田山、太白山、終南山、驪山、隔仙山。

　　　山西：恆山、條山、五臺山、鴈門山、晉山。

　　　河南：嵩山、少室山、王屋山、王房山。

　　　山東：泰山、雲門山。

　　　華中：表中 37～78，共十八座山。

　　　四川：岷山（岷嶺）、霧中山、青城山、峨眉山、後城山、黃鶴山。

　　　湖北：孤星山。

　　　湖南：衡山、九疑。

　　　安徽：城陽山、九華山。

　　　江西：廬山。

〔註 39〕參見卿希泰主編《中國道教》（上海：知識出版社，1994 年 1 月一版）第四冊，頁 213～215。

　　　　江蘇：茅山。

　　　　浙江：白鹿山、天台山、四明山、括蒼山、大若巖。

　　　　華南：表中79～81。一座山。

　　　　廣東：羅浮山。

二、其中包含了許多洞天福地（見表中「洞天福地」一欄所列），而五岳全部包
　　　含在內：西岳華山，表1～6；北岳恆山，表17；中岳嵩山，表23～27，
　　　東岳泰山，表35；南岳衡山，表29～53。

　　以五岳而言，至唐時早已非一地理概念，更且是一個文化概念〔註40〕，自秦漢
以來，帝王對五岳奉祀，歷代相沿；魏晉南北朝時，五岳成爲傳授道書和煉丹之地，
《抱朴子・遐覽》謂道書藏於名山五岳，〔註41〕唐人故事中，如表中27〈李筌〉一
則，道士李筌便是在中岳嵩山的虎口巖獲致《黃帝陰符經》，又如杜子春隨老人煉丹
於華山（表1～4中條1）。

　　至於唐帝王追隨前代對五岳的奉祀，有唐玄宗用司馬承禎之言，將五岳定爲國
家公認的道教靈場，此事可見於《舊唐書》卷一九二司馬承禎本傳，〔註42〕而在唐
人傳奇中，則出之以神化，《廣記》卷二十一〈司馬承禎〉一則，〔註43〕寫玄宗泰
山封禪而歸，問承禎：「五嶽何神主之？」承禎對曰：

　　　「嶽者山之巨，能出雲雨，潛儲神仙，國之望者爲之，然山林之神也，
　　　亦有仙官主之。」（玄宗）於是詔五嶽於山頂列置仙官廟。

同一事在《廣記》卷二十九〈九天使者〉一條中，〔註44〕則是因玄宗夢神仙九天使

〔註40〕參見熊建偉，〈道家、道教在五岳定位中的作用〉，（《中國道教》1993年第2期），
　　　　頁36～41。

〔註41〕《抱朴子內篇校釋・遐覽》：「諸名山五岳，皆有此書，但藏之於石室幽隱之地，應
　　　　得道者，入山精誠思之，則山神自開山，令人見之。」（頁336）。

〔註42〕《舊唐書》卷一九二「（開元十五年）承禎因上言：『今五岳神祠，山林之神，非正
　　　　真之神也，五岳皆有洞府，有上清真人降任其職，山川風雨陰陽氣序，是所理焉，
　　　　冠冕章服，佐從神仙，皆有名數，請別立齋祠之所。』玄宗從其言，因敕五嶽各置
　　　　真君祠一所。」（頁5128）。（宋）王溥，《唐會要》（北京：中華書局，1955年6月
　　　　一版，1990年10月三刷），卷三十，事同，而以爲事在開元九年十二月（頁879）。
　　　　（日）池田溫《唐代詔敕目錄》（陝西：三秦出版社，1991年5月一版）中將唐玄
　　　　宗〈五嶽各置真君祠一所敕〉事，據此二書分立在開元十五年及開元九年，但據《廣
　　　　記》卷二九引《錄異記》事在玄宗封禪泰山之後，《唐書》玄宗本紀中，泰山封禪事
　　　　在開元十三年，則司馬承禎上言五嶽各置真君祠之事，當在玄宗開元十五年，以《舊
　　　　唐書》所記爲是。

〔註43〕見《廣記》卷二一，注「出《大唐新語》」，誤，應爲沈汾《續仙傳》卷下，參見李
　　　　劍國《唐五代志怪傳奇敘錄》頁1007。

〔註44〕〈九天使者〉見《廣記》卷二九，注「出《錄異記》」。

者欲於廬山置宮觀，請玄宗派人協助，玄宗因召承禎問此事，承禎奏曰：

> 今名山岳瀆血食之神，以主祭祠，太上慮其妄作威福，以害蒸黎，分命上眞，監蒞川岳，有五岳眞君焉，又青城丈人爲五岳之長，潛山九天司命主九天生籍，廬山九天使者執三天之符，彈劾萬神，皆爲五嶽上司，盡各置廟，以齋食爲饗？

由此可知五岳的崇拜已由受五行說影響與大山崇拜的觀念轉爲道教化的神仙敬拜，〔註45〕這個轉化在唐五代完成了。

唐五代這一類關於福地洞天的說法，多集中在晚唐五代道士杜光庭所著的《仙傳拾遺》一書中，如表中55〈薛玄眞〉一條，薛玄眞好道，喜遨遊雲泉，認爲：

> 九疑五嶺，神仙之墟。

> 祝融棲神於衡阜，虞舜登仙於蒼梧，赫胥耀跡於潛峰，黃帝飛輪於鼎湖，其餘高眞列仙，人臣輔相，騰䰠逍遙者，無山無之。其故何哉？山幽而靈，水深而清，松竹交映，雲蘿杳冥，固非凡骨塵心之所愛也；況遼洞之中，別開天地，瓊膏滴乳，靈草秀芝，豈塵目能窺、凡屣可履也？

文中的衡阜、蒼梧、潛峰皆洞天福地；〔註46〕而山中有仙人，洞中別有天地，又有諸仙藥，完全繼承了葛洪的入山修道合藥的說法。〔註47〕又如72〈陳惠虛〉一條，寫陳惠虛於天台山入石壁仙境事，天台山中含第十大洞天及第十七、六十福地，乃神仙窟宅薈萃之地，文中對該石壁仙境細加解釋：

> 此眞仙之福庭，天帝之下府，號曰『金庭不死之鄉，養眞之靈境』，週迴百六十里，神仙右弼桐柏上眞王君主之，列仙三千人，仙王力士、天童玉女各萬人，爲小都會之所，太上一年三降此宮，校定天下學道之人功行品第。

《仙傳拾遺》之所以對福地洞天諸說引用繁細，是因爲作者杜光庭本身亦有整理福地洞天之作《洞天福地岳瀆名山記》，〔註48〕由杜光庭對福地洞天之熟稔，反映於

〔註45〕五岳崇拜與五行說的關係，參見熊建偉〈道家、道教在五岳定位中的作用〉。

〔註46〕衡阜即衡山，爲三十六小洞天之第三，其主峰爲祝融峰，潛峰即潛山（天柱山），爲三十六小洞天之第十四。蒼梧即九疑山，是第二十三小洞天。

〔註47〕參見本節〔註4〕《抱朴子內篇校釋・金丹》之引文。

〔註48〕關於司馬承禎《天地宮府圖》與杜光庭《洞天福地岳瀆名山記》二書之間的關係，參見卿希泰主編《中國道教史》第二卷（四川：四川人民出社，1992年7月一版）比較二書認爲，十大洞天基本相同，個別名稱有異地點有異；三十六洞天亦大致相同，兩者可能同出一源；但在七十二福地方面，二者的差別較爲複雜，因此「道教關於洞天福地的具體說法，可能不只一種」，足見司馬承禎與杜光庭的資料來源有異

其所整理的神仙小說中，也可代表唐人對名山修道的觀念。

在名山洞府說之外，又有所謂的「二十四化」，也與洞府修仙之說有關。《廣記》卷三十七〈陽平謫仙〉一條，〔註49〕人問陽平洞中仙人「洞府大小，與人間城闕相類否？」仙人曰：

> 二十四化各有一大洞，或方千里、五百里、三百里，其中皆有日月飛精，謂之伏晨之根，下照洞中，與世間無異，其中皆有仙王仙官，卿相輔佐，如世之職司，有得道之人，及積功遷神返生之士，皆居其中，以爲民庶。每年三元大節，諸天各有上眞，下遊洞天，以觀其所爲善惡，人世生死興廢，水旱風雨，預關於洞中焉，龍神祠廟，血食之司，皆爲洞府所統，二十四化之外，青城峨嵋，益登慈母，繁陽嶓冢，皆亦有洞，不在十大洞天三十六小洞天之數，洞中仙曹，如人間郡縣聚落耳，不可一一詳記也。

所謂二十四化即上承東漢張陵在蜀境創建五斗米道時，所設立的二十四處道教活動或教區，原稱「二十四治」，〔註50〕杜光庭的《洞天福地岳瀆名山記》中說明了二十四化的名稱、所屬五行、相配的節氣與上應的星宿，以及有關的仙跡傳說，把人的性命魂神與二十四化相連，從而增強人們對道教神仙的敬畏與信仰。唐五代出現這種二十四化爲神仙住地之說，反映了二十四治作爲早期道教活動場所與組織實體，轉向神話傳說的歷史變化。〔註51〕

總之，名山福地洞天是唐人的修道場，遍及華北、華中與華南；修道者於其間隱居修道、採藥鍊丹、尋師遇仙或遊歷仙境而體悟眞道；而洞天福地之說中的五岳，在唐五代已完全具有道教的文化意涵；而二十四化的由道教的組織實體轉爲神仙居住的洞府之說了。

（頁 457～464）。

〔註49〕〈陽平謫仙〉，《廣記》卷三七，注「出《仙傳拾遺》」。

〔註50〕「二十四治」的名稱何以變成「靈化二十四」、「二十四化」，據卿希泰主編之《中國道教史》第二卷，以爲是避唐高宗李治諱改的（頁 464）。

〔註51〕參考趙宗誠〈"靈化二十四"的一些特點〉(《宗教學研究》1990 年 1～2 期，頁 10～12)。文中指出：「二十四化的地址不是隨便定的，一般都是傳說中仙人修煉飛升之處，可能正因爲如此，道教徒就進一步造說，二十四化是神仙官府和仙民居住的地方」對於〈陽平謫仙〉這條故事，文中說：「唐代出現的這種二十四化爲仙住地之說，反映了二十四治作爲早期道教的活動場所，與組織實體，轉向神話傳說的歷史變化。」（頁 12）

小　結

由《廣記》中唐人的仙道傳說，歸納唐人的成仙理論與條件如下：

一、唐人普遍相信神仙可求，但必須立志勤求。

二、是否能夠成仙則有賴於二個條件，一為仙師的指引；二為是否有仙骨定命。而前一條件往往亦與在第二條件相結合。這種成仙的定命觀，相當程度的反映了唐人的宿命觀：遊仙、服食、得遇明師甚而人間富貴都與仙骨仙相仙緣有關。在仙命說的前題下，又要人立志勤求以成仙，二者之間似乎存在一種矛盾，然而唐人傳奇中卻表現得自然合理，那麼如何適當的詮釋二者之間的矛盾，以探析唐人的深層意識？是一個有趣的課題，也是後文唐五代仙道傳奇類型論中所要探討的重點之一。

三、唐人相信修道須入山，名山中有神仙，是助人得道的福地；洞天福地一方面是仙境之一，一方面也與修道需明師仙眞以指引、有仙骨者得入仙境等思想相配合。從唐五代仙道傳奇中出現的修道之山的分佈而言，遍佈大江南北，其中多有所謂的福地洞天，可見唐人修道的地域分布廣闊，而福地洞天之說在唐人心中已是一普遍的概念了。

第三章　成仙與修道的方法

前　言

　　成仙與修道的方法，基本上是可分爲內修外養二大部分。就內修而言，一方面注重修心養性並積德累功，一方面以服氣導引等作形體的保養；就外養而言，如服食金丹神芝木實等。而凡人如能至仙境一遊，得仙眞賜仙食，或遇道人得賜丹藥，亦可長生不死。

第一節　修心養性，積累功德

　　道教中講成仙，一般是內修外養並重的，如《仙傳拾遺・寒山子》中「內行充而外丹至」的說法很可以做爲代表：〔註1〕

　　　　修生之道，除嗜去欲，嗇神抱和，所以無累也；內抑其心，外檢其身，

　　所以無過也；先人後己，知柔守謙，所以安身也；善推於人，不善歸諸身，

　　所以積德也；功不在大，立之無息，過不在大，去而不貳，所以積功也。

　　然後內行充而外丹至，可以冀道於彷彿耳。

由上可知，所謂「內行充而外丹至」意思即爲，修道者當先修養心性，然後尋求外丹方有功效。〔註2〕心性之修養是內在的，而表現於外在的行爲上則是積功累德，本節將《廣記》中有關唐人修心與積德的篇目與說法列表如下：

〔註1〕　〈寒山子〉見《廣記》卷五五。
〔註2〕　《抱朴子內篇校釋・論仙》中所言心性修養，可與此參照：「學仙之法，欲得恬愉澹泊，滌除嗜欲，內視反聽，尸居無心。」（頁17）

〔表 3-1　修心積德說〕

序號	篇　名	卷數	內　　　容	出　處
1	杜子春	16	吾子之心，喜怒哀懼惡慾皆忘矣，所未臻者愛而已，向使子無噫聲，吾之藥成，子亦上仙矣。	玄怪錄
2	楊通幽	20	然後方得飛昇之道，戒以護氣希言，目不妄視，絕聲利，遠囂塵，則可以淩三界，登太清矣。	仙傳拾遺
3	益州老父	23	但凡欲身之無病，必須先正其心，不使亂求，不使狂思，不使嗜慾，不使迷惑，則心先無病。	瀟湘錄
5	唐若山	27	子有道骨，法當度世，加以篤尚正直，性無忿恚，仙家由重此行。	仙傳拾遺
6	蕭洞玄	44	（煉丹失敗），即更鍊心修行。	河東記
7	軒轅先生	48	（長生之道）輟聲色，去滋味，哀樂如一，德施無偏，自然與天地合得，日月齊明，致堯舜之道，而長生久視之術，何足難哉？	杜陽篇
8	閭丘子	52	我太清眞人，上帝以汝有道氣，故生我于人間，與汝爲友，將授眞仙之訣；而汝性驕傲，終不能得道，吁！可悲乎！	宣室志
9	麒麟客	53	仙俗路殊，塵靜難雜；君宜歸修其心，三五劫後，當復相見。	續玄怪錄
10	趙　旭	63	其大要以心死可以身生，保精可以致神。	通幽記
11	道士王纂	15	今以《神化》、《神咒》二經復授於子，按而行之，以拯護萬民也。…勉而勤之，陰功克成，眞階可冀也。	神仙感遇傳
12	李林甫	19	二十年宰相，生殺權在己，威振天下，然勿行陰賊，當爲陰德，廣救拔人，無枉殺人，如此則三百年後，白日上昇矣。	逸史
13	僧契虛	28	彭者三尸之姓，常居人中，伺察其罪，每至庚申日，籍於上帝，故學仙者當先絕其三尸，如是則神仙可得。	宣室志
14	李　玨	31	乃知世之動靜食息，莫不有報，苟積德，雖在貧賤，神明護祐，名書仙籍。	續仙傳
15	劉無名	41	其次廣施陰功，救人濟物，…今子三尸已去，而積功未著，大限既盡，將及死期，豈可苟免也。	仙傳拾遺
16	李　球	47	我亦久遠學道，當證仙品，而積功之外，口業不除，以宿功所廕，得守此洞穴之口，後三百年，亦當超昇矣。	仙傳拾遺
17	宜君王老	51	好道愛客，務行陰德爲意（後遇道成仙）。	續仙傳
18	王法進	53	今且令汝下歸於世，告喻下民，使其悔罪，寶愛農桑，此亦汝之陰功也。（青童傳其清齋天公告謝之法）	仙傳拾遺
19	盧　鈞	54	後二年，當有大厄，勤立陰功，救人憫物爲意。	神仙感遇傳
20	薛　逢	54	以此言之，玉烈石髓，張華龍膏，得食之者，亦須累積陰功，天挺仙骨，然可登仙品。若常人啗之，必化而爲石矣。	神仙感遇傳
21	王　旻	72	姜撫地仙也，壽九十三矣，撫好殺生命以折己壽，是仙家所忌，此人終不能白日昇天矣。	紀聞

　　以上 1～11 則，與修煉心性以成仙有關；15～21 則，與積陰功陰德有關。

　　以 1〈杜子春〉、6〈蕭洞玄〉二則情節相似的故事而言，都是借煉丹以明修煉心性的重要。〈蕭洞玄〉一則中，但以煉丹失敗，即更錬心修行而去做結；而〈杜子春〉則藉道士說明：煉丹失敗，在於杜子春心中愛欲未去之故，暗示了修煉成仙的過程中，修道者本身必須絕情去欲。絕情去欲以成仙或許可以「心死身生」四字說明，如 10〈趙旭〉中，仙妻臨去留贈的修仙之訣「大要以心死可以身生，保精可以致神」，此亦 3〈益州老父〉「正心無病」之理。蓋心正去欲，身即無殃，方可進一步求長生。

　　再以〈劉曙〉一則為例，〔註 3〕有兄弟二人，兄劉曙好道，弟劉瞻則以為神仙邈遠難求，不如師法馬周。馬周即唐初宰相，《廣記》卷 19 引《仙傳拾遺》，謂馬周為華山素靈宮仙官。亦即劉瞻希冀先求人間富貴，再求位登仙階。四十年後，兄弟二人再次相逢，兄曙貌可二十，而弟瞻雖曾任宰相，卻已是皤然衰朽的逐臣了。瞻於是問曙：「可復修之否？」曙回答：

> 身邀榮寵，職和陰陽，用心動靜，能無損乎！……今唯來相別，非來相救也。

由此可知，仙道注重修心去欲，主要的一個理由，在於「無損」二字；〔註 4〕道徒認為人要保養先天的精氣神，不使之損耗，方可長生，而若欲求過多，或好富貴，或好聲色，都於身心有損；身心受損，豈能長生不老？

　　至於積陰功陰德之說，可以說是道教的宗教倫理，承繼了傳統「積善餘慶，積惡餘殃」的素樸的報應觀念。東晉葛洪在《抱朴子》中融合了兩漢緯書仙經中的功德觀，提出「為道者當先立功德」的說法。〔註 5〕在唐人仙道傳奇中，功德之說亦是一普遍的成仙說法，或由仙真神靈正面勉人務行陰德；或由反面事例警戒求仙而不積德的後果，如 20〈薛逢〉以某僧食石髓後變為石頭而未成仙為例，說明：「得食之者，亦須累積陰功，天挺仙骨，然可登仙品。」

　　在積功德之說的種種故事中，值得注意的有關唐代名臣的仙說：12〈李林甫〉、19〈盧鈞〉二則，盧李二人均為唐代宰相，〔註 6〕二者在歷史上的評價不一，〔註 7〕

〔註 3〕　〈劉曙〉見《廣記》卷五四，注「出《續仙傳》」。

〔註 4〕　《抱朴子內篇校釋・至理篇》：「人所以死者，諸欲所損也。」（頁 112），又〈微旨〉：「『敢問欲修長生之道，何所禁忌？』抱朴子曰：『禁忌之至急者，在不傷不損而已。』」（頁 125）。

〔註 5〕　參見李豐楙《不死的探求：抱朴子》，頁 242。

〔註 6〕　參見二人本傳。李林甫，本傳在《舊唐書》卷一○六，頁 3235～3241；盧鈞，本傳在《舊唐書》卷一七七，頁 4591～4593、《新唐書》卷一八二，頁 5367～5369。

此二則故事，借功德說貶抑李林甫，而對盧鈞則示之以成仙之道，與二人在歷史上的評價相表裡。醜道士指點李林甫於為相期間「慎勿行陰賊，當為陰德，廣救人，無枉殺人，如此則三百年後，白日上昇。」然而李林甫卻「大起大獄，誅殺異己，冤死相繼，都忘道士槐壇之言戒也。」當醜道士再度出現時，便言：「遣相公行陰德，今枉殺人，上天甚明，譴謫可畏，如何？」而後李林甫追問昇仙之事，道士曰：「緣相公所行，不合其道，有所竄責，又三百年，更六百年，乃如約矣！」所謂三百年或六百年飛昇，都不易求證，小說家之言，或可言有借道教功德之說以諷刺當道之用心。〔註8〕而〈盧鈞〉一則中，盧鈞有疾，王山人往見，賜以金丹癒疾，並謂：「後二年，當有大厄，勤立陰功，救人憫物為意，此時當再相遇。」後山人再至，又言：「君今年第二限終，為災極重也，以君為郡，去年雪冤獄，活三人之命，災已息矣。」後又授盧公金丹十粒，盧公年九十，耳目聰明，氣力不衰，既終之後，異香盈室。李林甫起大獄，盧鈞則雪冤，二人行徑恰為對比，而盧公既終之後，異香盈室，便有暗示成仙的意味。

道教除了重視人命之外，也愛惜物命，在漢魏兩晉南北朝的道經中就有大量戒殺生的戒律條文，〔註9〕葛洪在《抱朴子‧微旨》中說：

> 然覽諸道戒，無不云欲求長生者，必欲積善立功，慈心於物，恕己及人，仁逮昆蟲，樂人之吉，愍人之苦，賙人之急，……不嫉妒勝己，不佞諂陰賊，如此乃為有德，受福於天，所作必成，求仙可冀也。若乃憎善好殺，口是心非，……廢公為私，刑加無辜，……凡有一事，輒是一罪，隨事輕重，司命奪其算紀，算盡則死。〔註10〕

〔註7〕 李林甫，史謂其「猜忌陰中人，不見於詞色」（頁3236），又「苞藏安忍」（頁3239），「始不佐皇太子，慮為後患，故屢起大獄以危之。」（頁3239）其個人生活則「恃其早達，輿馬被服，頗極鮮華。」（頁3240，見《舊唐書》卷一○六），至於盧鈞，「與人交，始若澹薄，既久乃益固。所居官必有績，大抵根仁恕至誠而施於事。玩服不為鮮明，位將相，沒而無盈財。」（見《新唐書》卷一八二，頁5369）。

〔註8〕 李豐楙先生在〈道教謫仙傳說與唐人小說〉一文（收入《中研院第二屆國際漢學會議論文集》1989年6月）中，以為《逸史》載本則故事，寫李林甫為謫仙，有文過飾非的可能（頁368）。按，本則故事中有以道教功德說來諷刺李林甫的用意，應此關於李林甫的謫仙說當另有詮釋的途徑，未必是作者有意文過飾非。另詹石窗、黃景亮〈中晚唐傳奇小說與道教〉（《宗教研究》1990年1～2期）一文亦指出本則故事的主題是「勸喻將相積陰德，而在客觀上又浸透了道教關於"欲修仙道，先修人道"的觀念。」（頁23）。

〔註9〕 參見姜生《漢魏兩晉南北朝道教倫理論稿》（成都：四川大學出版社，1995年12月一版），頁90～93。

〔註10〕 《抱朴子內篇校釋‧微旨》，頁125～126。

如上所言，所立功德，不只及於人兼且逮於物，《廣記》中有二則傷於物命而不能白日飛昇，僅成尸解仙的故事，也是道教功德說的一種，這二則故事是《神仙感遇傳‧桓闓》〔註11〕、《仙傳拾遺‧孫思邈》〔註12〕，前者以陶弘景「陰功著矣，然所修《本草》，以虻虫水蛭輩爲藥，功雖及人，而害於物命，以此一紀之後，當解形去世。」後者則引用此說，謂孫思邈「爾所著《千金方》，濟人之功，亦已廣矣，而以物命爲藥，害物亦多，必爲尸解之仙，不得白日輕舉矣。」也是就陶弘景與孫思邈雖然成仙，但都只成了下等的尸解仙，是因爲他們所著的《本草》與《千金方》內容取材有害於物命之故。

　　道教的功德說往往與三尸說、算紀說、首罪悔過說並行。所謂三尸說，指人身中有三尸，每到庚申日便上天白於司命，道人所爲過失，司命根據人的過失大小，奪人年壽，大者一紀三百日，小者一算三日。〔註13〕在13〈僧契虛〉條便提及了「學仙者當先絕其三尸，如此則神仙可得。」而在18〈王法進〉條則言神仙賜王法進「致齋悔謝」之法以喻下民，成就陰功；法進行之，終於昇天。

　　至於16〈劉無名〉中，劉無名不樂名利，依道經學咽氣朝拜，存眞內修之術，又常以庚申日守三尸，〔註14〕並服餌黃精白朮，後因服食雄黃，頂有黃光，而得泰山直符之指引，謂其「三尸已去，而積功未著」，且「但服其石（雄黃），未餌其金（丹）」，於是劉如其言，尋訪眞人，得伏汞煉鉛朱髓之訣，終於亦成仙而去。〔註15〕這一則故事，便一方面顯示了守庚申去三尸與積功德的關係，一方面透過劉無名求仙的過程體現了神仙可學的理論，同時也表現了唐人注重金丹服食的情形。

第二節　服氣導引房中辟穀等養生術

　　唐人的養生術，基本上承自秦漢以來的服氣辟穀、房中之術，如綜合前代成仙之論的葛洪，即在《抱朴子》中強調博採眾術：「（養生成仙之道）至要者在於寶精、行氣、服一大藥（金丹）便足。」

〔註11〕〈桓闓〉見《廣記》卷一五。

〔註12〕〈孫思邈〉見《廣記》卷二一。按本則《廣記》下注「出《仙傳拾遺》及《宣室志》」，李劍國《唐五代志怪傳奇敘錄》以爲本則故事是《仙傳拾遺》一書採用了《宣室志》《酉陽雜俎》《大唐新語》及《續仙傳》諸書而成（頁1028、1028）。

〔註13〕參見《抱朴子內篇校釋‧微旨》，頁125。

〔註14〕因三尸於庚申日上告人過於天，故於庚申日守三尸。

〔註15〕按原文爲「築室修鍊，三年乃成，……入青城去，不知所終」，仙道傳奇中往往用「不知所終」作爲成仙的暗示。

　　今將服氣辟穀等的養生術列表〔表 3-2　行氣導引房中術〕以爲說明。這類事例多半不以人物如何成仙爲描述重點，而在以服氣辟穀等的行爲，作爲修道的標誌，與服食成仙的事例形成一個對比：在服食成仙的事例中，「服食」多半是故事中的情節單元，故事中的人物一旦服食仙藥，便造成人物自身的轉變，如病得醫治、返老還童，或自此卻穀不食而有志於道，或因之長生不死等等。在服食事例中，人物亦有兼行養生術者，基本上還是以養生術爲人物修道的標誌，以服食爲人物終於不死成仙的有效成仙法。

　　如〔表 3-2　行氣導引房中術〕中條 1〈盧李二生〉一條，故事寫二人修道態度的對比，一人堅持，一人中途放棄，堅持者成仙，放棄者碌碌於塵世。故事中並未說明堅持者是以何法成仙，這也不是本故事的重點，所以僅在故事一開始交待二人「隱居太白山讀書，兼習吐納道（導）引之術」，做爲二人修道的標誌。又如上節所引〈劉無名〉條，劉氏依道經學咽氣朝拜，存眞內修之術，守三尸，並服餌黃精白朮及雄黃，再依泰山直符之指引，尋訪眞人，得伏汞煉鉛朱髓之訣，終於亦成仙而去。也就是各種養生術在傳奇作品中，可作爲人物修道的標誌。

　　唐人的各種養生術都是承自秦漢以來的養生方法，如辟穀服氣導引及房中術等。辟穀法多半與藥物服食相配合，內容較複雜，在此先簡單說明唐人傳奇中辟穀法以外的其他養生方法：

〔表 3-2　行氣導引房中術〕

序號	篇　　名	卷數	方　　法	結　　果	出　　處
1	盧李二生	17	吐納導引	成仙	逸史
2	唐若山	27	胎元谷神之要	得道	仙傳拾遺
3	玄眞子	27	守眞養氣	臥雪不寒，入水不濡，升仙	續仙傳
4	翟乾祐	30	行氣	成仙	酉陽雜俎仙傳拾遺
5	李　鈺	31	胎息不食	百餘歲，輕健異常，尸解	續仙傳
6	穆將符	44	吐納內修之道	仙人	仙傳拾遺
7	王太虛	46	絕粒咽氣	神旺身輕	神仙感遇
8	宋玄白	47	辟穀服氣，然嗜酒肉，行房中術	白日上昇	續仙傳
9	王　旻	72	房中術	不死	紀聞
10	李吉甫	48	休糧服氣	神骨甚清	逸史
11	金可記	53	服氣鍊形	昇天	續仙傳
12	董上仙	64	寡於飲膳，好靜守和	蟬蛻昇天。	集仙傳
13	戚逍遙（蒯潯妻）	70	齋潔修行，不事生計，獨居小室，香水爲資，絕食靜想	升仙	續仙傳

　　以上事例中，所謂「吐納」「服氣」「胎息」等，都是一種呼吸法。服氣又稱「行氣」「煉氣」「食氣」，古人認爲掌握呼吸的方法，有助於養生卻惡，並可與服食配合，〔註16〕而服氣又分爲外息法和內息法，「胎息」便是內息法，不用口鼻呼吸，全靠腹中內氣在體內潛行，如嬰兒在母胎中不用鼻口呼吸一樣。〔註17〕

　　行氣常與導引術相連，如 1〈盧李二生〉謂「吐納導引」。導引術是肢體的俯仰屈伸運動，如龍導、虎引、熊經、龜咽、燕飛、蛇屈、鳥伸、猿據、兔驚等。〔註18〕服氣與導引的起源都很早，如《莊子》書中及漢墓馬王堆出土帛書《導引圖》均有相關記載，〔註19〕道教承襲之以爲修習長生之術，歷來著述甚多，〔註20〕而唐人傳奇中大多以之爲人物修道的標誌，而沒有詳細的名稱和理論。

　　至於「房中術」，爲道教倡導在男女性生活方面的養生術，本旨在強調協調陰陽以養生，其說起於先秦，至唐代亦繼續流行〔註21〕但在唐人仙道傳奇中似乎不強調此點，以房中術養生的事例極少。〔表3-2〕中 8、9 二條中，行房中術以成仙者，恰爲一男一女，8〈宋玄白〉寫道士宋玄白，眉目如畫，端美肥白且秀麗，一方面「辟穀服氣，然嗜酒，或食彘肉五斤，以蒜虀一盆」，另一方面「住則以金帛求置三二美妾，行則捨之，人皆以爲有老彭補腦還元之術」，最後「白日上昇而去」。所謂「老彭補腦還元之術」即房中術中的一種，〔註22〕觀其所在多置美妾，行則捨之，可見一斑。9

〔註16〕《抱朴子內篇校釋・至理》：「服藥雖爲長生之本，若能兼行氣者，其益甚速，若不能得藥，但行氣盡其理者，亦得數百歲……善行氣者，內以養身，外以卻惡。」（頁114），又《抱朴子內篇校釋・釋滯篇》並說明行氣的方法、時間及注意事項。

〔註17〕《太清調氣經》（收在《正統道藏》第30冊，洞神部威儀類，臺北：新文豐出版社，1985年12月再版）第九：「胎息者，如嬰兒在母胎中十個月，不食而能長養成就，骨細筋柔，握固守一。……今人所服者，如嬰兒在母腹，是名胎息，服內氣耳。」（838頁）。

〔註18〕爲各種導引術勢名稱，見《抱朴子內篇校釋・雜應篇》，頁274。

〔註19〕如《莊子・刻意》：「吹呴呼吸，吐故納新，熊經鳥」前二句爲呼吸運動（行氣），後一句爲肢體運動（導引），即將呼吸法與導引二者合而言之。1973年長沙馬王堆漢墓出土帛畫《導引圖》，有四十四個動作圖形，除殘缺者外，大部分圖形側邊書寫有簡短的說明文字……，根據不同的特點可分爲呼吸運動、肢體運動和器械運動和治療功等功法。參見周世榮〈從馬王堆出土文物看我國道家文化〉一文，（載在陳鼓應主編《道家文化研究》第三輯，上海古籍出版社，1993年8月，一版）頁401。

〔註20〕參見卿希泰主編《中國道教》第三冊，頁277～286。

〔註21〕據蒙文通〈晚周仙道分三派考〉（四川：《圖書集刊》第八期）一文指出，晚周仙道分行氣導引、服餌、房中三派。1993年長沙馬王堆漢墓出土帛書《天下至道談》等，說明秦漢方仙道的房中派，參見周世榮〈從馬王堆出土文物看我國道家文化〉一文，頁404～406。《隋書》與新舊《唐書》的經籍志、藝文志都有房中書的著錄，唐代著名道教醫家孫思邈的《千金要方》亦有專章〈房中補益〉，可知房中術在唐代繼續流行。

〔註22〕在1973年的馬王堆漢墓出土的《養生方》中即有彭祖答王子喬問，降授養生秘訣的

〈王旻〉條，王旻之父與姑皆得道者，而其姑七百歲矣，且道高於旻父，「有人知其姑者，常在衡岳，或往來天台羅浮，貌如童嬰，其行比陳夏姬，唯以房中術致不死，所在夫婿甚眾。」而王旻之姑「所在夫婿甚眾」則可見其所採行的房中術之一斑。

唐著名道教醫家孫思邈的《千金要方‧房中補益》即以陰陽調和之說，作爲房中術的理論基礎：

> 人常御一女，陰氣轉弱，爲益亦少。陽道法火，陰家法水，水能制火，陰亦消陽。久用不止，陰氣逾陽，陽則轉損，所得不補所失。但能御十二女而不復施瀉者，令人不老，有美色；若御九十三女而自固者，年萬歲矣。〔註23〕

上述二則故事中，宋玄白、王旻姑的行徑，大約都是根據類似《千金要方‧房中補益》中的陰陽調和的理論。但不免有男女關係浮濫之嫌，這也是爲何房中術到宋代理學興起時，遭受到批判的原因。

唐傳奇中雖不強調以房中術養生修道，但在張鷟的《游仙窟》中卻佔有相當的份量。荷蘭學者高羅佩的名著《中國古代房內考》，認爲張鷟的《游仙窟》中，有性交的描寫，所用房中術語，足證作者張鷟十分熟悉房中書。〔註24〕然而《游仙窟》故事的主旨不在宣揚道教房中之術，重點則在藉仙道以寫人情。

唐五代傳奇中除提及服氣、導引及房中等養生術外，還有「辟穀」一大項。辟穀又稱「卻穀」、「斷穀」、「絕穀」、「休糧」、「絕粒」等，即不食五穀雜糧。古人以爲穀類易朽，因此，人食之亦然，這種思想是一種巫術性的思考原則，與服食金石，即得金石恆存之性的思想，基本上是相通的。〔註25〕道家養生重不食或少食，如《莊子‧逍遙遊》中所描述的古之仙人即是「不食五穀，吸風飲露」。而辟穀法即起於先秦，〔註26〕往往與行氣術相配合，〔註27〕而行氣又與導引術相配合，也就是辟穀、

文字，而葛洪《抱朴子‧微旨》論房中術時則說：「彭祖之法，最其要者。」〈遐覽篇〉、〈極言篇〉均引有《彭祖經》，〔日〕板出祥伸以彭祖爲房中術之祖，參見《道教》第一卷（上海：上海古籍出版社，1990年6月一版）〈長生術〉頁222～223。

〔註23〕唐‧孫思邈《備急千金要方》（臺中：自由出版社，1959年8月），卷二七〈房中補益〉第8，頁489。

〔註24〕參見（荷）高羅佩（R. H. VAN GULIK）著，李零等譯《中國古代房內考》（"A Premlimnary of Chinese Sex and Society from ca. 1500 B. C. till 1644 A3. B."上海：上海人民出版社，1990年11月，一版）頁270～271。另高羅佩以爲孫顏的《神女傳》亦反映了採陰補陽的房中理論，爲唐代的色情傳奇（頁271），按《神女傳》即《廣記》卷二九一〈宛若〉條，注出《漢武故事》，李劍國《唐五代志怪傳奇敘錄》以爲此條乃唐人孫顏編輯《神女傳》中採用前說，實際上並非是唐人的作品（頁1215）。

〔註25〕參見本章第三節所論。

〔註26〕辟穀最早的理論根據是《大戴禮記‧易本命》：「食肉者勇敢而悍，食穀者智慧而巧，

行氣與導引三者往往相聯而行。

　　道教吸收了先秦的辟穀法後，辟穀法便一直是道徒修道的重要手段，自漢至唐，事例繁多，如《後漢書‧方術傳》載：「（郝）孟節能含棗核、不食，可至五年十年。」〔註28〕《南史‧隱逸傳》載道士鄧郁：「斷穀三十餘載，唯以澗水服雲母屑」等等，〔註29〕而相關的辟穀專著，亦所在多有，〔註30〕諸書所載，歸納起來，不外「服氣辟穀」與「服藥辟穀」兩大類，〔註31〕前者以服氣為基礎，達到辟穀的目的；後者則服食藥物以代替穀食。

　　在唐人傳奇中，「服氣辟穀」常連而言之，如下表：

〔表3-3　辟穀服氣事例〕

序　號	篇　名	卷　數	辟穀服氣	出　處
1	劉法師	18	鍊氣絕粒	玄怪錄〔註32〕
2	僧契虛	28	絕粒吸氣	宣室志
3	李　鈺	31	胎息不食	續仙傳
4	李　泌	38	絕粒咽氣	鄴侯外傳
5	王太虛	46	絕粒咽氣	仙傳拾遺
6	宋玄白	47	辟穀服氣	續仙傳
7	李吉甫	48	休糧服氣	逸　史

　　至於「服藥辟穀」則與服食類有關，即藉服食藥物以代替五穀，如傅勤家在《中國道教史》謂：

食氣者神明而壽，不食者不死而神。」（收入《叢書集成初編》第 1028 冊 228 頁，北京：中華書局，1983）葛洪《抱朴子‧雜應》亦引此道書之言，與此相類：「食草者善走而愚，食肉者多力而悍，食穀者智而不壽，食氣者神明不死。」（頁 266）

〔註27〕　今所見最早卻穀食氣的文獻為 1973 年長沙馬王堆漢墓出土的《卻穀食氣》，參見胡翔驊〈帛書"《卻穀食氣》義證〉一文，（載《道家文化研究》第三輯，上海：上海古籍出版社，1993 年 8 月，一版）。

〔註28〕　（宋）范曄撰《後漢書》（北京：中華書局，1965 年 5 月一版，1991 年 3 月五刷）卷八二下，頁 2751。

〔註29〕　（唐）李延壽撰《南史》（北京：中華書局，1975 年 6 月一版，1987 年 3 月五刷）卷七六，頁 1896。

〔註30〕　（宋）張君房編《雲笈七籤》卷七十四至七十七卷皆是各種方藥，服之可以絕穀不食，進而成仙的藥方。又如〔宋〕鄭樵《通志》（北京：中華書局，1987 年 1 月一版，1990 年 3 月二刷）卷六七〈藝文略〉錄有《太清斷穀法》《無上道絕粒訣》《休糧諸方》《太清經斷穀諸要法》《斷穀諸要法》《停廚圓方》等各一卷（頁 792）。

〔註31〕　參見卿希泰主編《中國道教》第三冊，頁 293。

〔註32〕　〈劉法師〉條，《廣記》卷一八注「出《續玄怪錄》」，誤，實出《玄怪錄》。參見程毅中點校《玄怪錄‧續玄怪錄》「點校說明」部分，頁 7。

道書云：「神仙以辟穀爲下，然卻粒則無滓濁，無滓濁則不漏，由此亦可入道。」方書服草木之實而辟穀，《譚子化書》有「火煉鉛丹以穀食者」，則竟以金石代五穀矣。〔註33〕

唐人傳奇中有關服食與辟穀的故事相當多，見下表：

〔表 3-4 卻穀服食事例〕

序號	篇　名	卷數	內　　容	結　　果	出　　處
1	呂　生	23	不欲聞食氣，上山斸黃精煮服之，十年之後，並餌生者，俗饌不進。	日覺輕健，耐風寒，行若飄風，見文字及人語更不忘。	逸史
2	郗　鑒	28	正心禪觀，都不復食，每出禪，或飲少藥汁。	貌有童顏，體至肥充。	紀聞
3	李　泌	38	仙授長生羽化服餌之道，而後多絕粒咽氣，修黃光谷神之要。		鄴侯外傳
4	韋仙翁	37	絕糧不食，但少飲酒及人參茯苓湯	行步若飛，長生。	異聞集
5	白幽求	46	仙境歸來，自是休糧，常服茯苓		博異志
6	妙　女	67	瘥，不復食，唯餌蜀葵花、鹽茶	清瘦爽徹，顏色鮮華。謫仙。	通幽記
7	楊敬眞	68	終歲不食，食時啗果實，或飲酒二、三盃	容色轉芳嫩，成仙。	續玄怪錄
8	尹　君	21	不食粟，常餌柏葉	容貌如舊，仙人。	宣室志
9	僧契虛	28	採柏葉食之，自是絕粒吸氣	骨狀豐秀，後遁去，不知所在。	宣室志
10	姚　泓	29	既絕火食，唯餐柏葉	體生綠毛，長生不死	逸史
11	柏葉仙人	35	食柏葉，自此絕穀，並不思飲食	眉鬚紺綠，耳目鮮明，無疾而終，顏色不改蓋尸解也。	原化記
12	陶尹二君	40	茯苓、千秋柏子、萬歲松脂	毛髮盡綠，成仙	傳奇
13	王法進	53	茹柏絕粒。	仙賜玉盃霞漿，並授告謝之法，後得飛昇。	仙傳拾遺
14	蕭氏乳母	65	不復食，但食松柏	體生綠毛，身稍能飛。後，食俗物（人間之果），不復能飛	逸史
15	黃觀福	63	不嗜五穀，不茹葷血，焚柏葉、柏子爲香，食柏葉	謫仙。	墉城集仙錄
16	謝自然	66	絕粒，猶食柏葉（有柏葉絕粒說）	成仙	墉城集仙錄
17	劉法師	18	鍊氣絕粒，後得仙人賜刀圭粉，和水飲之。	飲畢飢渴之想頓除	玄怪錄

〔註33〕傅勤家，《中國道教史》（台北：臺灣商務印書館，1966 年 3 月臺一版）頁 139。

18	劉清眞	24	僧賜丸藥	不復饑	廣異記
19	嚴士則	37	仙賜丸藥	三十年不復饑渴，氣壯神清	劇談錄
20	王可交	20	仙人賜栗	絕穀，不喜聞食氣	續仙傳
21	馮　俊	23	仙人賜胡麻飯、乳漿、丹藥百粒	壽終，丹藥日食一粒，可百日不食。	原化記
22	採藥民	25	仙人賜胡麻飯，柏子湯	身輕	原化記
23	許宣平	24	仙人賜桃	卻食，日漸童顏，輕健愈常	續仙傳
24	張雲容（薛昭）	69	仙賜藥一粒	非唯去疾，兼能絕穀。容鬢不衰，成仙。	傳記
25	趙　旭	65	仙食	每一食，經旨不饑，但覺體氣沖爽。	通幽記
26	虞卿女子	65	仙食	出，不食，唯飲湯茶，爲仙官。	逸史
27	張連翹	64	不復食，天墮三黃丸，食其二丸。	力彊神清，倍於常日，後悲思父母，歸而形枯悴，兩鬠相合。	廣異記

　　以上事例，1～7 條爲不食五穀而改食他物如藥汁、人參、茯苓等的例子，8～16 條爲絕粒而食柏葉之事例；17～27 條則爲仙眞賜食，以致絕穀不食的事例。仙人所賜有胡麻飯、仙栗、仙桃、丸藥、丹藥、乳漿等等。這些都相當程度的反映了唐人的服食觀。唐人的服食觀見本章第三節分析。

　　最後以 2〈郗鑒〉條爲例說明卻穀服食的實際情形。〈郗鑒〉寫唐人段翳山中遇晉人郗鑒之事。故事中，段翳於逆旅見一客「七十餘矣，雪眉霜鬚，而貌如桃花，亦不食穀」、「自駕一驢，市藥數十斤，皆養生辟穀之物也。」後段翳隨之入恆山，山中人告之日：「夫居山異於人間，亦大辛苦，須忍饑餒，食藥餌，能甘此，乃可居」。其後段翳見郗鑒「都不復食，每出禪時，或飲少藥汁，亦不識其藥名。」可見郗鑒所飲藥汁及山中人「忍饑餒，食藥餌」，殆皆文前老叟所市之數十斤藥所給，亦即卻穀服食就是以藥食代替穀食，並非完全不進食。

第三節　服食的觀念與類別

　　先秦神話中有不死藥的神話傳說，秦漢方仙道也有各種服食的求仙方法。如在《山海經》中有所謂的不死藥，〔註34〕其中並記載著各種動植物、礦物的服用及效

〔註34〕袁珂校注，《山海經校注》（（增補修訂本），四川：巴蜀出版社，1993 年 4 月，一版）

用，一方面表現了古人長期經驗所累積的草藥知識，一方面則是依據巫術性思考的方式，認爲某些動植礦物具有醫療養生的作用。〔註35〕戰國方士傳說服食可以成仙的有茯苓、靈芝、桃棗等，都是天然的植物，有其養生的效用，而《山海經》中黃帝服食玉膏，〔註36〕則是以金石常存之性，服之以使肉身轉化而可長存不朽，這便是一種巫術性的思考方式。

所謂巫術性的思考方式，根據弗雷澤《金枝篇：巫術與宗教之研究》所言，巫術所賴以建立的思想原則有兩方面：一、同類相生或果必同因，可稱之爲相似律；二、物體一經互相接觸，在中斷實體接觸後還會繼續遠距離的互相作用，可稱之爲接觸律或觸染律。這二大原則，純粹是「聯想」的兩種不同的錯誤應用而已。〔註37〕就吃的方面而言：

> 例如野蠻人常常爲了獲得某些他所希望的素質，而去吃那些他相信具有這些素質的動物或植物，他也要避免吃那些他相信染有他不想要的素質的動植物。前者他採用了積極巫術，而後者則採用了消極巫術。〔註38〕

李豐楙認爲在中國金丹與仙藥的服食皆爲一種巫術性的思考原則：「魏伯陽、葛洪都是根據同類相輔的巫術原則，作爲金丹服食的基本原則。」〔註39〕如魏伯陽在《周易參同契》中說：「巨勝尚延年，還丹可入口，金性不敗朽，故爲萬物寶，術士服食之，壽命得長久。」〔註40〕至於葛洪則更推闡其說：

> 夫金丹之爲物，燒之愈久，變化愈妙。黃金入火，百鍊不消，埋之，畢天不朽。服此二物，鍊人身體，故能令人不老不死。此蓋假求於外物以自堅固。〔註41〕

同樣的，李豐楙認爲葛洪《抱朴子》中〈仙藥〉篇的基本觀念與〈金丹〉、〈黃白〉

卷十一〈海內西經〉：「開明東有巫彭、巫抵、巫陽⋯⋯皆操不死之藥以距之。」（頁352）。

〔註35〕參見李豐楙《神話的故鄉：山海經》（台北：時報文化有限公司 1983 年 11 月），頁 27～33、10～11。

〔註36〕參見袁珂校注，《山海經校注》卷二〈西山經〉：「其中多白玉，是有玉膏，其原沸沸湯湯，黃帝是食是饗。」（頁 48）。

〔註37〕弗雷澤著，汪培基譯《金枝：巫術與宗教之研究》，（台北：桂冠圖書出版社，1991年 2 月一版），頁 21～22。

〔註38〕弗雷澤著，汪培基譯《金枝：巫術與宗教之研究》，頁 35。

〔註39〕參見李豐楙《不死的探求：抱朴子》，頁 313～315。

〔註40〕參見不詳著者，《周易參同契新探》（臺北：木鐸出版社，1982），頁 61。「巨勝」即胡麻，爲服食藥物之一種，見《抱朴子・仙藥》：「巨勝一名胡麻，餌服之不老，耐風濕，補衰老也。」（頁 205）。

〔註41〕見《抱朴子內篇校釋・金丹篇》頁 71。

兩篇相同，是「依據巫術性思考原則運用於藥物的採集、服食。」〔註42〕

　　這種「假求外物以自堅固」的服食觀在唐代大行其道。唐代外丹興盛，唐代帝王因服餌丹藥中毒而死者在歷朝中爲最多，〔註43〕至於一般社會上亦盛行服食之風，大臣與文人學士多有服丹之舉，甚而因之喪生者。〔註44〕金正耀在〈唐代道教外丹〉一文中，歸納唐代的丹道理論與外丹諸流派的興盛情形，〔註45〕有所謂「自然還丹之說」、「臨爐煉丹火候掌握的直符理論」和「關於藥物配合的相類學說」，前二種理論爲唐代絕大多數丹道流派所信奉，至於在實際藥物的配合上，各道派主張不同，大致上可分爲：主張金砂服食的傳統一派，主張鉛汞爲至寶大藥的時興一派，和主張硫汞轉煉合成的晚起一派。其中，「金砂派」主張各藥物兼采合用，「鉛汞派」則排斥一切雜藥。

　　在唐人傳奇中所反映的服食觀方面，金丹與植物性的仙藥都有，依類分爲下列二表〔表3-5　服食的事例－丹藥類〕、〔表3-6　服食的事例－芝草木實類〕，此外，因從不同的重點又分了〔表 3-7　服食－仙食事例〕，和上一節的〔3-4　卻穀服食事例〕，仙人賜食與卻穀服食的事例中都有丹藥與芝草木實之類，角度雖不同但與本節有重複之處，在此一併討論。

一、金石丹藥類

〔表 3-5　金石丹藥類〕

序號	篇　名	卷數	外丹服食	結　　　果	出　　處
1	薛　肇	17	丹藥	疾癒，神氣邁逸，肌膚如玉，髭髮青鬒，狀可三十許人	仙傳拾遺
2	劉法師	18	仙人賜刀圭粉	飲畢飢渴之想頓除	玄怪錄
3	孫思邈	21	雄黃	尸解仙	仙傳拾遺

〔註42〕參見李豐楙《不死的探求：抱朴子》，頁334。

〔註43〕見清·趙翼《二十二史劄記》（台北：華世出版社，1977年9月一版）卷十九有〈唐諸帝多餌丹藥〉條，引之有太宗、憲宗、穆宗、敬宗、武宗、宣宗等，趙謂：「統計唐代服丹藥者六君，穆、敬昏愚，其被惑固無足怪，太、憲、武、宣皆英主，何甘身殉之？實由貪生之心太甚，而轉以速其死耳。」此外，高宗、玄宗時俱有藥金之說，武后曾餌丹藥（頁397～399）。

〔註44〕如韓愈撰《太學博士李君墓誌銘》（收入《全唐文》卷五六四，上海：上海古籍出版社，1990年12月一版），記所見服餌中毒致死的大臣有七位（頁2529）；前引《二十二史劄記》同條中又有大臣杜伏威、李抱真等人；而唐代士人如王勃、盧照鄰、白居易、韓愈、元稹、李白等皆有崇道煉丹的經歷，參見金正耀〈唐代道教外丹〉一文，《歷史研究》1990年第2期，頁66～67。

〔註45〕參見金正耀〈唐代道教外丹〉，《歷史研究》1990年第2期，頁53～68。

	孫思邈	21	茶法煮湯末（金石藥）	升仙	仙傳拾遺
4	劉白雲	27	金丹	更年少潔白，登仙	仙傳拾遺
5	張　果	30	三黃丸	空棺（尸解）	明皇雜錄、宣室志、續仙傳
6	凡八兄	30	金丹玉液	仙人	仙傳拾遺
7	顏真卿	32	丹砂	空棺（尸解）	仙傳拾遺、戎幕閑談、玉堂閑話
8	申元之	33	絳雪丹	地仙	仙傳拾遺
9	賣藥翁	37	大還丹	飛昇	續仙傳
10	劉　晏	39	丸藥	疾癒	逸史
11	劉無名	41	黃精白朮雄黃、鉛汞朱髓	不知所終	仙傳拾遺
12	丁　約	45	丹藥	非能長生，限內無他恙	廣異記
13	劉　商	46	丸藥	地仙	續仙傳
14	許棲巖	47	石髓	可壽千歲	傳奇
15	侯道華	51	大還丹	升仙	宣室志
16	陳　金	51	硫黃	尸解仙；無病、枯瘦、輕健	稽神錄〔註46〕
17	盧　鈞	54	金丹	年九十而耳目聰明，氣力不衰。	神仙感遇傳
18	薛　逢	54	石髓龍膏	有仙骨者，食之，上仙。	神仙感遇錄
19	吳清妻	67	藥 21 丸，玉液漿兩碗，煎茶飲。	成仙	逸史

在丹藥的部分，有雄黃、丹砂、硫黃、鉛汞等確定的礦物與金屬名稱，其餘則為不明成份的金丹玉液、絳雪丹、大還丹、丹藥、丸藥、刀圭粉等，其中所謂「刀圭粉」，刀圭是量器名，所用藥量極微，因此可能指藥性劇烈的金石藥類。〔註47〕

〔註46〕《稽神錄》作者徐鉉，為五代入宋時人，原不在本文研究取材的範圍，但因本條〈陳金〉具有相當的參考價值，故一併錄之。

〔註47〕刀圭，為量器名，也借指藥物。葛洪在《抱朴子內篇・金丹》中，論服九丹成仙之說中，有言「服一刀圭，百日仙也」之語（頁 75），可見刀圭作為服藥的份量，並與金丹之類相關連。南朝・梁・陶弘景編《本草經集註（輯校本）》（北京：人民衛生出版社，1994 年 2 月一版）卷一〈序錄〉云：「凡散藥有云刀圭者，十分方寸匕之一，准如梧桐子大也。」（頁 38）明・董穀《碧里雜存》（收在《叢書集成初編》2911 冊，北京：中華書局，1985 北京新一版）卷上〈刀圭〉條：「按，晦翁詩：『刀圭一入口，白日生羽翰。』然學者皆不知刀圭之義，但知其為妙藥之名耳。……前在京師買得古錯刀三枚，京師人謂之長錢，云是部中失火，煨爐中所得者，其錢形正似今剃刀，其上一圈正似圭璧之形，中一孔即貫索之處。蓋服食家舉刀取藥僅滿其上之圭，故刀圭，言其少耳。」（頁 54～55）借指藥物，如唐・韓愈《韓昌黎詩繫年集釋》（臺北：世界書局，1986 年 10 月四版）卷十二〈又寄隨州周員外詩〉：「陸孟丘楊久作塵，同時存者更誰人。金丹別後知傳得，乞取刀圭救病身。」方世舉注

所謂「丸藥」也可能是植物性的草藥製成的，但因前後文中無法明確判斷，故置於此表中作參考。

　　服食的方式，大約製成丸藥或研磨爲藥粉以水吞服，或者如煮茶法煎服，例如3〈孫思邈〉條，文中有孫思邈在玄宗夢中自言「好餌金石藥」，並向玄宗求賜峨眉山之雄黃，其後，孫思邈又以仙人身份出現，「袖中出湯末以授童子曰：『爲我如茶法煎來。』處士（孫思邈）呷少許，以餘湯與之」，後孫離去，而童子亦乘空而飛，「眾方驚異，顧視煎湯銚子，已成金矣。」由其敘述，可知以茶法煎煮金石之藥，亦爲服食的方式之一。

　　在石藥方面，有玉液和石髓，葛洪《抱朴子・仙藥篇》引《玉經》之說法：「服金者壽如金，服玉者壽如玉」，〔註48〕服食之法則爲「亦可餌以爲丸，亦可燒以爲粉」、「玉屑服之與水餌之，俱令人不死」。〔註49〕在唐人傳奇中，則較少有食玉的記載，大抵如19〈吳清妻〉條「玉液漿兩碗，煎茶飲」的方式。

　　基本上，傳奇小說並非煉丹的專著，所以多半約略表示丹藥之服食，由表中似乎不易觀察出是「金砂派」、「鉛汞派」、「硫汞派」等的外丹派別。以13〈劉無名〉一條較明確的以鉛汞爲主，在故事中，劉先服用了黃精白朮雄黃，依然不得成仙，直到泰山直符指引，方求師學煉鉛汞朱髓之法。文中有服食金石的理論性說明，以金石的陰陽屬性說之，主張二者須相配而行，而以鉛汞所煉之金丹爲昇仙的關鍵方法：

　　　　子（劉無名）之黃光，照灼於頂，迢高數丈，得非雄黃之功？然吾聞
　　一陰一陽之謂道，一金一石之謂丹，子但服其石，未餌其金，但得其陽，
　　未知其陰，將何以超生死之難、期昇騰之道乎？……鉛汞朱髓，可致沖天。
此外，又說明煉鉛汞的歷程與服食的效用：

　　　　丹分三品，以鉛爲君，以汞爲臣，八石爲使，黃芽爲苗，君臣相得，
　　運火功全，七日爲輕汞，二七日變紫鋒，三七日五彩具，內赤外黃，狀如
　　窗塵，復運火二年，日周六百，再經四時，重履長至，初則十月離其胞胎，
　　已成初品，即能乾汞成銀，丸而服之，可以祛疾，三年之外，服者延年益
　　算，髮白反黑，三年之後，服之刀圭，遊散名山，周遊四海。初品地仙，
　　服之半劑，變化萬端，坐在立亡，駕馭飛龍，白日昇天。大都此藥。經十
　　六節，已爲中品，便能使人長生，藥成之日，五金八石，黃芽諸物，與君

　　　　曰：「庾信詩：『成丹須竹節，量藥用刀圭。』」（頁337）。
〔註48〕《抱朴子內篇校釋》，頁204。
〔註49〕《抱朴子內篇校釋》，頁204。

臣二藥，不相雜亂矣。千日功畢，名上品還丹。

就服食的效用而言，一為病得醫治，且身強體健，返老還童；再則為成仙。值得注意的是，服食金石之藥以成仙的例子中的尸解仙，如3〈孫思邈〉、5〈張果〉、7〈顏真卿〉等條。孫思邈、顏真卿、張果，皆實有其人，且為當代名臣或道士，關於他們在小說中「死亡」的記載，都有成仙的意味：

（孫思邈）永淳元年卒（高宗，682），遺令薄葬，不藏冥器，不奠生牢。經月餘，顏貌不改，舉尸就木，空衣而已，時人異之。

（張果）忽卒，弟子葬之。後發棺，空棺而已。

（顏真卿）既死，復收瘞之。賊平，真卿家遷喪上京，啓殯視之，棺朽敗而尸形儼然，肌肉如生，手足柔軟，髭髮青黑，握拳不開，爪透手背，遠近驚異焉。行及中路，旅櫬漸輕。後達葬所，空棺而已。…時人皆稱魯公屍解得道焉。

以上，都以空棺代表尸解成仙，三者皆服食金石藥物，而16〈陳金〉一條，則由發冢所見，證明服用硫黃可成尸解仙：

（陳金）發一大冢，開棺，見一白髯老人，面如生，通身白羅衣，衣皆如新，開棺即有白氣衝天，墓中有非常香氣，金獨視棺蓋上有物如粉，微作硫黃氣。…僧曰：「此城中富人之遠祖也。子孫相傳，其祖好道，有異人教餌硫黃，云數盡當死，死後三百年，墓當開，即解化之期也，今正三百年矣。」即相與復視之，棺中空，唯衣尚存，如蟬蛻之狀。

實際上，服藥者身上往往因長期服用丹藥而產生種種的生理變化，如尸體有不同的味道，不腐不爛，以今人研究古屍的案例而言，如《長沙馬王堆一號漢墓古屍研究》，墓主約葬於西元前168年，其屍體檢測結果是組織內含有超過常人數十倍至百倍的鉛汞含量，研究結果顯示，其屍體內鉛汞的來源，非由棺液經皮膚滲入體內，而可能是生前口服的結果，此亦古屍千年不壞的原因。〔註50〕

如〈陳金〉一條中，當時人在古冢中的發現與今人於漢墓中所見之古屍，殆為相類的情形，也就是古人將古墓中所見未腐之屍體，視為尸解成仙的例證，而更加相信服食丹藥可以成仙，如前所引〈顏真卿〉、〈陳金〉二條中對屍體的描述與記錄，

〔註50〕湖南醫學院主編，《長沙馬王堆一號漢墓古屍研究》（北京：文物出版社，1980第一版）書中有「某些組織中鉛、汞、砷等毒物分析」一節，小結謂：「從古屍組織中鉛汞含量來推斷，死者生前似有出現慢性鉛汞中毒的可能。死者生活在公元前一百多年的西漢時期，當時鉛汞化合物已廣泛應用，特別是"煉丹術"盛行，尸體小腸內又有大量含汞物質殘留，因此，生前口服"仙丹"之類的藥物可能是古尸體內鉛汞的主要來源。」（頁225）。

應即是丹藥在人體內的變化所致，而當時人不能明白，反而相信原始尸解的神祕說法，將一切服藥而死的帝王、大臣以及道士，都當作是尸解。〔註51〕

二、芝草木實類

〔表 3-6　芝草木實類〕中，因與卻穀服食重複的條例很多，故將重複者除去，請與〔表 3-4〕相參看。

〔表 3-6　芝草木實類〕

序號	篇　　名	卷數	芝草木食	結　　果	出　　處
1	崔　綽〔註52〕		靈芝，雜以菫味食之	輕健無疾，年九十餘	因話錄卷六
2	僕僕先生	22	杏丹術	乘雲而度	異聞集、廣異記
3	朱孺子	24	黃精	蟬蛻，如嬰兒之貌	續仙傳
	朱孺子	24	枸杞根	飛昇	續仙傳
4	劉清眞	24	白菌	體生綠毛，乘雲上升	廣異記
5	蕭靜芝〔註53〕	24	肉芝	齒髮再生，力壯貌少	神仙感遇傳
6	李衛公	29	黃精百合茯苓薯蕷棗栗蘇蜜，丸藥	疾癒，眉髮復生	原化記
7	崔希眞	39	千歲松膠		原化記
8	唐憲宗皇帝	47	雙麟芝、六合葵、萬根滕	春秋高而顏色不老	杜陽編
9	維楊十友	53	千歲人參	食之，可白日昇天，爲上仙。	神仙感遇傳
10	秦時婦人	62	草根	不死	廣異記
11	玉　女	63	水芝	體生綠毛、面如白花，後爲人所辱，遂速老而歿。	集異記
12	楊正見	64	人形茯苓	食之者白日昇天。謫仙。	墉城集仙錄

從〔表 3-4〕和〔表 3-6〕觀之，唐人所服食的植物性草藥有大要以黃精、茯苓、枸杞根、人參、胡麻、菌芝類和松柏之屬爲主。從修辭上來看服食的觀念，如「千歲松膠」和「人形茯苓」等，可見古人相信服食長存之事物可使年命延長。所服食之物最大宗者爲松柏之屬，尤其是與辟穀法配合施行，有九條之多（見〔表 3-4〕），松柏長青，服食之亦可久壽，可以說完全是一種巫術性的思考方式。〔表 3-4〕16

〔註51〕參見湖南醫學院主編，《長沙馬王堆一號漢墓古屍研究》，頁 119〔註 68〕。
〔註52〕本條《廣記》無，在趙璘《因話錄》（收在《唐國史補等八種》，臺北：世界書局，1991 年 6 月四版）卷六。篇名〈崔綽〉爲筆者依《廣記》以人名爲篇名之體例所加。
〔註53〕同一事亦見《廣記》卷四一三引《宣室志》，題爲〈地下肉芝〉。

〈謝自然〉條云：

> 夫藥力只可益壽，若昇天駕景，全在修道服藥。修道事頗不同，服柏
> 便可絕粒，若山谷難求側柏，只尋常柏葉，但不近丘墓，便可服之。石上
> 者尤好。曝乾者難將息，旋採旋食，尚有津潤，易清益人。大都柏葉、茯
> 苓、枸杞、胡麻，俱能常年久視，可試驗。

有關松柏服食的傳說中，都有體生綠毛的記載（見〔表3-4〕），這種「辟穀→食柏
→體生綠毛→久壽或成仙」的傳說，由來已久，如託名劉向的《列仙傳》中就有許
多食柏成仙的故事，〔註54〕在葛洪《抱朴子‧仙藥篇》中亦強調松柏的神奇之效，
〔註55〕稍後於葛洪的陶弘景所編《本草經集注》羅列松脂、松實、松葉、柏實、柏
葉等服食之效。〔註56〕因此，至唐代服食松柏依然是服食成仙的一大類。實際上，
雖然許多藥草的服食確實有養生延年之效，〔註57〕但服食松柏過多，對人體不一定
有益，如〔表3-4〕11〈柏葉仙人〉條，敘述田鸞如何服食柏葉而成仙人，在這一則
事例中，對服食柏葉的過程反應，有較詳細的描寫：

> 乃取柏葉曝乾，爲末服之，稍節葷味，心志專一，服可至六七十日，
> 未有他益，但覺時時煩熱，而服終不輟。至二年餘，病熱，頭目如裂，舉
> 身生瘡，其母泣曰：「本爲延年，今返爲藥所殺！」而鸞意終不捨，尚服
> 之，至七八年，熱疾益甚，其身如火，人不可近，皆聞柏葉氣，諸瘡潰爛，
> 黃水遍身如膠。

雖然田鸞最後成爲柏葉仙人，但由其過程「病熱、生瘡、潰爛」等的情形看來，可
能成仙的結果未必爲眞，反而是借這樣的故事，誘導人接受服食過程中的種種不適，
並堅信服食柏葉之效。這與勸人服食金丹的某些說法是相類的。

至於菌芝類的服食，亦有「體生綠毛」的說法，如〔表3-6〕4、11二條，可能
受到服食松柏事例的影響，使得「體生毛」爲服食久壽之徵。葛洪《抱朴子‧仙藥》
將神芝分爲五大類：石芝、木芝、草芝、肉芝、菌芝。〔註58〕據李豐楙的研究，石

〔註54〕如張金嶺注譯，陳滿銘校閱《新譯列仙傳》（臺北：三民書局，1997 年 2 月一版）
卷上有「偓佺」、「仇生」、「犢子」、「毛女」諸條，均爲服食松柏或松脂之例。

〔註55〕《抱朴子‧仙藥》中亦引「趙瞿食松脂成仙」事、「秦時毛女食松葉、松實」事等。

〔註56〕見南朝‧陶弘景《本草經集注（輯校本）》卷三〈草木上品〉，頁 191～193。

〔註57〕參見顏進雄《六朝服食風氣與詩歌》（台北：文化大學中文研究所碩士論文，1992
年 6 月）「（陶弘景《神農本草經》）總結和收入了這一時期服食養生家們認爲具有延
年作用的藥物，如認爲人參、茯苓、…枸杞子、胡麻、松子仁、蜂蜜等等，久服可
以 "耳目聰明、延年、輕身不飢"。這些藥物，已被目前科學研究所證實，確實可
以不同程度的提高人體免疫功能，或抗衰老的作用。」（頁 162～163，該書註15）。

〔註58〕見《抱朴子內篇校釋》，頁 197。

芝爲一種礦石類，如石鍾乳等；而木芝、草芝及菌芝三種，性質相近，均屬菌類，有些具有迷幻性，在宗教儀式中使用，在六朝筆記中芝菌與海上仙島的傳說相結合。至於肉芝其實指久壽的動物，如千歲蝙蝠、千歲靈龜、千歲燕及風生獸等。〔註59〕

　　〔表 3-6〕中有一條服食肉芝的例子：5〈蕭靜之〉，該例中蕭靜之先是絕粒鍊氣，「十餘年而顏貌枯悴、齒髮凋落，一旦引鏡而怒」，於是放棄修道而逐市人求什一之利，又一日，「掘得一物，類人手，肥而且潤，其色微紅」，烹而食之，逾月而齒髮再生，力壯貌少，道士謂之曰：

　　　　子所食者肉芝也，生於地，類人手，肥潤而紅，得食者壽同龜鶴矣。

由文中之描述，該「肉芝」生於地，可能仍是一種菌芝類，而不同於葛洪在《抱朴子》中所說的各種久壽的動物了。此外，又有1〈崔綽〉條，有方士留藥一丸與崔，崔埋於床下，後見床下有菌，因煮而食之，自此身輕無疾，年九十餘而卒。文後之議論可反映唐人服食觀之一斑：

　　　　　向得靈藥，便能正爾服之，當已輕舉矣；其次食所化靈芝，不雜葷茹，
　　又應反顏住世，壽不可量。

由文中，可見唐人依然承襲了葛洪金丹勝於仙藥之觀念；其次，唐人亦相信靈芝的神奇效用，而在服食時，若雜以葷茹，則藥效減低，此點，與其他服食事例中，往往強調不茹葷腥，有相通之處；最後，所謂「靈芝爲丸藥所化」的說法，可能與「腐草化螢」之類相同，都是一種素樸的觀察和錯誤的推論罷了，由此亦可見丸藥與靈芝俱爲時人所認爲的仙丹妙藥，在此做了巧妙的聯繫。

　　至於胡麻，一名巨勝。〔註60〕前文所引《周易參同契》稱「巨勝尚延年，還丹可入口」云云，是以胡麻作爲各種丹藥以外的服食藥物的代稱。而在《抱朴子·仙藥》中云「多服之則可以斷穀」，〔註61〕陶弘景《名醫別錄》上品卷一謂：「久服明耳目，耐饑，延年。」因此與斷穀法常配合服用。而在仙人賜食方面，也常用作仙食之一。

　　此外，又有 2〈僕僕先生〉的杏丹術，《雲笈七籤》中有〈杏金丹方〉，〔註62〕可能即是所謂杏丹術，其主要成份即是杏子，服之可令人容顏美好。

三、仙人賜食種種

　　仙人所賜的飲食稱爲「仙食」，亦含蓋前述之金石丹藥和芝草木實類。以下再

〔註59〕參見李豐楙《不死的探求：抱朴子》，「神芝的服食傳說」，頁 339～346。
〔註60〕梁·陶弘景《名醫別錄》（北京：人民衛生出版社，1986 一版）胡麻條註云：「《本經》原文：『胡麻，久服輕身不老，一名巨勝。』」（頁 97）
〔註61〕見《抱朴子內篇校釋》，頁 205。
〔註62〕見《雲笈七籤》頁 551。

從仙人賜食的角度，整理如下表：

〔表 3-7 仙食事例〕

序號	篇　名	卷數	仙人所賜藥物	結　　果	出　　處
2	王可交	20	栗	絕穀，不喜聞食氣	續仙傳
3	馮　俊	23	胡麻飯、乳漿、丹藥百粒	壽終，丹藥日食一粒，可百日不食。	原化記
6	許宣平	24	賜桃	卻食，日漸童顏，輕健愈常	續仙傳
4	採藥民	25	胡麻飯，柏子湯	身輕	原化記
			（龍）黑寶珠	五千歲	
			金丹	心中明了	
8	崔　煒	34	飲龍餘沫	肌膚少嫩，筋力輕健	傳奇
5	裴氏子	34	賜胡麻飯、麟脯仙酒	壽考	原化記
1	嚴士則	37	丸藥	三十年不復饑渴，氣壯神清	劇談錄
7	王太虛	46	桃、桃核	身康無疾，顏狀益少	神仙感遇傳
10	李　球	47	神漿丸藥	老而復少	仙傳拾遺
9	陳惠虛	49	大還丹	飛昇	仙傳拾遺
11	嵩岳嫁女	50	延壽酒、薰髓酒	肌膚溫潤、呼吸皆異香氣	纂異記
12	裴　航	50	絳絳雪瓊英丹、紫府雲丹	毛髮紺綠，神化自在，起為上仙。	傳　奇
13	王法進	53	玉盃霞漿	飛昇	仙傳拾遺
14	邊洞玄	63	玉英之粉（湯餅）	服之七日當羽化。身輕，齒髮盡換，乘紫雲而去，紫雲化為五色雲，冉冉而上。	廣異記
17	張連翹	64	天墮三黃丸	食其二丸，力彊神清，倍於常日，後悲思父母，歸而形枯悴，兩蕹相合。	廣異記
15	趙　旭	65	仙食	每一食，經旬不饑，但覺體氣沖爽。	通幽記
16	虞卿女子	65	仙食	出，不食，唯飲湯茶，為仙官	逸　史
18	馬士良	69	盜食青蓮，仙賜神液仙藥	身輕能飛舉。	逸　史
19	張雲容（薛　昭）	69	藥一粒	非唯去疾，兼能絕穀。容鬢不衰，成仙。	傳　奇〔註63〕
	（張雲容）		絳雪丹一粒	服絳雪丹，雖死不壞，得生人交精之氣，再生為地仙。	

〔註63〕《廣記》注「出《傳記》」，王夢鷗《唐人小說研究》以為乃《傳奇》之誤（頁193，校注一）。

20	戚玄符	70	仙降授藥	大中十年丙子八月十日昇天	墉城集仙錄
21	薛玄同	70	仙降示黃庭經旨並九華丹一粒	餌食九華丹後，稱疾而卒，棺蓋飛起，失尸所在，空衣而已，異香群鶴，浹旬不休（尸解）	墉城集仙錄

由上表，仙人所賜藥食有丹藥類的，如大還丹、絳雪丹、九華丹和金丹等等；礦石類如玉英粉、龍餘沫等；果實植物類如桃、棗、栗、青蓮、胡麻飯、柏子湯，此外還有仙酒和未知內容的「仙食」等等。

仙人所賜的飲食可使人身輕體健，益壽延年，從其內容而言，基本上是人間服食觀的反映，如上表中的丹藥類、礦石類等，與前面所列的凡人為求仙而服食內容是一致的；此外，桃、棗、胡麻與酒具有庶民性格的飲食，但因是仙人所賜，便具有令人成仙的素質。〔註64〕這大概與早期的神仙傳說有關，如早期方士傳說神仙安期生「食棗大如瓜」，西王母賜仙桃、仙酒與漢武帝等等，因此，後世成仙的故事中，仙人所賜之天然食物亦皆具有久壽的素質。〔註65〕

四、服食的成敗

服食的成敗，特別是與辟穀法相配合的服食，承襲了六朝的服食觀。李豐楙在《不死的探求：抱朴子》一書中，從服食松柏的毛女、宮人還食穀類後而髮白老死的事例指出：

> 可表現仙道思想中，還食人間之物，重作人間之人，也就是重蹈人間
> 的老、死的命運，在敘事的流傳中應有較深刻的象徵意義的。〔註66〕

這種以「松柏：久壽←→穀物：老死」為中心命題與結構的故事，在唐人筆記中繼續出現，並且擴及其他種類的服食，如〔表3-4〕1〈呂生〉以黃精為食，「俗饌不進」，年近六十而鬚髮漆黑，後因其母以豬脂置酒中，逼呂生飲之，呂生因此而髮白僵臥。同表14〈蕭氏乳母〉但食松柏，體生綠毛，身稍能飛，後食「俗物」（即人間之果品）後，不復能飛。從文中用詞，「俗饌」「俗物」，可見其中隱含了求仙修道中「聖俗」二分的概念，彼此之間是不能相容的；其次，依前文所述，在服食的巫術性思考原則下，穀物易朽，食之者亦然，為求長生因此卻食之。觀察這一類的事例，都與辟穀相關，可見其中隱含了服食的禁忌，正是消極巫術中的一種。

〔註64〕桃、棗之為一般日常飲食，最早可追溯至商周，至今依然，而飲酒的歷史亦可上溯及商周。

〔註65〕見《廣記》卷三〈漢武內傳〉：「清香之酒，非地上所有。」「以玉盤盛仙桃七顆，……母以四顆與帝，三顆自食」。

〔註66〕參見李豐楙《不死的探求：抱朴子》，頁350。

因此，服食的成敗，與是否觸犯禁忌有關，也含有聖俗二分的象徵意義，故由服食修道而還食人間之物，由聖返俗，便要重蹈人間的老、死命運了。

小　結

一、唐人承襲了漢魏以來仙經道書中的功德觀，認爲修道者除了透過服食等方法外，必先積累功德，積功累德也就變成仙的一種手段與方法了。此外，功德說混合了佛教的戒殺生的主張後，由人而及於物。功德說並與三尸說、算紀說、首罪悔過說並行，形成道教徒的一種具有目的性的德行倫理觀。

二、在唐人的名臣仙說中，有藉功德說以諷刺當道的意味。

三、在各種養生術之中，服氣、導引、辟穀等等，主要是作爲故事中人物修道的標誌，同時，亦可視爲唐人修道的方法。辟穀並與服食相配合，藉食柏葉、人參、茯苓等藥物以斷食五穀，或透過仙人賜食（仙栗、仙桃、胡麻飯等等），以致絕穀不食。服食與絕穀相配合，往往可達到長生不老的目的。

四、房中術在唐傳奇中出現的例子不多。

五、服食成仙爲唐五代仙道故事內容的大宗，往往也是故事中的重要情節。服食內容則大致涵蓋了漢魏以來的諸類：金石丹藥、芝草木實與仙食等等，唐人依然相信透過服食，不但可以身輕體健，且可以飛昇成仙。一般以爲服食金丹的風氣到唐代達於顛峰，事實上唐人似乎同樣著迷於金石以外的各種服食藥物。總之，唐代是一個服食風氣極盛的時代。

服食與辟穀相配而行，有聖俗二分的宗教意義在其中。

第四章　神仙世界

前　言

　　唐前即有「天仙、地仙、尸解仙」神仙三品說，到了唐仙道傳奇中有何異同？唐人的神仙世界中，神仙的食衣住行育樂的細節如何？又有何文化社會意義？此外，神仙不但長生且具有神通法術，在唐仙道傳奇中，他們展現了那些神通與法術？而神仙所住的仙境，又有那些種類和樣貌？以下各為一節以作說明。

第一節　神仙三品說

　　在先秦即有古仙人的觀念，如《莊子》書中不食五穀、肌膚若冰雪、遨遊天地間的仙人形象，而在漢墓中則有羽人的壁畫，〔註 1〕漢魏的神仙故事中，仙人也有體生綠毛的，〔註 2〕這些仙人的形貌與特質依然流傳在唐人的仙道故事中。至於為仙人定品級，則大約起於東漢末，如《太平經》神、仙、人的九級，天師道系的三品仙說等，皆是將人間世界的尊卑階級觀念反映在神仙世界中。〔註 3〕葛洪的《抱朴子》則為漢魏以來神仙三品說的集大成者，所謂神仙三品說，即是由成仙的方式（昇仙或尸解等）和方法（服食導引等）將神仙分為上、中、下三品：

〔註 1〕　參見蒲慕州《墓葬與生死：中國古代宗教之省思》（台北：聯經出版社，1993 年 6 月初版），文中指出漢墓壁畫中的主題相當多與超自然的神仙世界相關，而其中「羽人」壁畫似乎暗示墓主也可以羽化成仙，頁 201～205。

〔註 2〕　如《列仙傳》的毛女、偓佺、漢末宮人，均因服食松柏而體生綠毛。參見本論文第二章第三節「二・芝草木實類」中所述。

〔註 3〕　參見李豐楙《不死的探求：抱朴子》，頁 190～193。

按仙經云：上士舉形昇虛，謂之天仙……；中士遊於名山，謂之地
仙……；下士先死後蛻，謂之尸解仙。〔註4〕

朱砂爲金，服之昇仙者，上士也；茹芝導引，咽氣長生者，中士也；
餐食草木，千歲以還者，下士也。〔註5〕

葛洪以不同的服食方法區別神仙的品級，因他以金丹爲尙，故以服食金丹爲上士，
所成之仙爲天仙，但在唐代仙道傳奇中，則未必如此，這是因爲對成仙方法有輕重
不同的主張，如《仙傳拾遺·韋蒙妻》條，〔註6〕韋蒙妻許氏昇天爲仙之事，文中
引司命之言：

汝（按，指許氏早天之女）九世祖有功於國，有惠及人，近已擢爲地
下主者，即遷地仙之品，汝母（即許氏）心於至道，合陟仙階。

由前後文的敘述，「地下主」（尸解仙的一種）、〔註7〕「地仙」和飛昇的「上仙」在
文中都出現了，成仙之道與功德說有關，並且三品之間有升遷的關係，表明了三品
仙說未必即與服食的品類有絕對的關係。

在唐代仙道傳奇中出現的神仙，就成仙的形式而言大致有白日飛昇或尸解成仙
二種，參見〔表1-1唐代仙道傳奇成仙事例〕和〔表2-4〕、〔表2-5〕、〔表2-6〕、
〔表2-7〕等各種服食事例，由表中成仙的結果與形式方法，可見服食丹藥者未必
白日飛昇，反而多爲屬於下品的尸解仙，而服食芝草類的，則多有白日飛昇的上仙。
此外，唐仙道傳奇中也有許多隱逸山林的地仙。

一、白日飛昇者

〔表4-1　白日飛昇事例〕

序號	篇　名	卷數	金石	芝草	其　他	飛昇情形	出　處
1	孫思邈	21	+			（童子）乘空而飛。	仙傳拾遺
2	陳惠虛	49	+			昇天而去。	仙傳拾遺
3	賣藥翁	37	+			飛昇。	
4	朱孺子	24		+		飛昇。	續神仙傳
5	王法進	53		+		昇天。	仙傳拾遺

〔註4〕見《抱朴子內篇校釋·論仙》，頁20。
〔註5〕見《抱朴子內篇校釋·黃白》，頁287。
〔註6〕〈韋蒙妻〉見《廣記》卷六九。
〔註7〕陶弘景《眞誥》（收在《叢書集成初編》570～573冊，北京：中華書局，1985，北
京新一版）卷四〈運象篇第四〉：「白日去謂之上尸解，夜半去謂之下尸解，向曉向
暮之際，而謂之地下主者也。」（頁56）。

6	謝自然	66			白日昇天，…五色雲遮亙一川，天樂異香，散漫彌久。	墉城集仙錄
7	劉清眞	24		+	通身生綠毛，乘雲上昇。	廣異記
8	楊正見	64		+	白日昇天。	墉城集仙錄
9	宋玄白	47		房中術	白日昇天。	續神仙傳

由本表可見，服食芝草而飛昇的例子較金石類爲多。其次行房中術或其他方法亦可白日昇仙。白日昇仙者，似乎沒有經過肉體死亡的過程。

二、地　仙

　　有《仙傳拾遺·申元之》、《神仙感遇傳·王子芝》、《續仙傳·劉商》等三則。
〔註8〕

　　據前所引葛洪所述的神仙三品說中的「地仙」，就成仙的方法而言是透過導引食氣而成仙者，就成仙的形式則爲「中士游於名山」者。在唐傳奇說中地仙的事例都與服食有關，而不是透過導引食氣。〈申元之〉中，申元之賜玄宗宮嬪趙雲容絳雪丹一粒，曰：

　　　　汝服此丹，死必不壞，可大其棺，廣其穴，……百年後還得復生，此

　　太陰鍊形之道，即爲地仙，復百年，遷居洞天矣。

也就是說可由太陰鍊形的尸解仙是修道者先服食丹藥，死亡時屍身不壞，經過百年後復生，升爲地仙，再過百年，便可升爲天仙。〈王子芝〉條則由樵仙傳給王子芝修鍊之訣，最後子芝成爲地仙，〈劉商〉則由賣藥道士的丹藥，而成爲地仙。三者大致皆與服食有關。

　　這三則故事也分別表現了唐人的神仙觀之一斑：

　　一、繼承漢魏的神仙三品說，三品之間是可以依次修習而向上升遷的，如〈申元之〉：「尸解（太陰鍊形）」→「地仙」→「上仙（遷居洞天）」。

　　二、承襲漢魏六朝「地仙隱逸」的精神特質，如〈王子芝〉遇樵仙之情節：酒肆相交，意氣相投，而「樵仙」者即一老樵夫，本身即是山林隱逸之流；再如〈劉商〉條，劉商棄官求道，遇賣藥道士，得丹藥與口訣，而後遊歷山川，隱居在罨畫溪，而成爲地仙。

　　唐代仙道傳奇中有許多修道之人，最後入山而不知所之的事例，大約也都可以視爲「地仙」之流，這些皆可見仙道與隱逸之風的關聯。

〔註8〕　〈申元之〉條見《廣記》卷三三，〈王子芝〉條見《廣記》46，〈劉商〉條見《廣記》
　　　　卷四六。

三、尸解者

〔表4-2　尸解事例〕

序號	篇名	卷數	金石	芝草	尸解情形	出　處
1	孫思邈	21	+		（死後）經月餘，顏貌不改，舉尸就木，空衣而已。	仙傳拾遺
2	司馬承禎	21	+		若蟬蛻解化，弟子葬其衣冠。	大唐新語
3	李玨	31			三日棺裂聲，衣帶不解，如蟬蛻，已尸解矣	續仙傳
4	顏眞卿	32	+		（死後數年），棺朽敗而尸形儼然，肌肉如生，手足柔軟，髭髮青黑，握拳不開，爪透手背，行及中路旅櫬漸輕，後達葬所，空棺而已。	仙傳拾遺、戎幕閑譚、玉堂閑話
5	盧眉娘	66			香氣滿堂，將葬，棺輕，僅存舊履。	杜陽雜編
6	王氏女	70			香氣異常，棺輕，止衣舄而已。	墉城集仙錄
7	薛玄同	70	+		失尸所在，空衣而已，異香群鶴浹旬不休。	墉城集仙錄
8	董上仙	64			因蛻其皮於地，乃飛去，皮如其形，衣結不解，若蟬蛻耳。	墉城集仙錄

　　由本表可見尸解成仙的諸現象，與白日飛昇最大的區別在於：白日飛昇者未經過死亡，而是肉體直接昇仙；尸解成仙者，則有死亡的歷程，往往在將葬之前，尸體消失，唯存衣冠，此外，香氣與群鶴亦皆爲成仙之瑞應。

　　關於尸解，可以 4〈顏眞卿〉一條做說明，顏眞卿十八九歲時，臥疾百餘日，有道士以丹砂粟救之，並謂「去世之日，可以爾之形鍊神陰景，然後得道。」死後，遷葬時，如表中所引，尸形儼然，其後卻僅存空棺，文末並引道士邢和璞之言，說明尸解與太陰鍊形之關係：

　　　　此謂形仙者也，雖藏於鐵石之中，鍊形數滿，自當擘裂飛去矣。

可見尸解者，生前服食丹藥，死後尸身不易朽爛，古人以爲是鍊形之故，其後尸身消失，則以爲是尸解成仙了。此類尸解之例，又往往見於古墓古屍，古屍成仙（消失）等類故事，大約都可視爲尸解仙說。

　　除了白日飛昇、地仙、空棺尸解之外，卒時異香、不知所之等等的敘述，亦往往暗示人物可能成仙，均可見前二章諸表中。

第二節　仙境諸說

　　仙境，或稱仙鄉、仙界，指仙人所居之處，一在海中，二在山中，三在天上，

後來也有在水中的，不論如何，仙境是有別於現實人間的「他界」。〔註9〕

　　仙境說的起源與神仙說的起源是相關的，一般說來有西方崑崙神山和東方海上蓬萊二大系統。〔註10〕二說皆與中國古老的樂園神話有關，〔註11〕而其後因緯書地理說、山林隱逸思想的興起與影響，而發展出具有人間性的海內福地洞天等等諸仙境。

　　關於仙境由崑崙與蓬萊向人間名山移轉的過程，余英時指出是在漢朝時產生的轉變，〔註12〕李豐楙據此則更進一步指出，此項轉變是受到漢代的緯書地理說的影響，並因之在魏晉時形成仙道化的三十六洞天、七十二福地的仙境說，至唐代虛幻的十洲三島始與嶽瀆名山聯結，形成「綜合仙山說」。〔註13〕此外，晉・葛洪主張

〔註9〕　一般學者皆同意中國的仙境是屬於「他界」，如張桐生譯，（日）小川環樹〈中國魏晉以後的仙鄉故事〉（《中國古典小說論集》第一輯，臺北：幼獅文化公司，1975）：「這裡所謂“他界”是將有關人的生前和死後的靈所在」，「仙鄉也確實是人間以外的世界，……因此而多少可以發現中國人他界觀念的一斑吧！」（頁85～6）。李豐楙〈六朝仙境傳說與道教之關係〉（《中外文學》8：8，1980年1月）：「仙境傳說為六朝筆記仙道類題材之一，表達中古社會對於“他界”的觀念，與當時流行的“冥界遊行”、“夢境幻遊”等，同屬於遊歷類型傳說，為敘述文學頗具普篇性的結構。」（頁168）。王國良〈唐五代的仙境傳說〉（《唐代文學研究》第三輯，廣西：廣西師範大學出版社，1992年初版）亦言：「仙境傳說的主旨在於表現“他界”觀念的。」（頁615）。所謂「他界」，據葉慶炳〈六朝至唐代的他界結構小說〉（《臺大中文學報》第三期，1989年12月）一文云：「本文所謂他界，是指現實世界（人間）之外的世界。」（頁5）郭玉雯於《聊齋誌異的幻夢世界》（臺北：臺灣學生書局，1985年7月，初版）一書中認為「他界」（the other world）是有別於「此界」（the world）的超現實世界（頁17），並將他界區分為三類：冥界、仙鄉、妖界（頁20～21）。謝明勳於其博士論文《六朝志怪小說他界觀研究》（文化大學中文研究所博士論文，1992年6月）中指出，他界可分上界、中界與下界，而仙界是屬於他界中的上界。（頁22）

〔註10〕關於神仙說的起源，或以為起於東方海市蜃樓的幻想，如呂思勉《先秦史》（上海：上海古籍出版社，1982），頁453。袁珂〈略論《山海經》的神話〉（見《中國文史論叢》第二輯，1979）。聞一多則認為神仙思想起於西方崑崙仙山，見其〈神仙考〉一文（《聞一多全集》第一集，三聯書店，1982），頁158。

〔註11〕參見李豐楙〈六朝仙境傳說與道教之關係〉（《中外文學》8：8，1980年1月）：「仙境傳說的基型，應遠溯諸古代中國的樂園神話。」「樂園神話至戰國晚期，顯然漸有東西兩大系統：西方以崑崙為中心，東方仙山則為蓬萊仙島。」（頁169）。

〔註12〕參見李豐楙〈六朝仙境傳說與道教之關係〉，文中引余英時的說法：「漢朝仙境的轉變，一為仙境所在漸由崑崙、蓬瀛的飄渺仙鄉，移轉於中國輿內名山。」（"Life And Immortality in the Mind of Han China", Havard Journal of Asiatic Studies Vol. 25. 1964）。

〔註13〕李豐楙研究《十洲記》一書（收入其論文集《六朝隋唐仙道類小說研究》第三章「十洲記研究」，臺北：臺灣學生書局，1986年4月初版），指出十洲三島仙境說，為六朝道教吸收古來流傳的各系樂園神話、緯書的神祕與圖說，轉化為的道教仙境，並成為唐人的普遍接受的仙境象徵。而洞天福地說的形成亦是如此：「即魏晉道教中人在實際修行的經驗中，將緯書的地理觀吸收，並加以組織化；其中包括輿內名山、洞穴潛通、道治設置等，並選擇一種神祕數字以結構成洞天說，此即為三十六洞天

入名山修道煉丹，也是洞天福地仙境說的產生根源之一。〔註14〕胡孚琛在《魏晉神仙道教》一書中指出，葛洪主張入山修道，代表了魏晉道士尙保留著漢代方士和隱士的生活態度，並逐漸形成了入山林中修道的趨勢。〔註15〕這種山林隱逸之風也是產生福天洞地仙境說的時代背景。

除了由名山勝境仙道化而產生的洞天福地仙境外，自漢魏以來，有些仙境故事具有濃厚的鄉村田園生活色彩，胡孚琛以爲這類仙境與道教在東漢始創時，以民眾結社的形式在社會下層活動的特色有關，反映了農民憧憬太平盛世的願望，這種神仙世界大致如後來陶潛《桃花源記》中的「村落共同體」，但在六朝時，已漸漸與山林隱逸聲氣相通，因之「仙村」中的神仙過著類似隱士的生活。〔註16〕

道教的神仙世界在發展的過程中，也吸收了佛教的世界觀，除了地上的崑崙、蓬萊、名山勝地外，又朝天上與地下延伸。「天」仿佛教有三十幾重，「地下」則有地獄，形成天上仙宮、人間仙境與地獄的一個立體的「他界觀」。〔註17〕基本上，神仙住在天上仙宮、人間勝境，仙境與地獄是二個極端不同的空間。唐以後，繼續吸收佛教的內容，併入龍宮與水中的神靈世界爲水中仙境。〔註18〕

唐傳奇中在以上各類的仙境之外，又有一種「點化型仙境」，即該仙境之出現，在於仙人的點化，仙人爲了教示某人，而於人間某處點化出一富貴莊園，在目的達成後，即消失無跡。〔註19〕

説。……其後始構成七十二福地的龐大結構。初期道教的洞天福地說一特色，即以中國輿圖上的名山洞穴爲主，爲實際名山的仙道化、組織化。」（頁155）。

〔註14〕 主張此說的有胡孚琛、李豐楙等。胡孚琛在《魏晉神仙道教》中說：「葛洪不僅認爲人可學而成仙，他的仙境距離人間也並不遙遠。在《金丹》篇中，他將我國一些風景秀麗的名山和海中大島嶼列爲神仙居住的地方。……葛洪列舉的這些適宜修仙的名山大島，成爲後世道教三十六洞天，七十二福地的張本。」（頁138）李豐楙在《不求的探求——抱朴子》中說：「名山爲合作神藥之所，是葛洪煉丹術的中心思想之一，一方面將古來的山嶽信仰逐漸仙道化，成爲仙山之說；另一方面將飄渺雲海的崑崙、蓬萊落實，成爲中國境內的仙山，就是新的名山。」（頁301）。

〔註15〕 參見胡孚琛《魏晉神仙道教》，頁71。

〔註16〕 參見胡孚琛《魏晉神仙道教》，頁127～128。

〔註17〕 參見劉守華〈道教和神仙〉（收入《道教與傳統文化》一書），頁218～219。又，蕭登福《漢魏六朝佛道兩教之天堂地獄說》（臺北：臺灣學生書局，1989年11月初版）以爲「道教的世界說，在天界方面，有三清天、九天（九玄三十六天）、三界三十二天等層次；在地下方面，有九地（地有九重，有九壘三十六土皇）；在陸地上，則有崑崙山、三島、十洲及諸洞天福地。」（頁264）

〔註18〕 參見張貞海《宋前神話小說中龍的研究》（文化大學中文研究所博士論文，1993），第八章探討了道教思想的開拓：仙人與龍、龍宮與仙界等。

〔註19〕 參見郭玉雯《聊齋誌異中他界故事之研究》（臺灣大學中文研究所碩士論文，1982）頁147。

　　另又有所謂的「特殊仙境」，如夢中仙境、耳中仙境、壺中仙境等等，〔註20〕本文以爲可將之視爲遊歷仙境的方式，即人物進入仙境是由夢、由耳或壺進入，這樣的進入方式，與由洞穴進入仙境一樣，都有其象徵的意義，甚至可能是洞穴的一種變形，因此不必另立一類。

　　綜上所述，若由仙境所在的位置分類，可分爲：

1. 天上仙界
2. 海外仙島
3. 山中仙境
4. 點化型仙境
5. 水中仙境與龍宮
6. 其他

　　　　至於仙境故事的特質，日人小川環樹〈中國魏晉以後的仙鄉故事〉一文中歸納如下：（一）山中或者海上，（二）洞穴，（三）仙藥和食物，（四）美女與婚姻，（五）道術與贈與，（六）懷鄉、歸鄉，（七）時間（按，指仙凡時差）（八）再歸與不能回歸。〔註21〕關於這八點，本文以爲七、八二點是仙境有別於凡間的重要標誌，至於其他各點，是遊歷仙境的重要情節單元，但未必出現在所有的仙境故事中。

此外，本文採用謝明勳《六朝志怪小說他界觀研究》一書的觀點，將仙界與神界區分開來。〔註22〕因此如許雪玲《唐代遊歷仙境小說研究》一書中將某些與女神相遇於神界的作品，納之於遊歷仙境的類別，如《八朝窮錄・蕭總》條，〔註23〕所遇乃

〔註20〕如許雪玲《唐代遊歷仙境小說研究》（東海大學中文研究所碩士論文，1994）依仙境所在地分爲六類：1. 位於深山中；2. 位於傳說中的海上仙島；3. 位於天上；4. 位於地下；5. 位於郊外或荒野；6. 其他，如夢中仙境、道觀、大舫、木松徑、不明地點等。（頁76～78）鄭有土《曉望洞天福地－中國的神仙與神仙信仰》（陝西人民教育出版社，1991）區分爲 1. 天上仙界，2. 地上仙界（有海外仙山、穴中仙境和洞天福地），3. 水中仙界（水府和龍宮神話），4. 特殊仙界（如壺中仙境）等。（頁87～106）。

〔註21〕參見張桐生譯，（日）小川環樹〈中國魏晉以後的仙鄉故事〉（收入《中國古典小說論集》第一輯，臺北：幼獅文化公司，1975）。

〔註22〕謝明勳於其博士論文《六朝志怪小說他界觀研究》指出，他界中的上界分神界和仙界二部分，所謂的「神」與「天」的關係較密切，包含自然崇拜中某些被人格化的神靈（頁23）；而仙界中的「仙」不同於一般神話中的神靈，亦有別於日月山河等自然神祇，兼具人的本質，同時擁有超人的特質，集「人」與「神」之性質於一身，且介乎二者之間的中介個體，「仙界」概指由仙人所組成、所居處、所活動的地域、空間（頁25～27）。

〔註23〕〈蕭總〉見《廣記》卷二九六，歸類於「神」類。

巫山神女;《異聞集‧韋安道》條，〔註24〕所遇爲后土夫人;又《異聞集‧沈警》條，〔註25〕所遇爲張女郎廟中之神。三條俱有進入他界的描寫，但因其所遇爲「神」，所入爲「神界」，故爲本文所不取。〔註26〕

以下將唐五代傳奇中出現的仙境整理爲〔表4-3　唐傳奇中的仙境〕。〔註27〕

〔表4-3　唐五代傳奇中的仙境〕

編號	篇　名	卷數	天上仙境	洲島仙境	山中仙境	點化型仙境	水中仙境	其　他	出　處
1	張　老	16			+				續玄怪錄
2	裴　諶	17				+			玄怪錄
3	盧李二生	17				+			逸史
4	薛　肇	17				+			仙傳拾遺
5	元藏幾	18		+					杜陽編
6	柳歸舜	18			+				玄怪錄
7	文廣通	18			+				神仙感遇傳
8	劉法師	18			+				玄怪錄
9	李林甫	19						乘竹飛至某處	逸史
10	韓　滉	19		+					神仙感遇傳
11	陰隱客	20			+				博異志
12	王可交	20			+				續神仙傳
13	楊通幽	20	+		+				仙傳拾遺
14	崔　生	23			+				逸史
15	馮　俊	23			+				原化記〔註28〕
16	張李二公	23				+			廣異記
17	採藥民	25			+				原化記
18	元柳二公	25		+					傳奇

〔註24〕〈韋安道〉見《廣記》卷二九九，歸類於「神」類。
〔註25〕〈沈警〉見《廣記》卷三二六，歸類於「鬼」類。李劍國《唐五代志怪傳奇敘錄》以爲本篇乃沈亞之〈感異記〉，頁410。
〔註26〕而此三條則爲許雪玲《唐代遊歷仙境小說研究》收錄，見該書附錄 030、036、041條。
〔註27〕本表列出故事中出現有仙境之敘述者，未必爲「遊歷仙境」的故事。
〔註28〕本則《廣記》注「出《原仙記》」，李劍國《唐五代志怪傳奇敘錄》:「明鈔本作《原化記》，仙字乃化字之訛，《廣記》引用書目並列《原化記》、《原仙記》乃館臣不辨所致，非眞有《原仙》一書。」（頁650）

19	唐若山	27		+					仙傳拾遺
20	司命君	27				+			仙傳拾遺
21	郗鑒	28			+				記聞
22	僧契虛	28			+				宣志室
23	李玨	31			+				續仙傳
24	韋弇	33				+			神仙感遇傳
25	裴氏子	34			+				原化記
26	崔煒	34						墓中	傳奇
27	柏葉仙人	35	+						原化記
28	李清	36			+				集異記
29	陽平謫仙	37			+				仙傳拾遺
30	嚴士則	37			+				劇談錄
31	麻陽村人	39			+				廣異記
32	慈心仙人	39		+					廣異記
33	王老	41			+				廣異記
34	李虞	42			+				逸史
35	瞿道士	45			+				逸史
36	衡山隱者	45			+				廣異記
37	白幽求	46		+			+		博異志
38	王太虛	46			+				仙傳拾遺
39	李球	47			+				仙傳拾遺
40	許棲巖	47			+				傳奇
41	李紳	48			+				續玄怪錄
42	白樂天	48		+					逸史
43	韋卿材	48			+				尚書故實
44	陳惠虛	49			+				仙傳拾遺
45	嵩岳嫁女	50			+				纂異記
46	裴航	50			+				傳奇
47	張卓	52			+				會昌解頤錄
48	麒麟客	53			+				續玄怪錄
49	王法進	53	+						仙傳拾遺
50	薛逢	54			+				神仙感遇傳

51	蔡少霞	55					夢至一城	集異記
52	魏夫人	58	+					集仙錄及本傳
53	王妙想	61			+			集仙錄
54	蓬 球	62			+			酉陽雜俎
55	秦時婦人	62			+			廣異記
56	崔書生	63			+			玄怪錄
57	太陰夫人	64		+		+		逸史
58	虞卿女子	65					墮井入仙境	逸史
59	妙 女	67	+					通幽記
60	崔少玄	67	+					少玄本傳
61	楊敬眞	68			+			續玄怪錄
62	馬士良	69			+			逸史
63	韋蒙妻	69	+					仙傳拾遺
64	許飛瓊	70					夢入瑤臺	逸史
65	張建章	70		+				北夢瑣言
66	陸 生	72			+			原化記
67	駱玄素	73			+			宣室志
68	侯 元	287			+			三水小牘
69	震澤洞	418				+		梁四公記
70	李 靖	418				+		續玄怪錄
71	柳 毅	419				+		異聞集
72	劉貫詞	421				+		續玄怪錄
73	許漢陽	422				+		博異志
74	柳子華	424				+		劇談錄
75	張公洞	424			+			逸史
76	長恨傳	486		+				長恨傳〔註29〕
77	游仙窟				+			唐人小說〔註30〕

〔註29〕《廣記》題爲〈長恨傳〉，〔唐〕陳鴻撰，汪辟疆編《唐人小說》（臺北：純眞出版社，1983），則題爲〈長恨歌傳〉，並謂：「顧《說薈》本出於《太平廣記》，他書所載，大略從同。嗣從《文苑英華》七百九十四得此文，與舊所肆者，文句多異。……爲《廣記》本所無，乃知宋初固有詳略兩本；否則《文苑英華》爲鴻之末文，《廣記》所採，或經刪削者也。」（頁120～121）。

〔註30〕見汪辟疆《唐人小說》上卷〈游仙窟〉，頁19～33。

一、天上仙境

由上表可知，述及天上仙境的名稱有「太清」（13〈楊通幽〉）、「上清」（27〈柏葉仙人〉、52〈魏夫人〉），或比之於佛教的天，如 59〈妙女〉言天上「悉如釋門西方部」、「無欲天」（60〈崔少玄〉），其餘則簡單稱之為「天上宮闕」、「天府」。

所謂「太清」「上清」即道教神仙所居的最高仙境，名為「三清境」，亦名「三天」，有玉清、上清、太清，此說經兩晉南北朝至唐代始最後形成。〔註31〕在唐五代傳奇中，三清境為天上仙境的代稱。如 13〈楊通幽〉條，楊通幽自言修道後「則可以凌三界，登太清矣」。

道教的天上仙境雖有一極繁雜瑣細的系統，〔註32〕但在一般仙道傳奇作品中，大致上以「三清境」作為天上仙境的代稱，或簡單以「天府」「天上仙境」「天上宮闕」的普通詞彙來指稱。

二、十洲三島

「十洲」「三島」是兩組意義相似的道教仙境名稱，源於戰國秦漢間方士們的「三神山」說：蓬萊、方丈和瀛洲。而托名為東方朔的《十洲記》則具體描述了十洲三島，即以中國為核心的海外洲島，十洲有：祖洲、瀛洲、玄洲、炎洲、長洲、元洲、流洲、生洲、鳳麟洲、聚窟洲等；至於三島，實際上是五島，即崑崙、方丈、蓬丘（蓬萊山）、滄海島、扶桑等。〔註33〕書中並描述奇洲異島上的珍異事物，其異方殊域的博物風格及內容頗受張華《博物志》的影響，近於《山海經》的系統。〔註34〕

唐傳奇中出現的洲島仙境，依然傳承了此項特色。以 6〈元藏幾〉為例，隋處士元藏幾因風浪壞船而至滄洲：

> 洲人曰：「此滄州，去中國已數萬里。」……其洲方千里，花木常如二月，地土宜五穀，人多不死。……有碧棗丹栗，皆大如梨。……洲上有久視之山，山下出澄水泉，其泉闊一百步，亦謂之流渠，雖投之金石，終不沈沒，故洲以瓦鐵為船舫。更有金池，方十數里，水石泥沙，皆如金色。

〔註31〕參見《中國道教》第四冊，頁 123。

〔註32〕參見蕭登福《漢魏六朝道教天界說》（收在《漢魏六朝佛道兩教之天堂地獄說》一書中），頁 207～240。

〔註33〕漢·東方朔《海內十洲記》（收在《叢書集選》184 冊，"《靈笈寶章》外三種"中，臺北：新文豐出版社，1987 年 6 月臺一版），「十洲」見頁 1、「滄海島」見頁 15、「方丈」「扶桑」見頁 16、「蓬丘」見頁 17、「崑崙」見頁 18。並參見卿希泰主編《中國道教》第四冊〈十洲三島〉條說明，頁 133～135。

〔註34〕李豐楙指出《十洲記》的十洲傳說受在文學風格與內容方面受到張華《博物志》的啟發，是屬於地理博物體的小說，近於山海經的系統。（頁 138～141）

其中有四足魚……，又有金蓮花，洲人研之如泥，以間彩繪，光輝煥爛，
與眞無異，但不能拒火而已。更有金莖花，如蝶，每微風至，則搖蕩如飛，
婦人競採之以爲首飾。且有語曰：「不戴金莖花，不得在仙家。」更以強
木造船，其上多飾珠玉，以爲遊戲。強木，不沈木也，方一尺，重八百斤，
巨石縋之，終不沒。

後元藏幾因思歸，洲人遂製凌風舸以送。元藏幾回鄉里，鄉里已成榛蕪，時代已由
隋大業元年至唐貞元年末，約有二百年，是其遊歷仙境經歷了仙凡的時差。而其所
遊之洲島仙境仍然一如《十洲記》之博物風格。

三、山中仙境

以上七十七則故事中，以山中仙境最多，佔了一半以上。這是因爲洞天福地說
在唐代已發展完成，同時唐人入山修道的風氣極盛。〔註35〕因此受時代風氣的影響，
自然反映在仙道傳奇中。凡作品中言仙境之在山中者，皆列入此類中，因此，如 11
〈陰隱客〉一則，敘工人穿地鑿井，通一石穴，由穴至一山峰，是爲「梯仙國」，梯
仙國之門人云：

> 吾國是下界之上仙國也，汝國之上，還有仙國如吾國，亦曰梯仙國，
> 一無所異。

似乎仙界有天上、地上及地下之分。但當工人離開梯仙國時，「須臾雲開，已在房州
北三十里孤星山頂洞中」，大約仍與山中仙境有關，因此也歸於此類。

在山中仙境中有一類如桃花源一類的村落，有著濃厚的村野及隱逸氣息。舉例
如下：

> 其所居也，則東向南向，盡崇山巨石，林木森翠，北面差平，即諸陵
> 嶺，西面懸下，層谿千仞，而有良田，山人頗種植，其中瓦屋六間，前後
> 數架，在其北。諸先生居之，東廂有廚灶，飛泉簷間落地，以代汲井，其
> 北戶內，西二間爲一室，閉其門，東西間爲二室，有先生六人居之，其室
> 前廡下，有數架書，三二千卷，穀千石，藥物至多，醇酒常有數石。（21
> 〈郗鑒〉）

> 於終南山採藥迷路，徘徊巖嶂之間，數日，所齎糧糗既盡，四望無居
> 人，計其道路，去京不啻五六百里，然而林岫深僻，風景明麗，忽有茅屋
> 數間，出於松竹之下，煙蘿四合，縈通小徑，士則連叩其門，良久竟無出
> 者，因窺籬隙內，見有一人，於石榻偃臥看書（30〈嚴士則〉）。

〔註35〕參見本文第一章第四節「修道求仙的環境」。

這類作品大約也受了自魏晉以來山林隱逸之風的影響，同時也與唐代文人好以隱逸為手段以求功名的風氣有關。〔註36〕

四、點化型仙境

所謂點化型仙境，即該仙境之出現，在於仙人的點化，仙人為了教示某人，而於人間某處點化出一富貴莊園，在目的達成後，即消失無跡。如24〈韋弇〉條，士人韋弇舉進士下第，遊蜀，過鄭氏亭，遇女仙玉清真人：

> 迴廊環搆，飾以珠玉，殆非人世所有。……美人曰：「余非人間人，此蓋玉清仙府也。適欲奉召，假以鄭氏之亭耳。」……拜而謝之，即別去，行未及一里，迴顧失向亭臺，但荒榛而已。

所謂「玉清仙府」本為天上三清境之一，見前文「一、天上仙境」中所述，但在此，女仙玉清真人將人間的鄭氏亭臺點化為天上的玉清仙府，本欲授韋弇紫雲曲，藉之以貢於玄宗。

再如57〈太陰夫人〉條，記盧杞與太陰夫人之初相會於點化仙境，再相會於水晶宮：

> 既夜，麻婆曰：「事諧矣，請齋三日，會於城東廢觀。」既至，見古木荒草，久無人居，逡巡，雷電風雨暴起，化出樓臺，金殿玉帳，景物華麗。

又如73〈許漢陽〉條，以水龍王諸女歸過洞庭，在湖岸暫設華麗之行宮，書生許漢陽受邀為客，「至平明，觀夜來飲所，乃空林樹而已。」

這類點化仙境有時或與異人道士使用的幻術有關，如《摭言》〈盧鈞〉一則，〔註37〕記相國盧鈞初及第時，尚未富貴，因此為請客事煩心，一僕便為之籌畫，頃刻即備妥朱門甲第及各種美好陳設，然而事後「其僕請假給還諸色假借什物，因之一去不反，始去旬日，鈞異其事，馳往舊遊訪之，則向之花竹，一無所有，但頹垣壞棟而已。」就事件的表現而言，點化型仙境實與仙真法術有關。

五、水中仙境與龍宮

仙境之位於水中者，一般稱之為「水府」，如18〈元柳二公〉一則中一段情節是水府之水仙使者託元徹、柳實代傳信物事，文中提及水府而已，又如37〈白幽求〉一則，秀才白幽求先因風浪而至海外洲島仙境，再由洲島仙境至水府中：

〔註36〕 詳細參見嚴耕望〈唐人習業山林寺院之風尚〉，收在《嚴耕望史學論文選集》（臺北：聯經出版社，1991年5月初版）。
〔註37〕 〈盧鈞〉，見《廣記》卷八四。

幽求隨指，而身如乘風，下山入海底，雖入水而不知爲水，朦朧如日中行，亦有樹木花卉，觸之珊珊然有聲，須臾至一城，宮室甚偉。門人驚顧，俯伏於路，俄而有數十人，皆龍頭鱗身，執旗杖，引幽求入水府。……徐問諸使中，此何處也？對曰：「諸眞君遊春臺也，主人是東岳眞君，春夏秋冬各有位，各在諸方，主人亦各隨地分也。」

而水中仙境最值得注意的，莫過於龍宮了。張貞海在《宋前神話小說中龍的研究》一書中指出，龍宮在唐代成爲仙界之一，不僅開拓了仙界的範圍，同時透過人與龍族成員的聯姻，亦可以成仙，表示龍族亦爲仙界之一員。〔註38〕如 71〈柳毅〉中柳毅與龍女聯姻，因之升仙，74〈柳子華〉條亦載云：

（龍女）云：「宿命與君合爲匹偶。」因止，命酒樂極懽，成禮而去，自是往復爲常，遠近咸知之。子華罷秩，不知所之。俗云：「入龍宮，得水仙矣。」

至於龍宮的陳設，舉 71〈柳毅〉條描寫龍宮中之靈虛殿爲例：

諦視之，則人間珍寶，畢盡於此：柱以白璧，砌以青玉，床以珊瑚，簾以水精，雕琉璃於翠楣，飾琥珀於虹棟，奇秀深杳，不可殫言。

然而作爲水府的龍宮，也可以浮現在人間，一如點化仙境。如 71〈柳毅〉文末言：

毅之表弟薛嘏爲京畿令，謫官東南，經洞庭，晴晝長望，俄見碧山出於遠波，舟人皆側立曰：「此本無山，恐水怪耳。」指顧之際，山與舟相逼，乃有彩船自山馳來，迎問於嘏，其中有一人呼之曰：「柳公來候耳。」嘏省然記之，乃促至山下，攝衣疾上，山有宮闕如人世，見毅立於宮室之中……。

又如 70〈李靖〉條，記李靖射獵靈山中，因迷路而至一朱門大第，後來才知是龍宮：

夫人曰：「此非人宅，乃龍宮也。」……出門數步，回望失宅，顧問其奴，亦不見矣，獨尋路而歸。

可見，龍宮雖在水中，有時也可出現在地上，因此，進入龍宮的方式，除了進入水中以外，有時也如〈李靖〉條以「誤入」方式進入，與其他地上仙境無異。

〔註38〕 參見張貞海《宋前神話小說中龍的研究》頁 163～166。張氏並云：「據此二事（指柳毅及柳子華事）可知唐人視人與龍施聯姻爲由凡俗之人成爲神仙的主要管道，假使其事並無任何暗寓之意，則人與異類結合而成仙，及龍宮之人間化，龍神之擬人化數點，應當都是在道教神仙思想之上，參酌了佛教對於龍王、龍宮之特殊描述，在唐人有心的做爲下，將其轉移到中國神仙體系中的具體實例，爲有唐一代佛道交融的典型代表。」（頁 166）

六、其　他

有些提及仙境的作品，既未言明仙境所在位置，又無法從上下文得知，故列於此。由表〔4-3〕中所列，有以下二種情況：一為閉目飛行至某處，二為夢中至某處，而以「瑤臺」指稱仙境。這二種情況因作品採用了限制視角的敘述方式，因此，讀者與文中人一樣，但知是仙境，而不知身在何方。

比較特別的 26〈崔煒〉一則，崔煒墜井入穴，食龍涎，又由穴進入一洞府，稱是皇帝玄宮，後得寶珠以歸，歸則人間已是三年。其後方知所入乃南越王趙佗墓中。因文中敘述多有道門之事，如趙王赴祝融宴、指點崔煒迷津的鮑姑是葛洪妻、飲龍涎因而長生不老、出入墓中有仙凡時差等等，可見雖是墓中，實為仙境。

第三節　仙真的生活育樂

仙人以不死之肉體，享受種種快樂逍遙之生活，食則玉液瓊漿，住則瓊樓玉宇，行則鸞鶴前導，育樂則行棋彈琴，自由自在，反映出人們心目中幸福生活的理想狀態，這是一般對仙人生活的總體概括的印象，但本文希望從食衣住行育樂的種種細節上，對唐人仙真生活的社會文化意涵再做進一步的了解。

一、飲　食

仙人的飲食，與前章服食內容大致相同，見〔表 3-7 仙食事例〕，仙人所賜之物亦為仙人自身的飲食內容，大抵與服食成仙的事物相同：金石類、芝草類等。

仙境中的美酒嘉餚，一方面有人間理想性的反映，其次則雜有地理博物式的奇珍異饌，前者如《續玄怪錄·張老》條謂仙人「飲食芳潔」，〔註39〕《續玄怪錄·裴諶》條則言「香醪嘉饌」，〔註40〕後者如《杜陽編·元藏幾》謂洲島仙境上有「菖莆花，桃花酒，碧棗丹栗大如梨」，〔註41〕《原化記·裴氏子》則有「麟脯仙酒」，〔註42〕《杜陽編·唐憲宗皇帝》條中，〔註43〕處士伊祁玄解獻「雙麟芝」「六合葵」和「萬根藤」，並對此三種靈草的形色有詳盡的描寫，而其所飲為「龍膏酒，黑如純漆，飲之令人神爽，此本烏弋山離國所獻也」，在在可見仙人的飲食中有一種地理博物志式的色彩。同樣反映出地理博物志式趣味的又有《玄怪錄·巴邛人》條，

〔註39〕〈張老〉見《廣記》卷一六。
〔註40〕〈裴諶〉見《廣記》卷一七。
〔註41〕〈元藏幾〉見《廣記》卷一八。
〔註42〕〈裴氏子〉見《廣記》卷三四。
〔註43〕〈唐憲宗皇帝〉見《廣記》卷四七。

〔註44〕內容十分有趣，寫橘中仙人相對象戲，賭注為：「海龍神第七女髮十兩，智瓊額黃十二枚，紫絹帔一副，絳臺山霞實散二庾，瀛洲玉塵九斛，阿母療髓凝酒四鍾，阿母女態盈娘子躋虛龍縞襪八緉」，象戲之後，拿出方圓徑寸、宛轉如龍的草根，名「龍根脯」食用，而該草根不但隨削隨滿，且能化龍成為仙人之座騎，完全表現出一種博物志怪的趣味來。

在仙人飲食中的「酒」也是一個值得注意的部分，除了上述「桃花酒」、「麟脯仙酒」、「龍膏酒」等之外，還有「薰髓酒」用以改變凡人庸俗濁臭的的氣質。〔註45〕

此外，唐代仙人與酒的關係似乎較前代為密切，往往因仙人好酒，而使「飲酒」成為與仙人交往的契機，其中表現了唐人心目中隱逸人物的瀟酒風味。如《續神仙傳·藍采和》條，〔註46〕仙人藍采和縱情歌詩，「後踏歌於濠梁間酒樓，乘醉，有雲鶴笙簫聲，忽然輕舉於雲中，擲下靴衫腰帶拍扳，冉冉而去。」《仙傳拾遺·陽平謫仙》條，〔註47〕陽平謫仙夫婦二人，買酒一碗，「與婦飲之，皆大醉，而碗中酒不減。」《逸史·章仇兼瓊》條，〔註48〕記四太白酒星常遊人間飲酒事，他們紗帽藜杖，至酒店飲酒，每飲必數斗。後章仇往詣，四人立時化為柴爐四枚，消失在座前。《傳奇·陶尹二君》條，〔註49〕陶尹二人於大松林下飲酒，有秦之役夫與宮女二仙人謂「聞君酒馨，頗思一醉。」因而有一段仙凡相遇與對話。《續仙傳·宋玄白》條，〔註50〕道士宋玄白「辟穀服氣，然嗜酒」、「手撮肉吃畢，即飲酒二斗」，又行房中之術，最後白日上昇而去。

仙人好酒，可能是因為隱於人間，藉酒以自晦，如《北夢瑣言·楊雲外》條，〔註51〕仙人楊雲外「常以酒自晦」；《神仙拾遺·穆將符》條，〔註52〕隱仙穆將符與長安東市酒肆姚生友善，時往其家，飲酒話道，其後姚生暴卒，穆以法術使姚生起死回生，文中有一段議論仙人飲酒：

> 穆處士隱仙者也，名位列九清之上矣，勿以其嗜酒昏醉為短，真和光混俗爾。

因仙人好酒，故仙凡相遇亦往往以飲酒為契機，如前所引〈陶尹二君〉條，仙人聞

〔註44〕 〈巴邛人〉見《廣記》卷四十。
〔註45〕 〈嵩岳嫁女〉見《廣記》卷五十。
〔註46〕 〈藍采和〉見《廣記》卷二二。
〔註47〕 〈陽平謫仙〉見《廣記》卷三七。
〔註48〕 〈章仇兼瓊〉見《廣記》卷四十。
〔註49〕 〈陶尹二君〉見《廣記》卷四十。
〔註50〕 〈宋玄白〉見《廣記》卷四七。
〔註51〕 〈楊雲外〉見《廣記》卷四十。
〔註52〕 〈穆將符〉見《廣記》卷四四。

見酒味，因而現身；《原化記・王卿》條，〔註53〕記酒肆王卿隨道士入仙境之事，因該道士每至節日即過之，「飲訖出郭而去，如是數年」。《神仙感遇傳・王子芝》條，〔註54〕王子芝好養氣而嗜酒，後亦因酒而識樵仙。起初，仙人爲一樵者，賣薪後，即「徑趨酒肆，盡飲以歸」，故子芝以醇醪償其薪價，樵者乃飲數盂，因謂子芝：「是酒佳矣，然殊不及解縣石氏之醞也。」於是以朱符召人取酒，與子芝共飲，「其甘醇郁烈，非世所儔」。又如《原化記・崔希眞》條，〔註55〕崔希眞於雪日見門外一衣簑戴笠的老人，崔以松花酒飲之，老人覺松花酒無味，即以一黃色丸藥置於酒中，則酒味甘美，其後乃知該丸藥是千歲松膠。

　　唐前神仙傳說中，仙人與酒往往是出現在飲宴作樂之中，如西王母請武帝試飲仙酒，爲後世仙家宴樂常用的情節。至於隱於人間的仙人好酒的情形，在唐代仙道故事中多了起來，這可能是唐代飲酒歌詩之風大盛，且唐前即有許多隱逸之士好酒的故事，故文人記述或創作仙傳故事時，不免加入了文士隱逸好酒的風味，使「隱逸仙人好酒」漸漸成爲仙人的典型形象。

二、服　飾

　　在唐代仙道傳奇出現的仙人的服飾，主要指的是仙人表白身份以後的服飾描寫，至於隱於人間或爲僕傭的仙眞，其服飾自然不算作仙人的裝扮。將唐代仙道傳奇中出現的仙人服飾的詞彙，整理如下：

〔表 4-4　仙人服飾〕

序號	服　　飾	出　　處	卷數
1	黃冠，縫帔	玄怪錄・杜子春	16
2	遠遊冠，朱綃，朱履	續玄怪錄・張老	16
3	星冠霞帔	逸史・盧李二生	17
4	遠遊冠，縫掖衣	杜陽編・元藏幾	18
5	章甫冠，縫掖衣	神仙感遇傳・文廣通	18
6	縫掖衣	玄怪錄・劉法師	18
7	衣服輕細，如白霧綠煙，金冠	博異志・陰隱客	20
8	霞冠羽衣，頭冠瞀鳳凰，身著霓裳衣	仙傳拾遺・譚宜	20
9	玉冠，霞帔，黃衣	續仙傳・王可交	20

〔註53〕　〈王卿〉見《廣記》卷四五。
〔註54〕　〈王子芝〉見《廣記》卷四六。
〔註55〕　〈崔希眞〉見《廣記》卷三九。

10	玄宗賜：紫霞帔，白玉簡	仙傳拾遺・楊通幽	20
11	雲霞衲帔	感遇、拾遺、逸史・羅公遠	22
12	羽衣	逸史・崔生	27
13	雲冠，霞衣	仙傳拾遺・司命君	27
14	羽衣，烏幘	廣異記・麻陽村人	39
15	紫衣	逸史・李虞	42
16	寶冠，紫帔	仙傳拾遺・田先生	44
17	紫雲日月衣	博異記・白幽求	46
18	章甫冠，紫霞衣	杜陽編・唐憲宗皇帝	47
19	遠遊冠，九霞衣	三水小牘・溫京兆	49
20	朱冠，高履	會昌解頤錄・張卓	52
21	碧雲鳳翼冠，紫雲霞日月衣	博異志・楊眞伯	53
22	雲冠，紫衣	神仙感遇傳・費冠卿	54
23	天衣	仙傳拾遺・許老翁	31
24	太元夫人衣服：故青裙，白衫子，綠帔子，緋羅縠絹素	玄怪錄・許老翁又一說	31
25	天衣（無縫）	靈怪錄・郭翰	68

　　由上表，大致可歸納出仙人的穿著為頭上戴冠，身上著衣帶帔。仙道傳奇中仙人的穿著純是出於想像虛構，還是現實生活中的某些反映？

　　首先可以肯定的是，道教與仙道傳奇中的仙道冠服可以說表現了中國傳統對服色品級的重視。《禮記・冠義》：「凡人之所以為人者，禮義也。禮義之始，在於正容體，齊顏色，順辭令。」〔註56〕以不同的冠服作為禮儀等級的重要標誌，在秦漢以後，禮儀等級制度愈加嚴格，冠服的區別也更加明顯。周錫保《中國古代服飾史》便說：「由於等級制的產生，上下尊卑的區分，因此適應於當時的各種禮和儀也隨著產生。服飾就是為此並從屬於這種需要的。……上自古代天子，下至庶民，雖等有高卑，但在處理各項禮儀等活動上，都有應著的服飾。」〔註57〕反映在道教中則有二大方面，一在仙眞的部分，各有種種華麗威嚴的穿著，標誌著仙眞超然的地位；其次在道士女冠修道及齋醮儀式中則有所謂的「法服」。

　　北周武帝時宇文邕有《眾聖冠服品》、《修道冠服品》，〔註58〕前者為道君、元

〔註56〕漢・鄭玄注《禮記鄭注》（臺北：學海出版社，1992年8月初版），卷二十〈冠義〉，頁807。

〔註57〕周錫保《中國古代服飾史》（臺北：南天書局，1989年9月臺一版），頁6。

〔註58〕《眾聖冠服品》、《修道冠服品》分別收在《無上秘要》（《道藏要籍選刊》第十冊，

君、五極帝君、五方帝、日帝、月夫人和九星君等仙眞冠服，後者爲三皇道士、靈寶道士和上清道士等的法服。南北朝時則有《洞玄靈寶三洞奉道科戒營始》六卷，〔註59〕內容有道士的法服品和圖儀，文中並強調「法服」的神聖性：

> 科曰：凡道士女冠體佩經戒符籙，天書在身，眞人附形，道氣營衛，仙靈依託，其所著衣冠，名爲「法服」，皆有神靈敬護，坐臥之間，特宜清淨。或赴緣入俗，教化人間，不可將我法身混同俗事。凡人狀席穢氣稍多，衣服尊卑，自須分別……，違奪筭三百六十。〔註60〕

唐道士張萬福《三洞法服科戒文》中，〔註61〕道士的冠服分類已經簡化，但其中上聖的法服名稱則十分繁複華麗，如「大羅法王元始天尊，冠須峨萬變九色寶冠，衣千種離合自然雲帔，著十轉九變青錦華裙，七明四照差寶褘，五種變化十寶珠履」，〔註62〕與上表中的種種衣冠基調上相類似，基本上爲寶冠、雲帔、華裙、珠履，只是形容更爲誇張。

　　基本上，自北周至唐，仙聖的冠服皆爲華麗富貴，而道士女冠的法服則有修道及禮儀制度上的約束意義，從而隱含有聖／俗二分的意味在其中，如《無上秘要·修道冠服品》謂：「學道常淨潔衣服，……不得妄借人著不淨處，名曰法服，恒有三神童侍之。」〔註63〕《洞玄靈寶三洞奉道科戒營始》則謂如非爲作法、入靜、齋行等等者不得穿戴法服，否則會遭到削減年壽的處罰。〔註64〕《三洞法服科戒文》更明列四十六條關於法服的使用規定，皆以敬奉法服爲其基本精神。〔註65〕

　　在傳奇中仙道服飾的作用，似乎主要在以冠服作爲仙境仙人的辨識特徵，即冠服亦有「聖＼俗」的分別作用。如 1《玄怪錄·杜子春》中，援助杜子春的老人揭露其爲仙道人士時，謂：「老人者，不復俗衣，乃黃冠縫帔士也。」即有俗衣與黃冠、縫帔的對舉。所謂黃冠，泛指道士之冠服，「黃冠」一詞更進一步代指道士。明·朱權編的《天皇至道太清玉冊》以爲道教源於黃帝之教，故所持之道爲聖人之道，「不

　　　上海：上海古籍出版社，1989 年一版）卷十七、十八及四十三中，頁 40～46、頁146～147。

〔註59〕《洞玄靈寶三洞奉道科戒營始》收在《正統道藏》（臺北：新文豐出版社，1985 年12 月再版）第 41 冊「太平部」中，〈法服品〉在頁 690～691，〈法服圖像〉在頁 699～701。

〔註60〕《洞玄靈寶三洞奉道科戒營始》卷第三，頁 691。

〔註61〕《三洞法服科戒文》收在《正統道藏》第 30 冊「洞神部」中，頁 559～564。

〔註62〕見《三洞法服科戒文》，頁 559。

〔註63〕見《無上秘要·修道冠服品》，頁 146。

〔註64〕見《洞玄靈寶三洞奉道科戒營始》，頁 690。

〔註65〕見《三洞法服科戒文》，頁 562～563。

異言，非先王之法言，不敢言是」、「不異服，非先王之法服，不敢服。所服者，黃帝之衣冠，是以有『黃冠』之稱也。」〔註66〕可見對道教中人而言，很以「黃冠」之法服爲榮。

　　同樣有「聖＼俗」二分意義的還有「天衣」，如 25《靈怪錄・郭翰》條敘述士子郭翰與織女的情事，其中織女所穿的衣服爲無縫之「天衣」，因天衣「本非針線所爲也」。在另一則與天衣有關的故事 23《仙傳拾遺・許老翁》中，則說明了天衣的另一特質：「非人間物，試之水火，亦不焚污」，24《玄怪錄・許老翁》「又一說」，〔註67〕則以凡人穿天衣者「墮無間獄」，可見仙人所穿的天衣具有神聖的意義，是凡俗之人不可隨意穿戴的，這與前面引文提及道士女冠的「法服」具有神聖的意義是一致的。

　　仙道傳奇中有關仙人服飾值得注意的是：「遠遊冠」和「縫掖衣」，4《杜陽編・元藏幾》中，寫海外洲島上，「其洲人多衣縫掖衣，戴遠遊冠。」遠遊冠是一種類似通天冠的高冠，爲天子、皇太子與宗室親王所戴之冠，〔註68〕可見其所代表的富貴意義，在道經中眾仙眞沒有戴遠遊冠，而有戴相類似的通天冠。〔註69〕至於「縫掖衣」形式是寬袖單衣，在隋唐時爲朝野人士一般的穿著，並含有處士閒居的意味，〔註70〕因此，仙境之人著寬袖單衣的「縫掖衣」和高長的「遠遊冠」，可以顯示一種富貴而悠閒的飄然之氣吧！

〔註66〕明・朱權《天皇至道太清玉冊》（收在《正統道藏》第 60 冊），卷一〈原道〉，頁 377。

〔註67〕見《廣記》卷三一〈許老翁〉條「又一說」。

〔註68〕參見（唐）杜佑撰，王文錦等點校《通典》卷五一〈禮〉（北京：中華書局，1988 年 12 月一版）頁 17。至於「遠遊冠」的形式，可參見周錫保《中國古代服飾史》頁 2 針對該書彩圖三顧愷之《洛神賦圖》的說明，及頁 5 對圖十五宋人《女孝經圖》的說明。

〔註69〕如《無上秘要・眾聖冠服品》在〈五極帝君冠服〉的部分，「上清瓊宮西極玉眞白帝，頭建七氣通天寶冠」（頁 41），〈五帝玉司君冠服〉部分，「黑帝玉司君……頭戴玉精通天寶冠」、「中央黃帝玉司君……頭戴通天玉寶晨冠」（頁 41）〈五帝冠服〉部分，「東方青帝君，頭建九元通天冠」（頁 45）。按，其他聖眞則未見有較爲類似的冠服，而戴通天冠者皆仙眞中的帝君，與人間天子、諸王戴通天冠、遠遊冠的情形是一致的，因此可以說遠遊冠、通天冠代表的即是帝王般的富貴意義。

〔註70〕宋・郭若盧《圖畫見聞誌》（收在《叢書集成初編》1648 冊，北京：中華書局，1985 北京新一版）卷一〈論衣冠異制〉條：「晉處士馮翼，衣布大袖、周緣以皁，下加襴，前繫二長帶，隋唐朝野咸服之，謂之馮翼之衣，今呼爲直掇。」下有小字註云：「《禮記・儒行篇》，魯哀公問於孔子曰：『夫子之服，其儒服與？』孔子對曰：『丘少居魯，衣逢掖之衣，長居宋，冠章甫之冠。』注云：『逢，大也。』大掖大袂，襌衣也。逢掖與馮翼音相近。」（頁 27）相關的圖畫形制參見沈從文編著《中國古代服飾研究》（臺北：南天書局，1988 年 5 月臺一版），〈83 年唐壁畫中的古人衣著形象〉，頁 251。

　　服飾在仙道傳奇中又有**轉變身份**的作用。仙眞以凡人身份出場，其後欲顯示其
爲仙人時，除了藉法術以炫神奇外，形貌的改變也是重要的手段，如2《續玄怪錄‧
張老》條，張老爲楊州六合縣園叟，是一卑賤之人，娶楊州曹韋恕之女爲妻，其後
韋女之兄前往探視，方知韋老乃一富貴神仙。故事中，透過韋兄的視角，描述昔爲
園叟的張老：「俄見一人，戴遠遊冠，衣朱綃，曳朱履，徐出門，一青衣引韋前拜，
儀狀偉然，容色芳嫩，細視之，乃張老也。」類似如此的敘述頗多，可視爲仙道傳
奇中的一個技巧。

三、仙人的行動與騎乘

　　仙人在行的部分，大致有以下幾種形態：一，利用法術，如尸解隱遁或變化他
物以飛行；二、乘龍騎鶴；三、騰雲駕霧；四，健步如飛，如有輕功。以上諸形態
參見下表。

〔表4-5　仙人行動與騎乘〕

序號	篇　　名	卷數	內　　　容	出　　　處
1	張　老	15	乘鳳、騎鶴	續玄怪錄
2	李林甫	19	乘竹節飛行	逸史
3	王可交	20	花舫	續仙傳
4	羅公遠	22	策杖徐行，而人策馬追之不及。	神仙感遇傳、仙傳拾遺、逸史
5	僕僕先生	22	乘五色雲；龍虎在側	異聞集、廣異記
6	益州老父	23	化白鶴而去	瀟湘錄
7	崔　生	23	乘鶴	逸史
8	馮　俊	23	飛舟、鞭石飛行	原化記
9	許宣平	24	（老嫗）行疾如飛，昇林木而去	續仙傳
10	劉清眞	24	乘鶴，乘雲	廣異記
11	採藥民	25	乘雲氣、駕龍鶴	原化記
12	元柳二公	25	乘白鹿、馭彩霞	傳奇
13	葉法善	26	乘白鹿	集異記、仙傳拾遺
14	唐若山	27	乘飛舟	仙傳拾遺
15	凡八兄	30	乘白獸	仙傳拾遺
16	齊　映	35	乘白驢	逸史
17	徐佐卿	36	化鶴	廣德神異錄
18	韋仙翁	37	杖策而行，行步若飛，而人不能及	異聞集
19	賣藥翁	37	乘五色雲	續仙傳
20	韋老師	39	乘犬龍，五色雲	驚聽錄

21	巴 人	40	乘龍	玄怪錄
22	章仇兼瓊	40	策杖	逸史
23	石 巨	40	化鶴	廣異記
24	許 碏	40	昇雲飛去	續仙傳
25	丁 約	45	尸解遁去	闕史〔註71〕
26	瞿道士	45	乘五色雲	逸史
27	王 卿	45	躍身翁飛，化鶴	原化記
28	白幽求	46	騎龍控虎，乘龜乘魚，朱鬣馬	博異記
29	唐憲宗皇帝	47	乘黃牝馬過海	杜陽編
30	韋善俊	47	乘龍升天	仙傳拾遺
31	嵩岳嫁女	50	駕鶴、黃龍，雲母雙車	纂異記
32	張 卓	52	雲岐化橋渡水	會昌解頤錄
33	麒麟客	53	尸解遁去，乘麒麟、赤文虎，綵雲車	續玄怪錄

　　所謂尸解隱遁之術，與尸解成仙不同，亦即尸解可作爲成仙的方法之一，而有時則爲離開某處的一種法術，如25〈丁約〉、33〈麒麟客〉二條。前者利用尸解法，以逃避死刑，在萬人眼前消失，而人不能察覺；後者利用尸解法，以前往仙境一遊，而家人亦無法察知。二者所用的尸解法皆是以他物如筆或竹杖代替自身，然後自身前往他處，在不知情的旁人看來，所見爲本人，其實是筆或竹杖的借代。〈丁約〉條中，丁約被囚，舊識子威問曰：「果就刑否？」對曰：

　　　　道中有尸解兵解火解水解，寔繁有徒，嵇康、郭璞皆受戕害，我以此
　　委蛻耳，異韓彭與糞壤并也。某或思避，自此而逃，孰能追也。
清楚的說明了以尸解作爲逃避刑責的手段，丁約向子威要筆一枝，於就刑之日，雖觀者「不啻億兆」，但「及揮刃之際，子威獨見斷筆，霜鋒倏忽之次，丁因躍出，而廣眾之中，躡足以進。」其後，又與子威酒肆對飲，然後「下旗亭，冉冉西去，數步而滅。」

　　〈麒麟客〉條，則有麒麟客王夐邀張茂實遊仙境，茂實不欲家人知之，王夐便「截竹杖長數尺，其上書符，授茂實曰：『君杖此入室，稱腹痛，左右人悉令取藥，去後，潛置竹於衾中，抽身出來可也。』」後，茂實仙境歸來，方知已離去七日，而家人呼之不應，唯心頭向暖，故未斂葬。

_____

〔註71〕 〈丁約〉條，《廣記》卷四五注「出自《廣異記》」，據李劍國《唐五代志怪傳奇敘錄》
　　　　考證，實爲《闕史》之文（頁486）。

　　丁約利用斷筆尸解離去，近於幻術；張茂實以竹杖尸解遊仙境，則似乎是一種幻遊，二者間是有些差異的。但不論如何，尸解隱遁法大約也是仙人處於人世間往來各處或全身避禍的法術。

　　至於其他行動的變化法術，一爲自身化鶴，如 6〈益州老父〉、17〈徐佐卿〉、23〈石巨〉、27〈王卿〉等；一爲利用他物變化飛行，如 2〈李林甫〉有仙人授竹節，跨之而飛，8〈馮俊〉先是飛舟，後是鞭石飛，14〈唐若山〉月下飛舟至蓬萊。

　　就仙人化鶴而言，與六朝時丁令威化鶴的傳說有密不可分的關係。〔註72〕六朝有許多仙人化鶴的故事，可見鶴與仙人的形象關係密切。〔註73〕23〈石巨〉一則記石巨成仙化鶴之事，然而實際上卻是子沉父屍，而妄指雲中白鶴爲其父。〔註74〕由此一事，亦可知漢唐以來仙人與鶴的形象深入民間。

　　仙人的坐騎以鶴爲大宗，其次有龍、虎、馬和白鹿、白驢白獸等，此外，乘五色雲而去，亦頗常見。仙人的位階與騎乘的關係只見於《墉城集仙錄·謝自然》條，〔註75〕謂：「位高者乘鸞，次乘麒麟，次乘龍。」這些仙禽神獸的形象早已出現在秦漢的史料中，如漢墓常見有仙人騎鹿、漢鏡中有仙人戲虎、戲龍等圖案；〔註76〕鸞鳳之爲神仙代步之具，則見於《山海經·南山經》之中；在漢鏡的鏡銘常見白虎作爲仙人的前導：「食玉英，次（飲）醴泉，駕青龍，乘浮雲，白虎引。」〔註77〕漢魏以來有以白獸爲祥瑞之物，〔註78〕因之白色獸類便成爲仙人的坐騎。而不論仙人騎乘獸類或乘坐五色彩雲，其主要特色都是「能飛」。

　　在道經中亦有述及仙眞的儀駕等級，如《無上秘要·天帝眾眞儀駕品》論列眾眞儀駕，有龍鳳雲車及諸侍衛玉女等隨從，十分繁複，〔註79〕在傳奇小說中只見其概略的形容而已。

〔註72〕丁令威化鶴故事見《搜神後記》卷一，（台北：木鐸出版社，1985）。

〔註73〕參見丁韻梅《六朝小說變形觀之探究》（台灣大學中文研究所碩士論文，1987），頁96～97。

〔註74〕見《唐五代志怪傳奇敘錄》頁250，引陸長源〈辨疑志〉所言。

〔註75〕〈謝自然〉條，見《廣記》卷六六。

〔註76〕參見張金儀《漢鏡所反映的神話傳說與神仙思想》（台北：故宮博物院出版，1981），頁31～34。

〔註77〕劉體智《小校經閣金》中所收錄之一面規矩鏡銘文，參見張金儀《漢鏡所反映的神話傳說與神仙思想》，頁70～72。

〔註78〕如北齊·魏收《魏書》（北京：中華書局，1974年6月，一版）卷一一二（下）〈靈徵志（下）〉記載各地所獻祥瑞之獸，有很大比例的白獸，如白狐、白鹿、白龜、白烏、白鵲等等；梁·沈約《宋書》（北京：中華書局，1974年10月，一版）卷二八〈符瑞志（中）〉亦有白虎、白象、白兔等等。

〔註79〕見《無上秘要》卷十九〈天帝眾眞儀駕品〉，頁46～49。

此外，仙人自身是一身輕體健的長生者，故有時亦可不乘用坐騎、不運用法術，則僅僅是策杖而行，人馬難及。

以上，不論仙人如何行走，都呈現了仙人的基本特色：一、仙人有神通異能，故能變化隱遁；二、仙人會飛，不受空間限制，與仙人長生的特質合之，即為仙人最吸引人的地方：不受時空限制，身輕體健而永遠逍遙自在。

四、仙人的居處與遊宴

所謂「仙人的居處」指的是仙人居住的房舍，而非指仙境的類型；雖然如此，仙人居住的房舍的樣態，有時是與仙境的類型有關的．將唐代仙道傳奇中所表現的仙人居處整理如下表。

〔表4-6　仙人居處〕

序號	篇　　名	卷數	居　處　環　境	仙境類型	出　　處
1	張　老	16	朱戶甲第，樓閣參差，花木繁榮	點化仙境	續玄怪錄
2	裴　諶	17	樓閣重複，花木鮮秀，似非人境	點化仙境	續玄怪錄
3	薛　肇	17	高樓大門，殿閣森沉，若王者所理。	點化仙境	仙傳拾遺
4	白幽求	46	臺閣門宇甚壯麗	海外仙境	博異志
5	元藏幾	18	所居或金闕銀臺，玉樓紫閣	海外仙境	杜陽編
6	陰隱客	20	金銀宮闕…皆是金銀　玉為宮室城樓	穴中仙境	博異志
7	文廣通	18	山中仙村	穴中仙境	神仙感遇傳
8	郗　鑒	28	瓦屋石室	深山仙境	記聞
9	嚴士則	37	山林茅屋	深山仙境	劇談錄
10	王　老	41	茅屋竹亭	深山仙境	廣異記
11	李　虞	42	竹堂	深山仙境	逸史

由上表可知，唐代仙道傳奇中所表現的仙人居處，基本有兩種類型：一、庭臺樓閣，富麗堂皇，如王者之家，表現出神仙富貴的一面，是仙人居處的標準類型，如表中1～6則，無論所在仙境是位於人間的點化仙境，或海外仙境，或深山穴中仙境，無一不是富麗堂皇。

另一類型是隱居山林，居處樸素，表現出仙道人物飄然物外的一面。如表中 7～11等五則，仙人居住茅屋竹堂，並且此四則中的仙人都有書生氣，詩書琴奕俱全，如第 7 則〈文廣通〉中，敘述仙村中有十數書生，又有十人相對彈一絃琴，並有博

士「獨一榻面南談老子」；第 8 則〈郗鑒〉條，仙人居的瓦屋中，「東西間爲二室，有先生六人居之，其室前廡下，有數架書，三二千卷」、「諸先生休暇，常對棋而飲酒焉。」而第 9 則〈嚴士則〉中，仙人在茅屋中「於石榻偃臥看書」。在在可見文人雅士的趣味來。

　　至於仙人的歡宴遊樂，向來都是豪華、特異和氣派的，如第 2 則〈裴諶〉中，裴諶邀舊友王敬伯至仙境遊宴，宴席之間，有珍異器物的賞玩、香醪嘉饌的享用，佐以絕代之色的女樂二十人，並召妓彈箏歌詩，可見唐人社會生活之一斑。

　　神仙富貴的生活與美好的居住環境，是一般人所嚮往的，因而將此理想世界投射其中，此外，南北朝時的神仙道教，也有人說是一種「上層道教」，〔註 80〕是文人學士的道教，因此也就將文人的趣味投射在仙道故事中，形成另一種仙眞生活的情態。

第四節　仙眞的法術異能

　　神仙的最大特點，除了形如常人而長生不死之外，最主要的便是逍遙自在，神通廣大了。〔註 81〕所謂神通即種種法術異能，如《莊子‧齊物論》說「至人神矣，大澤焚而不能熱，河漢沍而不能寒。」〔註 82〕在葛洪的《神仙傳》中，仙眞的異能法術，也是神仙傳記的重要內容，如淮南王劉安升仙的故事中，〔註 83〕敍述八位神仙的異能法術，有能坐致風雨，畫地爲河者；有能召致蛟龍，使役鬼神者；有能分形易貌，坐存立亡者；有能乘雲步虛，呼吸千里者；有能入火不灼，入水不濡者；有能千變萬化，恣意所爲者；有能煎泥成金，凝鉛爲銀者。

　　仙眞具有的神通法術，除了根源於如《莊子》書中古仙的形象外，也與道教源於古代民間巫術和戰國以至秦漢的方士方術有關，〔註 84〕它吸收民間巫術中的符咒

〔註 80〕　胡孚琛在《魏晉神仙道教》（北京：人民出版社，1989 年 6 月一版）一書中指出：「魏晉時期的神仙道教具有明顯的統治階級意識，在神學理論體系和宗教素質上都比民間道教高一個層次。」（頁 73）。

〔註 81〕　參見劉守華〈道教與神仙〉（收在《道教與傳統文化》一書中，北京：中華書局，1992 年 8 月一版），文中指出，神仙的兩大特徵，一是不死和飛昇，二是富於神通變化（頁 219～221）。

〔註 82〕　張默生撰《莊子新釋》（臺北：漢京出版社，1983 年 9 月初版），頁 71。

〔註 83〕　《廣記》卷八〈劉安〉條，注「出《神仙傳》」。

〔註 84〕　傅勤家，《中國道教史》，第五章「道教以前之信仰：第一節，古代之巫祝史：第二節，秦漢之方士」（頁 43～53）。第八章「道教之方術」中謂符籙祈禳禁劾諸術爲「此則古之巫祝史，秦漢之方士，今日之巫覡，皆爲本等之行業，而今之道士，亦似舍此而外，無謀食之方耳。」（頁 121）。又，文鏞盛〈漢代巫人社會地位之研究〉（文

驅鬼的種種法術，同時也包容了方士的種種方術，〔註85〕如《後漢書・方術列傳》中列舉有費長房之劾鬼驅妖的符術、薊子訓使人復生之神異及左慈之變化法術等等。〔註86〕此外，在佛教傳入中國後，「神通」的觀念也隨之被道教的神仙法術所吸收，便神仙法術的內涵便更豐富。

本文所謂的法術較傳統的「方術」範圍窄。康韻梅在《六朝小說變形觀之探究》一書中歸納《後漢書・方術列傳》中的方術有：「數術、醫術、房中術、延年術、卜筮、厭殺鬼神、尸解等」，〔註87〕而《中國方術大辭典》定義「方術」一詞在秦漢以來指「方士之術」，是一切非理性的神秘之術的總稱，內容廣博，涵蓋了預測術、長生術和雜術三大類，所謂預測術即占卜與星相之術，長生術即外丹內丹服食辟房中等等，雜術即指符咒與巫術。〔註88〕《中國古代宗教百講》則將丹鼎、煉養及符籙等作為道教方術三大類，而以觀星望氣、卜筮打卦、算命測字、風水堪輿等認為是雜術。〔註89〕可見自漢以來道教的方術內容極其博雜。

本文在此所討論的範圍，限於不直接以長生成仙為目的諸方術，此外占卜、面相之類的術數，亦不包含在法術之中。這樣的分類類似於《道藏分類解題》一書的分法，該書亦將養生術與占卜、面相等數術區別於法術之外。〔註90〕

在法術的分類上，參考了胡孚琛《魏晉神仙道教》一書歸納葛洪《抱朴子內篇》的神仙法術的類別，而有所異同。〔註91〕胡孚琛將葛洪《抱朴子內篇》的神仙法術分為：（1）隱形變化之術，（2）符圖和印章，（3）咒語，（4）氣禁，（5）分形之術，（6）照妖鏡，（7）占問吉凶安危之術，（8）奇門遁甲，（9）祈禳和禁忌，（10）禹步，（11）不寒不熱之道，（12）不畏風溼之術，（13）乘蹻，（14）行水潛水法等。

化大學歷史研究所，碩士論文，1992）指出「巫術是祈求自然力量幫助或厭服對方之行為。」（頁9），可見道教的法術與巫術實有密不可分的關係。

〔註85〕卿希泰主編，《中國道教史》第一卷（成都：四川人民出版社，1988年4月一版），第一章第三節「先秦的神仙思想。方仙道的活動與秦皇、漢武的神仙迷信。」（頁42～58）。

〔註86〕（宋）范曄撰，《後漢書》（北京：中華書局，1991）卷八十二「方術列傳」：費長房，頁2743～2744；薊子訓，頁2745～2746；左慈，頁2747～2748。

〔註87〕康韻梅《六朝小說變形觀之探究》（臺灣大學中文研究所碩士論文，1987），頁190。

〔註88〕張解民、陳永正、古健青、張桂光等編，《中國方術大辭典》（廣州：中山大學出版社，1991），正文前的概論「中國的方術」，頁1。

〔註89〕李申主編《中國古代宗教百講》（北京：中國廣播電視出版社，1993年12月，一版）頁224。

〔註90〕朱越利《道藏分類解題》（北京：華夏出版社，1996年1月一版），本書將養生類分於第13部「醫藥、衛生」，而將法術置於第1部「哲學」的第六類「法術」中，內含符籙印法、齋法、步罡踏斗、雷法和雜術。

〔註91〕參見胡孚琛《魏晉神仙道教》，頁165～182。

本文以爲（2）（3）（6）是施用法術的方式，其他則爲施用法術之範圍，本文以下大致上依施用範圍分類。

一、變化法術

　　所謂變化法術，基本上是使甲物變爲乙物，或無中生有，或瞬間改變事物存在的狀態的法術，據葛洪《抱朴子內篇・遐覽篇》所載，變化之術，必需用符用藥。〔註92〕將唐人傳奇中的變化法術整理如下表：

〔表 4-7　變化法術〕

序號	篇　名	卷數	內　　　　容	出　　　處
1	劉法師	18	以水噀出龍象起舞	玄怪錄
2	尹　君	21	尸解遁去。	宣室志
3	羅公遠	22	隱匿碁子、遊月宮、化竹枝爲七寶如意、瓶子法術、眾中取物、隱邈之術、尸解法術。	神仙感遇傳、仙傳拾遺、逸史
4	王遠知	23	鬚髮變白又復舊。	談賓錄
5	崔　生	23	以杖畫澗、領巾化爲橋。	逸史
6	翟乾祐	30	翫月	酉陽雜俎、仙傳拾遺
7	凡八兄	30	黃白術	仙傳拾遺
8	章全素	31	尸解遁去。	宣室志
9	馬自然	33	植瓜術、變錢術、水噀出白鷺等、入壁術、尸解隱遁	續仙傳
10	章　丹	35	仙人尸解遁去。	會昌解頤錄
11	徐佐卿	36	化鶴。	廣德神異錄
12	劉　晏	39	仙人尸解遁去。	逸史
13	巴邛人	40	水噀龍脯根，使之化龍升天。	玄怪錄
14	章仇兼瓊	40	四仙人化爲柴爐四枚遁去。	逸史
15	薛尊師	41	伴死術。	原化記
16	黑　叟	41	化鶴。	會昌解頤錄、河東記
17	權同休	42	化樹枝爲甘草、化蠹沙爲豆子、噀枝桑爲牛肉、水化爲酒。	酉陽雜俎
18	丁　約	45	以筆代己身，尸解遁去	廣異記
19	王　卿	45	化鶴。	原化記
20	軒轅先生	49	佳人變老嫗、分形術、百斗不醉，夜則瀝髮出酒。	杜陽編

〔註92〕《抱朴子內篇校釋》：「其變化之術，……其法用藥用符」，頁337。

21	陳復休	52	尸解遁去、鋤地出金玉錢貨、使女子片刻鬐長數尺。	仙傳拾遺
22	殷天祥	52	以二粟戲二倡優、酌水爲酒，削木爲脯等。	仙傳拾遺
23	張 卓	52	以符隱形、拄杖畫地成江河，霞帔化橋。	會昌解頤錄
24	麒麟客	53	竹杖尸解遁去。	續玄怪錄
25	陸 生	72	以青竹代人身、以杖畫地成大水、以水嘆成數里黑霧，使白晝如晦。	原化記
26	葉靜能	72	將酒榼化爲善飲的道士。	河東記
27	陳季卿	74	入圖還家、竹葉作舟。	鸑異記
28	張 定	74	瓶子法術，解體還形，使圖中人物歌舞。	仙傳拾遺
29	潘老人	75	以葫蘆收納日常用度之物，類瓶子法術。	原化記
30	王先生	75	剪紙爲月、幻術。	宣室志
31	周 生	75	取月亮。	宣室志
32	羅思遠	77	隱形術。	開天傳信記
33	葉法善	77	遊月宮、閉目至涼州。	廣德神異錄
34	李秀才	78	令杖自行打人。	酉陽雜俎
35	茅安道	78	隱形洞視之術、水遁術、以水嘆人成鼠，化鳶。	集異記
36	黃萬戶	80	白虎七變術、六丁法、紙魚變活魚。	北夢瑣言
37	柳 城	83	入圖畫中。	酉陽雜俎
38	趙知微	85	風雨中秋，玩月。	三水小牘
39	胡媚兒	286	瓶子法術	河東記
40	侯 元	287	能變化萬物、役召鬼神，草木土石，皆可爲步騎甲兵。	三水小牘

將上表所例的事例分類如下幾種：

1. 遁術：2、3、8、9、10、12、15、18、21、24、35 等條。

所謂的五行遁術在唐傳奇中並不多見，[註93]如 35〈茅安道〉條，記道士茅安道授二弟子隱形洞視之術，後二弟子爲韓滉所執，安道往救：

> 安道語公（韓滉）之左右曰：「請水一器。」公恐其得水遁術，固不

[註93] 五行遁術，指仙人術士按五行的變化憑藉不同的物質遁身隱形。明・謝肇淛《五雜組》（收在《筆記小說大觀》八編，第 6、7 冊，臺北：新興書局，1988 年初版），卷六〈人部二〉：「漢時解奴辜張貂皆能隱淪，出入不由門戶，此後世遁形之祖也。……其法有五，曰金遁，曰木遁，曰水遁，曰火遁，曰土遁。見其物則可隱，惟土遁最捷，蓋無處無土也。」（頁 3605）又，編於元明之際的《靈寶無量度人上經大法》（收在《正統道藏》第 5 冊）卷二五〈隱跡五解品〉以金木水火土說明五種隱身法，稱之爲「五脫之法」（頁 770～771）。

> 與之，安道欣然，遽就公之硯水飲之，而噀二子，當時化爲雙黑鼠，亂走
> 於庭前，安道奮迅，忽變爲巨鳶，每足攫一鼠，沖飛而去。

這一條中出現的「水遁術」即五行遁術的一種，在唐人傳奇中並不多見。唐人傳奇中所見之隱遁法多半是利用尸解法術，這種尸解遁術並非是成仙的方法，而是一種變化法術，因施用者本身在故事中多半已是仙人，其次施用的目的在於隱遁，而非升仙。如 21〈陳復休〉條：

> 陳復休者，號陳七子……多變化之術。……常狂醉市中，褒帥李讜，
> 怒而繫於獄中，欲加其罪，桎梏甚嚴，忽不食而死，尋即臭爛，虫蛆流出，
> 棄之郊外，旋亦還家，復在市中。

觀其施用之情形，大致有二種：一、是藉由竹杖、毛筆等他物代替己身，從而暫時隱往他處，不使人知，如本章第三節「三、仙人的行動與騎乘」中所舉的例子。二、假託死亡以試驗修道者，或教示世人，或逃脫世俗煩擾時，以遁去的法術，如 15〈薛尊師〉條，陳山人佯爲虎食，以試驗薛尊師與唐臣；又如 8〈章全素〉條，蔣生好神仙，嘗從道士學鍊丹，仙人章全素有意幫助，因此化身爲乞者，蔣生憐之，收爲僕傭。後全素與蔣生論鍊丹事，遭蔣生訐責。一日，蔣命全素守舍，歸則全素已卒，「生乃以簀蔽其尸，將命棺而瘞於野，及徹其簀，而全素尸已亡去，徒有冠帶衣履存焉，生大異，且以爲神仙得道者。」則是以尸解法教示世人。

    2. 水噀法術：1、9、13、25、35 等條。

    如前所舉 32〈茅安道〉條，道士茅安道以水噀二弟子，使之變爲黑鼠。

    3. 變化物形的法術：3、4、5、11、14、16、17、19、20、21、23、26、36、
       40 等條。

    變化物形者，一爲使己身變化爲他物，二爲使他人或他物變化其形態。前者如 14〈章仇兼瓊〉四仙人於座上立時化爲柴爐四枚；後者如仙人化鶴的例子，又如 17〈權同休〉化樹枝爲甘草、化䴢沙爲豆子的情形。

    4. 瓶子法術：有 3、28、29、39 條。

    瓶子法術具有一種對空間的想像力，如 26〈張定〉條，用二斗大的水瓶變出人物車馬，千群萬隊，之後，所有的人、物俱回入水瓶中，變化前後，水瓶內均空無一物。

    5. 隱形術：有 23、32、35 條。

    如 35〈羅思遠〉條，記唐玄宗向羅思遠學隱形術，思遠雖傳授，但不盡其要，因此「帝每與思遠同爲之，則隱沒人不能知，若自試，則或餘衣帶，或露襆頭腳。」

    6. 月亮法術：3、6、30、31、33、38。

以明皇遊月宮最爲著稱，又或剪紙爲月，如 31 條。

7. 其他：如分形、解體、入畫、入壁、使物自動、植瓜等等。

變化法術實在包羅萬象，不易一一盡述，有的或與幻術不易判別，在此便不再區別開來。〔註94〕

二、飛行、縮地與千里召人取物術

仙人能飛，亦能使人飛，如下表 1〈李林甫〉條，仙人令李林甫乘節竹，合眼飛行。此外，又能用符術千里召人或取物，如下表 8～13 條。

〔表 4-8　飛行術・縮地術・千里召人取物術〕

序號	篇　名	卷數	內　　　　　容	出　　處
1	李林甫	19	乘節竹，合眼飛行	逸史
2	王可交	20	合眼飛行	續神仙傳
3	李　紳	48	竹簡化爲舟，飛行空中	續玄怪錄
4	太陰夫人	64	乘大葫蘆飛行	逸史
5	謝自然	66	日行二千里	集仙錄
6	朱　悅	79	縮地術	廣德神異記
7	強　紳	80	鹿廬蹻術	北夢瑣言
8	裴　諶	17	千里召人	續玄怪錄
9	盧李二生	17	千里召人	逸史
10	薛　肇	17	千里召人	仙傳拾遺
11	王子芝	46	朱符召人取物	神仙感遇錄
12	唐武宗術士	74	千里取物	劇談錄
13	楊居士	75	以術召伎佐酒	宣室志

飛行術即「乘蹻」，《抱朴子・雜應篇》謂：

> 若能乘蹻者，可以周流天下，不拘山河。凡乘蹻道有三法：一曰龍蹻，二曰虎蹻，三曰鹿廬蹻。或服符精思，若欲行千里，則以一時思之。若晝夜十二時思之，則可以一日一夕行萬二千里，亦不能過此，過此當更思之，如前法。或用棗心木爲飛車，以牛革結環劍以引其機，或存念作五蛇六龍三牛交罡而乘之，上昇四十里。〔註95〕

〔註94〕參見葉素蓉撰，《唐人筆記小說中所記幻術之研究》（臺北：文化大學中文研究所碩士論文，1994 年），文中所述幻術有變形術、隱形術、點金術、解體還形術、吞火移物植瓜等、月亮幻術、佯死復生術等等。

〔註95〕見《抱朴子內篇校釋》，頁 275。

乘蹻，一方面包含了道教的存思神遊之術，如「合眼即到」的飛行，可能便是一種神遊，一方面可能是早期具有科學原理的飛行器「棗心木飛車」，〔註96〕但在傳奇中改以乘坐竹子、葫蘆等器物，徒具想像而已。

縮地術是使天涯如咫尺，咫尺如天涯的一種法術，如6〈朱悅〉條：

> 翁（朱悅）曰：「爾孺子無賴，以吾為東家丘，吾戲試爾可否。」陳士明之居相去三二百步。翁以酒飲之，使其歸取雞門。自辰而還，至酉不達家，度其所行，逾五十里，及顧視，不越百步，士明亟返，拜翁求恕，翁笑曰：「孺子更侮於我乎？」

至於千里召人取物者，如8〈裴諶〉，故事記裴諶與王敬伯曾同入白鹿山修道，王敬伯中途放棄，裴諶則堅心修道，若干年後再相逢，裴諶邀宴舊友王敬伯，席間千里召來敬伯之妻趙氏，與諸妓合奏箏樂。敬伯後歸私第，遭到女方家人的責備，謂：「奈何以妖術致之萬里，而娛人之視聽乎！」敬伯遂言明前事，且曰：「此蓋裴之道成矣，以此相炫也。」文末並附一段議論，以神仙變化誠有如此者等等，證明神仙實有。

千里召人或取物，可能是運用了符籙法術，在11〈王子芝〉條，樵仙書符召人取酒並召廟神相伴：

> 因命丹筆，書一符，置於火上，煙未絕，有一小豎立于前，樵者敕之，爾領尊師（指王子芝）之僕，挈此二榼，但往石家取酒，吾待與尊師一醉。」……樵者謂子芝曰：「已醉矣，余召一客伴子飲，可乎？」子芝曰：「諾。」復書一朱符，置火上，瞬息聞異香滿室，有一人來，堂堂美鬚眉，拖紫秉簡。……（子芝）因過廟所，睹夜來共飲者，迺神耳。

另12〈唐武宗朝術士〉中有這樣的記載：

> 武皇謂之曰：「吾聞先朝有明崇儼，善於符籙，常取羅浮柑子，以資御果，萬里往來，止於旬日。我師得不建先朝之術比美崇儼乎？」元長起謝曰：「臣之受法，未臻玄妙，若涉山海，恐誣聖德，但千里之間，可不日而至。」武宗曰：「東都常進石榴，時已熟矣，卿是今夕當致十顆。」元長奉詔而出，及旦，寢殿始開，以金盤貯石榴，置於于御榻。」

可見千里召人取物，可能使用了召劾鬼神的符籙法術。關於符籙法術見下面「三、召劾鬼神、使人復生及除妖的法術」。

〔註96〕參見胡孚琛在《魏晉神仙道教》。胡孚琛指出「用棗心木為飛車一法，現已由古工藝史家王振鐸先生依此繪出飛車復原圖，……據說王振鐸氏據此做出的飛車竟能飛到故宮午門的高度，可見道教學者在追求超自然力的細密觀察中也包含著不少古代科技成果。」（頁181～182）

三、召劾鬼神、復生及除妖法術

仙人道士具有檄召鬼神的能力，使鬼神爲人所役使，又能使死人復生，並斬妖除魔。下表 1～9 是召劾鬼神及使人復生的法術故事，10～13 則與除妖有關。

〔表4-9 召劾鬼神、使人復生、除妖等法術〕

序號	篇名	卷數	內　　　容	出　　　處
1	楊通幽	20	檄召鬼神，尋楊貴妃	仙傳拾遺
2	張　殖	24	六丁驅役之術	仙傳拾遺
3	邢和璞	26	考召鬼神，使人復生	紀　聞
4	翟乾祐	30	考召群龍	酉陽雜俎、仙傳拾遺
5	田先生	44	召劾鬼神，誅戮惡鬼，以神膠塗亡魂，使人復生	仙傳拾遺
6	穆將符	44	使死人復生	仙傳拾遺
7	戚玄符	70	北嶽真君以黑符使戚玄符復活	墉城集仙錄
8	鄭　君	73	復生	逸　史
9	程逸人	73	召命之術：召鬼神，使人復生（龍虎斬邪符籙）	宣室志
10	俞　叟	74	召魂術	宣室志
11	石　旻	74	以丹藥使腐魚再生	宣室志〔註97〕
12	王　賈	32	驅狐妖，用桃符腰斬大貍妖	紀　聞
13	馬自然	33	書符驅鼠	續仙傳
14	樊夫人	60	殺洞庭湖大白黿	女仙傳
15	王　度	230	古鏡除妖	異聞集
16	畫　工	286	寶劍除妖	幽奇錄
17	韋安道	299	太乙符籙法可召鬼神並制狐魅	異聞錄
18	孫　恪	445	寶劍除妖論	傳　奇

召劾鬼神的方法是要用符籙和鏡劍等法物，如 9〈程逸人〉中所爲，驅除妖魔鬼怪則可用符與鏡，如 12〈王賈〉用桃符、17〈韋安道〉用符籙、15〈王度〉用鏡、16〈畫工〉、17〈孫恪〉用劍。

道徒相信符籙俱有役使鬼神的力量；「符」本是帝王下達旨令的憑證，具有無上的權威，後來方士亦謂天神有符，或爲圖，或爲篆文，在天空以雲彩顯現出來，方士錄之，遂成神符。〔註98〕如《後漢書‧方術列傳》中的費長房：

> 翁又爲作一符曰：以此主地上鬼神。……遂能醫療眾病，鞭笞百鬼，
> 及驅使社公。〔註99〕

〔註97〕本則故事又見《廣記》卷八四，事同而文較簡略，注「出《補錄記傳》」。
〔註98〕參見華頤〈道教的占卜與符籙〉，（收入《道教與傳統文化》一書）頁 330。
〔註99〕（宋）范曄撰，《後漢書》卷八二「方術列傳」：費長房，頁 2743～2744。

「籙」則有二種，一爲奉道人的名冊，一爲記籙天神的名冊。「符籙」並用，則可以依照諸神名冊所定之職責，加以役使。因此，掌握了符籙，便有代天神役使三界官屬的權威。〔註100〕

符籙與鏡劍都是道教中施法的重要法物，李豐楙在《六朝鏡劍傳說與道教法術思想》一文中認爲，「鏡」「劍」皆爲帝王的權力象徵，因此，符籙鏡劍四者，「均屬爲人間官府威權象徵，既可制人，自可依據象徵律則，類推其威力，厭伏違反常態的怪異之氣。」〔註101〕12〈王度〉即著名的〈古鏡記〉，以古鏡除去狸妖、蛇妖、龜猿精怪、魚精、老雞精等等的作祟。

至於使死人復生，往往與召鬼神及魂魄相關，配合符術爲之，如 3〈邢和璞〉條：

> 又有納少妾，妾善歌舞而暴死者，請和璞活之，和璞墨書一符，使置妾臥處，俄而言曰：「墨符無益。」又朱書一符，復命置於床，俄而又曰：「此山神取之，可令追之。」又書一大符焚之。俄而妾活，言曰：「爲一胡神領從者數百人拘去，閉宮門，作樂酣飲，忽有排戶者曰：『五道大使呼歌者。』神不應。頃又曰：『羅大王使召歌者。』方駭，仍曰：『且留少時。』須臾，數百騎馳入宮中，大呼曰：『天帝詔，何敢輒取歌人！』令曳神下，杖一百，仍放歌人還。於是遂生。

由故事中可知「符」在鬼神世界中亦如人間，具有命令的法律效力。

四、消災解厄的法術

既然道者可用符籙召請鬼神，相對的，也可以上章給天帝，以祈福乞命，或解除災殃，胡孚琛在《魏晉神仙道教》一書中指出，符籙的功用，一在於厭劾鬼神、妖怪諸物，二在於消災祈福。〔註102〕

〔表4-10　消災解厄法術〕

序　號	篇　名	卷　數	內　　　　容	出　　處
1	竇玄德	71	寫章乞命	玄門靈妙記
2	張山人	72	北斗星解厄術	原化記
3	周賢者	73	以章醮移禍殃、奏章請命於帝	記　聞

〔註100〕參見華頤〈道教的占卜與符籙〉，頁331～332。
〔註101〕李豐楙〈六朝鏡劍傳說與道教法術思想〉，（收在《中國古典小說研究專集》第二集，臺北：聯經出版社，1980），頁4。
〔註102〕參見胡孚琛《魏晉神仙道教》，頁167。

五、黃白術

黃白術，即點金點銀之術，〔註103〕爲煉丹術之一支，煉丹本爲求長生，古人相信人工煉製之金亦有長生之效，〔註104〕但在唐傳奇中，黃白術主要是用作生活之資，而較少將之視爲長生之藥，故將之置於此。

〔表 4-11　黃白術〕

序　號	篇名	卷數	內　　　　　容	出　　　處
1	裴氏子	34	仙人燒金遺之	原化記
2	李仙人	42	黃白術（點銀）	廣異記
3	裴　老	42	黃白術	逸史
4	騾鞭客	72	黃白術	逸史
5	王　常	73	黃白術	奇事記
6	崔玄亮	73	黃白術，可隨心想而肖物形	唐年補錄
7	陳　生	74	黃白術	逸史

約翰生在《中國煉丹術考》一書將鍊丹術分爲「長生的鍊丹術」和「點金的鍊丹術」，對於點金的鍊丹術，約翰生認爲其主要的目的在於求富貴：

> 中國鍊丹術第一方面是想求無窮的壽考，第二方便是想求生活安適的方法。……牠的目的，大概說來，是要把一些賤金屬變成貴金屬，特別是要製造黃金，因爲歷來黃金和富貴是分不開的；有了黃金，那怕生活還不舒適安逸呢！〔註105〕

唐傳奇中的確表現出這種目的，如上表 1〈裴氏子〉條，一仙人化身爲賣藥老父，因裴氏子「能恭己不倦於客」，於是爲之燒金，以備數年之儲：

> 老父遂命求炭數斤，坎地爲鑪，熾火。少頃，命取小磚瓦如手指大者數枚，燒之，少頃皆赤，懷中取少藥投之，乃生紫煙，食頃變爲金矣。約重百兩，以授裴子，謂裴曰：「此價倍於常者，度君家事三年之蓄矣。……」

後老父引裴子入太白山仙洞中，並授以道術。可見仙人俱有點金的能力，而所製成之金是用作生活之資，已與長生的道術有別。

〔註103〕　《抱朴子內篇校釋》卷一六〈黃白〉：「神仙經黃白之方二十五卷，千有餘首。黃者金也，白者銀也。」（頁283）。

〔註104〕　如李少君對漢武帝之言：「祠灶則致物，致物而丹沙可化爲黃金，黃金成以爲飲食品，則益壽；益壽而海中蓬萊仙者乃可見，以封禪則不死。」見《新校本漢書》卷25上〈郊祀志〉第五上（北京：中華書局，1990），頁1216。

〔註105〕　（美）約翰生著，黃素封譯《中國煉丹術考》（上海：上海文藝出版社，1992年1月影印本），頁64。

六、使人不能動的法術

〔表4-12　使人不能動的法術〕

序　號	篇　名	卷　數	內　　　　容	出　　處
1	崔　生	23	叫人僵仆不動	逸史
2	馬自然	33	使僧人三百俱下床不得	續仙傳
3	宋玄白	47	使人手腳不能動，枷杖自摧折	續神仙傳
4	徐仙姑	70	使諸僧一夕皆僵立尸坐	墉城集仙錄

這幾則故事，都有一個共同或類似的的情節：「受辱」。神仙或道士受到某些人的輕視或侮辱，而使用了這個使人不能動的法術，這類的法術又稱爲「禁咒之術」。以4〈徐仙姑〉爲例：

> 徐仙姑者，北齊僕射徐之才女也，不知其師，已數百歲，狀貌常如二十四、五歲耳，善禁咒之術，獨遊海內，名山勝境，無不周遍，多宿巖麓林窟之中，亦寓止僧院，忽爲豪僧十輩，微詞所嘲，姑罵之，群僧激怒，欲以力制，詞色愈悖，姑笑曰：「我女子也，而能棄家雲水，不避蛟龍虎狼，豈懼汝鼠輩乎！」即解衣而臥，遽徹其燭，僧喜，以爲得志。遲明，姑理策出山，諸僧一夕皆僵立尸坐，若被拘縛，口噤不能言，姑去數里，僧乃如故。

以上施行法術者，實際上包含了神仙和道士。詹石窗、黃景亮在〈中晚唐傳奇小說與道教〉一文中指出，「傳奇家筆下的道士所以能夠升格爲"神仙"，據說都有一種或數種的道術。」〔註106〕也就是身懷絕技的道士和具有神通異能的神仙，有時並不易區別。

傳奇中仙眞道人施用法術，可能有以下幾個作用：

一、證明神仙實有。如〔表4-7〕第8條〈裴諶〉條有仙人千里召物取人，文末議論：「吁！神仙之變化，誠如此乎！」

誇耀神奇，以傳揚教義。如〔表4-8〕第11條〈石旻〉以丹藥使腐魚再生，並言：

> 吾之丹至清至廉，爾曹俗人，嗜好無節，臟腑之內，腥羶委集，設使以吾丹餌求置其中，則臟腑之氣，與藥力相攻，若水火之交戰，寧有全人乎？

〔註106〕詹石窗、黃景亮〈中晚唐傳奇小說與道教〉，頁19。

三、作爲規勸或懲戒。如〔表4-11〕使人不能動的法術。

四、修道的實際需要。如〔表4-8〕第2條〈張殖〉言：

> 術之與道，相須而行，道非術無以自致，術非道無以延長。若得術而
> 不得道，亦如欲適萬里而足不行也。術者雖萬端隱見，未除死錄，固當棲
> 心妙域，注念丹華，立功以助其外，鍊魄以存其內。內外齊一，然後可適
> 道，可以長存也。

其實充滿種種異能法術的神仙世界的背後，更隱含著人們渴望突破現實困境的
種種欲求，希望透過法術的施行，可以超越時空的限制、形相物類的限制、富貴貧
賤的區別、生死的阻絕、克服邪魔妖物及強暴惡勢的壓迫，伸張人間正義等等，都
具有正面的意義。

小　結

一、魏晉葛洪以金丹爲上的神仙三品說，在唐五代仙道傳奇因強調不同的成仙
方法而略有差異，服食金丹未必即爲上仙，反而多爲尸解仙。基本上，唐人之神仙
觀大體上繼承漢魏的神仙三品說，並認爲三品之間是可以依次修習而向上升遷的：
「尸解（太陰鍊形）」→「地仙」→「上仙（遷居洞天）」；其次，承襲漢魏六朝「地
仙隱逸」的精神特質，唐人仙道傳奇中有許多入山修道，最後不知所終的事例，大
約也都可以視爲「地仙」之流，也表現出唐代仙道與隱逸之風的關聯；第三，由唐
仙道傳奇中對尸解成仙的諸現象的描述，尸解成仙者，有死亡的歷程，尸身特異，
有香氣與群鶴等異徵，往往在將葬之前，尸體消失，唯存衣冠，皆爲人物成仙之暗
示。此外，尸解者，因生前服食丹藥，死後尸身不易朽爛，古人以爲是鍊形之故，
其後尸身消失，則以爲是尸解成仙了。一些古墓古屍故事，便都成爲尸解仙說了。

二、仙境諸說方面，唐傳奇中依仙境所在的位置分類，可分爲：

1. 天上仙境，以三清境爲代表。

2. 海外仙島，承繼漢魏以來洲島傳說的地理博物式的風格。

3. 山中仙境，因洞天福地說的完成，而成爲仙境故事的大宗，同時也反映唐人
   入山修道的風氣。

4. 點化型仙境，出現一時即消失，具有神秘迷離的效果，與仙人具有法術異能
   有關。

5. 水中仙境與龍宮，是唐傳奇中新仙境。

6. 其他，是一些從上下文無法判別類別的仙境。

各種仙境大體上俱前有所承，表現了唐人心目的他界觀之一斑。

三、就仙人的衣食住行育樂而言，有以下的特色：

1. 飲食上，仙人的飲食一則與道徒的服食內容相同，多為金石、芝草等類。其次，仙境中的美酒嘉餚，一方面有人間理想性的反映，其次則雜有一種地理博物志式的色彩和趣味。第三仙境中的飲食與凡間的飲食是聖俗二分的，同樣的食物，在仙境便具有特殊的效用，如仙人的酒可以改變人的氣質，仙境的桃栗吃了可以使人不饑不餓，身輕體健；此外，唐代仙人與酒的關係似乎較前代為密切，仙人好酒，表現出唐人心目中文士隱逸好酒的瀟洒風味，逐漸成為仙人的典型形象。而仙道傳奇中仙人好酒，一則表現仙道人士隱於人間，藉酒以自晦的精神，一則因仙人好酒，而使「飲酒」成為與仙人交往的契機，成為小說情節的推進點。

2. 在仙真的穿著方面，大致是頭上戴冠，身上著衣帶帔。道教與仙道小說中的仙道冠服可以說表現了中國傳統對服色品級的重視。唐傳奇中仙人常有如下的衣飾：「遠遊冠」和「縫掖衣」，仙境之人著寬袖單衣的「縫掖衣」和高長的「遠遊冠」，可以顯示一種富貴而悠閒的飄然之氣。仙道服飾在小說中的作用，一在以冠服作為仙境仙人的辨識特徵，即冠服亦有聖＼俗的分別作用，凡人不可隨意穿仙人所著之衣。其二有轉變身份的作用，仙真若先以凡人身份出場，其後欲顯示其為仙人時，除了藉法術以炫神奇外，形貌的改變也是重要的手段。

3. 仙人在行的部分，大致有以下幾種形態：一、利用法術，如尸解隱遁或變化他物以飛行；二、乘龍騎鶴；三、騰雲駕霧；四、健步如飛，如有輕功。不論仙人如何行走，都呈現了仙人的基本特色：一、仙人有神通異能，故能變化隱遁；二、仙人會飛，不受空間限制，與仙人長生的特質合之，即為仙人最吸引人的地方：不受時空限制，身輕體健而永遠逍遙自在。

4. 仙人的居處與遊宴部分，唐人仙道傳奇中所表現的仙人居處，基本有兩種類型：一、庭臺樓閣，富麗堂皇，如王者之家，表現出神仙富貴的一面，是仙人居處的標準類型。另一類型是隱居山林，居處樸素，表現出仙道人物飄然物外的一面，可見一種文人雅士的趣味。至於仙人的歡宴遊樂，向來都是豪華、特異和氣派的，宴席之間，有珍異器物的賞玩、香醪嘉饌的享用，佐以女樂以彈箏歌詩，可見唐人社會生活之一斑。

四、在仙真的法術異能方面，運用符籙鏡劍與咒語，仙真可以施行下列的各種法術，有變化法術、飛行法術、縮地術與、千里召人取物術、召劾鬼神、使人復生、

除妖法術、消災解厄的法術、黃白術、使人不能動的法術等等。以上施行法術者，實際上包含了神仙和道士，也就是身懷絕技的道士和具有神通異能的神仙，有時並不易區別。傳奇中仙眞道人施用法術，可能有以下幾個作用：1. 證明神仙實有。2. 誇耀神奇，以傳揚教義。3. 作為規勸或懲戒。4. 修道的實際需要。而這個充滿種種異能法術的神仙世界的背後，隱含著人們渴望突破現實困境的種種欲求，雖具有正面的意義，但因法術中濃厚的神秘色彩，也不免有令人有訾議之處。

第五章　類型分析

前　言

　　本章依作品的主要內容分爲若干類型進行研究。如仙眞傳記類是爲仙眞立傳，內容主要以仙眞之種種變化飛昇的事蹟；而修道成仙類、遇仙成仙類、服食成仙類等凡人成仙類型的故事，均是描寫凡人如何透過各種修仙的方法、機緣或努力以成仙的種種過程。因此，仙眞傳記類與成仙諸類型基本上的差異便在前者的重點在仙眞本身，目的在證明世有神仙，後者的重點在凡人成仙一事上，目的在肯定人可以成仙。

　　不同類型之間可能有內容相重疊的地方，例如一些重要的仙道情節單元，如遇仙、服食、人仙愛戀等等，往往各類型的故事或有相重疊。當遇到彼此有相重疊的情節單元的作品如何區分其類型呢？本文依該作品的主要內容爲依據，也就是依情節單元的輕重比例，如全文重點在服食成仙，且亦僅有服食的情節單元則分入服食成仙類；如服食的情節單元是包含在遊歷仙境的情節單元中，則以較大的情節單元爲其主題。又如既是遊歷仙境，又有人仙愛戀的內容，則視何者佔該文的主要篇幅，有許多人仙愛戀的故事是以遊歷仙境爲框架，但其主題其實是在人仙愛戀的過程本身，則獨立爲人仙情緣一類；如其僅爲遊歷仙境過程中諸多事件中的一件，則依然歸爲遊歷仙境類型中。

　　本文將唐五代仙道類傳奇分爲以下幾種類型：仙眞類、修仙類、仙凡對照類、遊歷仙境類、法術歷險類、人仙婚戀類等六大類型。

第一節　仙眞類

　　唐代以前就有爲仙眞立傳的風氣，如託名爲劉向的《列仙傳》、葛洪的《神仙傳》，這些神仙傳記在魏晉南北朝時大抵爲道教中人所作，他們爲仙人立傳的目的，在於宣揚世有神仙、神仙可學等的觀念，因此，仙眞傳記可以說具有濃厚宣教意味的作品。同時因爲其立傳的基本態度上是以之爲信史，在形式上，便多採用史傳文學的筆法。〔註1〕

　　其次，唐傳奇的文體特徵之一便是以史傳爲敍事的規範。〔註2〕程毅中在《唐代小說史話》中說，唐代小說主要自史部的傳記演進而來，而許多傳奇作品本來就是以傳記的形式出現，並且繼承了史傳文學的表現手法。〔註3〕陳文新《中國傳奇小說史話》指出史傳的文體特徵是：「通常開篇即簡括介紹人物的姓名、鄉里、家世以及外貌、性格等，然後抽敍其人生經歷，最後交代其結局，『包舉一生』，有首有尾。」〔註4〕唐傳奇中便有許多「有首有尾」、「包舉一生」的作品，而仙道類傳奇尤多。因此，唐代仙道傳奇一方面既有爲仙眞立傳的傳統，加上唐傳奇作家「視小說爲史」的時代風氣下，仙眞傳記便成爲唐仙道類傳奇中的一大主流。

　　本節所謂的仙眞傳記類型的範圍較一般的神仙傳記爲窄。前面提到爲神仙立傳的目的在宣揚世有神仙與神仙可學的觀念，所以《列仙傳》、《神仙傳》、《洞仙傳》等的故事類型，即包括相應的二大類，一爲敍述神仙的種種神奇異能的事跡，一爲敍述某些神仙如何從凡人修煉成仙。本文在此，將前者劃分爲「仙眞類型」，後者爲「修仙類型」。二者的主題和重點是有分別的。

　　唐代爲神仙立傳的專書很多，主要集中在晚唐五代，有初唐胡慧超的《十二眞君傳》〔註5〕、蔡偉的《後仙傳》〔註6〕、張薀的《神仙記》〔註7〕，晚唐五代杜光

〔註1〕關於漢魏六朝的神仙傳記與史傳文學的關係，請參看詹石窗《道教文學史》（上海：上海文藝出版社，1992年5月一版），第五章〈魏晉南北朝的神仙傳記與志怪小說〉、張松輝《漢魏六朝道教與文學》（長沙：湖南師範大學出版社，1996年1月一版），第四章〈道教與散文、志怪小說〉。

〔註2〕如陳文新編著《中國傳奇小說史話》（臺北：正中書局，1995年3月初版），書中即以史家筆法爲唐人傳奇的文體特徵之一，頁50～57。徐君蕙《中國小說史》（南寧：廣西教育出版社，1991年12月一版）亦指出唐傳奇的藝術特點相當受史傳影響，不論在故事情節上或人物塑造上均受史傳的影響，頁94～97。另，可參考陳文新〈論唐人傳奇的文體規範〉，《中州學刊》1989第4期，及董乃斌〈從史的政事紀要式到小說的生活細節化──論唐傳奇與小說文體的獨立〉，《文學評論》1990第5期、〈從史的政事紀要式到小說的生活細節化──二論唐傳奇與小說文體的獨立〉，《文學遺產》1991第1期。

〔註3〕程毅中《唐代小說史話》頁9、12。

〔註4〕見陳文新，《中國傳奇小說史話》，頁53。

〔註5〕唐・胡慧超《十二眞君傳》敷衍晉道士吳猛、許遜及其弟子成一許仙集團，節存於

庭的《神仙感遇傳》、《仙傳拾遺》、《墉城集仙錄》等，〔註8〕與杜光庭同時期的王松年有《仙苑編珠》，〔註9〕此外還有唐、五代間的沈汾《續仙傳》等等。〔註10〕諸書所記多爲唐人的神仙傳說，性質上是引錄成篇，可以代表唐人的觀念。除了這些神仙傳記以外，在其他傳奇集子中亦不乏描寫仙眞生平的作品，如《宣室志》、《傳奇》、《玄怪錄》、《逸史》等等。

以上諸書諸作，誠如李劍國在《唐五代志怪傳奇敘錄》所言：「道教小說多乏韻致，唯因事多虛幻故得被小說之名。傳奇家亦喜張皇神仙，但化以人情，出以文采，

《廣記》三則：許眞君、吳眞君、蘭公。此外五代王松年的《仙苑編珠》引《十二眞君傳》十二節，十二眞君皆在，作者胡慧超爲高宗時道士，其創作本意在爲顯揚眞君仙徒，各爲立傳，除《廣記》卷一四《許眞君》中「除蜃精」一節頗見幻化之趣外，情節文字俱無足觀。以上所論參見李劍國著《唐五代傳奇敘錄》，頁122～127。按，《仙苑編珠》與《廣記》所引三則文字相較，文字極簡略（參見註11），《廣記》所引大約較近於原本。

〔註6〕唐・蔡偉《後仙傳》已佚，蔡偉爲開元時道士，書名《後仙傳》者，即其所載爲近世之仙，因在《列仙》、《神仙》、《洞仙》諸傳之後，故曰《後仙傳》。今所見僅《廣記》卷五八〈魏夫人〉一文末「花姑」之事。以上所論參見李劍國著《唐五代傳奇敘錄》，頁218～219。

〔註7〕唐・張氳《神仙記》，已佚。張氳，武后開元時道士。參見李劍國著《唐五代傳奇敘錄》，頁219～220。

〔註8〕杜光庭爲晚唐入蜀的道士，所作《神仙感遇傳》、《仙傳拾遺》、《墉城集仙錄》等三書，皆爲集輯之作，《神仙感遇傳》是一部根據現成資料編纂的神仙傳，藝術性不高。《仙傳拾遺》故事性較強，是一部增補擴編的《神仙傳》，其中包含許多唐代著名神仙傳說的匯集，如羅公遠、葉法善，也有部分根據以前的傳奇作品修改加工。《墉城集仙錄》內容爲女仙的傳記，則是神道設教，缺乏藝術的想像，語言枯燥，往往有故事性不足的缺點。以上所論參見程毅中的《唐代小說史話》頁305～307。

〔註9〕五代・王松年《仙苑編珠》，詹石窗《道教文學史》謂：「（本書）是晚唐五代一部較有特色的神仙傳記類作品。」（頁395），然李劍國《唐五代傳奇敘錄》未收錄此書。按，王松年《仙苑編珠》（見《四庫全書存目叢書・子部・道家類》第258冊台南：莊嚴文化出版社，1995），作者王松年在書前序中說明本書在撮述漢魏以來仙傳及唐以來所聞見成仙者，其體例仿童蒙識字書的體例：「輒　蒙求，字四比韻，撮其樞要，箋註於下。」（頁168），故其書文字簡略，舉一例以明之：「黃山數百，白石三千。（箋註─《神仙傳》云：黃山君者，修彭祖之術，年數百歲，猶有少容也。白石先生者，中黃大夫弟子也，至彭祖時，年已三千歲矣，嘗於白石山煮白石爲糧，故號白石先生。」（頁171）石窗謂其爲有特色的神仙傳記類作品，有待商榷。本文以爲《仙苑編珠》於諸神仙傳記作品中，距離傳奇體製差距頗大，故爲李書所不取。

〔註10〕沈汾《續仙傳》，作者沈汾生於唐末，在唐亡後撰此書，《四庫提要辨正》以爲是南唐人，李劍國《唐五代傳奇敘錄》以爲非是，推斷沈汾是唐末入五代吳人（頁998～999）。內容按成仙之類型編排，有飛昇成仙者十六人，隱化成仙者十二人，所述之仙皆爲唐世眞實人物，以實入幻，且因沈汾非道徒而乃文士，故所作與杜光庭諸作不同，敘事多而言道少，情貌生動，是仙傳小說中上乘之作。以上所述參見李劍國《唐五代傳奇敘錄》，頁1000、1013。

故遠出神仙傳記之上，觀《傳奇》、《玄怪》、《逸史》之屬乃可知矣。」〔註11〕本文以下所採的作品以該神仙「傳主」爲唐人的作品爲限，並盡量選取不同作家的作品以作觀察分析。並依神仙的性別與身分將仙眞傳記分爲三小類：「男仙」、「女仙」和「謫仙」。〔註12〕

一、男　仙

　　唐人的男仙傳記在傳主上有二類，一是當時有名的道士，如孫思邈、羅公遠、葉法善、張果、申元之等，他們的種種神奇傳說往往與皇室有關；二是一般中下階層「不知何許人也」的小吏或市井小民，如〈益州老父〉、〈僕僕生先〉、〈藍采和〉、〈馬自然〉、〈廬山人〉等。前者因爲有名，往往附會許多傳說，因而甚至成爲箭垛式的人物；後者本即是民間傳說中的人物，虛構性因之更強。

　　神仙傳記類的作品數量十分繁多，以下舉四例，一爲唐代名醫孫思邈，二爲名道士羅公遠，三爲江湖道士馬自然，四爲市井傳說人物僕僕生生。

（一）孫思邈

　　《廣記》卷21有〈孫思邈〉條，注「出《仙傳拾遺》及《宣室志》」。然今本《宣室志》無此條，而《仙傳拾遺》已佚，今所見以《廣記》收錄最多。雖宋‧陳葆光的《三洞群仙錄》徵引亦多，然《三洞群仙錄》仿五代王松年《仙苑編珠》蒙求書的體例，〔註13〕以四字方儷語的方式，下自註明所採何書，文字簡略，不如《廣記》徵引的文字較詳而可觀。今人嚴一萍自《廣記》輯得《仙傳拾遺》四十卷，於〈孫思邈〉條下謂：「檢稗海本《宣室志》，未載孫思邈事。……欲析出《宣室志》之文，甚少根據，故併錄之。」〔註14〕

　　本文依嚴氏之說，將《廣記》卷21〈孫思邈〉條視爲《仙傳拾遺》之內容。李劍國《唐五代志怪傳奇敘錄》謂本條是《仙傳拾遺》採自《酉陽雜俎‧玉格》、《大唐新語》、《續仙傳》及《宣室志》諸書。〔註15〕

　　本文一一核之，以爲孫思邈事在唐代傳說頗多，〔表5-1〕中杜光庭《仙傳拾

〔註11〕李劍國著《唐五代傳奇敘錄》，頁220。
〔註12〕按《廣記》分類，卷一至卷五五爲「神仙」，其性別皆爲男性；卷五六至卷七〇爲「女仙」，是古人以男性本位的一種分法。今本文改以「神仙」一詞爲兼含男仙、女仙。
〔註13〕參見註11，又《四庫全書總目提要》（在《合印四庫全書總目提要及四庫未收書目禁燬書目》，臺北：臺灣商務印書館，1985年5月三版）卷二八，〈子部‧道家類存目〉謂：「是書採撫古來仙人事實，集爲四字儷語而自註之，蓋王松年《仙苑編珠》之續然。」（頁3075）。
〔註14〕見嚴一萍《道教研究資料》第一輯（臺北：藝文出版社，1991）頁30。
〔註15〕見李劍國著《唐五代傳奇敘錄》頁1208～1209。

遺・孫思邈》1～2關於孫思邈生平的主要述敘，大體與之前的《大唐新語》相同；1～4 的內容則幾乎與為後來《舊唐書・方伎傳》〈孫思邈〉本傳依樣照錄，其他諸小節則與《酉陽雜俎》、《譚賓錄》、《定命錄》、《獨異志》諸書有些可相參照之處，而 6、8、9 等三段為《仙傳拾遺》所獨有，可見杜光庭參考了唐代歷來有關孫思邈的傳說，再加上自身的觀點，編寫此一孫思邈的仙傳（分析見下文），全文大致以 1～4 為其生平事蹟，5～9 為其遺聞逸史。

至於沈汾《續仙傳》〈孫思邈〉條則當係與《仙傳拾遺》平行的另一則記載。沈汾與杜光庭都採用了《大唐新語》的資料，但由結構及內容上比較（見後文分析），沈汾主要是利用《大唐新語》〈孫思邈〉的框架，再加入自己虛構的故事。《仙傳拾遺》應未採用了《續仙傳》〈孫思邈〉條。

以下將諸書孫思邈事製為一表，以供參照分析。

〔表 5-1　孫思邈故事內容與相關材料〕

編號	仙傳拾遺（廣記21）	舊唐書191方伎傳	大唐新語卷10	酉陽雜俎玉格	續仙傳卷中	譚賓錄（廣記218醫類）	定命錄（廣記222相類）	仙神感遇傳（廣記420龍類）	獨異志卷上
1	a. 雍州華原人。		同	無	同	無			
	b. 七歲就學，日誦千餘言。	全同	同		同	無	無	無	無
	C. 獨孤信讚歎之言。		無 C		無 C	無			
	D. 周宣帝時，隱太白山。		同		同，並言其學問及廣行陰德	無			
	E. 隋文帝徵為國子博士，辭之。		同		同	無			
	F. 唐太宗召詣京師，授爵，辭之。		同		同	無			
	G. 高宗顯慶四年，拜諫議大夫，辭之。		同		同				
	H. 高宗上元六年，辭歸，賜宅，名士執師禮事之。		無 H		無 H	同 G，高宗顯慶三年			

	內容								
2	A. 盧照鄰大梨賦序。 B. 自云開皇辛酉歲生，年九十三，視聽不衰，且話周齊事如目睹。 C. 答盧照鄰問醫道、人道。	同，僅B條在3-A之前，啟下魏徵訪五代史事。	無A 無B C同	無	無	無 無 同C，「醫道」部分全同，「人道」部分，本書最詳	無	無	無
3	A. 魏徵訪孫修《五代史》。 B. 侍郎孫處約謁孫問五子將來。 C. 向太子詹事盧齊卿預言後事。	全同	無	無	無	記高仲舒事，與C相類。	無	無	無
4	A 高宗永淳元年卒（682） B 舉尸就木，空衣而已，時人異之。 C 著述。	全同。	A 永徽初卒 B 同 C 無	無	A 永徽三年卒。 B 同 C 無	A 永淳初卒 B 同 C 無	無	無	無
5	玄宗開元時，救昆明池龍，得龍宮仙方三十首。	無	無	同，未言何時	路救小青蛇，得涇陽龍宮仙方三十首。	無	無	三龍聽經降雨事，乞孫相救事	事與《感遇傳》相類。
6	仙降，謂孫所著《千金方》傷物命，故僅得尸解。	無	無	無	無	無	無	無	無
7	玄宗幸蜀，夢孫乞武都雄黃。	無	無	同，較略	無	無	無	無	無
8	懿宗咸通末，渡童子昇仙。	無	無	無	無	無	無	無	無
9	結語：其後時亦有人見之。	無	無	無	無	無	無	無	無

由上表可知《仙傳拾遺》〈孫思邈〉條，內容可分為1～4和5～9兩大部分。1～4與《舊唐書》孫思邈本傳全同而小異，杜光庭在孫思邈的生平事蹟之外，將其他相關的神異傳說（5～8），依時間先後為序一一羅列於後，最後結以「其後時亦有

人見之」（9），與本傳中「舉尸就木，空衣而已，時人異之」之語相呼應。

　　5～8諸條中，5「救昆明池龍」、7「玄宗夢乞雄黃」二則採自唐·段成式的《酉陽雜俎》前集二〈玉格〉，〔註16〕而在第5條更加入「玄宗開元」的記錄，以增加真實感。

　　在救龍一事上，杜光庭另一書《神仙感遇傳》〈釋玄照〉條，有三龍化叟聽嵩山釋玄照講《法華經》之事，三叟爲報聽經之德而願爲玄照效力。玄照以天下大旱，請致甘澤，然而三叟以無天符而行雨，將遭天誅，唯孫思邈可一言救庇，其後果然如此，孫思邈爲龍祈罪免死。按，杜光庭此事當變化自唐·李冗的《獨異志》卷上〈孫思邈〉條，〔註17〕該條記武后時，孫思邈居嵩山修道，大旱，故敕選僧徒講經祈雨，有伊洛二人龍化爲老人聽經，謂需有天符方能致雨，因請思邈以章疏聞天，乃降大雨。本條並未言及救龍的情節，但有書符祈雨之說。

　　以上孫思邈與龍的諸說雖有不同，但都顯示出孫思邈的道士形象，有法術具異能，上可通天，而諸說中超越佛徒誦經的法力，也是當時佛道相爭的時代背景下的一種反映吧。

　　第6條「仙降」一事，文中引仙人桓闓謂陶弘景尸解之事，與此相類。查《廣記》卷十五〈桓闓〉條，以陶弘景所修《本草》，「以蚖虫水蛭輩爲藥，功雖及人，而害於物命」，因此僅得尸解成仙。孫思邈著《千金方》與陶著《本草》相類，俱是以有損陰德爲尸解仙說。而〈桓闓〉條注「出《神仙感遇傳》，明鈔本作「出《神仙拾遺》，《神仙拾遺》即《仙傳拾遺》，與《神仙感遇傳》皆爲杜光庭所作。本文疑此條是杜光庭個人對孫思邈於正史中「舉尸就木，空衣而已」的一種闡釋，觀同時沈汾的《續仙傳》卷中〈孫思邈〉條，謂思邈「凡所舉動，務行陰德，用心自固，濟物爲功。」下敘路救小青蛇一事以證之。可見沈汾的觀點與杜光庭有異，因此，第6條可能是杜光庭自行加入的。

　　觀正史中的記錄，孫思邈長壽又尸解，即有將孫思邈仙化的意味；《仙傳拾遺》再附以種種神異傳說，將之完成爲一神仙人物。

　　至於沈汾的《續仙傳》卷中〈孫思邈〉條，〔註18〕在比對上，發現與《大唐新語》所載全同，而在1D與E之間，加入「凡所舉動，務行陰德，用心自固，濟物

〔註16〕見段成式《酉陽雜俎》（臺北：漢京出版社，1983）前集之二〈玉格〉，頁19。

〔註17〕見李冗（元）《獨異志》（北京：中華書局點校本，1983，6）卷上，頁11～12，原書無題名，「〈孫思邈〉條」爲本文所加。

〔註18〕南唐·沈汾《續仙傳》（收入《四庫全書存目叢書》第258冊〈子部·道家類〉（台南：莊嚴文化出版社，1991），卷中〈隱化十二人〉第一。

為功。」下敘路救小青蛇一事以證之。而這段敘述可能出自沈汾根據前述孫思邈與龍傳說上，而另出己意虛構出來的故事。今抄錄如下：

> 偶出路行，見人欲殺小青蛇，已傷血出。思邈求其人，脫衣贖而救之，以藥封裹，放於草間。後月餘，復出行，見一白衣少年，僕馬甚盛，下馬迎拜思邈，謝言：「小弟蒙道者所救，父母欲相見。」而思邈每以藥救人極廣，聞之不以為意，少年復懇拜請。以別馬載思邈，偕行如飛，到一城郭，花木正春，景色和媚，門庭煥赫，人物繁盛，儼若王者之居。少年延思邈入，見一人端美，白帢帽、絳衣，侍從甚眾，欣喜相接，謝思邈曰：「深思道者，因遣兒子相迎。前者小兒偶出，忽為愚人所傷，賴脫衣贖救，獲全其命，此中血屬非少，共感再生之恩。今面道者，榮幸足矣。」俄頃，延思邈入，若宮闈內。見中年女子領一青衣小兒出，再三拜謝思邈，言：「此兒癡騃，為人傷損，賴救免害。」思邈省記嘗救殺青蛇，即訝此何所也。又見左右皆閹人，宮妓呼帢帽為君王，呼女子為妃子。思邈心異之，潛問左右，曰：「此涇陽水府也。」帢帽乃命賓寮，設酒饌妓樂以宴思邈，辭以辟穀服氣，唯飲酒耳。留連三日，問思邈所欲，對曰：「居山樂道，思真鍊神，目雖所窺，心固無欲。」乃以輕綃珠金贈於思邈。堅辭不受。曰：「道者不以此為意耶？何以相報？」遂命其子取龍宮所頒藥方三十首與思邈。謂曰：「此真道者，可以濟世救人。」俄復命僕馬送思邈歸山。

> 深自為異，歷試諸方，皆若神效，後著千金方三十卷，散龍宮之方在其內。

文中思邈路救小青蛇，入龍宮水府諸事，與前所引諸書救龍事雖不同，但皆為救龍；其次，《酉陽雜俎》敘救昆明池龍而得龍宮仙方一事，是孫思邈要求以龍宮仙方為交換救命的條件，與此故事中，孫思邈無所求，龍王為報恩而贈以龍宮仙方的情形完全不同。可見沈汾是在唐代流傳的龍宮傳奇中（如柳毅的故事），配合傳說中孫思邈與龍有相關的背景，自己再重新再加塑造出孫思邈淡泊名利的道者形像。

綜觀《續仙傳》〈孫思邈〉條，當係以《大唐新語》孫思邈事為框架，加入救小青蛇的部分，建構孫思邈仁人愛物的神仙形像。與杜光庭《仙傳拾遺》〈孫思邈〉條，將各項相關資料羅列的方式相比，似乎要高明些。但二者均是運用已有的材料，有意將孫思邈仙化。

（二）羅公遠

《廣記》卷 22 注出「《神仙感遇傳》、《仙傳拾遺》、《逸史》等書」。本文認為本條當是杜光庭根據一些材料編寫出的羅公遠的神仙傳記，是一首尾完整的有機體，並非拼合數書而成。

今所見《神仙感遇傳》乃保存於《雲笈七籤》卷112，其中並無〈羅公遠〉條。但在《雲笈七籤》卷113（上），則有〈羅公遠〉條。李劍國《唐五代傳奇志怪敘錄》以爲《雲笈七籤》卷113（上）爲《逸史》之節選本，故其中之〈羅公遠〉條爲《逸史》之佚文。《廣記》本條且將《雲笈七籤》卷113（上）之〈羅方遠〉條誤爲羅公遠事。〔註19〕此外，薛秀慧《唐人小說盧肇逸史研究》亦將《雲笈七籤》卷113視爲《逸史》之文，且是完整的引錄《逸史》原文全篇，對於《逸史》實有保全之功。〔註20〕

準此，以下即以《逸史》（雲笈七籤113卷上本）、《酉陽雜俎》〔註21〕、《開天傳信記》三書核對《廣記》本條之內容。因《神仙感遇傳》和《仙傳拾遺》捨此外，別無可供比對處。

〔表5-2　羅公遠故事內容與相關材料〕

編號	廣記22：神仙感遇傳、仙傳拾遺、逸史	逸　　　史（雲笈七籤本卷113上）	酉陽雜俎壺史	開天傳信記（廣記77）
1	鄂州人	無	無	無
2	幼時召龍事	爲〈羅方遠〉事	無	無
3	玄宗時與張果、葉法善行法術事	無	無	無
4	開元中，玄宗遊月宮，得霓裳羽衣曲事。	同	無	無
5	玄宗、武妃觀公遠、法善與三藏鬥法術： A. 竹枝化七寶如意 B. 瓶術 C. 法善變化三藏金襴袈裟 D. 公遠眾中取三藏金襴袈裟	無	無	無
6	A. 玄宗學隱遯術、公遠微詞拒之 B. 公遠入柱、 C. 怒斬公遠。 D. 中使輔仙玉入蜀見公遠，公遠使致意玄宗。	A. 文字較簡，且無公遠推拒之詞 B. 無 C. 射殺公遠，令瘞之宮中。 D. 中使入蜀見公遠，上大驚，開棺視之，唯一草鞋	玄宗學隱遯術 公遠入柱無 中使於蜀道見之	玄宗學隱遯術爲〈羅思遠〉事。玄宗學術不成，射殺思遠。
7	公遠答玄宗長生之請。	無	無	無

由上表的對照，本文以爲《廣記》卷22〈羅公遠〉條的主要內容可能是杜光庭的《神仙感遇傳》或《仙傳拾遺》。〔註22〕因爲《逸史》的文字雖入本則之中，然

〔註19〕見李劍國《唐五代志怪傳奇敘錄》，頁679、681。
〔註20〕見薛秀慧《唐人小說盧肇逸史研究》（東海大學中文研究所碩士論文，1987）一書之附錄〈篇目考〉。
〔註21〕見段成式《酉陽雜俎》前集之二〈壺史〉，頁24。
〔註22〕關於〈羅公遠〉故事，嚴一萍在《道教研究資料》第一輯中以爲《雲笈七籤》卷一一三爲《神仙感遇傳》，而不知該卷爲《逸史》，以此爲比對基礎，因而以爲其中某

而僅2、4、6三條有襲用的痕跡，其次，在第6條的部分，揉合了《逸史》、《酉陽雜俎》和《開天傳信記》的相關故事，形成一個完整的敘述段落；並且其中加入大段關於修道的議論（6A、D），藉由羅公遠之口告誡玄宗，是《逸史》、《酉陽雜俎》和《開天傳信記》中所無。由這三點看來便不能說《廣記》本條是拼合《神仙感遇傳》、《仙傳拾遺》、《逸史》三書而成，而應當是出於杜光庭有意的編寫。

如果我們承認《廣記》本條故事是出於杜光庭之手，目的在塑遠羅公遠的仙者形象，則第2條《逸史》〈羅方遠〉幼時召守江白龍之事也非誤入，〔註23〕而是杜光庭有意的張冠李戴，使其故事「首尾俱足」，借之完成羅公遠的「傳記」。

羅公遠故事中最主要的部分就是種種法術的表現，和交雜在法術之間，談仙論道、諷諭玄宗的文字。

在法術故事中，以同時的名道士張果和葉法善作陪襯。張果和葉法善在其故事中也都是有高強法力的神仙，在本故事中，卻略遜羅公遠一籌，即是一種烘托人物的寫法。其次，則是在玄宗與武妃面前與三藏鬥法的部分，反映了當時宮廷中佛道爭馳的情形。此外，玄宗遊月宮聞樂之事，唐稗所載尤多，或以為葉法善，或以為申天師，〔註24〕在此不過將之歸在公遠身上。

至於交織在法術故事中談仙論道、微諷玄宗的文字，一在玄宗欲學隱遯之術，公遠微詞拒之，謂：

> 陛下玉書金格，以簡於九清矣。眞人降化，保國安人，誠宜習唐虞之
> 無爲，繼文景之儉約，卻寶劍而不御，棄名馬而不乘。豈可以萬乘之尊，
> 四海之貴，宗廟之重，社稷之大，而輕狗小術，爲戲翫之事乎！若盡臣術，
> 必懷璽入人家，困於魚服矣！

其次，玄宗斬公遠之後，中使輔仙玉於蜀中遇公遠時，公遠謂仙玉曰：

> 吾棲息林泉，以修眞爲務。自晉咸和年入蜀，訪師諸山，久晦名

段、某段是《仙傳拾遺》之文（頁52）。實際上，《雲笈七籤》卷一一三爲《逸史》之文，今本《神仙感遇傳》無〈羅公遠〉條，因此並無法比對《廣記》本則故事內容，那一部分屬《神仙感遇傳》、那一部分屬《仙傳拾遺》。

〔註23〕 李劍國以爲誤入，見《唐五代傳奇敘錄》，頁146。

〔註24〕 如《廣記》卷二六〈葉法善〉條有之，事較簡略（注「出《集異記》及《仙傳拾遺》）；《廣德神異錄》〈葉法善〉亦有之（見《廣記》卷七七）。又，柳宗元《龍城錄》亦有〈明皇夢遊廣寒宮〉，記開元六年八月望夜玄宗與申天師、道士鴻都客遊觀月宮。李劍國《唐五代傳奇敘錄》引胡仔《苕溪漁隱叢話》前集卷二四云：「鄭嵎《津陽門詩》注、《明皇雜錄》、《高道傳》，此三書皆云葉法善引明皇遊月宮聞樂，歸作《霓裳羽衣曲》；《唐逸史》云與羅公遠同遊；《異人錄》云與申天師同遊；惟此二書爲異。」（頁502）

跡。……加我以丹項之戮，一何遑遽哉！然得道之人，與道氣混合，豈可以世俗兵刃水火，害於我哉？

最後在仙玉還見玄宗後，述此事，玄宗不懌，公遠飄然至，又謂玄宗：

夫得神仙之道者，劫運之災，陽九之數，天地淪毀，尚不能害，況兵刃之屬，那能為害也？

異日，玄宗復以長生為請，對曰：

經有之焉，『我命在我，匪由於他』，當先內求而外得也。刳心滅智，草衣木食，非至尊所能。

以上幾段話，一則在突顯其不死仙人的形象，如公遠被斬不死，且謂「兵刃之屬，那能為害」，又藉「自晉咸和年入蜀」的自白，強調年命之長。二則對《逸史》和《開天傳信記》中玄宗欲學隱逸術之事，提出了看法：君王當以社稷之大，不應輕狥小術。語中含有諷諭之意。三則宣揚「我命在我」的神仙思想。

　　總之，杜光庭藉由神奇法術和長生不死的神仙特質作為羅公遠神仙傳記的主要成分。

（三）馬自然

　　《廣記》卷３３注「出《續仙傳》」。本文按，〈馬自然〉條在《續仙傳》卷上。〔註25〕在《續仙傳》之前似無傳說資料，之後則徵引頗多。〔註26〕

　　本則故事完全在記敘馬自然的道術，最後於大中十年白日上昇。以下將其故事內容列表：

〔表 5-3　馬自然故事內容〕

編號	內　　　容	備　　註
1	馬湘，字自然，杭州鹽官人，世為縣小吏，好經史，治道術，遍遊天下，後歸江南。	
2	在湖州時：醉墜霅溪，適為項羽召飲。能使溪水逆流、指橋令斷復續。	
3	後遊常州： A. 宰相馬植謫官於此，素聞湘名，欲求道術，湘拒以「風馬牛不相及」 B. 示種瓜、摸錢等小術。 C. 書符驅鼠。	變化法術 符術

〔註25〕南唐・沈汾《續仙傳》卷上〈飛昇〉第六人。
〔註26〕參見李劍國《唐五代傳奇敘錄》：如五代闕名《靈驗傳》、宋・陳葆光《三洞群仙錄》、明・田汝成《西湖遊覽志餘》，而明・周清源《西湖二集》卷三十《馬神仙騎龍昇天》更敷演其事（頁 1003）。

4	後遊南越州：	使人不能動的法術
	A. 因洞巖禪院僧人不禮之，使其三百人下床不得，戒其無以輕慢爲意。	
	B. 求田家菘菜不得，且聞惡言，遂畫紙鷺啄菜、猾子踐菜，待田家哀乞，復之如故。	水噀法術
5	又南遊霍桐山：夜宿旅舍，一腳掛梁倒睡，後又入壁不出。	入壁術
6	自霍桐迴永康縣東天寶觀：指三千歲松將化爲石，後果如其言。	預言
7	竹柱打人痛處治病而不受財帛。	
8	所遊行多詩句：〈登杭州秦望山詩〉	
9	（宣宗）大中十年（856），歸故鄉省兄嫂，三日遽卒，乃棺斂，其夕棺輪然有聲。	尸解
10	次年，東川奏劍州梓桐縣道士白日上昇。敕浙西道杭州覆視之，發塚視棺，乃一竹枝而已。	飛昇

由上表可知，馬自然故事的主要內容是其所行的種種法術（2～6）。在敘述上，以其遊歷之先後爲經，以各地施展道術的種種事跡爲緯，構成本故事的主體。第 7 條言其醫病之能，第 8 條述其詩一首，輯入《全唐詩》卷八六一，第 9、10 兩條敘述其尸解及白日上昇事作結。

文中的 2A 宰相馬植求道術事、〈登杭州秦望山詩〉及東川奏及朝廷的敕與覆視，配合文中種種神奇的法術情節，揉合了史實與虛幻，是仙眞傳記的標準作法。

（四）僕僕先生

見《廣記》卷二二注「出《異聞集》及《廣異記》」。按，〈僕僕先生〉當爲戴孚《廣異記》之作，而後爲陳翰編選《異聞集》時所收。〔註27〕其故事內容如下：

〔表 5-4　僕僕先生故事內容〕

編號	內　　　容	備　　　註
1	不知何許人也，自云姓僕名僕，莫知其所由來。家於光州樂安縣黃土山，凡三十餘年，精思餌杏丹，賣藥爲業。	
2	開元三年（715），玄宗召改樂安縣爲仙居縣事。 A. 授王滔子弁杏丹術。 B. 乘雲而度，人吏數萬皆睹之。	玄宗詔改縣名之事，見兩唐書地理志准南道光州弋陽郡，言「仙居本樂安，天寶

〔註27〕參見王夢鷗《唐人小說研究二集》（臺北：藝文，1973 年 3 月初版），王夢鷗以爲翰《異聞集》成書在戴孚《廣異記》之後，且《異聞集》乃一傳奇選集，取材有自，非陳翰自著，因此認爲〈僕僕先生〉是出《廣記》而後又爲《異聞集》所轉載（頁 27）。李劍國《唐五代傳奇志怪敘錄》亦謂：「按所敘僕僕事前後銜接，無拼湊之跡，疑原出《廣異記》而爲《異聞集》所採，故《廣記》兩書之。」（頁 878）。

	C. 刺史李休光召詰踞見，僕僕乘龍虎而去、刺史府舍及庭槐爲雷電震壞等事。 D. 休光以狀聞，玄宗乃詔改樂安縣爲仙居縣、僕僕所居舍置仙堂觀，弁爲觀主等事。	元年（742）改爲仙居縣」。《唐會要》卷71光州條，言天寶元年八月二十四日改名仙居。
3	王弁事（至大歷十四，凡六十六歲，779）。	
4	果州女子謝自然白日上昇事。 敍議神仙姓名（「有姓崔亦云名崔者，有姓杜亦云名杜者，……無乃神仙降於人間，不欲以姓名行於時俗乎!」）	又見《墉城集仙錄》，《廣記》卷66，言謝自然昇天事在貞元十年（794）
5	義陽立僕僕先生廟事。 人見老人乘五色雲，自謂「僕僕野人」，州司奏聞，敕令立廟。	

　　以上第1～3爲一段落，以刺史詔問事爲核心，目的在導出玄宗詔改縣名之事，以證實有其人其事。第4、5條爲一段落，目的在釋「僕僕」之名，增益其神秘感。第4條藉女仙謝自然事說明神仙不欲以姓名行於時俗，第5條義陽立廟事，由縣官拜問姓氏，老人曰：「僕僕野人也，有何名姓？」二條的重心皆在「僕僕」之名上。

　　由上表可知，不知何許人的鄉野之人，傳說其能乘雲而飛，能飛是神仙的重要特質之一，於是從民間傳說到朝廷改縣名、立廟，此一過程，可以說是在唐代皇室崇道的風氣下，上行下效，由刺史、州司和百姓合而共演一齣神仙劇。

　　由上述四則神仙傳記故事，我們可以歸納神仙傳記的主要內容，即在突顯神仙的特質和眞實性。所謂神仙的特質，如前三章所述：飛昇不死和具有種種神通異能。因此主要的內容便是羅列該神仙傳主所行的種種神奇事跡，並在敘述中強調該神仙傳主「代代有人見之」，容顏不老。此外，又因唐代佛道並盛，並有佛道相爭的情形，因此，在神仙傳記中述神仙法術異能的同時，也加入了佛道鬥法的色彩和內容。

二、女　仙

　　女仙傳記爲女仙故事中的一大類型。除了女仙傳記以外，女仙故事亦含有服食成仙與人仙遇合婚戀等類型，不在本節分析的範圍內。但若要分析唐人女仙傳記類的作品之前，必需先了解女仙故事的淵源及其文化與宗教上的意義。

　　詹石窗在《道教與女性》一書中認爲，〔註28〕道教對女仙的崇拜源自於古老的女性崇拜。所謂女性崇拜指宗教神話意義上對女性的推崇和景仰。而女性崇拜可以簡明的分爲女神崇拜和女仙崇拜兩種基本的表現形態。女神崇拜的根源可能與遠古母系氏族社會有關，並且是世界各民族都有過的文化現象，而女仙崇拜則是中國古代信仰體系中別具一格的宗教現象。女仙觀念最初是依附在女神崇拜的形態中，而

〔註28〕以下論述摘自詹石窗《道教與女性》（臺北：世界文物出版社，1992年9月初版）第一章〈古老的女性崇拜〉、第二章〈女性崇拜在道教中的繼承和發展〉。

以神話中西王母的仙化為最典型的例子。可以說當「神」與「仙」二個不同層次的觀念混合為「神仙」時，仙性居於主導地位之後，女仙便從女神中分化出來，成為另一類崇拜對象。至於女性在道教中取得相當尊崇的地位，原因在於：一、由道教主陰的思想基礎所決定；二、婦女本身在道派組織中的重要作用，尤其是早期道派形成時女性的參與與創始。

唐以前的女仙故事有《漢武內傳》中西王母、上元夫人等，〔註29〕《列仙傳》中的〈昌容〉、〈園客妻〉、〈酒母〉、〈女几〉、〈玄俗妻〉、〈江妃〉、〈毛女〉等，〔註30〕《神仙傳》的〈太玄女〉、〈西河少女〉、〈樊夫人〉、〈東陵聖母〉、〈程偉妻〉、〈麻姑〉等，〔註31〕在《真誥》卷一中則列了十六位女真（神女），書中並有三則人仙戀。〔註32〕以上這些女仙故事與傳說對唐人的女仙故事影甚大。

此外，早期道派中的女性修道者的仙化事跡與傳說也成為唐人女仙故事的藍本，如《廣記》卷60〈孫夫人〉，記三天法師張道陵之妻修道成仙事，文中謂：

> 初，夫人居化中，遠近欽奉，禮謁如市，遂於山趾化一泉，使禮奉之人，以其水盥沐，然後方詣道靜，號曰『解穢水』。〔註33〕

詹石窗據《三國志》卷31《劉焉傳》的記載，指出五斗米道（後稱天師道）到了第三代傳人張魯時期，其母盧氏多方活動，「行鬼道」、「又有少容」，使該道派獲得較大的實力。〔註34〕另一值得注意的早期女性修道者為魏華存，《廣記》卷58〈魏夫人傳〉述魏晉時女道士魏華存的仙跡靈縱。魏華存為天師道的女官祭酒，渡江南來後，修道有成即昇化。〔註35〕魏華存在道教內丹術的傳授上是個關鍵人物，魏晉以來各道派都很尊崇她，尤其是上清派茅山宗更將之視為第一位締造者。〔註36〕以上

〔註29〕〈漢武內傳〉，分別見於《廣記》卷三、卷五六六。

〔註30〕收在《廣記》卷五九、六○，《廣記》雖注「出《女仙傳》」實際上，五代闕名所撰之《女仙傳》是取材於《列仙傳》，參見李劍國《唐五代志怪傳奇敍錄》頁1118。

〔註31〕見《神仙傳》（收在《叢書集成初編》3348冊，北京：中華書局，1991一版）卷七，亦見於《廣記》卷五九、六○。

〔註32〕見陶弘景《真誥》（收在《叢書集成初編》0570～0573冊），卷一有萼綠華及其後序列太和靈嬪上真左夫人等十五位女真。文中頁1稱萼綠華為神女，頁9又稱與紫微王夫人來之紫清九華安妃為神女。而三則人仙戀為卷一羊權與萼綠華、卷一至四楊羲與安妃、卷五至八許謐與右英夫人。

〔註33〕〈孫夫人〉，《廣記》卷六○注「出《女仙傳》」，又見杜光庭《墉城集仙錄》卷六。引文中「夫人居化中」一句，「化」者指「陽平化」，為道教組織二十四化之首（參見本條〈孫夫人〉原文）。

〔註34〕參見詹石窗《道教與女性》頁74。

〔註35〕參見李豐楙〈魏晉神女傳說與道教神女降真傳說〉一文（收在《誤入與謫降：六朝隋唐道教文學論集》，臺北：臺灣學生書局，1996年5月初版），頁164。

〔註36〕詹石窗《道教與女性》頁74～75。

這些道教內部的女性修道者，對於唐代女仙傳記也影響甚大。

　　唐人傳述女仙傳記者，集其大成的是杜光庭的《墉城集仙錄》，開女仙集傳的先河。其序謂：

　　　　墉城集仙錄者，紀古今女子得道昇仙之事也，⋯⋯昔秦大夫阮蒼（倉）、漢校尉劉向，〔註37〕繼有述作，行於世間；次有《洞冥書》、《神仙傳》、《道學傳》、《集仙傳》、《續神仙傳》、《後仙傳》、《洞仙傳》、《上眞記》，編次紀錄，不啻十家，⋯⋯纂彼眾說，集爲一家，女仙以金母爲尊，金母以墉城爲治，編記古今女仙得道事實，目爲《墉城集仙錄》。〔註38〕

由序中可知杜光庭本書收集了前此的女仙傳說，目的在宣揚教義，故作品內容多枯燥而乏韻致，但由於《墉城集仙錄》是總結唐及唐以前女仙傳記的重要著作，在此仍取之與其他唐小說家寫女仙的故事並而論之。至於小說家之作與道徒不同，他們不專在宣揚神仙，故內容風格上較有唐人傳奇的風味。

　　當我們觀察唐人筆下的女仙傳記故事後，發現有三種形態：

（一）承襲自六朝女神系統的女仙群

　　這裡指的承襲漢魏六朝以來的與女神系統相融合的女仙群，如西王母、上元夫人、南溟夫人等等，她們的仙人的品級很高，可以說是天仙之流，因此其出場總是雍容華貴、氣派非凡，帶有很濃厚的貴族氣息，並且這一氣派的女仙群，彼此之間常有血緣氏族關係。

　　　　西王母者，九靈太妙龜山金母也。一號太靈九光龜臺金母，亦號曰金母元君。⋯⋯與東王木公共理二氣，而育養天地，陶鈞萬物矣。體柔順之本，爲極陰之元，位配西方，母養群品，天上天下，三界十方，女子之登仙得道者咸所隸焉。（雲笈七籤本《墉城集仙錄》）〔註39〕

　　　　南極王夫人者，王母第四女也，名（萼）林，字容眞，一號紫元夫人。（道藏本《墉城集仙錄》卷二）

　　　　雲林右英王夫人，名媚蘭，字申林，王母第十三女也。（道藏本《墉城集仙錄》卷五）〔註40〕

　　　　（紫微王夫人）夫人名青娥，字愈音，王母第二十女也。（道藏本《墉

〔註37〕「昔秦大夫阮蒼、漢校尉向」句，「阮蒼」當爲「阮倉」，《新校本隋書》卷三三〈經籍志〉：「又漢時，阮倉作《列仙圖》，劉向典校經籍，始作《列仙》、《列士》、《列女》之傳。」（頁982）。

〔註38〕見《雲笈七籤》卷一一四，頁829～830。

〔註39〕見《雲笈七籤》卷一一四，《廣記》卷56節錄之。

〔註40〕參見《眞誥》卷二，頁二二。

城集仙錄》卷三）〔註41〕

太眞夫人，王母之小女也，年可十六七，名婉，字羅敷。……夫人即
著雲光繡包，乘龍而去，袍上專是明月珠綴衣領，帶玉佩，戴金華太玄之
冠。（《神仙傳》、《墉城集仙錄》，廣記卷五十七）〔註42〕

雲華夫人，王母第二十三女，太眞王夫人之妹也，名瑤姬。（《墉城集
仙錄》，《廣記》卷五十六）〔註43〕

這些女仙群皆收在杜光庭的《墉城集仙錄》前半部，她們以西王母爲首，彼此形成
一套血緣氏族的關係。

李豐楙〈西王母五女傳說的形成及其演變〉一文，〔註44〕指出西王母與南極王
夫人、雲林右英王夫人、紫微王夫人、雲華夫人及玉巵娘子等五女的傳說，除玉巵
娘子以外，皆自《眞誥》的記載而來，杜光庭《墉城集仙錄》承之以建構女仙體系。
這些女仙以西王母的女兒側身在仙籍之中，一方面在道教發展的歷史進程中，具有
組織化、體系化的作用，〔註45〕另一方面在民俗學上，西王母有作爲人間早夭少女
登仙者及靈界女仙的「母親意象」。〔註46〕

以上這些流傳於唐的女仙傳記，其傳主皆是唐以前的人物，故本文不多作研討。

（二）唐代民間女性修道者

這是由受早期道派形成時的女性修道成仙傳說影響下的民間女仙傳說，她們全
是民女出身，因修道而受崇敬，在性格描述與修道形態上，有很高的相似性：

黃觀福者，雅州百丈縣民之女也。幼不茹葷血，好清靜，家貧無香，
取柏葉柏子焚之，每凝然靜坐，無所營爲，經日爲倦。（雲笈七籤本卷一
一六，《墉城集仙錄》，《廣記》卷六十三引之）

〔註41〕參見《眞誥》卷一，頁六。

〔註42〕見《廣記》卷五七注出「《神仙傳》」，李劍國《唐五代志怪傳奇敘錄》以爲有誤，而
將之歸在《墉城集仙錄》中，並謂「《雲笈七籤》卷一〇六《馬明生眞人傳》與此文
字大同。」（頁1064）。李豐楙〈西王母五女傳說的形成及其演變〉（收在《誤入與
謫降：六朝隋唐道教文學論集》中）則不以爲《廣記》有誤，一者因今本《神仙傳》
爲明人輯存，其中多有脫略之處，二者《三洞群仙錄》引《抱朴子》（今本不載）有
太眞夫人事，是六朝時確有太眞夫人事蹟流傳，因此認爲係杜光庭據六朝太眞夫人
與馬明生的傳說，改寫爲今本《墉城集仙錄》卷四之〈太眞夫人〉（頁222～223）。

〔註43〕見《廣記》卷五六注「出《集仙錄》」，李劍國《唐五代志怪傳奇敘錄》謂：「本《高
唐賦》、《神女賦》、晉習鑿齒《襄陽耆舊傳》等。」（頁1063）。

〔註44〕李豐楙，〈西王母五女傳說的形成及其演變〉收在《誤入與謫降：六朝隋唐道教文學
論集》中，頁215～246。

〔註45〕參見李豐楙《誤入與謫降：六朝隋唐道教文學論集》，頁223、241。

〔註46〕參見李豐楙《誤入與謫降：六朝隋唐道教文學論集》，頁244。

董上仙，遂州方義女也，年十七，神姿艷冶，寡於飲膳，好靜守和。（《墉城集仙錄》，《廣記》卷六十四引之）

楊敬眞，虢州閬鄉縣長壽鄉天仙村田家女也。……性沈靜，不好戲笑，有暇必灑掃靜室，閉門閑居。（《續玄怪錄》卷一，《廣記》卷六十八引之）〔註47〕

裴玄靜，……而好道，請于父母，置一靜室披戴。……潔思閑淡。（《續仙傳》卷上，《廣記》卷七十引之）〔註48〕

她們因修道之故，或矢志不嫁；或婚後爲修道而獨居靜室；有的因此與夫家有所扞格，如：

王氏自幼不食酒肉，攻詞翰，善琴，好無爲清靜之道，及長，誓志不嫁。（《墉城集仙錄》，《廣記》卷七十引）

薛氏者，河中少尹馮徽妻也，自號玄同。適馮徽，二十年乃言素志，稱疾獨處，焚香誦黃庭經。（雲笈七籤本卷一一六《墉城集仙錄》，《廣記》卷七十引之）

戚逍遙，……年二十餘，適同邑蒯潯。舅姑酷，責之以蠶農怠惰，而逍遙旦夕以齋潔修行爲事，殊不以生計在心。蒯潯亦屢責之，逍遙白舅姑，請返於父母，及父母家亦逼迫，終以不能爲塵俗事，願獨居小室修道，以資舅姑，蒯潯及舅姑俱疑，乃棄之於室，而逍遙但以香水爲資，絕食靜想。（《續仙傳》卷上，《廣記》卷七十引之）

當她們修道成仙，往往有時、地的記載，地方官府並錄以奏聞：

（楊正見）白日昇天，即開元二十一年壬申十一月三日也。……其升天處，即今邛州蒲江縣主簿化也。（《墉城集仙錄》，《廣記》卷六十四引之）

（董上仙）唐開元中，天子好尚神仙，聞其事，詔使徵入長安，月餘，乞還鄉里，許之。……詔置上仙、唐興兩觀於其居處，今在州北十餘里，涪江之濱焉。（《墉城集仙錄》，《廣記》卷六十四引之）

（謝自然）（貞元十年十一月）二十日辰時，於金泉道場白日昇天，士女數千人，咸共瞻仰。……刺史李堅表聞，詔褒美之，李堅述金泉道場碑。（《墉城集仙錄》，《廣記》卷六十六引之）

〔註47〕唐・李復言《續玄怪錄》（臺北：文史哲，1989 年 7 月，台一版，係爲 1982 年北京中華書局之點校本）卷一，頁 135。

〔註48〕沈汾《續仙傳》（收在《四庫全書存目叢書・子部・道家類》第 258 冊）卷上。

（楊敬眞）（元和十二年五月十五日成仙）……廉使以聞，憲宗召見，舍於內殿，試道而無以對，罷之。（《續玄怪錄》，見前）

韋蒙妻許氏，……一時昇天，有龍虎兵騎三十餘人，導從而去，乃長慶元年辛丑歲也。（《仙傳拾遺》，《廣記》卷六十九引之）

（裴玄靜）有五雲盤旋，仙女奏樂，白鳳載玄靜昇天向西北而去，時大中八年八月十八日，在溫縣供道村李氏別業。（《續仙傳》卷上，見前）

（薛玄同）十五日夜，雲彩滿空，忽爾雷電，棺蓋飛在庭中，失尸所在，空衣而已，異香群鶴，浹旬不休。時僖宗在蜀，浙西節度使周寶表其事，詔付史官。（《墉城集仙錄》，見前）

這些民間女子修道成仙的傳說，大半乾枯乏味，以徵實爲其特色，因此一則可見了唐代女子修道情形之一斑，再者也反映了唐代崇道的時代面貌，是有其研究道教女性修道的價值的。

（三）具有神通異能的女仙群

在作品中強調具有神通異能的女仙，這一點與神仙傳記類相同，以神通異能爲神仙之特質。如《女仙傳》中的〈樊夫人〉〔註49〕、《杜陽雜編》中的〈盧眉娘〉〔註50〕、《廣異記》中的〈何二娘〉〔註51〕、《墉城集仙錄》中的〈徐仙姑〉〔註52〕。以下以《女仙傳》的〈樊夫人〉爲例作說明。

五代蔡偉的《女仙傳》已佚，大致仿《墉城集仙錄》的作法，纂輯女仙故事，〔註53〕《廣記》卷六十所引的〈樊夫人〉內容實際上是併合了《神仙傳》卷七〈樊夫人〉和《傳奇》中的〈湘媼〉。〔註54〕大約前四分之一篇幅爲《神仙傳》卷七〈樊夫人〉的文字，內容記漢仙人劉綱與其妻俱有道術，二人鬥法，劉綱事事不勝其妻，文字較爲簡略。後四分之三的篇幅爲《傳奇》的文字，記唐貞元中湘潭一媼的種種神奇事跡。其神奇事跡一是收里人女逍遙爲弟子，鎖逍遙於室中三年，二是捉白黿妖。二事描寫細膩而神奇：

〔註49〕〈樊夫人〉見《廣記》卷六〇。
〔註50〕〈盧眉娘〉見《廣記》卷六六。
〔註51〕〈何二娘〉見《廣記》卷六二。
〔註52〕〈徐仙姑〉見《廣記》卷七〇。
〔註53〕參見李劍國《唐五代志怪傳奇敘錄》頁1117～1118。
〔註54〕參見李劍國《唐五代志怪傳奇敘錄》謂：「《古今合璧事類備要》前集卷三引「湘媼刺黿」、《錦繡萬花谷》前集卷二引「黿城」、明郭子章《蠙衣生劍記》上引「樊夫人飛劍」，皆同《廣記》所引之後半，而出處俱爲《傳奇》，故知《傳奇》所載實只湘媼之事。《女仙傳》五代人撰，大都鈔集前人仙傳而成。此篇乃合《神仙傳》及《傳奇》而成。」（頁870）

　　　後月餘，媼白鄉人曰：「某暫之羅浮，扃其戶，甚勿開也。」鄉人問：
「逍遙何之？」曰：「前往。」如是三稔，人但於戶外窺見，小松迸筍而
叢生階砌。及媼歸，召鄉人同開鎖，見逍遙懵坐於室，貌若平日，唯蒲履
爲竹梢串於棟宇間。媼遂以杖叩地曰：「吾至，汝可覺。」逍遙如寐醒，
方起，將欲拜，忽遺左足，如刖於地。媼遽令無動，拾足勘膝，噀之以水，
乃如故。鄉人大駭，敬之如神，相率數百里皆歸之。

逍遙因懵坐三年，竟然不至餓死，此事已奇，當其欲拜時，「忽遺左足」，大約是久
坐不動，氣血循環不良，腿部肌肉壞死之故，然而湘媼噀之以水，使之接續如故，
委實神奇。至於其殺大白鼉：

　　　攘劍步罡，噀水飛劍而刺之，白城一聲如霹靂，城遂崩，乃一大白鼉，
長十餘丈，蜿蜒而斃，劍立其胸，遂救百餘人之性命，不然，頃刻即拘束
爲血肉矣。

利用道術爲民除害，是神仙故事中最有正面之社會意義者。文末，有道士謂，「湘緼
乃劉綱眞君之妻，樊夫人也」，這是劉綱妻樊夫人故事在唐朝的衍化，也是蔡偉《女
仙傳》何以合二書爲一事之原因。

　　以上，三種形態的女仙傳記，承襲漢魏以來西王母故事及其相關的女仙集團
者，其內容多半在宣揚教義；以唐當代民女修道成仙之女仙傳記者，則以實錄的
精神爲之，有固定傳記的敘述模式：人、事、時、地，一一詳錄之，目的仍在宣
揚神仙思想，在文學藝術上，價值不高，但如作爲研究唐人女子修道的資料，有
深入研究的價值。至於以神通異能爲主要內容的女仙傳記部分，則因敘述細膩，
可看性較高。

三、謫　仙

　　「謫」字之意指凡職官因罪被降級，調往邊遠地方者，又稱爲「謫降」。而「謫
仙」便是仙人因過被謫居世間，此外，古人往往稱才行高邁的人爲謫仙，以爲非人
間所有。前者可以說是謫仙故事的基調，後者則是借謫仙以形容人間秀異之士。

　　在謫仙故事中，著重於仙人因過謫降之意者，通常有一共同敘述的結構，結構
中以人間試煉贖罪、點破情由與歸返天界爲主；而借謫仙以形容人間秀異之士者，
便漸漸向人物品評的方向走，雖大致上符合謫仙故事的基本架構，但在贖罪的意義
上淡薄了許多。

　　唐以前的謫仙故事，有漢王充《論衡·道虛篇》中的項曼都，〔註55〕他入山學

〔註55〕項曼都，或作項□都，如葛洪《抱朴子內篇·袪惑篇》頁350。

道三年，為仙人迎至天上，然而「不知以何為過，忽然若臥，復下至此？」於是人號之曰「斥仙」。〔註56〕王充對這個升天又復降的斥仙故事，有如下的評論：

> 或時聞曼都好道，默委家去，周章遠方，終無所得，力勌（倦）望極，〔註57〕默復歸家，慚愧無言，則言上天。其意欲言道可學得，審有仙人，已殆有過，故成而復斥，升而復降。〔註58〕

王充是反對神仙思想的，其〈道虛篇〉即在申明神仙諸說的虛妄不實，然而從其記載與評論，正也可以表現漢人的仙人謫降觀。宮川尚志在〈謫仙考〉一文中指出早期謫仙思想為漢世貶謫情況的反映。〔註59〕這種以仙人有過則遭謫降的觀念，一直是謫仙故事的中心思想，到了六朝的謫仙故事依然如此，如葛洪在《抱朴子·祛惑篇》引用前述王充《論衡·道虛篇》的項曼都故事時，便略加改寫，使其因過謫降的意義更加突顯。葛洪謂項曼都之由天上復歸，是因：

> 忽然思家，到天帝前，謁拜失儀，見斥來還，令當更自修積，乃可得更復矣。〔註60〕

類似的故事還有《神仙傳》卷四的〈劉安〉，淮南王劉安升仙，在天界因起坐不恭，又自稱寡人，因之被謫處都廁三年；〔註61〕另外同書卷五〈壺公〉的故事也是因：「我仙人也，昔處天曹，以公事不勤見責，因謫人間耳。」〔註62〕以上謫仙故事，其見謫之因，皆是因犯某種過錯。

這種因過失職而遭謫的謫仙故事，胡孚琛以為是中國傳統的等級隸屬觀念投影到神仙世界中的一種表現，神仙世界中有尊卑貴賤，而仙人因過罰作苦役，也是現實世界的社會弊端的投射。〔註63〕李豐楙以為其中反映的便是初期道教的天上宮廷說，此一天上宮廷說來自於漢廷的官僚體制思想，神仙位列仙班，仍需擔任職務，如干犯朝儀或有所失職，則遭謫降。而將降處人間作為對仙人的懲罰方式，則代表

〔註56〕王充《論衡》（臺北：宏業書局，1983年4月初版）卷上〈道虛篇〉頁74。

〔註57〕「力勌望極」一語，「勌」同「倦」。

〔註58〕王充《論衡》，頁74～75。

〔註59〕參見李豐楙〈道教謫仙傳說與唐人小說〉（收在《誤入與謫降：六朝隋唐道教文學論集》，臺北：臺灣學生書局，1996年5月初版）頁249引用宮川尚志〈謫仙考〉一文，原出處為《中國宗教史研究》（京都：同朋舍，1983）頁459、477。

〔註60〕葛洪《抱朴子內篇·祛惑篇》頁350。

〔註61〕見《廣記》卷八所引：「（安）遇諸仙伯。安少習尊貴，稀為卑下之禮，坐起不恭，語聲高亮，或誤稱寡人，於是仙伯主者奏安云不敬，應斥遣去，八公為之謝過，乃見赦，謫守都廁三年，後為散仙人，不得處職，但得不死而矣。」

〔註62〕見《廣記》卷一二所引。

〔註63〕參見胡孚琛《魏晉神仙道教：抱朴子內篇研究》頁134。

了道教中人對於人間世的看法，即以天上爲清潔、以人世爲臭濁，謫仙至臭濁之人世，擔任賤役，以償其罪過、承受試煉的方式來贖罪，一方面是道家和光同塵的哲學實踐，一方面也是對修道者面對現實世界磨難時的一種心理調整，具有其宗教學上的意義。〔註64〕李氏此見至爲精確，但對於謫仙故事中因思凡而遭謫降所產生的人仙情緣類的故事，其背後所隱藏、所承接的意義，本文以爲錢鍾書在《管錐編》的論點，有值得作爲補充和借鑑的地方。

錢鍾書在《管錐編》第二冊有關《廣記》的札記部分，於第五則論及地仙思想與謫仙及思凡的關係。〔註65〕所謂地仙思想反映的是一種崇尚逍遙的人生觀，不願到天上位列仙班受到諸般限制，這是魏晉流行於士人階層的一種神仙思想，〔註66〕如《神仙傳·白石先生》：

> 彭祖問之曰：「何不服昇天藥？」答曰：「天上復能樂比人間乎？但莫使老死耳。天上多至尊，相奉事更苦于人間。」

爲了成仙而又不必升天，故修道者往往但服半劑丹藥，以此留在人間，遂行各種人生大欲。〔註67〕錢氏以爲這種地仙思想，一方面是唐仙道傳奇中「富貴與升仙」故事的思想淵源，〔註68〕一方面也是種種思凡謫降的人仙情緣故事的意義所在。也就是寧爲地仙的理由，在於貪圖人間之樂，不願上天受拘束。基於同樣的原因，仙人之所以謫降，表面上是受罰、是再修煉，實際上，爲的卻是遂男女大欲也。因此，我們可以說思凡與謫降不見得是一種受罰，反而是一種遂願的心理表現。

思凡與人仙情緣的謫仙故事，本文將之置於人仙情緣的部分處理，因爲在這類的故事中，思凡謫降已成爲引發情節發展的契機，而非其中心之思想。

唐謫仙傳奇中，除了承繼因過謫降的基本思想外，還受漢魏以來佛教罪過說的影響。如陶弘景《眞誥·運象篇一》有一神女謫降凡男的故事，神女萼綠華：

〔註64〕參見李豐楙〈道教謫仙傳說與唐人小說〉，頁252～254。

〔註65〕錢鍾書《管錐編》（北京：中華書局，1991年6月一版三刷）第二冊，頁644～647。

〔註66〕參見胡孚琛《魏晉神仙道教：抱朴子內篇研究》中〈魏晉道教的神仙觀〉部分，謂：「魏晉道教的神仙世界中，流行著一種既能長生不死，又可在世上恣情享樂的地仙，成爲修道士族知識分子最理想的追求目標。」（頁138）

〔註67〕又如葛洪《神仙傳·馬鳴生》：「不樂昇天，但服半劑爲地仙，恆居人間。」（見《廣記》卷七），又《神仙傳·張道陵》：「合丹，丹成，服半劑，不願即升天也。」（見《廣記》卷八）。而在葛洪之後的陶弘景《眞誥卷一四·稽神樞四》謂：「至於青精先生、彭鏗、鳳綱、南（商）山四皓、淮南八公，並以服上藥不至一劑，自欲出處語默，肥遁山林；以遊仙爲樂，昇虛爲戚，非不能登天也，勿爲之耳。」（頁185～186）

〔註68〕錢氏文中並未直接標爲「富貴與升仙」，其舉《廣記》卷一九〈李林甫〉、卷六十四〈太陰夫人〉等例子，其內容即有人間宰相與升仙的選擇。見《管錐編》，頁645。

云是九嶷山中道女羅郁也。宿命時曾爲師母毒殺乳婦，元洲以先罪未滅，故令謫降於臭濁，以償其過。〔註69〕

這種前世今生、宿罪業緣的說法，李豐楙指出此係上清經派受到佛經說法而產生的新說。〔註70〕

此外，《漢武內傳》中東方朔的謫仙身份，也給後世謫仙故事很大的影響，其影響主要不在於傳達有過受謫的謫仙主題，而在於東方朔個人的形象。東方朔是個放曠不羈、學識淵博的人，筆記、小說中關於東方朔之博學與風趣多所記載，〔註71〕而《漢武內傳》謂其：「但務山水遊戲，了不共營和氣，擅弄雷電，激波揚風，風雨失時，陰陽錯遷。」因此見謫，但文字中卻散出濃厚的遊戲人間的色彩，加上東方朔是太白星精轉世等等的說法，〔註72〕造成幾個影響，一使後世人將才情俊逸、狂放不羈之人視爲謫仙，或這類的人物自視爲謫仙；二因東方朔爲武帝之臣，加之以星精轉世之說，啓發後世將佐國名臣附會以仙人或星精降世佐國，這些影響都可在唐傳奇中找到。

以下便將唐仙道傳奇中的謫仙故事分爲一、因過謫降類，二、天才謫仙類。至於思凡謫仙類則併入人仙情緣類討論。

在進入作品的分析之前，必需說明的是，謫仙故事有其基本結構，以下引用李豐楙所分析的唐前謫仙傳說的深層結構作爲本文的分析基礎：〔註73〕

1. 某人名籍：多不言姓氏，或只稱某地之人。
2. 出現情況：忽然出現，或舉止、業多屬卑賤、不露眞相。
3. 試煉歷程：擔任賤役、接受磨難，或肩負一些職責。
4. 點破情由：由於某一機緣點破身分。
5. 歸返天界：不知所終、尸解或直寫昇天。

〔註69〕陶弘景《眞誥》卷一〈運象篇一〉，頁1。

〔註70〕李豐楙〈道教謫仙傳說與唐人小說〉頁253。

〔註71〕與東方朔的相關記載參見《廣記》卷六、十、十一、十八、五九、八七、一一八、一六四、一七三、一七四、一九七、二〇七、二四五、二九一、三五九、四〇七、四〇八、四四三、四七三。

〔註72〕《廣記》卷六〈東方朔〉條謂朔死後，武帝召善星歷的太王公詢問，方知天上歲星曾消失十八年，武帝遂歎：「東方朔生在朕傍十八年，而不知是歲星哉！」（注「出《洞冥記》及《朔別傳》」頁41）。又，唐‧徐堅《宋本初學記》（臺北：藝文印書館‧出版年月不詳）卷一〈天部‧星第四〉「歲精昴宿」下引《漢武內傳》曰：「西王母使者至，東方朔死，上問使者，對曰：『朔是木帝精，爲歲星，下遊人中，以觀天下，非陛下臣也。』」

〔註73〕李豐楙〈道教謫仙傳說與唐人小說〉頁258。

本文在分析唐之謫仙傳奇時，以表格作分析說明，將上述1、2兩點合爲一項，共分四項：

（一）謫仙的時地身份。

（二）試煉、贖罪歷程。

（三）點破情由（說明降謫之因）。

（四）歸返天界。

（一）因過謫降型

〔表5-5　因過謫降型結構分析〕

序號	篇　名	卷數	時　地身　份	試煉贖罪歷　　程	點破情由（降謫之因）	歸返天界	出　處
1	益州老父	23	則天末，益州一老父	賣藥，濟貧，論道。	老夫罪已滿矣，今卻歸島上。	化一白鶴飛去。	瀟湘錄
2	王　賈	32	婺州參軍王賈	卜筮，鞭龍，除妖，入水中開金櫃	吾第三天人也，有罪，謫爲世人二十五年，今已滿矣，後日當行。	至日，沐浴衣新衣，頃而臥，遂卒。	紀聞
3	陽平謫仙	37	不言姓氏	夫婦二人爲張守珪採茶，有道術。	我陽平洞中仙人耳，因有小過，謫於人間，不久當去。	旬日之間，忽失其夫婦。	仙傳拾遺
4	權同休	42	爲秀才權同休之僕傭	有變化法術，折枝爲甘草，取龘沙爲甘豆，噀枯桑爲牛肉，變水爲酒等等。	雇者曰：「予固異人，有少失，謫於下賤，合役於秀才，若限不足，復須力於他人，請秀才勿變常，庶卒某事也。」秀才雖諾之，每呼指，色上面戄戄不安，雇者乃辭曰：「秀才若此，果妨某事也。」	辭去，不知所之。	酉陽雜俎·壺史
5	許棲巖	47	進士許棲巖購瘦馬一匹	爲人間馬，爲人騎乘。	此馬吾洞中龍也，以作怒傷稼，謫其負荷。	解鞍放之，化龍而去。	傳奇
6	韋善俊	47	京兆杜陵人	訪道周遊，遇神仙，得神化之道；被人怒責、笞擊。	某宿債已還，此去不復來。	乞一浴，浴後犬化爲龍，乘龍昇天。	仙傳拾遺
7	黃觀福	63	雅州百丈縣民之女	不茹葷向，清靜好道，自投水中，化爲古木天尊像。	本上清仙人也，有小過，謫在人間，年限畢復歸天上。	昇天而去。	墉城集仙錄

| 8 | 楊正見 | 64 | 眉州通義縣楊寵女 | 雅尚清虛，有好生之心，隨女冠修道，食人形获得道。 | 得食靈藥，即日便合登仙，所以遲迴者，幼年之時，見父母揀稅錢輸官，有明淨圓好者，竊藏二錢翫之，以此爲隱藏官錢過，罰居人間更一年耳。 | 昇天。 | 墉城集仙錄 |
| 9 | 妙女 | 67 | 唐貞元，宣州旌德縣崔氏婢 | 常有入冥經歷 | 言本是提頭賴吒天王小女，爲洩天間事，故謫墮人世，已兩生矣。 | 不知其婢後復如何。曾言前所見僧打腰上，欲女吐瀉藏中穢惡俗氣，然後得昇天 | 通幽記 |

　　以上九則故事，可以看出是有共同的結構：謫仙在人間的身份多半是隱身於中下層的人物，有的身懷道術，如 2、3、4；經過人世一番試煉後離去，並且其謫降受罰必有一時間性；次則在離去前都說明了本身的謫仙身分，第 9 則〈妙女〉條則並說明犯過錯爲「洩漏天門間事，故謫墮人世界」，文中有釋道融合的現象。各篇人物最後以各種方式歸返天界，第 1 則〈益州老父〉化爲白鶴飛去，李豐楙以爲是仙界靈物被謫人形受難類。〔註 74〕本文以爲本則故事中益州老父可能是變化爲鶴形以回他先前口中所說的仙島，是一種變化法術，而非本爲仙鶴，化爲人形受難。〔註 75〕而第 5 則〈許棲巖〉條，其中的市馬傳說則是一篇謫龍傳說，仙人犯錯會受謫，仙獸亦同，李豐楙指出這篇龍化爲馬以負荷除罪，是《西遊記》中龍化馬負三藏取經之所本，也是西蜀流傳的謫龍傳說。〔註 76〕

　　關於受謫的時間性，與成仙的積德說和謫仙的過犯說都有其內在的一致性。在成仙積德說裡，人可以靠積功累德而成仙，這在本文第三章第一節已作說明，在此要補充的是，道教中的一種機械式的功德累進辦法。這種機械式的功德累進辦法與算紀說和功過格爲代表，道教認爲上天將人所有的功過都一筆一筆的記下來，加加減減的計算年命長短，葛洪在《抱朴子內篇・微旨篇》中說：〔註 77〕

　　　　天地有司過之神，隨人所犯輕重，以奪其算。

　　　　大者奪紀。紀者，三百日也。小者奪算。算者，三日也。

　　　　凡有一事，輒是一罪，隨事輕重，司命奪其算紀，算盡則死。……能

〔註 74〕李豐楙〈道教謫仙傳說與唐人小說〉頁 269～270。

〔註 75〕參本文第四章第三節中〈仙人的行動與騎乘〉部分，舉出自身化鶴以往來的故事數
　　　　則，是一種變化法術的運用。

〔註 76〕李豐楙〈道教謫仙傳說與唐人小說〉頁 271。

〔註 77〕葛洪《抱朴子內篇》頁 125、126、127。

盡不犯之，則必延年益壽，學道速成也。

這是凡人修道中要注意的事，至於成了仙，仍要繼續努力，如陶弘景《眞誥・稽神樞三》中，對仙之始的「地下主」如何一步步登爲仙官，有如下的說明：〔註78〕

> 其一等地下主者，⋯⋯此自按四明法，一百四十年依格得一進耳，一進始得步仙階。⋯⋯其二等地下主者，便徑得行仙階級仙人，百四十年進補管禁位，管禁之位，如世間散吏者也。⋯⋯其第三等地下主者之高者，便得出入仙人之堂寢，⋯⋯十二年氣攝神魂，十五年神束藏魄，三十年棺中骨還附神氣，四十年平復如生人，還遊人間，五十年位補仙官，六十年得遊廣寒，百年得入昆盈之宮。

既然凡人成仙要一步一步來，仙人要做仙官要也循序漸進，那麼被謫也就要有其受罰的時間性了。

在以上八則中，第8則〈楊正見〉條在謫仙傳奇中有其特別之處。一般謫仙故事，都是神仙犯錯被降謫，而楊正見是在修道服食靈藥，可以成仙時，因爲幼年竊錢之過，不能立即登仙，必待罰處人間滿一年後，才可以升天離去，可以說是一種謫仙故事的變形。並且作者杜光庭將仙道故事中的一些母題：婦女修道、服食、仙命說和謫仙論融爲一體，成爲一則有趣的傳奇。而第5則出於《傳奇》的〈許棲巖〉，實際上也不是一則單純的謫龍故事，而是以市馬爲引子，引出遊歷仙境、服食石髓的情節，在故事結束前，點出許棲巖所市之馬乃是天上謫龍。這種混合多種仙道情節母題的情形，正顯示這種可能：仙道故事自漢魏以來，流傳已久，各種情節單元已爲人熟知，到了唐代，不論民間的口傳或文人的創發，都能熟練的融合各種母題以創寫出新奇有趣的仙道傳奇。

在因過謫降的傳奇中，有一則天衣傳說，是側重在仙人犯過的過程，在故事的結尾由仙人點明犯過者後來被謫降何處，其中帶有濃厚的唐傳奇風味，在傳說的謫仙故事中別出新境。這傳說先爲牛僧孺的《玄怪錄》所錄，後又由杜光庭改寫收在《仙傳拾遺》中，並收於《廣記》卷三一，題爲〈許老翁〉。《玄怪錄》該則故事的內容是天寶中士人崔姓卒於成都，其妻爲族舅盧生納之。當時益州節度使章仇兼瓊聞該女子色美，亦欲得之，故以夫人之名設宴款待。女子因無法推拒章仇兼瓊的邀約，必需前往，盧二舅遂取天衣予女子穿著，使其更加美豔，「光彩遶身，美色傍射，不可正視，坐者皆攝氣，不覺起拜。」不料，宴會後三日而卒。兼瓊大駭，具狀奏聞玄宗，玄宗問張果，張果謂青城王老知此事。兼瓊於藥肆得消息，尋得王老，玄

〔註78〕陶弘景《眞誥》卷一三〈稽神樞二〉，頁161。

宗召問王老，仙人王老謂：

> 盧二舅即太元夫人庫子。因假下遊，以亡尉妻微有仙骨，故納爲媵。
> 無何，盜太元夫人衣服與著，已受謫至重，今爲鬱單天子矣。亡尉妻以衣
> 太元夫人衣服，墮無間獄矣。

而杜光庭根據《玄怪錄》加以改寫，除人物名字不同外，主要情節大同小異，但敘述上則以天衣爲重心，如李氏著益都盛服赴會，裴兵曹（太元夫人庫官）見而歎之：「世間之服，華麗僅此耳。」於是命小僕取第三天衣來，李氏著之，見者皆歎服，章仇兼瓊且試之水火，亦不焚污。其後兼瓊將天衣獻與玄宗，最後天衣爲旋風席捲而去。

故事中太元夫人庫官所以犯過，是因慕人間女子之美色所致，故仙人許老翁謂其「俗情未盡耳」，殆亦爲思凡的一種。

這則天衣傳奇中，與其他謫仙傳說不同的地方在：
重點放在犯錯的過程，而不在其謫降贖罪的經歷。

仙官犯錯後，所受的懲處有異，不再是作人間卑賤之人，而是人間的尊貴的天子。《玄怪錄》該則故事謂：「受謫至重，今爲鬱單天子矣。」《仙傳拾遺》：「已被流作人間一國主矣。」與此相類似的還有《仙傳拾遺·楊通幽》條，〔註79〕故事講道士楊通幽爲玄宗求訪貴妃之魂，終於在蓬萊之頂見到上元女仙，即貴妃。上元女仙謂：

> 我太上侍女，隸上元宮。聖上太陽朱宮眞人。偶以宿緣世念，其願頗
> 重，聖上降居於世，我謫於人間。

這種仙人謫爲人間富貴天子的處罰方式，與六朝謫仙傳說的母題已產生差異。據李豐楙的研究，仙人被謫降到臭濁的人世，其贖罪的方式有一共通性：「就是需要隱藏身分，且多以卑賤之身擔任賤役，以靜待完成其任務。……擔任賤役自是一種懲罰的方式，因爲這正是所現的卑賤世間相。」〔註80〕然而，〈許老翁〉的故事中，庫官之職不論在人間或在天上都是個小官，雖說受謫至重，到人間卻是尊貴的天子。這或者反映了唐人神仙觀的另一面貌吧！亦即神仙無論如何都高於凡人，所以受罰的仙人可貴爲人間的國主；再者由天上而至人間，雖貴爲天子國主，但受人間之生老病死種種苦，便也是一種處罰。這也許是受了佛家的說法的影響，如《玄怪錄》該則便謂該凡間女子因著太元夫人衣服，墮無間地獄矣。可見仙人犯罪，被罰至人間作天子，凡人有過，則入地獄，完全是一種森然階級觀念。

〔註79〕〈楊通幽〉條，見《廣記》卷二〇。
〔註80〕參見李豐楙〈道教謫仙傳說與唐人小說〉頁254。

（二）天才秀異謫仙型

〔表 5-6　天才秀異謫仙型結構分析〕

序號	篇　名	卷數	時地身分	試煉歷程	點破情由（降謫之因）	歸返天界	出處
1	萬寶常	14	不知何許人，生而聰穎，妙達鍾律，工八音。	群仙教以歷代之樂，理亂之音，其對人間之樂，無不精究，大爲時人賞，然歷周泊隋，落拓不仕，且其聲雅澹，不合於俗，人皆不好。無子，妻又竊其財物而逃，幾至餓殞。	忽一夕，常所遇神仙來降其家曰：「汝捨九天之高逸，念下土之塵愛，淪沒於茲，限將畢矣，須記得雲亭宮之會乎？」	謂鄰人曰：「吾偶自仙宮謫於人世，即將去矣。」旬日，不知所之。	仙傳拾遺
2	懶殘	96	天寶中衡嶽寺執役僧	性懶而食殘。預言。去大石開山路。	泌嘗讀書衡岳寺，異其所爲，曰：「非凡物也。」謂懶殘經音，先悽愴而後喜悅，必謫墮之人。	爲一虎之而去，虎患亦絕。	甘澤謠
3	許碏	40	自稱高陽人，少爲進士，累舉不第。	學道王屋山，周遊五岳名山洞府。到處皆于石峭壁，人不及處，題云：「許碏自峨眉山尋偃月子到此。」睹筆蹤者，莫不歎其神異。	有詩謂：「閬苑花前是醉鄉，踏翻王母九霞觴，群仙拍手嫌輕薄，謫向人間作酒狂。」又謂：「我天仙也，方在崑崙就宴，失儀見謫。」	後當春景，插花滿頭，把花作舞，上酒家醉歌，昇雲飛去。	續仙傳卷上

　　這一類謫仙是古人對秀異之士的一種禮讚，其重點已由仙人謫降贖罪的命意移轉至人物本身的秀異之處。第 1 則的萬寶常一生不得意而精於樂律、第 2 則的懶殘是誦經「先悽愴而後喜悅」的禪師，第 3 則的許碏是個醉吟詩人，他們或爲方外之人，或是社會上有知識而不得意的士子，比前述第一類在人間任賤役的謫仙多了一份清高飄縹之的風緻，這是在人物身份上與第一類謫仙的差異處。其次，天才異人類的謫仙在人世間走一遭，也比較不是贖罪性的，而比較接近試煉的意義，這也是與第一類謫仙傳奇略有差異的地方。

　　第 1 則〈萬寶常〉的故事，原出於《隋書‧藝術傳》中。〔註81〕本傳中記載寶常精於鍾律，然而一生際遇極坎坷，不但受盡排擠，並且貧而無子，其妻趁寶常臥疾時，竟竊資物而逃，寶常竟至餓死。死前內心充滿悲憤，將一生心血所著之書《樂譜》六十四卷焚之，曰：

〔註81〕《隋書》（北京：中華書局，1991 年 12 月一版四刷）卷七九〈藝術傳‧萬寶常〉，頁 1783～1785。

何用此爲！

眞是令人不勝唏噓！《隋書》本傳謂：「時論哀之。」並謂：「開皇之世，有鄭譯、何妥……並討論墳籍，撰著樂書，皆爲當世所用。至於天然識樂，不及寶常遠矣。……此輩雖公議不附寶常，然皆心服，謂以爲神。」〔註82〕這種天才在世時不爲世用，死後聲名流傳的故事，可能是杜光庭《仙傳拾遺》採而將之改寫爲謫仙的原因，以天上謫仙做爲對人間秀異之士悲劇一生的一種解釋、一種補償。也就是說寶常超出於常人的音樂成就，是因他本是神仙，並非凡人之故；其所以在人世間受盡苦難，則是因他「念下土之塵愛，淪沒於茲」；如今寶常在人世受的苦難已然完畢，又可回返仙界。那麼寶常不再是悲憤地餓死，而是快樂的昇仙了。

唐詩人李賀的成仙傳說，可與萬寶常由史傳而至仙傳的傳奇並列觀之。《宣室志》中〈李賀成仙〉條，〔註83〕李賀工於詞，名聞天下，但因父名晉肅，故不得舉進士。卒於太常官，年二十四，其先夫人哀不自解，一夕，夢李賀來，言己非死也，乃是奉上帝命，已爲仙官：

> 上帝，神仙之君也。近者遷都於月圃，構新宮，命曰「白瑤」，以某榮於詞，故召某與文士數輩，共爲《新宮記》……今爲神仙中人，甚樂，願夫人無以爲念。

其先夫人異其夢，自是哀少解。雖然李賀在故事中，並不具有謫仙的身份，但其成仙傳說背後的意義，仍然與「人間不得意的秀異之士」有關，不論這些人是謫仙或是成仙而去，都同樣是運用成仙之說讚揚天才，並寬慰人心。

第2則〈嬾殘〉的故事，原出《鄴侯外傳》，〔註84〕敘唐宰相李泌讀書衡嶽寺時，有關嬾殘的一段記載，文字頗爲簡略，而袁郊《甘澤謠》則鋪寫細膩，雖然懶殘是個禪師，在袁郊的筆下展現神奇的異能，有如神仙；且文中能識嬾殘經音的李泌是道門中人，〔註85〕他聽嬾殘經音而後下的評語，令人聯想到唐傳奇的名篇《甘澤謠》中〈紅線〉的故事。〔註86〕故事一開始即是紅線妙識音律，知人心中隱情一節：

> 紅線，潞州節度使薛嵩家青衣。善彈阮咸，又通經史，嵩遣掌箋表，號曰「內記室」。時軍中大宴，紅線謂嵩曰：「羯鼓之聲頗悽，調其聲者必

〔註82〕《隋書》頁 1785。

〔註83〕唐・張讀《宣室志》（張永欽・侯志明點校，北京：中華書局，1983 年 6 月一版）頁 162。亦見《廣記》卷四九。

〔註84〕在《廣記》卷三八。

〔註85〕參見〈鄴侯外傳〉，收在《廣記》卷三八。

〔註86〕袁郊著，李宗爲校點《甘澤謠》（上海：上海古籍出版社，1991 年 12 月初版），頁 26～32。又見《廣記》卷一九五。

有事也。」嵩亦曉音律，曰：「如汝所言。」乃召而問之，云：「某妻昨夜

亡，不敢乞假。」嵩遽遣放歸。

後來紅線助薛嵩免於一場戰事，紅線即辭去，謂薛嵩其前身本是男子，因用藥不當，誤殺孕婦，故此世被謫降爲女子，且身居賤隷，如今平息一場戰爭於無形，使萬人全其性命，功德不小：「固可贖其前罪，還其本形。」最後紅線飄然而去，不知所在。就整個故事結構而言，與謫仙傳說的基本結構完全吻合：居於賤役（青衣）、試煉及贖罪歷程（助薛嵩）、點破情由（前世之罪）到歸返天界（飄然而去）。並且其輕功法術在在都有道徒的影子，〔註87〕或者可以說〈紅線〉是一篇運用了道教謫仙傳說寫就的俠義傳奇。

　　至於第3則醉吟詩人許碏的身上，我們看見濃厚的謫仙李白的影子，他學道、周遊、好酒醉吟並自稱謫仙，在在都與李白的形象相類。並且他常在山壁上題字曰：「許碏自峨眉山尋偃月子到此。」而曾隱於峨眉的李白有撈月而死的傳說，是否許碏所尋的「偃月子」指的就是前輩李白？抑或借之暗以自比謫仙李白呢？

　　〈許碏〉的傳說收於南唐沈汾的《續仙傳》中，沈汾亦一文學之士，當熟知李白的事蹟與傳說。李白的謫仙傳說至晚唐有孟棨的《本事詩》著錄，〔註88〕但此之前由其碑傳、序文及相關的口傳資料中可知，李白早已成爲一活生生的「謫仙傳奇」。李白長於四川，正是道教興盛之地，受地區文化背景的影響，早年即有好道之心。其字「太白」，又與道教的太白眞君有關，且與東方朔的謫仙傳說相聯。〔註89〕據與其有「通家之舊」的范傳正所作的〈唐左拾遺翰林學士李公新墓碑並序〉謂：〔註90〕

　　　　公之生也，先府君指天枝（李）以復姓，先夫人夢長庚（歲星，太白

　　金星）而告祥。名之與字，咸所取象。〔註91〕

李白入長安，獲賀知章讚爲「天上謫仙人」後，〔註92〕李白自己也有意引歷史上有

〔註87〕如文中描寫紅線輕功的裝扮是「胸前佩龍文匕首，額上書太一神名。」太一是道教
　　　　的神名，而其一夜往返七百里的輕功，亦與道教乘蹻法術有關。

〔註88〕孟棨《本事詩》〈高逸門〉三則之第一則，見王夢鷗《唐人小說研究三集：本事詩校
　　　　補考釋》（臺北：藝文印書館，1974年11月初版）頁64～65。

〔註89〕相關說法參見周勛初《詩仙李白之謎》（臺北：臺灣商務印書館，1996年11月初版）
　　　　〈謫仙稱號〉的部分，頁150～172。

〔註90〕范傳正之父范倫是李白的好友，嘗一起遊宴，相互賦詩。參見陳香編著《李白評傳》
　　　　（臺北：國家出版社，1982年2月初版）頁32。

〔註91〕文見清‧王琦注《李太白全集》（北京：中華書局，1977年9月一版）卷三一，頁
　　　　1462～1463。李陽冰的《草堂詩序》亦謂：「驚姜之夕，長庚入夢，故生而名白，以
　　　　太白字之，世稱太白之精得之矣。」（《李太白全集》卷三一，頁1443），宋祁的《新
　　　　唐書‧文藝列傳》中李白的本傳便採用此說。

〔註92〕李白《對酒憶賀監二首序》：「太子賓客賀公（知章），於長安紫極宮一見余，呼余爲

太白金星謫降的東方朔自比，如《贈崔司戶文昆季》詩曰：「惟昔不自媒，擔簦西入秦，攀龍九天上，忝列歲星臣。」〔註93〕《留別西河劉少府》詩云：「謂我是方朔，人間落歲星。」〔註94〕爲何李白自比爲東方朔？周勛初以爲：「此人（東方朔）才智過人，有很高的抱負，漢武帝雖喜歡他，但只『倡優畜之』而不予重用，因此他寄跡朝廷，以酒自晦。這些情況差不多都在李白身上重現了。」〔註95〕

綜上所論，我們看到從東方朔到李白到許碏以及一生坎坷的萬寶常、早夭的李賀，有一共同的特點，他們都頗有自信，有才華，有抱負，但都不得意。故謫仙（或神仙）之名對他們而言，一則是古人對秀異之士的讚美，亦所謂「天縱英才」之意；一則如李豐楙所言，是科舉制度下，一些不得意的文人，以謫仙受罰自求寬解之辭了。〔註96〕

綜合上述，本人以爲唐五代的「謫仙」可以有幾個含義：

一、保存漢魏以來傳統謫仙的意義，仙人犯過，受謫到人間贖罪，限滿重返天庭。謫仙受謫到人間多半擔任賤役，並且隱姓埋名，不欲人知，但在唐代，另有一種謫仙觀是天上的謫仙被罰至人間作富貴天子。

二、謫仙是對人間秀異之士的一種讚歎。

三、謫仙是失意士子的一種自我慰藉之詞。

第二節　修仙類

在唐代仙道傳奇中，各種遇仙成仙傳奇在數量上，可以說佔了相當大的比例。據本文二、三章的研究，唐五代人認爲凡人要成仙，可能要透過服食、行善積德等方式，有的則有仙人傳授仙經，修之以成正道。各成仙傳奇或側重一端，或混合各種成仙的母題；情節主題單純者，自可單獨成一類；而情節複雜，則視其主題加以分類。

以下依成仙的方式區分小類型，每一類型各舉一、二作品分析。

『謫仙人』，因解金龜，換酒爲樂，悵然有懷，作是詩。」（《李太白全集》卷二三，頁1085），李陽冰《草堂詩序》亦云：「又與賀知章、崔宗之等自爲八仙之遊，謂公謫仙人，朝列賦謫仙之歌，凡數百首。」（《李太白全集》卷三一，頁1446）。關於李白受謫仙之號，李豐楙指出唐代有以謫仙稱美時人的風尚，參見李豐楙〈道教謫仙傳說與唐人小說〉頁278。

〔註93〕見《李太白全集》卷十，頁538。
〔註94〕見《李太白全集》卷十五，頁716。
〔註95〕周勛初《詩仙李白之謎》頁164。
〔註96〕參見李豐楙〈道教謫仙傳說與唐人小說〉頁278。

一、行善積德型

我們可以將行善積德遇仙類傳奇的情節簡化爲的如下的結構：

行善積德→遇智慧老人→交好運→遂願

《原化記・裴氏子》，〔註97〕本則故事因裴氏兄弟三人，貧而好施，有一老父常過之求漿，裴子待之甚謹，其後老父且往來憩宿於裴舍，積數年而裴子無倦色。一日，老父謂裴曰：

> 觀君兄弟至窶，而常能恭己不倦於客，君實長者。積德如是，必有大
> 福。吾亦厚君之惠，今爲君致少財物，以備數年之儲。

老父於是燒金遺之，後三年亦復如是，其後裴氏家人得老父的引導，入石壁仙境、受道術，並且在安史之亂時，全家得以避禍，亂定復出，兄弟數人皆至大官，一家良賤，亦蒙壽考。

故事中，雖有遊歷仙境的情節，但主題在裴氏子的樂善好施以致得到仙人的幫助。此外，故事中，老父的職業是賣藥，又能燒金，暗示其爲仙人；既爲仙人，爲何還要向人求漿借宿？可見老父數年來煩擾裴家，大約是一種觀察與試煉。道教中關於道術的授受是很嚴謹的，〔註98〕所以仙眞化身爲人間卑賤之人，觀察何人可以接受道術，而裴氏子以其善行通過了道者的試驗，不但家境獲得改善，並於安史之亂中，得以保全性命，又能全家富貴長壽。

同樣因樂善好施而得到仙人的幫助的有《仙傳拾遺・馮大亮》。〔註99〕故事中，馮大亮家貧而好道，凡道士過其門，必善加接待。但不幸唯一賴以維生的牛死了，這時往來總憩息其家的慈母山道士又來了，便取牛皮和牛角，使牛復活。這頭牛從此不必吃東西，卻力氣加倍，而且可以晝夜驅使，只是絕不可以解開用繩繫住的牛嘴。幾年後，牧童可憐牛在盛暑之日，喘息不已，因而解開牛口，結果牛又變成一堆皮骨。然而馮大亮的家已漸漸富有，並改而賣酒，依然希望能「感遇仙人」，故「力行救物，好賓客」。果然，因常請幾個樵叟喝酒，又得到了回報。樵叟贈以栖木一枝，謂：「此樹徑尺，則家財百萬。」結果才十天的工夫，「樹已凌空，高十餘丈，大已徑尺。」從此「其家金玉自至，寶貨自積，殷富彌甚，雖王孫糜竺之家，不能及也。」樵叟且在贈栖木時留下一個承諾：「十年後，會岷嶺巨人宮，當授以飛仙之道。」可見馮大亮之好道行善，不但獲得仙人的幫助，使家境由貧轉富，並且得到成仙的承

〔註97〕見《廣記》卷三四〈裴氏子〉。
〔註98〕關於道教傳經授訣，及師徒關係的建立方面，請參看本文第一章第三節〈成仙的條件：明師指引，傳經授訣〉的部分。
〔註99〕見《廣記》卷三五〈馮大亮〉。

諾。

〈馮大亮〉與〈裴氏子〉最大的差異在人物的行爲動機上，裴氏子之行善，並非出於功利的動機；而馮大亮則有祈求感遇神仙以交好運的心態。但不論人物行善的動機爲何，二則傳奇都同樣宣揚了行善的好處。

再者，這兩則傳奇都運用了「智慧老人」以推展情節的技巧，〔註100〕〈裴氏子〉中的賣藥老父、〈馮大亮〉中的慈母山道士和樵叟在故事中都扮演了智慧老人的角色。透過智慧老人的引導，庶民祈求富足、平安、長壽和成仙的心願都得到了滿足。

此外，因仙道傳奇中智慧老人多半就是仙人，仙人的特色之一便是富有神通與法術。所以前者能煉金，後者可使死牛復活、牛還不必吃草就可幹活，又有寶樹，使財寶自聚。這一切在在都增益了故事的趣味性，顯出非常濃厚的民間傳說色彩。這都是此一類型傳奇的特色。

「行善→遇智慧老人→交好運→遂願」這樣的結構，普遍存在於民間「做好事、交好運（或得好報）」的傳說故事中。本文以爲，這類具有庶民遂願色彩的仙道傳奇可以和「對比型和抉擇型的仙道傳奇類」的作品比較，後者比較具有知識份子的色彩，兩者合而觀之，或者可以反映出唐朝普遍的一種人生觀。

二、仙降授經型

這一類的故事，基本架構是：

主角好道→在名山或仙境中得遇仙人→仙人授經→修之成仙。

在本文第二章第三節的〔表 2-3　明師與經訣〕一表中列有相關的作品，請參看。但其中有的僅將「仙降授經」作爲其中的一個情節，以下舉全篇以仙降授經爲主架構者爲例，作進一步的分析。所選的作品是《墉城集仙錄・驪山姥》中李筌遇驪山老母授《黃帝陰符經》的故事。

關於李筌得驪山老母授《黃帝陰符經》的傳說，在杜光庭著的《神仙感遇傳》和《墉城集仙錄》中都有記載，各收在《廣記》卷十四和卷六十三。內容主架構相同，而以《墉城集仙錄》中所載較詳，故以《墉城集仙錄・驪山老母》爲敘述重點。

本則傳說的內容是：李筌好神仙之道，常歷名山，至嵩山虎口巖石室中，得《黃帝陰符本》，題云：「大魏眞君二年七月七日。道士寇謙之藏之名山，用傳同好。」筌雖抄讀千遍，亦不曉其義。後至驪山下，逢一老母，老母謂己受《陰符經》已一千八百年。筌請問老母《陰符經》之意，老母先審視李筌骨相，謂李筌骨相應仙；

〔註100〕關於「智慧老人」的說法，參見本文第一章第三節，頁 22。

次則令李筌吞丹符。然後爲李筌說明《陰符經》的要義。最後警戒李筌日後若傳授此經時應注意的事項，留下麥飯消失。李筌吃了麥飯，從此絕粒求道。末記李筌所著書數種，並仕爲荊南節度副使仙州刺史。

　　李筌這個人物是實有其人，其所著諸書，皆見載於《新唐書・藝文志》中。〔註101〕唐・范攄《雲溪友議》卷上〈南陽錄〉云：「李筌郎中爲荊南節度判官，……後爲鄧州刺史。」〔註102〕近人余嘉錫以爲范攄爲唐時人，其敘李筌官爵應不至大誤。〔註103〕在《廣陵妖亂志》中亦提及晚唐高駢用李筌所著《太白陰經》事。〔註104〕

　　關於李筌與《陰符經》之關係，史書中亦有記載。《新唐書・藝文志三》有李筌《驪山母傳陰符玄義》一卷，下小字注云：

　　　　筌，號少室山達觀子，於嵩山虎口巖石壁得黃帝陰符本，題云：「魏
　　道士寇謙之傳諸名山。」筌至驪山，老母傳其說。〔註105〕

　　今存於《道藏・洞眞部・玉訣類》，注文略採諸家之說以釋經義，其中採李筌之注最多，亦較爲可信。〔註106〕由上可知，杜光庭書中述李筌得驪山母授《陰符經》之事，是其來有自，並非向壁虛造；從另一個角度看，也是道教內部造構傳經神話的傳統風格。

　　本則傳奇中，透露了道經流傳的一種方式。文中，驪山母要求李筌：

　　每年七月七日，寫一本藏名山石巖中，得加算。

如此一方面解釋了爲何李筌會在嵩山虎口巖得到《陰符經》，同時也說明了道經流傳的一種方式。爲了讓道經能夠流傳，以增年壽（加算）的說法，鼓勵道徒在指定的時日抄寫經文。爲何選在七月七日，又爲何必需藏諸名山石巖，其中當然有其教內的意義，而就外人看來，也使人對道經產生一種莊嚴神秘的氣息。

　　再者，本則傳說也說明道經授受之規定：

〔註101〕見《新唐書》卷五八〈藝文志〉二，有《闐外春秋》（雜史類，頁1446）、《中台志》
　　　　（雜傳記類，頁1484）；卷五九〈藝文志〉三，有《集注陰符經》、《驪山母傳陰符
　　　　玄義》（道家神仙類，頁1520～1521）、《注孫子》（兵書類，頁1551）、《六壬大玉
　　　　帳歌》（五行類，頁1558）。
〔註102〕唐・范攄《雲溪友議》（收在《唐國史補等八種》中，臺北：世界書局，1991年6
　　　　月四版）卷上，頁1～2。
〔註103〕余嘉錫《四庫全書提要辯證》卷十九。
〔註104〕見《廣記》卷二九〇〈諸葛殷〉之「又」一條。
〔註105〕見《新唐書》卷五九，〈藝文志〉三，頁1521。
〔註106〕《黃帝陰符經集註》收在《正統道藏》第三冊洞眞部玉訣類藏字號，頁817。關於
　　　　《黃帝陰符經》的來歷，參見蕭登福《黃帝陰符經今注今釋》（臺北：文津出版社，
　　　　1996年12月初版）上編，第一章〈黃帝陰符經考證〉，蕭登福以爲李筌注本傳自
　　　　北魏寇謙之（頁45）。

一、「受此符者，當須名列仙籍，骨相應仙，而後可以語至道之幽妙，啓玄關之
　　鎖鑰耳，不然者，反受其咎。」

二、吞服丹符，而後受經義。

三、「非奇人不可以妄傳。九竅四肢不具、慳貪愚痴、驕奢淫佚者，必不可使聞
　　之。凡傳同好，當齋而傳之。有本者爲師，受書者爲弟子。不得以富貴爲
　　重，貧賤爲輕。」

　　著錄本則傳說的杜光庭本身就是晚唐五代的大道士，在其所著之《神仙感遇
傳》、《仙傳拾遺》、《墉城集仙錄》等書中，類似這種教內神秘的傳經故事比比皆是，
如《仙傳拾遺》中的〈王太虛〉和〈王法進〉。〔註107〕

　　〈王太虛〉條謂咸通時王琩，夙志崇道，常念《黃庭經》，而未了玄理。後入王
屋山中，進入神仙洞府，得東極眞人王太虛授以《黃庭經註》，並以桃贈之。王琩食
之，身康無疾，顏狀益少。人間亦因之有傳寫東極眞人所註《黃庭經》。

　　〈王法進〉的故事內容則是，王法進幼而好道，後得三青童迎至天上，上帝賜
食玉漿，並授以《靈寶清齋告謝天地儀》，使傳行於世。法進後來于天寶十二年壬辰
昇天。

　　這二則故事的基本架構仍是：「主角好道→在名山或仙境中得遇仙人→仙人授經
→修之成仙」。三則故事中，人物取得道經的地點一爲名山，一爲名山中仙境，一爲
天上仙境；人物都得到仙食：麥飯、桃核及玉漿；人物除取得經書外，還要領受仙
人訓誨之言，如同教義之宣揚。以上是這類作品的共同特色。

　　總之，本類傳說內容多教義的訓誨與宣揚，在內容上固然運用了遊歷仙境、遇
仙和服食等多種仙道傳奇的情節單元，但就文學藝術性而言，頗爲乾枯乏味。

三、好道遇仙型

　　「好道遇仙」可以說是仙道傳奇中最普遍的一個主題，但多半與遊歷仙境、傳
授經術等相關，在此是就完全以「好道遇仙」爲主架構的作品來分析。

　　好道遇仙型作品的基本架構如下：

　　　　主角好道→遇到仙人→通過仙人的觀察與試驗→成仙

好道遇仙類的作品極多，如《仙傳拾遺・唐若山》、〔註108〕《會昌解頤・韋丹》、
〔註109〕、《原化記・薛尊師》等。〔註110〕〈韋丹〉及〈薛尊師〉在第二章第一、

〔註107〕　〈王太虛〉條見《廣記》卷四六，〈王法進〉條在《廣記》卷五三。
〔註108〕　〈唐若山〉見《廣記》卷二七。
〔註109〕　〈韋丹〉見《廣記》卷三五。
〔註110〕　〈薛尊師〉見《廣記》卷四一。

二節皆有述及，請參看。

　　今以《仙傳拾遺·唐若山》條爲例，故事大要是，唐若山在開元時爲潤州刺史，其弟若水爲衡岳道士。若山亦好長生之道，所至之處，必會爐鼎之客。雖術用無足取者，亦皆禮遇之，由是家財迨盡。且取府庫官錢以市藥錢，賓佐骨肉，每加切諫，若山俱不聽納。一日，有老叟，狀貌枯槁，自言有長生之道，見者皆笑其衰邁，而若山則盡禮加敬。老叟留止月餘，好肥鮮美酒，珍饌品膳，雖瘦削老叟，而所食敵三四人。若山敬事，曾無倦色。一日，老叟爲若山煉金，謂若山曰：

　　　　子有道骨，法當度世，加以篤尚正直，性無忿恚，仙家尤重此行。吾
　　太上眞人也，遊觀人間，以度有心之士，憫子勤志，故來相度耳。吾所化
　　黃白之物，一以留遺子孫，旁濟貧乏；一以支納帑藏，無貽後憂。便可命
　　棹遊江，爲去世之計，翌日相待於中流耳。

而後若山果如其言，消失江霧中，遺表於郡中几案間。玄宗省表異之，命優恤其家，且召其弟若水及內臣齎詔，於江表海濱尋訪，杳無音塵。其後二十年，有若山舊吏於魚市中見若山鬻魚於肆，混同常人。若山延吏入宅，乃一陋巷中之華第也。並遺化金與吏。又，相國李紳於華山習業時，有道士自言爲唐若山，引李紳至蓬萊仙島。

　　本則傳奇可分爲四個敘述段落：

　　1. 若山好道與遇仙得道。

　　2. 若山離去，玄宗得遺表召求無所得。

　　3. 二十年後，若山舊吏見若山鬻魚於肆。

　　4. 相國李紳習業華山時，有道士唐若山導李紳遊仙境。

　　這四個敘述段落中，以第1個敘述段落「遇仙得道」爲主題，第2～4個敘述段落均在烘托第1點。

　　第1個敘述段落中，極力強調若山之好道，以致家財迨盡，並且挪用公款；而老叟之衰邁與能吃，即是仙人（故事中的「智慧老人」）在觀察並試驗若山好道之心。當若山通過了老叟的測驗，老叟便明白的告知若山自己是神仙（太上眞人），要來度化若山，老叟的這一段話可以說是本文的主題，見前所引。然後老叟用丹藥煉金來解決若山財務上的危機，同時也借以證明自己神仙的身分。煉金一節在文中用了相當的篇幅，營造出神仙神奇的一面。若山在江上大霧中與老叟一同消失，更帶有一種神祕的氣息。

　　以下第2個敘述段落，透過玄宗省表異之的態度與行爲來突顯若山遇仙得道的神奇與眞實。

　　第3個敘述段落，透過若山舊吏作見證，並以鬻魚的貧賤像和陋巷華室、化鐵

爲金做前後的對比和暗示，我們在後文將會看見仙人隱身市井，卻向故舊顯出富貴相的情節，在許多仙道傳奇中重複出現。而若山化鐵爲金和第 1 個敘述段落中的老叟煉金是相呼應，這也同樣指出若山已然得道。

最後第 4 個敘述段落，則藉唐宰相李紳的神仙傳說，透過遊歷仙境的情節單元，再一次確定唐若山已爲神仙的事實，在第 2 個敘述段有若山遺表一節，而在本段中道士問李紳：「頗知唐若山否？」李紳答：「常覽國史，見若山得道之事，每景仰焉。」道士曰：「余即若山也。」在此，2、4 敘述段落又產生一呼應。

李紳的仙說，在杜光庭的《仙傳拾遺》之前，即有李復言的《續玄怪錄》著錄，〔註111〕文中即述道士唐若山導李紳赴羅浮山會群仙。杜光庭據此將之編織入唐若山遇仙得道的傳奇中，用以烘托若山成仙之事。

綜上所述，可見這是一個經過作者杜光庭有意編排，且編織緊密的好道遇仙的傳奇。然而，不遠於唐的宋人，對此便有不同的看法。唐若山是實有其人，任潤州刺史，潤州即嘉定鎮江，宋·盧憲《嘉定鎮江志》在卷十三〈刺史〉中便以唐若山遇仙成仙事爲誕幻不經之事，並謂若山取府庫官錢市藥是爲贓吏，若山之離去是假神仙之名以遁逃，而天子亦受其欺，使朝廷無政，賞罰無章，則開元之盛，不待至天寶而已衰矣。〔註112〕從盧憲的批評，我們再回頭來看這一則好道遇仙說。

首先，鍊丹向來便是極耗財的事，故若山家財迨盡之後，進而取府庫官錢以爲之。所以老叟煉金的確是解決唐若山的困境，設若老叟煉金一節係假，則若山逃遁便合乎了情理的發展。那麼我們要問，爲何玄宗會受到蒙蔽？這可能是因爲玄宗好道的結果，故得若山求仙的遺表謂：「偶得丹訣，黃金可作，信淮王之昔言，白日可延」等等的仙話後，便也一頭熱的要臣子去尋訪，而不問若山挪用官錢之事了。

四、服食成仙型

服食成仙類的傳奇，往往與好道遇仙和遊歷仙境等的情節單元相配合，與服食有關的作品可參見本文第二章第三節〈服食的觀念與類別〉中服食的事例〔表 3-5 金石丹藥類〕、〔表 3-6 芝草木實類〕、〔表 3-7 仙食事例〕。在此以強調「服食」爲主題的作品爲分析對象。

以服食成仙爲主題的作品，基本架構有 A、B 二種：

〔註111〕 見《廣記》卷四八〈李紳〉條。關於李紳的仙說，請參見本章第二節，二「抉擇型」。
〔註112〕 見宋·盧憲《嘉定鎮江志》（收在《宛委別藏》第 44 冊，臺北：臺灣商務印書館，1981）卷十三〈刺史〉，頁 306～307。

    A. 遇仙或隨道士修行→見奇怪小兒→服食→成仙

    B. 行善遇仙→煮食嬰兒→願服食者成仙→不願服食→仙人告以嬰兒乃千
       歲人參之類

架構可謂十分單純，但在所服食的材料上，往往附會許多神奇的傳說，如化作「小花犬」的枸杞根或變成「小兒」的人形茯苓、千歲人參之類。

A 類的作品如《墉城集仙錄・楊正見》。

故事內容是逃家的楊正見為山中女冠收留。女冠不食，而為楊正見故，時出山外求糧。一日，正見於汲泉處，見一小兒，潔白可愛，見人則喜笑。正見抱而撫憐之，因之常汲水遲歸。女冠怪而問之，正見遂告之。女冠曰：「若復來，必抱兒徑來，吾欲一見耳。」後小兒果為正見抱歸，乃一人形茯苓。女冠見而識之，命正見蒸之。會山中糧盡，女冠出山求糧，又為山雨所阻，十日不歸，正見饑甚，遂盡食之。女冠歸而歎之，曰：

> 神仙固當有定分，向不遇雨水壞道，汝豈得盡食靈藥乎？吾師常云：
> 「此山有人形茯苓，得食之者白日昇天。」吾伺之二十年矣，汝今遇而食
> 之，眞得道者也。

其後敘述楊正見在開元二十一年壬申十一月三日昇天，末敘正見謂己因過而遲升仙一年之故。

〈楊正見〉條則以婦女修道為其外框，[註113] 以服食成仙為其主題，並加入神仙命定論和謫仙的說法，在敘述上亦頗委曲細膩。

B 類的作品如杜光庭的《神仙感遇傳・維揚十友》。敘述維揚十友善待老叟，老叟為報維揚十友之恩，蒸千歲人參宴請十友，然而受邀的維揚十友，以為所蒸的是一童兒，不願食用，老叟才說明係千歲人參，食之者，白日昇天，身為上仙。[註114]雖然維揚十友並未成仙，但故事的主題仍在強調服食成仙。類似的主題和情節，後來仿構日多，如宋・徐鉉《稽神錄・陳師》條，[註115] 蒸一嬰兒，乃千歲人參，蒸一犬子乃一千歲枸杞；宋・洪邁《夷堅丙志》卷四〈青城老澤〉蒸一物如小兒，乃松根下人參；[註116] 清・屠紳《六合內外瑣言》卷下〈出入袖中〉一則有四客饌各蒸一嬰兒，乃地精等等。[註117]

〔註113〕參見本文本章第一節二・「女仙」中論民間女子修道的部分。

〔註114〕見《廣記》卷五三〈維揚十友〉。

〔註115〕見《廣記》卷五一〈陳師〉。

〔註116〕宋・洪邁《夷堅志》（收在《宛委別藏》第 88 冊），丙志卷四，頁 1065～1068。

〔註117〕清・屠紳《六合內外瑣言》（臺北：新文豐出版社，1980 年 2 月初版）卷下，頁 22
    ～24。按上引洪邁及屠紳之說，乃得知自錢鍾書《談藝錄》第二冊，頁 668。

這種千歲人參、枸杞等變化爲人形的傳說，大約與「物久成精」的精怪思想有淵源。〔註118〕只是人參、枸杞等作爲仙道服食以求長生的對象，「千歲」「人形」云爾，成爲增益其神奇效用的想像說辭。

五、煉丹試煉型

道教煉丹一派在唐代十分興盛，相關的作品甚多，今以煉丹爲主題的作品分析之，其基本結構如下：

主角→受恩於智慧老人（或遇智慧老人）→受邀協助煉丹→犯勿語禁忌→失敗

以唐傳奇名篇〈杜子春〉爲例。〔註119〕

〈杜子春〉的故事內容是：杜子春，數次得老人巨款資助，感念老人恩惠，願供老人驅使。老人遂攜杜子春登華山雲臺峰，至一室屋，中有藥爐，老人要求杜子春守其中，不論見何事，皆非眞實，甚勿語。老人離去。隨後依次有千乘萬騎和一大將軍前來、猛獸前來、風火雷電、將軍引牛頭獄卒取杜子春妻子來酷刑殺之、斬子春，地獄受苦，又出生爲啞女，結婚生子，其夫盧生因其不語，怒而殺子於其前，子春愛生於心，忽忘其約，不覺失聲云：「噫」，噫聲未息，身坐故處。而室屋中大火四起，老人謂杜子春愛欲未絕，因之丹藥無法煉成。

段成式《酉陽雜俎》續集卷四中有〈顧玄績〉故事一則，其事頗類於〈杜子春〉，段成式引《大唐西域記》〈烈士池〉的故事，以爲〈顧玄績〉一則故事乃自〈烈士池〉而來。〔註120〕〈烈士池〉的故事是一隱士結廬池畔，後得仙術，需一烈士守壇勿語，於是隱士出而行訪烈士。後於城中遇見一人，悲號逐路，隱士慰問之，其人告以貧窶，傭力自濟，五年爲約，約期將至，一旦違失，既蒙笞辱，又無所得，故心悲不已。隱士於是贈金贈衣，並一再以金錢資助重賂。後此人乃欲報命，以償知己。隱

〔註118〕關於物種變化與精怪思想，請參看李豐楙〈六朝精怪傳說與道教思想〉一文，收在《中國古典小說研究傳集》第3冊，及〈正常與非常：生常、變化說的結構意義—試論干寶《搜神記》的變化思想〉一文（收在《第二屆魏晉南北朝文學與思想學術研討會論文集》，臺北：文史哲出版社，1993年11月。

〔註119〕〈杜子春〉，《廣記》卷一六注「出《續玄怪錄》」，汪辟疆《唐人傳奇》依之（頁143），而王夢鷗、程毅中和李劍國俱以爲當爲《玄怪錄》中的作品。王說見《唐人小說研究四集》（臺北：藝文印書館，1978年10月初版）頁39～40。程說見北京中華書局1982年點校本的《玄怪錄·續玄怪錄》中程毅中的點校說明頁5。李說見《唐五代志怪傳奇敍錄》頁612～613。

〔註120〕唐·段成式《酉陽雜俎》續集卷四，頁235～236。至於其中所謂烈士池的故事，見唐·釋玄奘著·季羨林等校注《大唐西域記校注》（臺北：新文豐出版社，1987年6月一版）卷七〈婆羅　斯國·烈士池及其傳說〉頁576～578。

士遂請以守壇勿語，然將曉之際，該人忽發聲，一時空中火起，隱士疾引之入池中避難。已而問其故，烈士曰在種種幻境中被殺，投生爲男子，娶妻生子，妻因其不言語，以殺子脅迫，故因不忍而發聲。隱士聞之，並未苛責，然烈士卻悲事不成，憤恚而死。

由上可見〈杜子春〉故事與〈烈士池〉故事的相類，故學者多主張〈杜子春〉等傳奇的故事原型出於《大唐西域記》的〈烈士池〉故事。〔註121〕此外與之相類的故事有《河東記‧蕭洞玄》、《傳奇‧韋自東》條等。〔註122〕故事內容都與煉丹勿語有關，王夢鷗對此以爲「蓋晚唐人對於仙丹難煉一事，興趣特高，故同一情節而爲說者眾。」〔註123〕。本文以爲這種「勿語」可以視爲一種修道的試煉，各篇中所出現的種種幻境，是人生欲望與情感的外現，如能泯除人生各種欲求，方能成仙。

此外，篇中均有不忍坐視子女被殺的情節，〔註124〕諸作中，主角皆因割捨不下兒女親情這一關，以致求仙失敗。因此殺子的情節往往被視爲這系列故事的高潮與表現出作品深度的地方。關於這一點，錢鍾書以爲早在六朝葛洪的《神仙傳》〈薊子訓〉中就已出現。〔註125〕

〈薊子訓〉收在《太平廣記》卷一二，今將其中殺子的情節錄之如下：

> （薊子訓）如此三百餘年，顏色不老，人怪之。好事者追隨之，……見比屋抱嬰兒，訓求抱之，失手墮地，兒即死。鄰家素尊敬子訓，不敢有悲哀之色，乃埋瘞之。後二十餘日，子訓往問之曰：「復思兒否？」鄰曰：「小兒相命，應不合成人，死已積日。不能復思也。」子訓因出外，抱兒還其家，其家謂是死，不敢受，子訓曰：「但取之無苦。故是汝本兒也。」兒識其母，見而欣笑，欲母取之，抱，猶疑不信，子訓既去，夫婦共往視所埋兒。棺中唯有一泥兒，長六七寸。此兒遂得長成。

這種殺他人之子，以試其道心堅定與否的作法，與〈杜子春〉系列的故事中人殺己子的情況是有差異的。相同的都是以親情試煉人心，不同的則是後者由試煉者變成被試煉者，敘述角度的差異，造成閱讀心理上的有不同的投射作用，這種投射作用，

〔註121〕如錢鍾書《管錐編》第二冊，頁655。王夢鷗《唐人小說四集》頁91。陳文新《中國傳奇小說史話》頁215。

〔註122〕〈蕭洞玄〉條見《廣記》卷四四。〈韋自東〉條見《廣記》卷三五六。關於〈杜子春〉、〈蕭洞玄〉、〈韋自東〉並〈烈士池〉等故事的比較，可參看李元貞〈李復言小說中的點睛技巧〉一文（收在《中國古典文學研究叢刊－小說之部二》中，臺北：巨流出版社，1979年2月一版）頁126～132。

〔註123〕見王夢鷗《唐人小說四集》頁91。

〔註124〕只有〈韋自東〉一篇沒有殺子的情節。

〔註125〕錢鍾書《管錐篇》第二冊，頁655。

自然以被試煉者的情感共鳴的程度較爲強烈。此所以〈杜子春〉系列故事中殺子的情節成爲一個重要的段落，而〈薊子訓〉僅被視爲一種道術的展現，缺乏深度可言，而這種敘述角度的轉換，是完成於〈烈士池〉，〈杜子春〉則更進一步易父子關係爲母子關係，在感人的力量上，似乎更加天然而強烈。不論如何，以上各篇主角都只在子女親情上割捨不開，一方面既突顯了修道中絕情去欲之難，另一方面，這種人性的反映也加深了這類作品的深度。〔註 126〕

綜上所述，修仙傳奇的五種型態：行善積德、仙降授經、好道遇仙、服食成仙及煉丹試煉等，都有一個共同的情節單元——遇仙，而故事神仙所以選上主角，或因行善或因好道，都具有世俗道德及勸善意味，基本上是傳統古老的善有善報的觀念的延伸，也反映了庶民希冀行善得福報的心願；而煉丹試煉型，則著重在試煉的過程，透過試煉，呈現人生的幾大關卡，及人性的眞實面貌，這些修仙失敗的故事，也宣告了修道過程中要做到絕情去欲，是一件多麼的困難的事！

第三節　仙凡對照類

唐五代社會上雖然普遍瀰漫著修道求仙的氣息，另一方面，唐人之重門第與科舉仕進，也是不爭的事實，反映在仙道傳奇中，便產生在求宦與求仙之間抉擇的故事類型，在表現上有三種型態：一是求道對比型的傳奇類，二是成仙與富貴功名的抉擇型，三是夢幻型。對比型的傳奇立足於修道的立場，以修道或仕宦二種人生觀作對比，勸人勿貪今世的有限的功名富貴。抉擇型的傳奇則透過個人面對成仙或人間功名的抉擇，顯現了唐人重視現實功利的人生觀。至於人生如夢型的傳奇，則以個人經歷夢境中的榮華富貴，而後醒悟，繼而出世修道的方式，表現唐人在入世與出世之間的徘徊、掙扎與抉擇。

這三種型態的仙道傳奇，主題都與神仙和富貴之間作抉擇有關，抉擇型傳奇固不必多言，即以對比型傳奇而言，雖然以修道或仕宦二種人生觀作對比，而其中放棄修道改而追求俗世名利的一方，本身即含有抉擇的意義。至於夢幻型傳奇經歷更將塵世一切視爲虛幻，唯有出世修道，方是永恆眞義，因此在虛實之間，同樣是一

〔註 126〕如王拓〈《枕中記》與《杜子春》——唐代神異小說所表現的兩種人生態度〉（原載《幼獅月刊》40：2，後收入《中國古典小說論集》第一輯）謂〈杜子春〉是一篇「充滿人性的、眞實的小說」。梅家玲〈論《杜子春》與《枕中記》的人生態度——從「幻設技巧」的運用談起〉（中外文學 15：20，1987 年 5 月 1 日）謂「這樣一種肯定、執著於人間情愛的態度，無疑是這篇作品受人喜愛、爲人讚美的一個重要因素。」（頁 127）。

種神仙（真道）與富貴之間的抉擇。故這三類仙道傳奇可以合而觀之，以見唐人的人生觀。〔註127〕

一、對比型

本類型的基本結構如下：

甲乙二人一同修道→甲堅持

乙放棄→若干年後重逢→甲邀乙一聚→乙發現甲是神仙

這類的作品有：1《廣異記‧張李二公》、2《玄怪錄‧裴諶》、3《逸史‧盧李二生》、4《仙傳拾遺‧薛肇》、5《仙傳拾遺‧司命君》、6《續仙傳‧劉晏》等。〔註128〕前四則可以說結構完全相同，皆以二人一同修道，其後一人堅持，一人放棄作對比，堅持者成仙，放棄者碌碌於塵世。四則之間乃互相襲用，1、2 二則都有妻箏投果的情節；3、4 二則都有箜篌為婚之事，〔註129〕以上四則以〈張李二公〉創作時間較早，故可能是這一類傳奇中的創發者。〔註130〕

後二則 5〈司命君〉、6〈劉晏〉則以一同成長的同學或兄弟，因性向不同，一人好道，一人求人間富貴功名，二人的發展不同作對比。大致上，仍是符合上述的基本架構。

3〈盧李二生〉、6〈劉晏〉二則在前文均已有所敘述，請參看。〔註131〕今再以《玄怪錄‧裴諶》一則為例分析，因本則是其中篇幅較長，而描寫較為細膩者。〔註132〕〈裴諶〉的內容大要是：裴諶與王敬伯梁芳等人學道於白鹿山，久而無成，

〔註127〕 胡萬川在〈神仙與富貴之間的抉擇－唐代小說中一個常見的主題〉（收在《小說戲曲研究二》中，台北：聯經出版社，1989 年 8 月）認為這二種類型都具有表現人生價值的取向的意義，頁8。

〔註128〕 《廣異記‧張李二公》見《廣記》卷二三。《玄怪錄‧裴諶》、《逸史‧盧李二生》、《仙傳拾遺‧薛肇》等俱見《廣記》卷一七。《仙傳拾遺‧司命君》見《廣記》卷二七。《續仙傳‧劉晏》見《廣記》卷五四。

〔註129〕 見宋‧羅泌《路史》（明‧嘉靖間錢塘洪楩刊本，藏於臺北國家圖書館善本書室）卷六〈發揮〉「關龍逢」條，羅泌以為像這樣類似的情節互見於不同的芻說稗官之中，是因「大抵文人說士，喜相倣撰，以悅流俗，飽食終日，無所用心，則描前模古，甘隨人後，而不自病其妄也。」

〔註130〕 參見李劍國《唐五代志怪傳奇敘錄》頁 613。又吳秀鳳《廣異記研究》頁 102。

〔註131〕 〈盧李二生〉條見本文第二章第二節，〈劉晏〉條見本文第二章第一節。

〔註132〕 〈裴諶〉條，《廣記》卷一七注「出《續玄怪錄》」，王夢鷗依之，而程毅中、李劍國則以為是《玄怪錄》的作品。今依程、李二氏之說，並以程毅中點校的版本引錄原文字句。王夢鷗的主張，見《唐人小說研究四集》頁 40、49；程毅中的主張，見北京中華書局出版點校本《玄怪錄‧續玄怪錄》前的〈點校說明〉部分，頁 5；李劍國的說法，見《唐五代志怪傳奇敘錄》頁 613。

梁芳死，而王敬伯不堪其苦，乃辭別下山，奔競名利，積十年，官至大理評事。唐貞觀中奉使淮南，威震遠近，途次遇裴諶，枯槁於漁釣之間，敬伯憐而召見，而裴諶無所受，但邀敬伯公餘訪晤於其家。既至，則一仙境也。宴樂之半，裴諶施術攝敬伯妻來聚，敬伯始知其已成仙矣。

　　文中即以重複對比的方式來突顯主題。第一次的對比是二人修道態度的對比，裴諶堅持而王敬伯放棄，透過兩人的對話，顯示兩種不同的人生觀，二人的對話如下：〔註133〕

　　　　敬伯謂諶曰：「吾所以去國忘家、耳絕絲竹、口厭肥羹、目棄奇色、去華屋而樂茅齋、賤歡娛而貴寂寞者，豈非覬乘雲駕鶴、遊戲蓬壺？縱其不成，亦望長生，壽畢天地耳。今仙海無涯，長生未致，辛勤於雲山之外，不免就死。敬伯所樂，將下山乘肥衣輕，聽歌玩色，遊於京洛，意足然後求達，垂功立事，以榮耀人寰。縱不能憩三山，飲瑤池，驂龍衣霞，歌鸞飛鳳，與仙翁爲侶，且腰金拖紫，圖影凌煙，廁卿大夫之間，何如哉！子盍歸乎？無空死深山。」諶曰：「吾乃夢醒者，不復低迷。」

這段對話中，王敬伯代表了世人沈迷享樂的人生觀，其心目中的神仙生活，乃是對長生逍遙的憧憬。然而同修者（梁芳）的死亡，使敬伯的神仙夢碎，於是轉而追求享樂的人生。而裴諶則謂自己是「夢醒者」，不願在人世名利中低迷沈淪。

　　第二次對比是二人重逢時，裴諶爲江上之漁父，王敬伯則得意於仕途；二人此時的對話，再次突顯世俗的與脫俗的兩種人生觀。

　　　　（敬伯）握手慰之（諶）曰：「兄久居深山，拋擲名宦而無成，到此極也。夫風不可繫，影不可捕，古人倦夜長，尚秉燭遊，況少年白晝而擲之乎？敬伯粵自出山數年，今廷尉評事矣。昨者推獄平允，乃天錫命服。淮南疑獄，今讞於有司，上擇詳明吏覆訊之，敬伯預其選，故有是行。雖未可言官達，比之山叟，自謂差勝。兄甘勞苦，竟如曩日，奇哉！奇哉！今何所須，當以奉給。」諶曰：「吾儕野人，心近雲鶴，未可以腐鼠嚇也。吾沈子浮，魚鳥各適，何必矜炫也。夫人世所須者，吾當給爾，子何以贈我？吾山中之友，或市藥於廣陵，亦有息肩之地。……」

在此，二人的身分與對話內容呈現高與下、入世與出世的對比。敬伯面對老友，高高在上又沾沾自得的神色躍然紙上；裴諶則以莊子腐鼠的寓言，說明彼此人生意趣之別。又與前段對話中「夢醒者」的自號相呼應，所謂「夢醒者」亦莊子寓言。至

〔註133〕以下所引文字，用程毅中點校之《玄怪錄・續玄怪錄》，頁11～14。

此，不但深刻的描繪出裴諶飄然物外之姿，也與敬伯的凡俗之狀，形成強烈對比。

　　第三個對比，則是揭露裴諶仙人的身份，與前半情節作對比。裴諶邀敬伯一遊，乃示之以點化仙境。〔註134〕原先衣簑戴笠的漁父，在仙境中「衣冠偉然，儀貌奇麗」，所謂「息肩之地」竟是「樓閣重複，花木鮮秀，似非人境」的美妙所在。其中種種之華麗竟不啻敬伯下山所要追求的：「乘肥衣輕，聽歌玩色」的享樂生活。裴諶與敬伯一方面可以說都達到了個人的目標：裴諶成仙，敬伯取得人世的功名富貴。另一方面，先前敬伯的自得和裴諶的自抑，在仙境中完全翻轉了過來，在這翻轉中，便形成了另一種對比。

　　文中透過遊歷仙境，以點悟世人如敬伯者，期勉敬伯能醒悟求道，不再爲俗所迷：

　　　　（裴諶）且謂曰：「此堂乃九天畫堂，常人不到。吾昔與王爲方外之
　　　交，憐其爲俗所迷，自投湯火，以智自燒，以明自賊，將沈浮於生死海中，
　　　求岸不得，故命於此，一以醒之。……」

在遊歷仙境的情節中，並運用了神仙的法術，千里召來敬伯之妻彈箏，敬伯則於席間暗投以朱李。這些都成了事後的憑證，證明他們確曾去了仙境，裴諶果然是仙人。

　　本條與較早的〈張李二公〉故事架構全同，由仕宦爲官的李公和修道成仙的張公作對比。其中亦有點化仙境，和仙人召李妻彈箏的法術，並有仙人（張公）賜物一節，以加強張公成仙的眞實性。故事中，張使李持其故帽詣藥鋪換錢，李於藥鋪主人得知張是藥店五十年前來茯苓主顧。這種用仙人之物換錢的情節，在仙道傳奇中常見，都與仙人施行法術的目的相同，用以證明該人物確實是仙。〔註135〕如較晚的〈盧李二生〉有仙人贈拄杖，囑其於波斯店取錢；〈薛肇〉條仙人遺金三十斤；〈司命君〉則贈以「金尺玉鞭」和「天帝流華寶爵」，謂得此寶爵者，可以「受福七世」。

　　綜上所述，在本類型的基本架構中：

甲乙二人一同修道❶→甲堅持

　　　　　　　乙放棄❷→若干年後重逢❸→甲邀乙一聚❹→乙發現

甲是神仙❺

❶和❷是甲乙二人態度的對比，其中並有乙對修道或仕宦的抉擇。❸的重逢中，有甲乙俗世身分高下的對比。❹的邀宴，利用遊歷點化仙境，使情勢逆轉，表明甲已修道成仙，在點化仙境中，往往利用法術和贈物作爲甲是神仙的證明，其中以法術將乙的妻子（現在和未來）於其夢中召來是作爲乙離開仙境後，證明乙眞的到仙

〔註134〕參見本文第三章第四節〈仙境諸說〉。
〔註135〕如《續玄怪錄・張老》中的故席帽（見《廣記》卷一六）。

境一遊的見證人。❺乙發現甲是神仙乃承❹而來，並與妻子對證。

胡萬川於〈神仙與富貴生活的抉擇〉一文中指出這一類型的傳奇在宗教上的含義：「若欲超凡入聖，必須信心堅定，不受塵世富貴愛欲的引誘，再加精進修持，才能有所得。當然大前提是信仰與修持的結果是好的，是人間富貴所不能比擬的長久幸福。」〔註136〕

的確，對比型的仙道傳奇主旨乃在勸人當摒除名利富貴之心，堅持修道，必能成仙。但本人以爲，乙因嚮往俗世的富貴生活而放棄修道或不願修道，然而甲之修道成仙，示人以仙人富貴享樂的一面，從深層的意義而言，都代表了唐人追求富貴享樂的一種人生觀，也代表了人們追求美好生活的深切期盼吧！

二、抉擇型

本類型的基本結構如下：

主角遇仙→抉擇：A 白日昇仙，B 作人間宰相→主角選擇 B→主角果然作宰相

同此主題與結構的作品有三則，都出於盧肇《逸史》：〈李林甫〉、〈齊映〉、〈李吉甫〉，而主題同爲成仙與富貴之抉擇而結構不同的，又有同書的〈太陰夫人〉和《續玄怪錄》的〈李紳〉條。以下略敘各篇大要及人物在史傳中的記錄。

〈李林甫〉條，〔註137〕謂李林甫（？～752）少時遇醜道士，醜道士問李林甫要白日昇天或二十年宰相，李林甫選擇作宰相。史傳中的李林甫，請參見第一章第二節及第四章第三節相關的部分。

〈齊映〉條，〔註138〕謂齊映（747～795）應進士舉後，未放榜前，遇一白衣策杖老人，謂齊映「郎君有奇表，要作宰相耶？白日上昇耶？」齊映選擇作宰相。

在史傳中記載，齊映爲大曆四年（769）的狀元，〔註139〕則故事中齊映年方二十餘。《舊唐書》齊映本傳謂之「白晰長大，言音高朗」，或可作爲故事中老人所謂「郎君有奇表」的註腳；至於其爲人則「謙和美言悅下，無所是非」，其行事則頗爲忠謹，然而罷相之後，「映常以頃爲相輔，無大過而罷，冀其復入用，乃掊斂貢奉，及大爲金銀器以希旨。」〔註140〕則與其不選升仙唯願人間宰相的心態相符。

〔註136〕胡萬川〈神仙與富貴之間的抉擇－唐代小說中一個常見的主題〉，頁32。
〔註137〕見《廣記》卷一九〈李林甫〉。
〔註138〕見《廣記》卷三五〈齊映〉。
〔註139〕見清・徐松《登科記考》頁371。
〔註140〕見《舊唐書》卷一三六，頁3750～3751。

〈李吉甫〉條，〔註141〕謂王鍊師見王起（760～847），謂王起：「判官有仙骨，學道必白日上昇，如何？」王起無言，王鍊師遂曰：「此是塵俗態熒縛耳，若住人世，官職無不得者。」後王起果富貴。

故事中，王起當時爲宰相李吉甫在淮南時的幕僚，據《舊唐書》王起本傳謂：「（元和三年〔808〕）宰相李吉甫鎮淮南，以（起）監察充掌書記。」〔註142〕則故事中王起面對富貴與升仙的抉擇時，年已四十八、九了。王起後官至使相，本傳謂「（會昌四年〔844〕）出爲興元尹，兼同平章事，充山南西道節度使」，〔註143〕故事中則稱之爲「故山南節師相國王公起」。在其本傳中，王起官聲頗佳，勤政愛民，人以之爲「儒素長者」；王起好文，尤尚古學，「前後四典貢部，所選皆當代辭藝之士，有名於時，人皆賞其精鑒徇公也。」

至於〈李紳〉、〈太陰夫人〉兩條，〔註144〕則以遊歷仙境爲外框，在仙境中，仙人也給予人物升仙或人間富貴的選擇。其結構如下：

　　　　　主角遇仙→遊歷仙境→仙人給予升仙或人間富貴的抉擇→主角選擇

　　人間富貴→回到凡間

〈太陰夫人〉記盧杞少時，窮居洛東都，遇太陰夫人遣麻婆傳意，欲求盧杞爲匹偶；一夕麻婆以葫蘆爲舟，乘之至仙境「水晶宮」。太陰夫人謂杞：「君合得三事，任取一事，常留此宮，壽與天畢；次爲地仙，常居人間，時得至此；下爲中國宰相。」杞先選擇常留水晶宮中，其後面對上帝使者，竟無言以對，最後大呼：「人間宰相。」太陰夫人失色，推之入葫蘆，其夕夜半又回至故居。

盧杞官至宰相，在史傳中的評價非常壞，《新唐書》中與李林甫同列於〈姦臣傳〉中。〔註145〕《舊唐書》本傳，謂其「貌陋而色藍，人皆鬼視之」，「既取相位，忌能妒賢，迎吠陰害，小不附者，必致之於死。」〔註146〕

〈李紳〉條，謂李紳（772～846）少時，在華陰西山遇一自稱是唐若山的老叟，謂李紳已名列仙籍，邀李紳一遊羅浮會群仙。〔註147〕（華陰在陝西，羅浮在廣東，二者相去有千里）。老叟以簡作舟，令李紳閉目，須臾即至羅浮山。群仙見李紳，謂：

〔註141〕見《廣記》卷四八〈李吉甫〉。

〔註142〕見《舊唐書》卷一六四，頁4278。

〔註143〕見《舊唐書》卷一六四，頁4280。

〔註144〕〈李紳〉條見《廣記》卷四八：〈太陰夫人〉見《廣記》卷六四。

〔註145〕李林甫本傳見《新唐書》卷二二三上：盧杞本傳見《新唐書》卷二二三下。

〔註146〕見《舊唐書》卷一三五，頁3713、3714。

〔註147〕類似的情節又出現在後來的《仙傳拾遺·唐若山》條（《廣記》卷二七），見第二節「三·好道遇仙型」。

「子能我從乎？」李紳辭之，群仙遂謂：「子念歸，不當入此居也，子雖仙錄有名，而俗塵尚重，此生猶沈幻界耳。美名崇官，外皆得之，守正修靜，來生既冠，遂居此矣。勉之勉之。」李紳自仙境歸來，「果登甲科翰苑，歷任郡守，兼將相之重。」

《舊唐書》李紳本傳，謂其「形狀眇小而精悍，能爲歌詩」，官至宰相，「始以文藝節操進用，受顧禁中，後爲朋黨所擠，濱於禍患，賴正人匡救，得以功名始終。」〔註148〕《新唐書》本傳則謂其雖以名位終，然「所至務爲威烈，或陷暴刻，故雖沒而坐湘冤云。」〔註149〕

綜上所述，以抉擇爲主題的此一類型作品，其最大的特色便是人物皆是唐代的宰相。爲何以此類作品以現實中的宰相作爲人物的主角？胡萬川〈神仙與富貴生活的抉擇〉一文中認爲原因在於宰相是人臣極品，一人之下，萬人之上，是有志功名者所嚮往的最高峰。

各篇人物在史傳中的形象未必皆爲正人君子，不論史傳評論如何，除了王起外，大致上都明顯的貪戀於仕宦名祿，與作品中的形象是相符的，就故事的命意而言，似乎在於顯示唐人心中人間富貴（宰相）高於白日昇仙的人生觀。本人並以爲，這些唐宰相的神仙傳說或者是唐人對何以奸邪者能位至宰相的一種解釋吧？因爲在成仙的理論中，固然有積德行善一說，要人努力修行，但同時也有成仙的宿命論。觀文中李林甫、李紳「名列仙籍」，盧杞有「仙相」，齊映有「奇表」可知。在唐人對於人一生之富貴禍福皆有前定的濃厚的定命觀之下，這些達官貴人大概都是神仙的命，只是不願升仙，所以在人間作宰相。龔鵬程在〈唐傳奇的性情與結構〉一文中，便指出「當時人把爲僧爲道、成仙成佛也看成天命所定，所謂『與我佛有緣』或『仙才』等詞語均是此一觀念下的產物。」〔註150〕本人以爲龔文亦可引之作爲抉擇型故事的一種解釋。

胡萬川在〈神仙與富貴生活的抉擇〉一文中指出，這類故事的重點，都不在於求仙的「過程」與「決心」，而在於人生價值取向的當下抉擇。〔註151〕本人以爲是這類型故事的最中心題旨，同時也相當程度的代表了唐人的人生價值觀。

「抉擇型」與「對比型」的主題或有差異，前者重人間富貴，後者要人堅心求道，但其中所表現出對現世人生功名富貴的喜愛，則無二致，可以說是唐代的士人

〔註148〕見《舊唐書》卷一七三，頁 4497、4500。

〔註149〕見《新唐書》卷一八一，頁 5350。

〔註150〕龔鵬程〈唐傳奇的性情與結構〉（原載於《古典文學》第三集，後收在汪辟疆《唐人傳奇》的書前導讀，臺北：金楓出版社，1987 年 5 月初版）頁 30。

〔註151〕胡萬川在〈神仙與富貴之間的抉擇－唐代小說中一個常見的主題〉頁 8。

趨功利的反映，與本章第一節「積德行善成仙類」的作品合而觀之，這種趨向現世功名利祿的趨向，或者可以說是唐代的時代風格。

三、夢幻型

　　夢幻型的傳奇，以〈枕中記〉和〈南柯太守傳〉爲代表。這兩篇是唐傳奇之名篇，雖說有道家思想在其中，〔註152〕但其對人生關照的層面實較一般仙道傳奇爲廣爲深，已超越了仙道傳奇的類別局限，而爲一表現在唐代士人追求功名的壓力的苦悶代表。

　　夢幻型的共同結構如下：

　　　　　　主角入夢→夢中經歷婚仕顯官→夢醒→人生感悟→出世修道。

　　沈既濟（約750～800）的〈枕中記〉，唐時已收入陳翰編之《異聞集》，《廣記》卷八二即據《異聞集》錄入，而題爲〈呂翁〉。〔註153〕

　　全文千餘字，內容大要是：開元七年，旅中少年盧生自歎窮困不適，道士呂翁授之青瓷枕，謂：「子枕吾枕，當令子榮適如志。」生就枕，舉身入竅中，至其家，娶清河崔氏女，舉進士，歷任官顯，執政號爲賢相，同列害之，復誣與邊將交結，所圖不軌，盧生惶駭，謂妻子曰：「吾家山東，有良田五頃，足以禦寒，何苦求祿？而今及此。思衣短褐，乘青駒，行邯鄲道而不可得。」引刀自刃，其妻救之，獲免。與盧生同罪者皆死，獨盧生因中官保之，減罪免死。後，帝知其冤，復追爲中書令，封燕國公。生五子盡得官，其姻媾皆天下望族，有孫十餘人。居官五十餘年，崇盛赫奕，奢蕩佚樂。後病，一夕而薨，年八十餘。盧生欠伸而寤，身在旅邸，呂翁坐其傍，主人蒸黍未熟。翁語曰：「人生之適，亦如是矣。」生悟榮辱窮達之道，再拜而去。

　　在故事的淵源上，自架構而言，源自六朝時的〈楊林〉故事，內容同爲某人授主角以枕，主角就枕入夢，歷盡富貴。〔註154〕自命意而言，或者是受了《列子‧周

〔註152〕汪辟疆以爲〈枕中記〉、〈南柯太守傳〉「皆受道家思想所感化者也」，語見其《唐人小說》頁90。其後論者多半接受此一說法，如劉開榮《唐代小說研究》第五章〈道教思想的人生觀與社會背景──枕中記與南柯太守傳〉。詹石窗《道教文學史》認爲這二篇是以夢幻題材寫道教關於人生的看法（頁373～375）。

〔註153〕陳翰《異聞集》今已亡佚，以下引用文字據汪辟疆《唐人小說》本。汪辟疆所錄之〈枕中記〉乃據宋《文苑英華》校錄（按，在《文苑英華》卷八三三），汪氏以爲《文苑英華》所載，可能是唐代通行的古本：而《廣記》所採自《異聞集》者，殆經陳翰改訂，見其《唐人小說》頁39。李劍國承此說，並詳加論列，參見其書《唐五代志怪傳奇敘錄》頁269～270。此外，王夢鷗於此亦有考辨，以爲陳翰改竄〈枕中記〉之文字，是爲通俗易曉之故，見其所著〈陳翰《異聞集》考論〉（收在《唐人小說研究二集》）頁18～20。

〔註154〕這一點，汪辟疆早已指出，見《唐人小說》頁 39。〈楊林〉故事收在《廣記》283

穆王》的啓發。〔註155〕《列子・周穆王》云西極化人邀周穆王神遊化人之宮，王自以居數十年，「既寤，所坐猶向者之處，侍御猶向者之人，視其前，則酒未清，肴未晞。」〔註156〕

關於本篇的寫作背景，據王夢鷗、李劍國等學者的研究，以爲本篇是沈既濟自悼功名美夢之幻滅而寫，這種幻滅感殆與宰相楊炎之知遇，及因楊炎而遭株連事有關。沈既濟本爲一落寞無聞的士人，後受知楊炎而入仕，二年後即坐貶外州，炎亦受盧杞構陷而貶死崖州。既濟有感宦海浮沈，生死窮達不過瞬息之間，故發此醒世之論。〔註157〕陳文新亦指出，文中盧相號爲賢相，爲同列所誣，因而引刃自刎一節，與楊炎貶死崖州事有關，因此，盧生的悟道，不如說是沈既濟的悟道，宦途險惡，華亭鶴唳之悲在歷史中一再循環上演。因此與其躁進而蹈湯火，不如永遠站在險象環生的官場之外。〔註158〕不過，事實上，沈既濟並沒有從此出世，李劍國指出，沈既濟數年後又入朝，因此文中所論概一時憤激之詞，「窮則憤世嫉俗欲傲嘯山林，達則著緋紫欲經濟邦國，有唐士子大率如此，固不止既濟一人而已。」〔註159〕

在內容的分析方面，劉瑛指出其中有幾點內容值得注意：一、盧生娶清河崔氏女所反映唐代士人嚮往娶五姓女的風氣；二、盧生登進士第所反映唐人之重進士的風氣；三、盧生進士登第後，服官的順序，由祕校接近中樞，數年便登臺閣，爲當時士子共同之企望；四、盧生爲相時，被誣與邊將交結，罷者皆死，生獨爲中官所

引劉義慶《幽明錄》。王國良〈幽明錄研究〉（收在《中國古典小說研究論集》第 2 集中，臺北：聯經出版社，1981 年 8 月二印）更進一步指出，《幽明錄》第 251 則〈楊林〉故事係受印度佛教故事迦旃延爲婆羅那現夢點化的情節影響而產生的（頁 56）。

〔註155〕 李劍國《唐五代志怪傳奇敍錄》謂，宋人洪邁《容齋四筆》卷一、趙彥衛《雲麓漫鈔》卷三，均已指出這一點（頁 271～272）。

〔註156〕 楊伯峻《列子集釋》（臺北：華正書局，1987 年 9 月初版）卷三〈周穆王〉，頁 93。

〔註157〕 參見王夢鷗《唐人小說研究二集》頁 45～46。李劍國《唐五代志怪傳奇敍錄》頁 271。此外，吳志達以爲〈枕中記〉中之盧生與劉晏的事跡頗爲相似，並謂以某個真人的事跡爲藍本，予以藝術加工，是有可能的，見其所著《中國文言小說史》（濟南：齊魯書社，1994 年 9 月一版）頁 348。但本人以爲這個推斷成立的可能較低，因劉晏爲楊炎所害，而楊炎爲沈之知己；其次，如《管錐編》第二冊云：「汪師韓《讀書錄》卷四謂沈記（按，指沈之〈枕中記〉）影射蕭嵩事，臆測姑妄聽之。」錢鍾書謂姑妄聽之（頁 759），而李劍國以爲並不相合，並謂：「要乃以盧生概言唐世顯宦，雖或與某人偶合一、二，亦不得求實也。」（《唐五代志怪傳奇敍錄》頁 271）按，以爲李言甚是。

〔註158〕 參見陳文新《中國傳奇小說史話》頁 121～122。

〔註159〕 參見李劍國《唐五代志怪傳奇敍錄》頁 271

保而減死罪之事，反映唐代宦官干政弄權的風氣。〔註160〕通過這樣的分析，使我們更清楚唐代士子心目中所謂榮華富貴的具體內容是什麼。

　　受〈枕中記〉影響而能另出機杼的是李公佐的〈南柯太守傳〉，亦爲陳翰輯入《異聞集》中，現存於《廣記》卷四七五，題爲〈淳于棼〉。

　　〈南柯太守傳〉的內容大要是：將門之子淳于棼，嗜酒使氣。所居宅南有大古槐一株。一日，淳于棼沈醉，二客扶之臥堂東廡下。恍惚間，有二紫衣使者來，導以入槐安國。即入古槐穴中，忽見山川風候與人世不同。槐安國王以次女許配淳于棼，任淳于棼爲南柯郡太守。守郡二十年，功業顯赫。後因與檀蘿國戰爭失敗，繼之公主又遘疾而薨，淳于棼自請罷郡，護喪赴國。自罷郡還國，威福日盛，王意疑憚之，又有流言謂淳于棼將僭越，國王遂奪其侍衛，加以軟禁。其後遣返人間本里。淳于棼復由前二紫衣使者導出穴外，入其門，升自階，淳于棼見己身臥於堂東廡之下，二使呼淳于棼之姓名，遂發寤如初。見家之僮僕篲於庭，二客濯足於榻，斜日未隱於西垣，餘樽尚湛於東牖。夢中倏忽，若度一世。淳于棼夢醒後，與二客尋穴究源，一一與夢中事相符。遂悟人世之倏忽，遂棲心道門，絕棄酒色。

　　〈南柯太守傳〉以夢入蟻穴爲基本架構，此一架構脫胎於唐前的一則傳說《妖異志》之〈審雨堂〉：「夏陽盧汾，字士濟，夢入蟻穴，見堂宇三間，勢甚危豁。題其額曰：『審雨堂』。」〔註161〕李公佐以此架構，再加想像，敷衍成一篇三千多字的

〔註160〕參見劉瑛《唐代傳奇研究》（臺北：聯經出版社，1994年10月初版）頁301～312。

〔註161〕本條《類說》七、《紺珠集》七引作《搜神記》。汪紹楹校注《搜神記》（臺北：木鐸出版社，1985年7月初版）卷十，頁123。汪紹楹以爲本條非《搜神記》所有，因晚唐‧焦璐《窮神秘苑》引《妖異記》有盧汾夢入庭中古槐蟻穴事（見《廣記》卷四七四，題〈盧汾〉），文中有「後魏（孝）莊帝永安年」之句，即本條故事年代在晉‧干寶作《搜神記》之後。汪氏所言甚是，但未詳〈審雨堂〉出處。錢鍾書《管錐編》第二冊，則謂《妖異記》不知何書，《窮神秘苑》本則當造端於《搜神記》〈審雨堂〉條（頁830）。按，〈審雨堂〉文字簡略，僅二十餘字，且情節單一，僅有夢入蟻穴而已，而《廣記》卷四七四《窮神秘苑》〈盧汾〉條，全文四百多字，情節轉趨複雜，鋪寫細膩，頗有唐傳奇之風味，結構又與〈南柯太守傳〉相近，除了夢入蟻穴外，夢醒後，復與友人同勘蟻穴，與夢中所見印證。因此錢鍾書謂《窮神秘苑》〈盧汾〉條造端於〈審雨堂〉，甚是，只是〈審雨堂〉應非《搜神記》之文。至於爲何〈審雨堂〉條會混入《搜神記》之中？李劍國《唐五代志怪傳奇敘錄》懷疑係因《窮神秘苑》又名《搜神錄》，故誤入干寶書也（頁768～769）。本人對此，持保留態度，理由是〈盧汾〉條有四百多字，爲何混入後只存二十餘字？是否因《類說》、《紺珠集》節縮之故？這一點還有待進一步研究。此外，《廣記》474〈盧汾〉即謂：「《妖異記》曰」，據此或者可將〈審雨堂〉歸入《妖異記》一書，而焦璐即據此而鋪演成篇。焦璐乃晚唐人（卒於咸通九年[868]，參李劍國《唐五代志怪傳奇敘錄》頁767），稍晚於李公佐。

傳奇。

作者李公佐，史不詳其生平，大約爲貞元、元和間人。〔註162〕關於李公佐寫〈南柯太守傳〉的背景，劉開榮以爲是有其諷刺深意。〔註163〕李公佐一生因牛李黨爭而沈淪下僚，官運不佳，〈南柯太守傳〉之作可能在諷刺當時牛黨得勢，白敏中爲相，不可一世的情形。故文末作者之議論謂：

> 雖稽神語怪，事涉非經，而竊位者生，冀將爲戒。後之君子，幸以南
> 柯爲偶然，無以名位驕于天壤間云。

不論李公佐是否諷刺的是牛黨或白敏中，〈南柯太守傳〉最後李肇的贊語，表示當代之人已視之爲諷刺之文：〔註164〕

> 貴極祿位，權傾國都，達人視此，蟻聚何殊。

謂朝廷官員爲「蟻聚」，其中鄙視人生及諷刺社會的意境，確是〈南柯太守傳〉高于〈枕中記〉之處。

一般以爲〈南柯太守傳〉除了和〈枕中記〉一樣，都是以人生如夢來警戒追求榮華富貴的人，把世俗的祿位看作幻境；並且〈枕中記〉中「催夢道人」呂翁、〈南柯太守傳〉的夢境中穿插不少仙境式的描寫，在在都透露著仙家氣息。〔註165〕但二者仍有些不同：一、〈枕中記〉只是一個單純的夢，〈南柯太守傳〉則把夢和怪結合起來，同時虛實並列，蟻穴是實有，而槐安國則是虛構，命意上帶有諷刺之意。在篇幅上，〈枕中記〉千餘字，〈南柯太守傳〉有三千二百字左右，敘述上更多委曲詳盡的細節描述。二、內容方面，〈枕中記〉中盧生爲文士，通過應試登第，逐步上升，出將入相，富貴終老；〈南柯太守傳〉中淳于棼則爲武將，憑借與皇室的姻緣，突然發跡，公主一死，立即失勢。這一點，劉開榮指出前者〈枕中記〉必是中唐作品，後者〈南柯太守傳〉反映了晚唐的社會風氣。士子的理想由娶五姓女轉而與皇室爲婚，由出將入相而成爲割據一方的藩鎮。〔註166〕三、在情節單元上，〈枕中記〉之

〔註162〕此據汪辟疆之說，《唐人小說》頁91。王夢鷗考之，推測約在代宗大曆至宣宗大中（775～848）左右，（見《唐人小說研究二集》頁 51）。劉開榮《唐代小說研究》則謂：「生於代宗時，卒於宣宗時大中二年，活了八十歲的高壽。」（頁106）

〔註163〕參見劉開榮《唐代小說研究》頁106。

〔註164〕李劍國《唐五代志怪傳奇敘錄》指出，李肇贊語非〈南柯太守傳〉中原有的，推測係李肇嘗見此傳，或題贊語於末，陳翰《異聞集》將之收錄時，遂一並錄之（頁308）。

〔註165〕如淳于棼與群女相會的情節，眾女子名稱均爲道教女仙名，其場面又類似〈茅眞君傳〉〈漢武帝內傳〉等書所描寫的西王母、上元夫人下降人間，女仙奏樂的場面。參見詹石窗《道教文學史》頁375～376。

〔註166〕劉開榮《唐代小說研究》頁98～100。

原型爲〈楊林〉故事，主角因智慧老人之接引而入夢，得以啓悟人生眞道，而〈南柯太守傳〉之原型爲〈審雨堂〉，主角自行入夢，二者之間，有主動與被動之別。此外，相類的作品〈櫻桃青衣〉，架構相類，而細節略異。〔註167〕文中主角盧生于精舍中聽講筵（即俗講），入夢，娶五姓女、登第、昇高官，夢醒時，仍在精舍之中。盧生惘然而歎，遂尋仙訪道，絕跡人世。

　　由故事中聽俗講的情節，推測〈櫻桃青衣〉可能作於俗講盛行的晚唐。而文中盧生由攀親帶故而中第、選官，不同於〈枕中記〉中盧生按部就班的由進士而選官，反映了宣宗以後，政治不清明，選官制度破壞殆盡的情形。〔註168〕論者以爲〈櫻桃青衣〉乃仿〈枕中記〉而作，本人以爲〈櫻桃青衣〉盧生自行入夢，未憑藉智慧老人的引導，而夢醒後的描寫很類似〈南柯太守傳〉，其所表現攀親帶故的升官的情形，也較類似於〈南柯太守傳〉，因此本人以爲〈櫻桃青衣〉可能受了〈枕中記〉和〈南柯太守傳〉的影響，或者是作爲〈枕中記〉過渡到〈南柯太守傳〉之間的作品。

　　以上〈枕中記〉、〈南柯太守傳〉及〈櫻桃青衣〉三則，在結構上都以人生如夢爲敘述主體，引到棲心世外的結局。夢中數十年的歲月不過是現實世界中的一個片刻。這種時光的急劇濃縮，帶來一種人生的幻滅感，與本章第一節中〈杜子春〉的故事，在幻境中歷經二世數劫，不過是一個夜晚的工夫，情形是相類似的。這種夢與幻的情節運用，恰與「天上一日，人間十年」的仙境成爲對比，是這類作品人物何以願告別倏忽之人世，轉而追尋永恆的仙道的原因。也是這類故事被視爲仙道傳奇的一個標誌。

　　至於內容上，俱表現了唐代士子的夢想與苦悶，唐代士子身在此一重視婚宦的社會風氣中，想要達到理想，只能「作夢」；另一方面，又藉著「只是夢」，引伸至「夢醒」之「悟」。〈枕中記〉中盧生未作夢前，對人生的看法是：

　　　　士之生世，當建功樹名，出將入相，列鼎而食，選聲而聽，使族益昌，

　　而家益肥，然後可以言適。

這段話與前文「一、對比型」中〈裴諶〉王敬伯之言：「敬伯所樂，將下山乘肥衣輕，聽歌玩色，遊於京洛，意足然後求達，垂功立事，以榮耀人寰。」何等相似。也與「二、抉擇型」中諸人面對升仙或人間宰相之抉擇時，最後均選擇了人間富貴的情

〔註167〕〈櫻桃青衣〉，見《廣記》卷二八一，不注出處。王國良《唐代小說敘錄》（政治大學中研所碩士論文，1976）謂《白孔六帖》卷九九及《錦繡萬花谷》後集卷三七皆引本篇，注出《異聞集》（頁 65）。或以爲〈櫻桃青衣〉爲唐・任蕃《夢遊錄》之作品，李劍國《唐五代志怪傳奇敘錄》謂《夢遊錄》係爲明人僞撰（頁 886、1165）。

〔註168〕參見劉開榮《唐代小說研究》頁 103～104。

形，可說是內外相應的。但當在現實人生的困扼與矛盾無法獲得抒解時，只好以人生如夢，否定現世，逃避到仙道中，尋求一種解脫和安慰，〈裴諶〉條中成仙的裴諶，在成仙前的修道時曾對放棄修道的敬伯說：「吾乃夢醒者」，我們可以這麼說，敬伯之流是〈枕中記〉中夢中的盧生，而夢醒之後的盧生又可以是說修道的裴諶。

綜上所述，對比型、抉擇型與夢幻型三種等類型的仙道傳奇，雖然主題都與作神仙或享富貴二者的抉擇有關，但對比型是立足於神仙高於人間富貴的觀點，闡揚修道的理念，並以對立的兩組人物作對比，較缺乏人物自身內在的掙扎；抉擇型則讓人物面對升仙與富貴的抉擇，充份表現了唐代士子重視現世的富貴的心態；而夢幻型則表現了唐代士子的苦悶與夢想，當功名不成，只好遁於仙道世界當中以求解脫，因為人物有經歷、有自省，也使得夢幻型的作品顯然較前二者為深刻，而成為唐傳奇中的名篇、佳構。

第四節　遊歷仙境類

自從有了地球儀以後，向未知世界的探險的故事就漸漸減少了。取而代之的，是對外太空的科學幻想。反過來說，十九、二十世紀以前，人們對於地理上未知的世界，是充滿好奇與想像的。在中國，仙境傳說，多少也代表了人們對遙遠某地的憧憬，在那個地方，有著一切的美好的事物，人不老不死，充滿各種奇異的風土產物。因此，《山海經》中有種種遠方奇異的傳述，而其中不死國和不死民就與崑崙和蓬萊等古遠的樂園神話，成為仙境傳說的起源，然後一步步形成中國特別的神仙與仙境的故事。〔註169〕此一仙境故事為道教吸收後，遂成為一宗教式的神秘樂土，李豐楙謂之「樂園神話的道教化」。〔註170〕

關於仙境故事的研究，重要的篇目有日人小川環樹〈中國魏晉以後的仙鄉故事〉、王孝廉〈試論中國仙鄉傳說的一些問題〉、李豐楙〈六朝仙境傳說與道教之關係〉、葉慶炳〈六朝至唐代的他界結構小說〉及許雪玲的碩士論文《唐代遊歷仙境小

〔註169〕　關於神話中的仙鄉，請參看王孝廉〈試論中國仙鄉傳說的一些問題〉一文（收在《神話與小說》一書，臺北：時報出版社，1991 年 11 月三刷）。

〔註170〕　見李豐楙〈六朝仙境傳說與道教之關係〉（原發表於《中外文學》8：8，1980 年 1月後收在《誤入與謫降：六朝隋唐道教文學論集》中，臺北：臺灣學生書局，1996年 5 月初版），頁 295。關於形成宗教性的神秘樂土的時代背景，李豐楙在該文中說：「魏晉南北朝三百餘年，政治的分裂、經濟的破壞、社會的動亂，均一再促使亂世人民藉諸宗教信仰、仙境傳說，以滿足其飄渺、隱微的心願。類似此時代的悲願使得神仙道教所揭示的理想樂園，結合原本淵遠流長的樂園傳說，形成一種新型仙境說。」（頁 290）。

說研究》等。

　　小川環樹〈中國魏晉以後的仙鄉故事〉一文提出了仙鄉故事的特質，有八點：
（一）山中或者海上，（二）洞穴，（三）仙藥和食物，（四）美女與婚姻，（五）
道術與贈與，（六）懷鄉、歸鄉，（七）時間（按，指仙凡時差）（八）再歸與不能
回歸。〔註171〕這八點成爲往後論遊歷仙境小說情節分析的重要依據。

　　王孝廉〈試論中國仙鄉傳說的一些問題〉則從中國古代的仙鄉系統，探索其神
話的根源；並東漢以後因道教出現，古代的仙鄉神話向現實性與人間性發展的關係，
而由此產生了在洞天福地中的漁樵型仙鄉；而在文人的隱逸思想的影響下，又有〈桃
花源記〉的隱逸型仙鄉出現，文中並以日本和臺灣阿眉（美）族的仙鄉傳說來作比
較，指出仙鄉傳說的內容或因實際生活環境和生活方式而有所不同，但同樣都強調
仙凡之間的時間經過是不同的。文末的結論是：「中國仙鄉傳說的發展過程是，由古
代的原始信仰傳承與神話，發展而爲道教成立以後以神仙思想爲主的仙鄉傳說，到
了陶淵明，又把仙鄉的傳說落實到了現實的人文世界上去。」〔註172〕

　　李豐楙〈六朝仙境傳說與道教之關係〉一文，〔註173〕以仙境傳說的基本架構爲：

　　　　出發→歷程→回歸

並就唐以前的遊歷仙境故事的內容整理爲四種類型：服食仙藥類型、仙境觀棋
類型、人神戀愛類型、隱遯思想類型。〔註174〕服食仙藥類型的作品，以《搜神後記》
卷一的〈嵩高山〉爲代表，〔註175〕述晉時有人誤墮嵩高山穴中，在穴中觀仙人下棋，

〔註171〕（日）小川環樹〈中國魏晉以後的仙鄉故事〉，收在《中國古典小說論集》第一輯
　　　　　（臺北：幼獅文化公司，1975）。
〔註172〕王孝廉〈試論中國仙鄉傳說的一些問題〉，頁 90。
〔註173〕李豐楙〈六朝仙境傳說與道教之關係〉，頁 287～314。
〔註174〕見李豐楙〈六朝仙境傳說與道教之關係〉一文，頁 296～313。
〔註175〕見《搜神後記》（汪紹楹校注，臺北：木鐸，1985 年 7 月初版）卷一，頁 2，題作
　　　　　〈仙館玉漿〉。又王國良在所著《搜神後記研究》（臺北：文史哲出版社，1978）中
　　　　　下編的《搜神記校釋》，頁 36，文字有異，李豐楙以爲所校出的部分爲仙道傳說不
　　　　　可闕者，故據用之，見李豐楙〈六朝仙境傳說與道教之關係〉頁 299「註 20」。本
　　　　　文按，〈嵩高山〉故事可見者有：《幽明錄》、《小說》及《搜神後記》三說。魯迅《古
　　　　　小說鉤沈》據唐・徐堅《初學記》卷五、宋《太平御覽》卷三九輯入《幽明錄》，
　　　　　然《初學記》及《御覽》俱作劉義慶《世說》，何以輯入劉義慶《幽明錄》？魯迅
　　　　　以爲「今本《世說》無此文，唐宋類書引《幽明錄》時，亦題《世說》也。」（頁
　　　　　256）本文又按，晚唐五代杜光庭《仙傳拾遺》有〈嵩山叟〉條（見《廣記》卷一
　　　　　四），即與《搜神後記》本之〈嵩高山〉故事全同，除改「嵩高山」爲「嵩山」外，
　　　　　文字近於王國良校釋本，其文開頭謂：「《世說》云」，文末杜光庭又加《玄中記》
　　　　　及《茅君傳》之言。可見自唐初徐堅至晚唐到宋，都有以此條故事出自劉義慶《世
　　　　　說》。因《幽明錄》、《世說》皆爲劉義慶之作，故可能有魯迅所謂引《幽明錄》而

仙人賜飲玉漿，又食井中青泥，出則有張華爲之解惑，謂所遇爲仙館大夫，所食爲龍穴石髓。仙境觀棋類型的例子，有《異苑》、《述異記》俱有山中觀棋，歸而斧柯已爛、時移世替，無復時人的傳説。〔註176〕這種以斧柯朽爛象徵仙凡時差，充滿了「天上一日，世上千年」的滄桑感，成爲後世詩文常用的典故。人神戀愛類型，以《幽明錄》的〈劉晨阮肇〉、《搜神後記》卷一〈袁相根碩〉爲代表，〔註177〕俱以入山穴，遇女仙，娶之，服食仙物，思歸，女仙贈物，回歸人世爲故事內容。李豐楙指出，人神戀愛型的仙境傳説，是以象徵的方式滿足人們被壓抑的願望。〔註178〕另一方面，〈劉晨阮肇〉與〈袁相根碩〉二篇都是會稽剡縣地區的民間傳説，李豐楙認爲可能與該地區太平道與天師道的傳教有關，可能是鄰縣居民入山遇清修之女眞，增飾而成的仙境豔遇故事。〔註179〕不論事實如何，這一類仙境豔遇的故事到唐五代就成爲遊歷仙境傳奇的一大宗。至於隱遯思想類型的故事，典型的作品爲陶淵明的〈桃花源記〉，〔註180〕是文士借仙境傳説，表達了身處亂世而平和生活的希冀。唐五代遊歷仙境的傳奇，承自六朝，而另開闢出新境。葉慶炳〈六朝至唐代的他界結構小説〉一文謂：「仙鄉、幻境、夢境三種結構，都要到唐代才大爲流行」，〔註181〕就遊仙境的作品的基本架構「出發→歷程→回歸」而言，在出發與回歸中，細分之，又有無意中前往（誤入）和被接引前往，及自動求歸（思歸）和被遣回等兩種。葉慶炳指出六朝的仙鄉故事，是以誤入和思歸爲主，至於被接引前往、被遣回的設計，要到唐傳奇中，才流行起來。〔註182〕

　　至於許雪玲的《唐代遊歷仙境小説研究》則將唐代遊歷仙境傳奇進一步分爲八個類型：傳授道術、服食仙藥、宣揚道術、得道成仙、人仙戀愛、理想國度、隱遯

題《世説》之情況。此外《廣記》卷一九七〈張華〉條有七則故事，第七則即〈嵩高山〉，文字幾與杜光庭〈嵩山叟〉條全同，文末則注「出《小説》」。魯迅《古小説鈎沈》（頁117～8）、余嘉錫《殷芸小説輯證》皆據之輯入殷芸《小説》，余嘉錫並以爲係據張華《博物志》〈乘槎入天河〉之説增飾而來。對此同一傳説的類似記載，李豐楙以爲是民間的口述變化（見〈六朝仙境傳説與道教之關係〉頁298）。

〔註176〕見南朝宋・劉敬叔著，范寧點校《異苑》（北京：中華書局，1996年8月）卷五〈昔有人乘馬山行〉條，頁43。任昉《述異記》（收在《百部叢刊集成》之《龍威秘書》中，臺北：藝文，1965年）卷上〈王質伐木〉條。

〔註177〕〈袁相根碩〉見《搜神後記》卷一，頁2～3。〈劉晨阮肇〉見《古小説鈎沈》本之《幽明錄》頁247。

〔註178〕李豐楙〈六朝仙境傳説與道教之關係〉頁304。

〔註179〕李豐楙〈六朝仙境傳説與道教之關係〉頁304～305。

〔註180〕〈桃花源記〉收在《搜神後記》卷一，頁4。

〔註181〕葉慶炳〈六朝至唐代他界結構小説〉（《台大中文學報》第3期，1989年12月）頁8。

〔註182〕葉慶炳〈六朝至唐代他界結構小説〉頁12、14。

思想、奇事軼聞。〔註 183〕

　　其實，所謂的服食、觀棋、戀愛、隱遯等等實爲遊歷仙境的第二階段「歷程」中的具體內容，這些內容到了唐五代遊歷仙境傳奇中，都已混合而複雜化了。並且唐五代的遊歷仙境傳奇在六朝的仙境故事上，更進一步發展出新的風貌來，如吳秀鳳《廣異記研究》，將《廣異記》一書中遊歷仙境傳說部分，分爲三種類型：入仙鄉以遂願說、藉入仙鄉以明時論、入仙鄉以懲戒俗情等三種。〔註 184〕本文以爲似乎較能表現出唐五代遊歷仙境傳說的特色來。當然吳秀鳳僅就《廣異記》一書而言，並未能涵蓋整個唐五代遊歷仙境傳奇的風貌。本文將唐五代遊歷仙境傳奇就其內容的特色，分爲五種類型：博物風格奇遇型、深山求道型、仙人邀遊型、品評時事人物型、炫誇才學型等。

　　至於以遊歷仙境爲框架的人神戀愛一型，在唐五代已成爲仙道傳奇中的一大支。若就人仙戀愛此一主題而言，則有二種架構，一種以遊歷仙境爲架構，一種以仙女降眞俯就凡男的方式爲架構，二者都有相當的數量，故本文將遊歷仙境中人仙戀愛的部分，獨立出來，另與仙女降眞的人仙戀愛部分合爲一類論析。另外有些仙道傳奇以遊歷仙境爲其中的一個情節單元，如本章第三節「對比型」的作品，以點化仙境爲手段；又如第二節〈唐若山〉條，末尾有一遊歷仙境之情節，並非該傳奇之主要內容，凡此之類，本文不將之列入遊歷仙境的傳奇類型中。

　　關於仙境種種，本文已在第二章第四節談及名山洞天福地說、第四章第二節討論了仙境諸說，並分別有〔表 2-4　修道諸名山〕、〔表 4-3　唐代五傳奇中的仙境〕，可資參看。該二節針對「仙境」本身分析，重點不在仙境之遊歷。本節則以遊歷仙境爲主要內容的作品爲對象。

一、博物風格奇遇型

　　所謂「博物」風格，指文中敘述之仙境內容，含有許多遠方異物的敘述；而就主角的經歷而言，以無心之誤入始，而以遊歷之後的悟道爲終，具有濃厚的奇遇味道。

　　李劍國《唐前志怪小說史》中論及志怪小說的起源和形成的原因之一，在於地理博物學的志怪化。而六朝地理博物傳說的內容特色即是：大致是殊方絕域、遠國異民、草木飛走之類〔註 185〕。本文以爲，到了唐五代傳奇中，這種地理博物的內容

〔註 183〕許雪玲《唐代遊歷仙境小說研究》，頁 13。
〔註 184〕吳秀鳳《廣異記研究》頁 98～118。
〔註 185〕參見李劍國《唐前志怪小說史》（天津：南開大學出版社，1984 年 5 月），頁 62～67。

不但成為遊歷仙境的一種內容，並且更進一步由粗陳梗概的志怪而成為委曲細膩的「傳奇」。

這一型的故事，有《杜陽編》的〈元藏幾〉，《博物志》的〈陰隱客〉、〈白幽求〉，《原化記》的〈採藥民〉、《續仙傳‧元柳二公》、《仙傳拾遺‧李球》等。〔註186〕其共同之架構為：

> 主角出發→誤入仙境→仙境中之遊歷：多奇異事物，或有仙人賜食→
> 思歸→仙凡時差→主角繼續修道。

如〈元藏幾〉因風飄至海外洲島的故事已見第三章第四節，今再舉皇甫氏《原化記》之〈採藥民〉為例，因本則故事具備各項遊歷仙境故事的特質，是一則完整的仙境奇遇的故事。

〈採藥民〉全文約有一千四百字左右，內容為唐高宗顯慶中（656～660）蜀郡青城民採藥入仙洞成仙事。採藥民入仙洞係因掘一大薯藥，有五六丈深，地因之而陷落十餘丈，採藥民陷入地中，旁見一穴，尋穴而出一洞口，遂入仙境。仙境中花木常如二、三月，其中的人或乘雲氣，或駕龍鶴，或在雲中徒步。仙境中一人引採藥民謁見玉皇，採藥民在宮門外等待時，宮門外有一赤色大牛，牛主人令採藥民禮拜之以求仙道。採藥民依言拜乞，牛吐出赤珠、青珠、黃珠、白珠，依次都被赤衣童子、青衣童子等奪拾而去。採藥民最後搶得黑珠。採藥民見玉皇時，貪看左右玉女，玉皇謂：「汝但勤心妙道，自有此等，但汝修行未到，須有功用，不可輕致。」於是令其以手取玉盤中之仙果，謂所得之數，即侍女之數，採藥民以為盡拱之，可得十餘，然只得三枚而已。其後採藥民在玉女與道侶的幫助下，習真經道術。歲餘思歸，玉皇遣歸，三玉女贈以黃金，以備其至人世所需，又殷切叮嚀，若採藥民思歸仙境，可於何處得仙藥，服之便可歸回仙境。之後，採藥民遂隨天際鴻鵠飛至臨海縣，採藥民齎金回歸故里，經歲乃至蜀地，時已開元末（740左右），上據顯慶已九十年。故居已成瓦礫，孫年已五十餘。採藥民於是尋玉女的指示，得金丹吞之，卻記去路，回歸洞天。文末，並有羅天師解謎，謂採藥民所至之仙境為第五洞寶仙九室之天，玉皇即天皇，大牛乃馭龍，所吐之珠，吞赤者壽與天地齊，青者五萬歲……而黑珠則壽至人間五千歲云云。

本則故事之原型為《幽明錄》〈癡龍珠〉的故事，〔註187〕謂有一婦人欲殺其夫，

〔註186〕〈元藏幾〉見《廣記》卷一九，〈陰隱客〉見《廣記》卷二○，〈白幽求〉見《廣記》卷四六，〈採藥民〉見《廣記》卷二五，〈元柳二公〉見《廣記》卷二五，〈李球〉見《廣記》卷四七。

〔註187〕見《廣記》卷一九七〈張華〉條中所引，注「出《幽明錄》」。魯迅《古小說鉤沈》

推其夫墜穴中，其夫於穴中入仙境，仙境無日月而明逾三光，其中有羽衣長人教之食羊吐之珠：

> 令跪捋羊鬚，初得一珠，長人取之，次捋亦取，後捋啗食，即得療饑。

該人出穴後，求問張華，張華爲之解謎，曰：

> 羊爲癡龍，其初得一珠，食之與天地同壽，次者延年，後者充饑而已。

由上可見，〈採藥民〉的故事架構與〈癡龍珠〉全同，而內容較之更加鋪張。其情節要素幾乎完全符合小川環樹所舉的仙鄉故事的八個特點，只有第八點「再歸與不能回歸」已被打破，採藥民得玉女之助，還有金丹服食，可以重回洞府。

　　至於其採藥民在仙境中娶仙女之一節，則是受到劉阮入天台娶女仙的故事的影響。〔註188〕

　　〈採藥民〉的故事，也可以說是凡俗之人的遂願故事：進入一理想國度（常如三月的氣候，象徵著太平的歲月），服食長壽的仙藥，有玉女相陪（其心中的願望是十數玉女），有仙人傳授道術。其中奇遇的色彩在於掉入大洞中、進入奇異的世界、跟著鳥飛回人世、吃下安排好丹藥又回到仙境。而採藥民本身其實並無所長，對於人生也沒有主動積極的態度，他本不是個修道人，不過因爲「仙分」之故而得到這一切好處。所以說，這是一則奇遇色彩濃厚的遂願小說。

　　從《幽明錄》的〈癡龍珠〉故事到《原化記》中的〈採藥民〉，都出現了一個解謎者，將主角在仙境中所見的種種作一番解釋。如《幽明錄》〈癡龍珠〉的故事中，解謎者爲張華，張華著有《博物志》，到了〈採藥民〉中有羅天師，指的可能是玄宗時的名道士羅公遠或羅思遠；〔註189〕這個解謎者在唐五代遊歷仙境傳奇中，往往與在仙境中引導主角的引導者合一，如《博異志》中的〈陰隱客〉，陰隱客中工人穿井入穴，誤入仙境，仙境中的門人爲工人解釋其所至爲「梯仙國」及「梯仙國」的種種；《仙傳拾遺》的〈李球〉，李球誤入五臺山風穴，有一人形如獅子而人語，爲李球導引遊觀仙境，並謂其仙境名「道家紫府洞」，並謂其五峰之上各有奇寶以鎮峰頂，東峰有「離岳火球」，西峰有「麗農瑤室」，南峰有「洞光珠樹」，北峰有「玉澗瓊芝」，中峰有「自明之金」云云。凡此之說，皆使小說染有濃厚的的博物氣息。

　　而這一類的故事，大都具有啓悟人生的用意，如〈元藏幾〉，〈陰隱客〉、〈白幽求〉〈元柳二公〉、〈李球〉等主角在誤入仙境之前，皆無意於修道之事，在誤入仙境

輯入《幽明錄》，頁 255～256。而余嘉錫則据之輯入殷芸《小說》，不明所以（見《余嘉錫論學雜著》頁 318）。

〔註188〕見葛兆光《想象力的世界》（北京：現代出版社，1990 年 2 月一版）頁 103。

〔註189〕參見本章第一節「男仙（二）羅公遠」條所論。

回歸人間後，都有從此不樂人間、棲心世外的表現，這是因仙凡時差，使人同樣產生滄海桑田之感，同時，主角既經歷了仙境，因而獲知另一理想世界的存在，所以轉而成為修道之士，文末也都暗示主角最終是成仙而去。因此，看似遂願型的這類仙境傳奇最主要的命意仍在宣揚神仙思想。

二、深山求道型

所謂「深山求道型」，為主角因好道，故於深山求道，冀入仙境，得遇仙人，求得長生不老之道術。這類型的故事在唐傳奇中大量出現，是因為經過六朝神仙思想的播揚，名山修道的思想及福地洞天之說已普遍深植於唐五代人的意識中，於是由六朝漁樵無意而入仙境的傳說，到唐五代已轉為修道人有意尋訪仙境。這類型的作品數量多，以薛用弱《集異記》之〈李清〉、牛肅《紀聞》之〈郗鑒〉最為典型。〔註190〕二篇的內容較接近山中修道的實況，而託之以神仙之說。

〈李清〉條，記隋開皇四年（584）青州染工李清入雲門山求仙、遊仙境，遭仙人遣歸，歸至鄉里，已是唐高宗永徽元年（650）。〈郗鑒〉條，記天寶五年（746）段翳於恆山學道求仙，入仙境見晉太尉郗鑒事。

二條共同的特色是遊歷仙境的主角皆為有意的入山尋道，與六朝入仙境者乃無意間誤入者不同。〈李清〉條中的李清則是少學於道，家富於財，年六十九時，生日前一夕，召集姻族，分囑家產事，表明入山修道的心願：

> 吾年已老耄，朽蠹殆盡，自期筋骸不過三二年耳，欲乘視聽步履之尚
> 能，將行夙志，爾輩幸無吾阻。

〈郗鑒〉條中的段翳則是：

> 少好清虛慕道，不食酒肉，年十六，請於父曰：「願尋名山，訪異人
> 求道。」　許之，賜錢十萬，從其志。

由上可知，李清與段翳恰為一老一少，李清則一世勞碌聚財，在安頓家人後，晚年才入山求仙；段翳入山尋道之前，取得父親段敳的同意。這其中也許意味著作者先求扮演好社會倫理的角色，於無後顧之憂的情況下，然後追求個人的理想。其次，二人都選擇入山尋仙修道，反映了唐五代人入山修道的觀念十分普遍，並且在唐五代人的心中，山中仙境並不是虛假的傳說，而是真實可期的事，因此，段翳與李清都果然遇到仙人、找到仙境。

〔註190〕〈郗鑒〉條見《廣記》卷二八，注「出《紀聞》」，按牛肅《紀聞》原書久佚，《廣記》引之有一百二十六條（見李劍國《唐五代志怪傳奇敘錄》頁 238～240）。〈李清〉條見《廣記》卷三六，注「出《集異記》」，按薛用弱《集異記》今殘存二卷，《廣記》本條為其佚文（見李劍國《唐五代志怪傳奇敘錄》頁 508～510、514）。

　　〈李清〉條，李清以爲青州南十里的雲門山爲神仙之窟宅，要求子孫在他六十九歲生日當天，以大竹簣縋入雲門山峰頂的關崖中。李清縋入崖底，入穴，行約三十里，出洞口，便進入了仙境。這一段「出發」的描寫，配合前文李清自敘求道的意願，我們發現，唐人的「遊歷仙境」已由誤入仙境轉而爲主動求入，至於通過山中洞穴的設計還是一樣的，可以說，唐人已十分熟悉六朝誤入洞穴仙境的傳說，因此改而主動尋訪。

　　在遊歷仙境的歷程及回歸方面：李清進入仙境的當日，就拜謁眾仙眞，拜謁時方日午，忽有白髮翁自門而入，告諸仙眞：「蓬萊霞明觀丁尊師新到，眾聖令邀諸眞登上清赴會。」於是列眞偕行。行前，交待李清，勿開北扉。然而李清自謂永棲眞境，見北戶斜掩，偶出顧望，卻見——

　　　　下爲青州，宛然在目，離思歸心，良久方已，悔恨思返。

當時，諸眞返回，知其犯禁，因此遣歸。並贈一軸書與李清，使其歸後能有以爲生。遂令李清閉目，李清覺身如飛鳥，須臾履地，開目即在青州南門。歸即至生日當朝之大宅門，卻發現人事全非，鄉中有人曰：「曾聞先祖於開皇四年（584）生日，自縋南山，不知所終。……」時高宗永徽元年（650）。後李清取仙人贈書觀之，乃療小兒諸疾之方，於是行醫爲生。最後往泰山觀封禪，莫知所在。

　　由上可知，李清於六十九歲生日當天入仙境到被遣歸，不過一日之間，而人間已歷六十六年。具體展現了仙凡時差，而李清出發的當時，家道殷富，六十六年後，其子孫告之已家道淪破。此外，李清之所以被遣歸，是因犯禁。所謂勿開北扉，乃因自北扉可見其故鄉（故事中謂，雲門山在其故鄉青州之南十里），而修道本即要摒棄人世塵俗之心，一旦動了鄉思，便無法留在仙境中。可歎的是當主角因思鄉回到人世中的時候，卻又因仙凡時差而身歷人事全非的慘變。於是主角在仙境的經歷和人世的變動對照之下，遂堅定棄俗就道之心。若未經此一番歷練，則難棄塵心，不易修道。故事中，當李清初至仙境時，仙人曰：「未宜來，何即遽至。」又於遣歸之際，語之曰：「會當至此，但時限未耳。」細思之，即爲此意吧？

　　總之，〈李清〉一則，「出發→歷程→回歸」架構完整，並俱備「洞穴、贈物、仙凡時差」等數項遊歷仙境故事的要素，而以「主動求入」異於六朝遊歷仙境「誤入」一點，展現了唐人積極求仙的心態。

　　至於〈郤鑒〉條，在主角出發方面，段翃離開父親後，在天寶五載遇一賣藥老翁孟叟，由孟叟指引他往恆山中尋得修道之地。但孟叟一再要求段翃仔細考慮：

　　　　觀子志堅，可與居矣。然山中居甚苦，須忍饑寒，故學道之人，多生

　　退志……子熟計之。

而在歷程與回歸的部分：段碞到了該處，乃「瓦屋六間，前後數架，在其北，諸先生居之。」其中有三二千卷書、各種藥物和醇酒數石。段碞初至，諸先生告以：

> 夫居山異於人間，亦大辛苦。須忍饑餒，食藥餌，能甘此，乃可居。

段碞在其中隨孟叟習《周易》。四年後，段碞因思家求還家省覲，然後回歸，受孟叟之責：「歸即歸矣，何卻還之有？」段碞下山一年後再歸，至則室屋如故，而門戶封閉，諸先生已不知去向，段碞悔恨殆死。

由這些敘述，可知段碞所至之處，應是深山中志同道合的修道者清修之處，除了飄飄然有塵外之趣外，並不像是富麗堂皇的神仙之居。並且上山下山之間，也沒有仙凡時差。如此何以說段碞所至為仙境？如果仙境的定義是神仙之所居，則本則仍可算遊歷仙境之作。〔註191〕因為在山中諸修道先生中有一老先生，此老先生似為其中的領袖，山中諸人皆敬奉其旨。段碞在山中四年，前後見老先生出戶，不過五六次，其他時候老先生——

> 但於室內端坐繩床，正心禪觀，動則三百二百日不出。老先生常不多
> 開目，貌有童顏，體至肥充，都不復食，每出禪時，或飲少藥汁，亦不識
> 其藥名。後老先生忽云：「吾與南岳諸葛仙家為期，今到矣，須去。」

段碞問孟叟，方知此與南岳諸葛仙家有期的老先生，是晉時郗鑒（269～339）。由晉至唐，約有四百多年，則老生先可算是個神仙了。

陳文新《中國傳奇小說史話》論本則故事，以為作者牛肅有意嘲諷正史，〔註192〕因為故事一開始是：

> 滎陽鄭曙，著作郎鄭虔之弟也，博學多能，好奇任俠。嘗因會客，言
> 及人間奇事。曙曰：「諸公頗讀《晉書》乎？見太尉郗鑒事跡否？《晉書》
> 雖言其人死，今則存。」坐客驚曰：「願聞其說。」

鄭曙然後敘述了友人之子段碞入山學道遇郗鑒之事。然而本文以為從故事中並看不出作者的嘲諷，反而相當程度的刻劃了學道立志的工夫，並表現出作者對遊歷仙境故事之架構：「出發→歷程→回歸」的熟悉，對服餌、坐禪等修道細節的了解。因此不論作者命意何在，〈郗鑒〉一文反映了文人對山中仙境修道遊歷的看法。

綜合〈李清〉與〈郗鑒〉二條，我們可以明顯的看出，遊歷仙境在唐五代人的心中，不再是可遇不可求的事。只要秉持修道之心，便可在深山中尋得清修之仙境。這是當時名山修道觀念的具體反映。此外，這一類遊歷仙境的故事，也提醒修道者需秉持棄家修道的決心，否則便與仙界無緣。

〔註191〕仙境的定義，參見本文第四章第二節仙境諸說。
〔註192〕陳文新《中國傳奇小說史話》，頁101。

三、仙人邀遊型

　　所謂仙人邀遊，指主角因獲仙人邀請而得以前往仙境一遊。前文引葉慶炳〈六朝至唐代的他界結構小說〉一文以為唐代遊歷仙境小說中，在六朝「誤入→思歸」之外，大量增加了「被接引前往、被遣回」的設計。許雪玲《唐代遊歷仙境小說研究》指出這種仙人邀遊型的遊歷仙境故事，應源自《神仙傳》中〈壺公〉。〔註 193〕〈壺公〉條中，有一段情節為壺公導費長房入壺中仙境。〔註 194〕情節非常簡單，並且沒有仙境遊歷的歷程，也沒有仙凡時差等遊歷仙境故事的特質。但就導入一節而言，確是唐五代仙人邀遊仙境傳奇之發端。

　　唐五代仙道傳奇中，此類仙人導遊仙境的故事亦復不少，今以李復言《續玄怪錄・麒麟客》及張讀《宣室志・遊仙都稚川》之為例。〔註 195〕

　　《續玄怪錄》之〈麒麟客〉，原文約有千餘字。故事大要是：大中初（約 847 以後），南陽張茂實有僕名王夐。王夐實為仙人，為避厄會，故至茂實家為僕以禳之。王夐為僕五年辭去，辭去之日，邀張茂實往其家中一遊。茂實不欲家人知，夐於是以竹杖書符，令茂實偽稱腹痛，於家人取藥時，取竹杖潛置衾中，便可抽身出來。然後，夐乘麒麟，茂實騎虎，越數百里，入深山仙境中。茂實至仙境，情意高逸，不復思人寰之事。而夐則以修身之要勉勵茂實，並遺金百鎰，為茂實修身之助。夐送茂實歸家，抽去竹枝，令茂實潛臥衾中。當茂實呻吟而醒，家人謂茂實，自取藥回，呼之不應，已七日矣。唯心頭尚暖，故未殮也。茂實自此棄官遊名山，終不知所在。

　　故事中，主角茂實之遊歷仙境，是因仙人王夐的邀約。其出入仙境，是王夐施用了法術，以竹杖代替茂實。這種用竹杖代替人的情節，已見《神仙傳》〈壺公〉，本則故事的原型可能即是〈壺公〉。又觀文中，茂實家人的描述，「取藥既迴，呼之不應，已七日矣。唯心頭尚暖，故未殮也。」則也有可能王夐施用的法術，是使茂實「神遊」仙境，軀體實際上並未離家。故事中茂實遊歷仙境的時間不到一日，但歸（醒）則已七日之後，也是一種仙凡時差的表現，只是時差不大而已，並未有人事全非的滄桑感，而是產生一種對仙人法術的驚異感。

〔註 193〕許雪玲《唐代遊歷仙境小說研究》，頁 35。

〔註 194〕見《廣記》卷一二，又見《後漢書》卷八二〈方伎傳〉中「費長房傳」（頁 2743），但文字較簡。

〔註 195〕〈麒麟客〉條，見《廣記》卷五三，以下引用程毅中的校本：《玄怪錄・續玄怪錄》卷一，頁 144～146，題名相同，其文字與《廣記》相差無幾。《宣室志》〈遊仙都稚川〉條，見《廣記》卷二八，題作〈僧虛契〉，以下引用張永欽、侯志明點校本《宣室志》卷一〈遊仙都稚川〉，頁 12～14，其文字大體與《廣記》相同。

其次，本故事的主旨是藉仙人導遊仙境，以傳揚修仙的思想。此修仙之思想在強調人生有限與虛幻，唯有求仙是實在。王夐在勉勵茂實時，自述修道的經歷：

> 夐比者塵緣將盡，上界有名，得遇太清眞人，召入小有洞中，示以九天之樂，復令下指生死海波，……自是修習經六七劫，乃證此身。迴視委骸，積如山岳。四大海水，半是吾宿世父母妻子別泣之淚。然念念修之，倏已一世，形骸雖遠，此不忘修致，其功即亦非遠。

錢鍾書《管錐編》指出，這段話用了釋書輪迴的習語。〔註196〕在此，可見道教受佛教的影響。至於〈遊稚川仙都〉則主角由佛入道，同樣藉仙人邀遊仙境，得聞修道之要而專意求仙。

〈遊仙都稚川〉條約一千餘字，故事大要是：契虛俗姓李，自孩提即好佛氏法律，當安史之亂時，契虛遁入太白山，採柏葉而食。一日，遇道士喬君，謂契虛神骨孤秀，後當邀遊仙都，並指示契虛於商山尋捋子，〔註197〕可藉之導入仙都。契虛於安史亂後，前往商山，果有一年少捋子導以入仙都稚川。契虛拜見稚川眞君，眞君問契虛：「爾嘗絕三彭之讎乎？」契虛不能對，眞君遂曰：「愼勿久留此。」因命捋子與登翠霞亭，於翠霞亭拜謁隋宗室楊外郎，乃隋末人，已得道，能徹視於人。又見「一支潤」，亦人間之人，得道而至此。契虛歸而修道於太白山，後不知所在。

本則故事中，契虛之遊歷仙境，乃因道士的提示和捋子的導引，但在仙境的遊歷中，除了親身見識仙境、宣揚神仙思想以外，其出入仙境之間，並沒有仙凡時差，也沒有仙人賜食等其他六朝仙境故事的特質。但在進入仙境的路途方面，頗有描寫：「涉危險，逾巖巇，且八十（里），至一洞」，全程共穿過二個洞穴，再坐竹橐上山頂，才到達在藍田玉山深處「城邑宮闕，璣玉交映於雲霞之外」的稚川仙都。從這樣的描寫看來，所謂仙境的故事，其實是深山修道的清修道場生活的神異性描寫，並藉著其中住有仙人和仙人的道術來強調所至之處是仙境，這種情形在唐五代的遊歷仙境故事中重複出現，如《玄怪錄》的〈劉法師〉條，〔註198〕主角劉法師亦由人導入深山中之石壁仙境，並觀賞仙人水噀法術。其中關於登山以及出入仙境的描寫，和〈遊稚川仙都〉頗爲類似。

〈遊稚川仙都〉中所宣揚有關「三尸」神仙思想方面，是本故事重點。文中稚

〔註196〕 參見錢鍾書《管錐編》第二冊，頁667，舉例如《佛說大意經》：「我自念前後受身生死敗壞，積其骨過於須彌山，其血流、五河四海未足以喻。」《大般涅槃經》：「父母兄弟妻子眷屬命終哭泣，所出目淚，多四大海。」

〔註197〕 「捋子」，原文下有小字註云：「音奉，即荷竹橐而販者。」

〔註198〕 見《廣記》卷一八，注「出《續玄怪錄》」，程毅中據陳應翔刻本，以爲是《玄怪錄》之作，今從之，見程毅中點校本《玄怪錄‧續玄怪錄》之點校說明，頁7。

川眞君問契虛：「爾嘗絕三彭之讎乎？」契虛不能對，其後挲子告之，所謂「三彭之讎」——

> 夫彭者，三尸之姓，常居人身中，伺察其罪；每至庚申日，籍於上帝。
>
> 故凡學仙者，當先絕其三尸，如是則神仙可得，不然，雖苦其心，無補也。

「稚川眞君」可能是晉時葛洪（283～363），〔註199〕字稚川，自號抱朴子，所著《抱朴子內篇》一書爲魏晉時神仙道教的重要典籍。在《抱朴子內篇》的〈微旨篇〉論及「三尸」：〔註200〕

> 或問：「敢問欲修長生之道，何所禁忌？」抱朴子曰：「……又言身中有三尸，三尸之爲物，雖無形而實魂靈鬼神之屬也。欲使人早死，此尸當得作鬼，自放縱遊行，享人祭酹。是以每到庚申之日，輒上天白司命，道人所爲過失。……」

三尸原本其實是人體內的寄生蟲，〔註201〕葛洪在〈金丹篇〉中有藥方可以除尸，〔註202〕但三尸同時也被神格化，即〈微旨篇〉中所謂「魂靈鬼神之屬」，它們會在庚申日上天告人過失。在道教中，去除三尸是修道中很重要的工夫，《雲笈七籤》中卷八一至八三爲〈庚申部〉，其中去三尸之法，即包括二大類，（一）以三尸爲蟲，而蟲自五穀而來，故一方面辟穀，一方面即以藥方去之，此外並有用符、祝禱等宗教行爲等法配合行之；〔註203〕（二）以人死後，人身上之尸變爲鬼，居於人心識之間，使人欲望多而常行惡事，並在庚申日，上白天曹，下訟地府，告人罪狀。故應對之道爲「守庚申」，即在庚申日徹夕不眠，斬死三尸，使人心中不再有惡欲，同時可使司命削去死籍，著名於長生錄中。〔註204〕因爲將三尸神格化，所以三尸便成有名有姓的存在，名彭倨、

〔註199〕關於葛洪之生卒年，有六十一歲和八十一歲二說，胡孚琛《魏晉神仙道教》謂因史料不足，暫依八十一歲之說（頁77）。

〔註200〕見《抱朴子內篇校釋》，頁125。

〔註201〕見《雲笈七籤》卷八一〈三尸中經〉：「人之生也，（三尸）皆寄形於父母胞胎，飽味於五穀精氣，是以人之腹中各有三尸九蟲，爲人大害……，此三尸九蟲種類群多，蛔蟲長四寸五寸或八寸……肺蟲…胃蟲…膈蟲…赤蟲…蟯蟲…」云云，（頁608下～609上）。

〔註202〕見葛洪《抱朴子內篇》〈金丹篇〉有「小丹法」，謂服之三十日，腹中百病愈，三尸去；服之百日，肌骨強堅；千日，司命削去死籍，與天地相畢，日月相望云云。（頁86）。

〔註203〕三尸蟲自五穀來，見《雲笈七籤》卷八一〈三尸中經〉前所引，並卷八三〈中山玉櫃經服氣消三蟲訣〉中小字註部分，頁616下。各種藥方、符祝等見《雲笈七籤》卷八一～八三所列。

〔註204〕三尸作鬼居人心識之間，使人常行惡事方面，見《雲笈七籤》卷八三〈中山玉櫃經服氣消三蟲訣〉中小字註部分，頁616下。「守庚申」法見《雲笈七籤》卷八二〈神仙守庚申法〉，頁610。

彭賀、彭矯，此即故事中所謂的「三彭之讎」。〔註205〕

因爲求仙即是與死亡相對抗，所以由寄生蟲引起的肉體疾病導致的死亡，或人心中的鬼上告司命奪算紀等心理和精神因素，都需要對付，才能遠離死亡的威脅，向長生之道邁進。此所以契虛不知「絕三彭之讎」，眞君便不欲其留駐仙都之因，同時也成爲本則故事所要傳遞的重要修仙訊息。因此，《雲笈七籤》便將此故事置於〈庚申部〉三卷中，作爲例證。〔註206〕

總之，仙人邀遊型的遊歷仙境傳奇，在「出發→歷程→回歸」的故事架構，著重在仙境中仙人關於仙道思想的啓發，使遊歷仙境之主角在歸來後，不再對人世眷戀，轉而堅心修道。

四、品評時事人物型

這是唐五代仙道傳奇發展出來的新型仙境小說，藉著遊歷仙境反映時人對時事人物的品評。如《神仙感遇傳》的〈韓滉〉、〈文廣通〉。〔註207〕前者是對政治人物，後者則是批評學者王弼。

以〈韓滉〉一則爲例，內容敘述商客李順入東海廣桑山，逢孔子，孔子謂韓滉前身爲子路，因其性彊自恃，孔子恐其撥刑網，故託李順致函韓晃，誡其謹守臣節。故事一開頭即謂：

> 唐宰相韓滉，廉問浙西，頗強悍自負，常有不軌之志。

故事的結尾是，韓滉看了李順所帶回的孔子之函：

> 韓慘然默坐，良久了然，自憶廣桑之事，以爲非遠。厚禮遣謝李順，自是恭黜謙謹，克保始終焉。

韓滉生於玄宗開元十一年（723），卒於德宗貞元三年（787），《新唐書》本傳謂：「以繕治石頭城，人頗言有窺望意，雖帝（德宗）亦惑之。」〔註208〕可見本則故事附會當時的傳說，利用遊歷仙境的傳說對韓滉強悍自負的作風和可能的窺望之意，作了一番評議。而作爲遊歷仙境的主角，和擔任傳信者的李順，其命名也與故事的題旨相配合，「李順」者，忠順於李唐也。但這個遊歷仙境故事，爲了達到「即時傳遞信

〔註205〕見《雲笈七籤》卷八一〈上清元始譜錄太眞玉訣〉頁604中、下、605上。或名青姑、白姑、血尸，見同書卷八三〈中山玉櫃經服氣消三蟲訣〉中小字註部分，頁616中。

〔註206〕見《雲笈七籤》卷八二，頁613～4，題作〈遊稚川記〉，考其文字，乃輯自《廣記》卷二八。

〔註207〕〈文廣通〉見《廣記》卷一八，〈韓滉〉見《廣記》卷一九。

〔註208〕見《新唐書》卷一二六本傳，頁4436。

息」的諷勸韓滉的效果，商客李順在仙境來去之間，並未有仙凡的時差，也完全沒有仙人賜食或贈物的情節。〔註209〕

　　至於《神仙感遇傳》的〈文廣通〉，與之前《廣異記》的〈麻陽村人〉和之後《鐙下閒談》的〈獵豬遇仙〉等，為同一傳說的類似記載。〔註210〕故事的架構雖是遊歷仙境，其主旨仍在評議史傳人物。三篇故事皆是村人射豬入仙穴，遇河上公與王弼，出則人間已歷十二年，其穴則為大石所掩，不復再見。三篇的重點本不在遊歷仙境的主角，而在仙境中的王弼，〈麻陽村人〉中，王弼因受《易》以來，五百年而未能通精義，故被罰守門。〈文廣通〉則謂掃門人王弼至此問河上公《老子》滯義：

　　　　僕自掃門以來，於茲十紀，始蒙召進，得預門人，猶未深受要訣，只
　　令守門。

〈獵豬遇仙〉則謂王弼誤釋《道德經》，被譴於天宮門外執帚。錢鍾書對此，指出：「唐之朝士經生，如劉知幾於《道德經》，斥河上公註為偽而請行王弼註，孔穎達於《易經》，直用王弼註而盡廢諸家註；顧短書小說又云耳，豈處士橫議歟？」〔註211〕吳秀鳳《廣異記研究》一書更進一步指出，唐太宗時，孔穎達於《易經》用王弼之註，而廢雜有老釋之論的江南諸論。而《廣異記》的作者戴孚頗好釋道，其於《易經》之註可能較近於江左易學，故於〈麻陽村人〉一則故事中，對王弼註《易》有所貶抑。〔註212〕本文以為這樣的解釋是可以接受的，因為在戴孚之後作《神仙感遇傳》的晚唐五代人杜光庭是個大道士，至於《鐙下閒談》作者為五代人無名氏，都有可能因對道教的信仰之故，而借小說表達對王弼之註的不認同。

　　由上可知，唐五代遊歷仙境傳奇好比附史實，品評人物，是遊歷仙境故事的新

〔註209〕類似的例子還有戴孚《廣異記》的〈慈心仙人〉（見《廣記》卷三九）和盧肇《逸史》的〈白樂天〉（見《廣記》卷四八）。二文皆短於四百字，難以歸入傳奇作品，故附論於此。戴孚《廣異記》的〈慈心仙人〉，謂代宗廣德二年（764）袁晁賊黨為風所吹，誤入海上鏡湖山慈心仙人修道處，見其間多黃金蜀錦，競皆取之，其後為一紫綃裙婦人所責，謂當有大禍。賊黨歸，果為官軍格死。關於袁晁賊黨之事，見《舊唐書》卷一一。由此可見，亦小說比附史事而作，故賊黨於仙境之來去，並無仙凡時差。此外如《逸史》的〈白樂天〉也是類似的例子，這是一篇藉遊歷仙境的傳說讚美人物（白居易）的作品，仍是一種對人物的品評。而故事中同樣是為了達到「即時傳遞信息」的效果，故遊歷仙境者沒有經歷仙凡的時差。
〔註210〕《廣異記》〈麻陽村人〉見《廣記》卷三九，〈獵豬遇仙〉見五代・無名氏《鐙下閒談》（收在《叢書集成續編》文學類213冊，臺北：新文豐出版社，1989年，臺一版）卷下，頁310。二則傳說篇幅短小，屬筆記體小說，因記載同一傳說，故一併討論。
〔註211〕見錢鍾書《管錐編》第二冊，頁663。
〔註212〕見吳秀鳳《廣異記研究》，頁114～115。

類型，其目的既在品評時事與人物，故於仙境傳說，僅取其大致的架構，因此不一定具備仙境傳說之種種特質，並且遊歷仙境的角色不是故事主角，所以其人是否經歷仙凡時差，是否由此啓悟而修道，皆非這類型故事的重點。

五、炫誇才學型

所謂炫誇才學型，即藉遊歷仙境之架構，與仙境中人吟詩作對，以示作者之才情。如《玄怪錄》中的〈柳歸舜〉，《纂異記》中的〈嵩岳嫁女〉。〔註213〕

〈柳歸舜〉條謂隋開皇二十年（600）柳歸舜因風吹至君山，誤入仙境，與仙境中之鸚鵡詩歌唱和，其後被送歸。其中與柳歸舜唱和的諸鸚鵡，皆自言爲漢武帝時即存，大約皆是長於深宮之內，爲后妃皇孫之寵物，見過鉤弋夫人、阿嬌、司馬相如、趙飛燕、李夫人，故皆能歌其人之詩篇。其後又有一鸚鵡名鳳花臺，獻近日所作五律一首請柳歸舜品評，鳳花臺並謂師承自楊雄、陸機等，其後又與柳歸舜論品時藝。錢鍾書謂此爲小說中之談藝，並以爲可補詩話、文話。〔註214〕

〈嵩岳嫁女〉條全文約有二千三百字左右，故事大要是：元和癸巳之歲（813），洛陽田璆、鄧韶，博學有文，中秋，出建春門望月，遇二書生，邀至其莊，池館臺榭，率陳設盤筵，若有待者。詰之云：「今夕上清神女嫁玉京仙郎，群仙會于茲嶽，將藉君禮導升降耳。」言訖，花燭滿空，有雲母雙車，偕群仙下。幃中坐者爲西王母，相者爲劉綱，侍者爲茅盈，彈箏擊筑者麻姑、謝自然，二書生衛符卿、李八百也。頃之，漢武帝、唐玄宗至；未頃，穆天子至，各爲歌相勸酬。漢帝又召丁令威歌，子晉吹笙和之；王母亦召葉靜能歌玄宗時事。於是黃龍持杯，於車前再拜，祝仙郎神女，劉綱、茅盈與巢父各有催妝詩。玉女引仙郎與神女入帳。璆、韶奉命相禮，禮畢，符卿、八百引之辭王母，各賜延壽一杯，曰：「可增人間半甲子。」送出莊門四五步，失所在，惟嵩山嵯峨倚天，得樵徑歸，已歲餘矣。於是二人棄家入少室山學道，不知所終。〔註215〕

故事中謂田璆、鄧韶皆「博學相類」，文中列舉諸仙之詩共十二首。錢鍾書謂幾乎皆是七言律絕，並引清·趙翼《甌北詩鈔·七律》卷六云：

> 人是古時詩近體，知君學亦逐時新。

〔註213〕〈柳歸舜〉見《廣記》卷一八，注出《續玄怪錄》，王夢鷗《唐人小說研究四集》、程毅中點校《玄怪錄·續玄怪錄》、李劍國《唐五代志怪傳奇敘錄》等皆以爲當係《玄怪錄》之作；〈嵩岳嫁女〉見《廣記》卷五○。

〔註214〕參見錢鍾書《管錐編》第二冊，頁656。

〔註215〕本故事摘要取自《全唐詩》（北京：中華書局，1992年10月一版五刷）第24冊，卷八六二〈嵩嶽諸仙·嫁女詩〉，頁9741～9742。

謂「是以小說之鋪演人事者，亦每貽『人是古時詩近體』之譏。」〔註216〕本文以為這正是唐傳奇之特色，唐傳奇本有史筆、詩才兼具之特色，加上作者作意好奇，在這種背景下，很自然的有藉遊仙而暢論詩文的作品產生。

細讀〈嵩岳嫁女〉，其實作者李玫似乎不只是借仙境遊宴以展詩才，還有諷刺和議論在其中。〔註217〕

〈嵩岳嫁女〉的故事架構的原型，當是《穆天子傳》穆天子觴西王母于瑤池之上，詩歌相贈。〔註218〕並取用了〈漢武帝內傳〉西王母與漢武帝的故事，〔註219〕踵事增華，加入唐玄宗貴妃事及憲宗朝弭平藩鎮割據諸事而成。全文有二千餘字，可分三段六節：

一、出發：田璆、鄧韶中秋賞月，為二書生導入仙境。

二、歷程：

　1. 西王母等群仙至，田、鄧拜見。

　2. 漢武帝、唐玄宗論奏章事。

　3. 西王母與穆天子唱和。

　4. 丁令威與葉靜能詠歎玄宗與貴妃事。

　5. 上清神女出嫁，劉綱、茅盈、巢父等作催粧詩。

三、回歸：賜酒遣歸。田、鄧還家已年餘，捐棄家室，入少室山，不知所在。

全文出現的仙人計有：西王母、穆天子、漢武帝、衛符卿、李八百、劉綱、茅盈、麻姑、丁令威、王子晉、唐玄宗、謝自然、葉靜能、巢父、黃龍等十五位之多。其中唐玄宗、謝自然與葉靜能皆為唐時人，謝自然為德宗貞元時得道成仙的女仙，葉靜能為玄宗時有名的道人，其法術神通與成仙之說，盛傳當世。〔註220〕而玄宗亦

〔註216〕參見錢鍾書《管錐編》第二冊，頁664。

〔註217〕〈嵩岳嫁女〉見《廣記》卷五〇，注「出《纂異記》」，學者以為作者為李玫，大中時人，一生以文章著美，但終身未獲科名，所作《纂異記》為唐說部絕佳之作，是我國第一部諷刺小說集，乃「說部之離騷」。參見李宗為點校之《纂異記》前言部分（上海：上海古籍出版社，1991年12月）、李劍國《唐五代志怪傳奇敍錄》頁714～5、王夢鷗《唐人小說研究》頁3、12、13、62。

〔註218〕見《穆天子傳》（收在《四庫備要·史部》，臺北：中華書局，1965年初版）卷三。

〔註219〕見《廣記》卷三。

〔註220〕參見《廣記》卷六六〈謝自然〉條，注「出《集仙錄》」，即杜光庭之《墉城集仙錄》，又《大唐新語》之〈司馬承禎〉條（《廣記》卷二一）、《廣異記》之〈僕僕先生〉條（《廣記》卷二二）皆有之，而韓愈亦有《謝自然詩》（見李劍國《唐五代志怪傳奇敍錄》頁1071），可見謝自然事盛傳於當代。至於葉靜能（或作葉淨能），敦煌變文有〈葉淨能詩〉（在《敦煌變文》第二編，臺北：世界書局，1989年10月七版，頁216～228），述其神奇法術。

好道，相關傳說，亦不勝枚舉。由諸仙人之出列，可見作者李玫相當熟習神仙傳記方面的資料。

故事中，扮演導引者的二書生，即仙人衛符卿、李八百，〔註221〕他們一方面導引田、鄧二人至仙境，一方面擔任解說人，告訴田、鄧出場者為何人（仙）。而遊歷仙境的田、鄧二人則為遊歷仙境的敘述者，他們其實不是故事的主角，而是仙境的見證人。

內容方面，一為以詩歌詠嘆人生，一為對時事的諷刺與評議。就以詩歌詠嘆人生而言，分二個段落：一為西王母與穆天子之唱和，一為玄宗與貴妃事。西王母與穆天子之酬唱，暗用了麻姑、蔡經「滄海桑田」的傳說，以感歎人世虛幻。〔註222〕故事中王母對穆天子說：

> 瑤池一別後，陵谷幾遷移，向來觀洛陽東城，已坵墟矣。定鼎門西路，忽焉復新市朝云，名利如舊，可以悲歎耳。

文中「定鼎門」即洛陽之正南門，隋時名建國門，唐高祖武德三年（620）平王世充後改此名。〔註223〕可見王母歌詩「自從頻見市朝改，無復瑤池宴樂心」云云，其實是作者對朝代改換，時移世替的感歎。這種利用王母的長生對比世人的暫存以發抒時間推移之悲，是遊仙文學常見的主題，而為唐代詩人所常取用。〔註224〕換言之，對能閱讀歷史的文人而言，並毋需成為神仙才有縱觀古今的能力。定鼎門在 1994年調查洛陽唐城時，已發掘其遺址，〔註225〕吾人今日觀之，得無作者藉王母之口所發抒的感歎？

在玄宗與貴妃事方面，首先，群仙會的序幕由「霓裳羽衣曲」展開，關於霓裳羽衣曲的故事，本來就很富有神仙的空靈意味，並且幾乎成為唐玄宗與楊貴妃樂遊的象徵。其後，西王母與穆天子詩歌已竟，玄宗命丁令威歌詩，〔註226〕丁令威歌一

〔註221〕參見《廣記》卷七〈李八百〉，注「出《神仙傳》」。

〔註222〕晉·葛洪《神仙傳》有麻姑降蔡經家的故事，謂：「麻姑自說云：『接待以來，已見東海三為桑田，向到蓬萊，水又淺于往者會時略半也，豈將復為陵陸乎？』」見《廣記》卷七〈王遠〉條，卷六十〈麻姑〉條。

〔註223〕見清·徐松撰·李健超增訂《增訂唐兩京城坊考》（陝西：三秦出版社，漏列出版年月，增訂序於 1994）卷五〈外郭城〉頁 259。

〔註224〕關於唐代詩人西王母詩歌詠歎人生的情形，參見李豐楙〈漢武內傳研究〉（收在《六朝隋唐仙道類小說研究》）一文中「唐代的漢武、王母傳說」一節，頁 93～99。

〔註225〕見清·徐松撰·李健超增訂《增訂唐兩京城坊考》卷五〈外郭城〉「增訂」部分，頁 259～260。

〔註226〕《全唐詩》於此詩下註云：「漢帝召丁令威歌」，然觀〈嵩岳嫁女〉原文，凡於武帝則稱「漢主」，於玄宗則尊稱為「帝」，文中此歌乃「帝」召丁令威歌。又，丁令威歌中「長生鹿」的典故，見《宣室志》卷八〈張果〉條，謂玄宗開元二十三年狩得

首七絕：

> 月照驪山露泣花，似悲仙帝早昇遐。

> 至今猶有長生鹿，時遶溫泉望翠華。

玄宗聞之，持盃久之。王母謂「應召葉靜能來，唱一曲當時事。」葉靜能是玄宗時
有名的道士，葉靜能歌一首七律：

> 幽薊煙塵別九重，貴妃湯殿罷歌鐘。

> 中宵扈從無全仗，大駕蒼黃發六龍。

> 粧匣尚留金翡翠，暖池猶浸玉芙蓉。

> 荊榛一閉朝元路，唯有悲風吹晚松。

這首七律歌詠的即是安史之亂，使玄宗、貴妃因之分離的往事。因此，玄宗聞之，
悽慘良久，而諸仙亦慘然相對。奇特的是，這群仙種種的悲歡卻是上清神女和玉京
仙郎「樂在今夕，和鳴鳳凰」的日子。在大喜之日，先是有西王母與穆天子的感歎
人世虛幻，繼之悲歎玄宗、貴妃的悲情，在情節的鋪排和氣氛上，不免令人覺得怪
異。這大概與唐代士子習讀被尊稱爲《沖虛至德眞經》的《列子》有關。〔註 227〕
前文所言《穆天子傳》中穆天子與西王母歌謠之事，亦見於《列子》的〈周穆王篇〉
中，並謂「西王母爲王謠，其辭哀焉」，〔註 228〕可能因此《嵩岳嫁女》條以「哀辭」
爲其故事之基調。

　　故事中除了大量的詩歌外，值得注意的是二、歷程中的 2 武帝與玄宗論奏章事。
作者在此表達了對時事的看法。

　　歷程 2 中，武帝與玄宗論奏章事，一爲武帝謂處理蓮花峰士奏章爲浮梁縣令求
延年事，二爲玄宗上奏上帝事。前者一事亦見《廣記》卷 350〈浮梁縣令〉條，亦
爲李玫《纂異記》之作。作者在文中敘述貪官污吏如何利用賄賂以求免死，故事表
面上是神仙世界中的事，實際上諷刺了現實世界中的官僚體系的腐敗。只要能請託
到有權勢的人或接近於權力核心的人物，即可獲得某些利益。

　　玄宗上表上帝事，反映的其實是憲宗朝弭平藩鎮事。故事中的時間是憲宗元和
八年（813），玄宗早已仙去，故可以在仙界管理凡間事，故事中玄宗上表的內容提

　　大鹿，張果指此鹿爲武帝元狩五年時所獲之鹿，至今已千歲（本事亦見《廣記》卷
　　四四三）。可見長生鹿者與武帝、玄宗俱有淵源，且丁令威與配合詩歌吹笙之王子
　　晉，時代較與武帝相近，則《全唐詩》之註，不可謂無據。今本文依〈嵩岳嫁女〉
　　條文中之稱謂與上下文意相貫爲據。
〔註 227〕唐天寶元年（742），玄宗下旨置玄學博士，以四部道家著作爲經典，其一爲《沖虛
　　至德眞經》即《列子》。
〔註 228〕見楊伯峻《列子集釋》（臺北：華正書局，1987 年 9 月）頁 98。

及：平中夏巴蜀之孽、掃東吳上黨之妖，並為淮蔡之亂，請求上帝「請神龍施水，厲鬼行災，由此天誅，以資戰力」云云。所謂中夏巴蜀之孽，為元和元年（806）平西川節度使劉闢之亂；〔註229〕東吳上黨之妖，概指元和二年平潤州節度使李錡之反及元和四年擒昭義節度使盧從史事；〔註230〕至於淮蔡之亂，指自德宗朝即已反叛的李希烈、吳少誠等，至憲宗朝則為吳元濟。在仙界的玄宗要求上帝「請神龍施水，厲鬼行災」理由是：

> 若遣時豐人安，是稔群醜。但使年饑屬作，必搖人心，如此倒戈而攻，可以席捲，禍三州之逆黨，所損至微，安六合之疾疢，其利則厚。

也就是為了平定藩鎮之亂，要求上天降災，以求削弱敵人的力量。考《舊唐書‧五行志》記載，元和七年至十五年（812～815）有大水十二次，百姓死傷無數。〔註231〕其中在元和九年秋，淮南、宣州有大水。而繼李希烈、吳少誠之後據淮蔡反叛的吳元濟，則在元和十二年（817）伏誅，長久以來的淮蔡之亂終得弭平，而強藩悍將皆欲悔過而效順，唐之威令，幾於復振，可以說是憲宗朝的大事功。〔註232〕

當文中玄宗對武帝說明上表內容時，作者藉書生對田、鄧二人謂：「此開元天寶太平之主也」，一方面是對玄宗的禮讚，一方面也是作者對晚唐亂局的一種感歎吧。只是作者設想的表文，不免充滿了宗教迷信，以天災為某種天意，並以天災作為治理天下、弭平亂事的手段，這種思想是合否合宜，亦見仁見智，不易論定。

從上面的分析可見，作者借「遊歷仙境」的架構，鋪張對歷史與時事的種種看法和感歎，其中遊歷仙境的人不再是主角，而是仙境中的諸仙人。但遊歷者依然得到了仙境遊歷的諸要素：仙人賜食、啓悟求道、仙凡時差。仙人所賜之飲食，在初入仙境時飲「薰髓酒」，以改變其凡濁之氣息；在出仙境時，賜「延壽酒」，可增人間半甲子，並勉之若欲成仙，「在積習而已」，承諾二人「自今十五年後，待子於三十六峰」；田、鄧二人還家已年餘，家人招魂葬於北邙之原，於是二人入少室山求道，不知所在。

由上可知，〈嵩岳嫁女〉是一則完整的遊歷仙境傳奇，但在內容上，有詩有事，

〔註229〕 參見呂思勉《隋唐五代史》（臺北：里仁書局，1977年12月）第七章第二節〈憲宗時藩鎮起伏〉頁340～342，或王壽南《隋唐史》（臺北：三民書局，1986）「憲宗對付強藩」一節，頁316～325。

〔註230〕 參見呂思勉《隋唐五代史》頁342、王壽南《隋唐史》頁318。本文按，潤州在浙西，即東吳一帶，至於上黨在山西，可能指元和五年擒昭義節度使盧從史，昭義軍即鎮守山西上黨一帶。

〔註231〕 《舊唐書》卷三七〈五行志〉，頁1360。

〔註232〕 參見《新唐書》卷七〈憲宗本紀〉，頁217、219。

爲作者表現才情之作；在形式上，重點由遊歷者轉移爲仙境中之仙人，由仙人代表作者發抒感歎，已無復六朝時遊歷仙境的單純了。

　　以上五種型態的遊歷仙境傳奇，雖然基本上仍延續六朝遊歷仙境故事的架構：「出發→歷程→回歸」，有些作品也還保留魏晉仙鄉故事的特點，但在面貌上大有不同，在誤入仙境的形式之外，大量增加了仙人邀遊仙境的形式，並新增了入山修道有意尋訪仙境的形式。這代表了唐五代人已普遍接受名山修道的觀念，仙境不再是無意誤入的縹渺傳說，而是可以努力追尋得到的，與神仙可學的觀點是相契合的。其次，在誤入仙境的傳統形式下，再者遊歷仙境的歷程豐富了起來，一者，唐五代作者往往有意託之，以品評時事人物或表現才情、感歎時局、嘲諷人事，這些都是唐五代遊歷仙境傳奇的新發展。

第五節　法術歷險類

　　法術歷險類是：凡人誤入仙境後，得到仙人所賜帶有法力的物品（如符或竹等），再回人間歷險，最後蒙仙人解救，重回仙境。在結構上，由誤入仙境的開端看來好像是遊歷仙境的類型，但故事的重點卻在主角人間歷險的部分，與遊歷仙境的主體在於主角仙境之遊歷，二者差異頗大，當屬不同的類型。

　　這一類型的作品有《逸史》中的〈崔生〉、《會昌解頤錄》中的〈張卓〉和《原化記》中的〈陸生〉。〔註233〕它們的結構大同小異：

　　　　誤入仙境→遇仙人→（娶仙女）→仙人授符（或竹）→持符（竹）於

　人間歷險→仙人現身救離災難。

今先將〈崔生〉、〈張卓〉及〈陸生〉三則之情節內容作一對照表，再作說明：

〔表5-7　〈崔生〉、〈張卓〉、〈陸生〉內容對照表〕

	篇　名	〈崔生〉	〈張卓〉	〈陸生〉
	出　處	《逸史》，《廣記》卷23	《會昌解頤錄》，《廣記》卷52	《原化記》，《廣記》卷72
	時　代	（玄宗時）	開元中	開元中
	情　節	內　容	內　容	內　容
1	誤入仙境	進士崔偉遊青城山，驢奔走，崔追不及，而至一洞，入仙府。	張卓明經及第，歸省經斜谷，天將暮而驢奔走，張卓尋之不得，天明後偶經大宅求水。	陸生貢明經舉在京，自駕驢，驢奔，生追至終南山下，入仙人洞府。

〔註233〕〈崔生〉條，見《廣記》卷二三；〈張卓〉條，見《廣記》卷五二；〈陸生〉條見《廣記》卷七二。

2	仙 人 賜 婚	羽衣仙人賜女成婚，賜藥兩丸。		宅中有大仙，大仙賜女張卓，是夕成禮。		老人欲收陸生爲徒，要陸生獻一女作爲授學師資之禮。	
3	仙 人 賜 符	歲餘思歸，仙人賜二符，一隱形符，一可應急。並戒其勿入宮禁中。		數日，張卓思家。仙人與卓二朱符，二黑符，並告以各符用法。		老人授陸生一術，以資於人間取女。該術爲用一青竹隱身代人。又戒陸生勿入權貴家。	
4	人 間 歷 險	崔至京都，隱身入宮禁，竊貴妃生日錦繡	玄宗召羅公遠作法。羅公遠先作法，後以朱書照之而得。	張卓至京師，持符隱身入大宅，取宅中小娘子。	羅、葉二公鬥張卓之符：踏步叩齒，噴水化黑氣、灑狗馬血等等	陸生誤入王侍郎家，隱身取王女。	葉天師破其術：取水噴咒，又持刀禁咒
5	獲 救	仙人施法救崔偉	以杖畫成澗，擲領巾作橋。	仙人施法救張卓	以杖畫地成江，霞帔化爲飛橋	仙人施法救陸生	以杖畫地成一水，水噀黑霧
6	尾 聲	無		玄宗發使就山祭醮之，因呼爲隔仙山。		無	

　　由對照表可以明顯看出，三則故事有許多的共同點：首先，故事時間相同，皆發生在玄宗開元時，其中〈崔生〉雖未明言爲開元，但從情節 4 貴妃慶生一節，當亦在安史亂前、開元天寶年間；其次，主角身份皆爲窮書生，〈崔生〉謂「收放無僕使」，〈張卓〉謂「歸蜀觀省，唯有一驢」，〈陸生〉謂「貧無僕從」；第三，地點皆係某山谷中；第四，都有當時有名的天師：羅、葉二人，來破除書生所持的道術；第五，故事結構相同，如前所述。凡此種種，可見此一故事當爲一源而異載。

　　三則故事在情節上大同小異。首先在誤入仙境的因由上，表面上都是因爲驢奔走之故，實際上，三則皆藉仙人之口對此偶然之事作說明：

　　　　此非人世，乃仙府也。驢走益遠，予之奉邀，某惟一女，願事君子，
　　此亦冥數前定，不可免也。（〈崔生〉）

　　　　有緣耳。（〈張卓〉）

　　　　此實洞府，以君有道，吾是以相召。（〈陸生〉）

可見仙道以爲世間並無偶然之事，或是有緣，或是冥數前定，或是仙人有意選召，驢奔不過是引領主角進入仙境的契機，特別是〈陸生〉一則的說法，可能與道教明師擇高徒的方式有關。

　　三則作品中，法術的施展在作品中佔有極重要的地位，也是主要的篇幅所在，以〈張卓〉一則爲例，當張卓思家時，大仙賜與朱符二與黑符二，告以符之用法：

　　　　一黑符可置於頭，入人家能隱形。一黑符可置左臂，千里之內，引手
　　取之。一朱符可置舌上，有不可卻者，開口示之。一朱符可置左足，即能
　　躡地脈及拒非常。

於是張卓用第一張黑符隱身，入京師大宅中，取一少女。驚動玄宗，玄宗令當時有名的道士羅葉二師（按，當爲羅公遠及葉法善）前來查看，這一段有如鬥法：

> 葉公踏步叩齒，噴水化成一條黑氣，直至卓前，見一少年執女衣襟。右座一見怒極，令前擒之，卓因舉臂，如抵墻壁，終不能近。遽以狗馬血潑之，又以刀劍擊刺之。卓乃開口，鋒刃斷折。續又敕使宣云：「斷頸進上。」卓聞而懼，因脫左鞋，伸足推之，右座及羅葉二師暨敕使，皆仰仆焉。葉公曰：「向來入門，見非常之氣，及其開口，果有太乙使者，相公但獲愛女，何苦相害？」卓因縱女。

文中踏步、叩齒、潑馬狗血等，皆是仙道施法的步驟。然而道行高深的羅葉二師，似乎也勝不過大仙之符的效力。最後當玄宗派衛士送張卓歸山時，仙人現身施展更奇妙的法術：

> 仙人以拄杖畫地，化爲大江，波濤浩淼，闊三二里，妻以霞帔搭於水上，須臾化一飛橋，在半天之上，仙山（人）前行，[註234]卓次之，妻又次之，三人登橋而過，隨步旋收，但見蒼山四合，削壁萬重。

由上可見，全篇故事即以諸法術的次第施展爲其最主要內容。

然而讀完〈張卓〉這個故事，產生這樣的疑問：張卓歷險的主因是入宅隱身盜人女子，爲什麼張卓娶了仙女而後又要盜人女子呢？這一點《原化記》的〈陸生〉似乎有較合理的情節編排。文中陸生誤入仙境，並未娶仙女，反而是因爲拜師學仙要求師資之禮：

> 老人曰：「授學師資之禮，合獻一女。度君無因而得，今授君一術求之。」

這就給人物行爲一個合理的交待。老人交給陸生青竹一枝，囑咐陸生：

> 君持此入城，城中朝官，五品已上，三品以下家人，見之，投竹於彼，而取其女來。但心存吾約，無慮也。然慎勿入權貴家，力或能相制伏。

陸生逐持竹杖入城，如隱身一般，無人見其形體，後來誤入戶部王侍郎宅：

> 正見一女臨鏡晨粧，生投杖於床，攜女而去，比下階顧，見竹已化作女形，殭臥在床。一家驚呼云：「小娘子卒亡！」

後來王侍郎請來葉天師（按，當亦爲葉法善），葉天師取水噴咒死女，死女立即變回青竹，而陸生不久便被捉住。陸生於是向山慟哭曰：「老人豈殺我耶？」於是老人現身，以杖畫地，逐成一水，闊丈餘。又取水一口噀之，黑霧數里，在不辨五指的情況下，救走陸生。

〔註234〕按原文爲「仙山前行，卓次之，妻又次之」，由其文意，「仙山」當爲「仙人」之誤。

從道德與法理上看，崔生竊貴妃錦繡、張卓與陸生盜人少女，皆非有德合法之事，但仙人卻縱容之，好像沒有什麼道理可言！但是這樣的故事卻又令人覺得有趣，主要的原因在於法術可以使人擁有超凡的能力，行使在日常生活中不可爲之事（如非法與不道德的事），也就是法術使得神仙的世界，充滿了一種奇幻怪異的色彩。而故事中主角之所以獲得這樣的能力，不是因爲修爲，而是因爲緣分、定數而「偶然」地進入某個奇異的所在（仙境），遇見某個奇異的人（仙人），得到某種奇異的能力（符、竹），然後經歷一段奇異的遭遇（歷險）。這樣看來，仙道法術對在科舉下的窮書生而言，是一種平淡生活中渴望刺激與幻夢的表現吧？

第六節　人仙情緣類

所謂人仙情緣，即指仙與人之間的情愛或婚姻關係。人仙情緣一直是仙道故事中的重要主題。早期在《列仙傳》中即有相當數量人與仙的婚戀故事，如〈赤松子〉寫炎帝少女追隨古仙人赤松子得仙、〈園客妻〉寫仙女下凡，爲園客作蠶，並結爲夫妻等等，只是這一類的故事其目的在於傳達仙凡相通、超世度人的神仙觀念，主題在修道而非婚戀。〔註235〕所以《列仙傳》中雖已出現了以人仙戀愛爲題材的故事，但並非是以人仙婚戀爲主題的作品的主要淵源。

關於唐前人仙情緣故事的起源及故事類型，據顏慧琪《六朝志怪小說異類姻緣故事研究》一書指出：「隨著道教的興起和仙鄉的世俗化，福地洞天就在人間的名山大澤，人們可以在意外迷途中闖進夢想的國度，而潛藏已久的與神女結緣之願望在此聯綴，形成了六朝時期特屬於人仙姻緣故事的仙境傳說。」〔註236〕並謂：「人神戀曲是最早的異類姻緣型態，人妖聯姻爲其旁支，而人仙戀、人鬼戀均是後裔。」〔註237〕而在人仙姻緣的類型上則分爲二種：仙鄉奇遇和仙人降真。〔註238〕梅新林《仙話》則稱之爲「凡男游仙」和「仙女下凡」。〔註239〕

六朝仙鄉奇遇中的人仙情緣故事，以《搜神後記》卷一的〈袁相根碩〉和《幽明錄》的〈劉晨阮肇〉爲代表。〔註240〕二則都是友人相偕入深山、遇仙女、結爲夫

〔註235〕梅新林《仙話－神人之間的魔幻世界》（上海：三聯書店，1992年6月一版）頁170。
〔註236〕顏慧琪《六朝志怪小說異類姻緣故事研究》（臺北：文津出版社，1994年5月初版）頁49。
〔註237〕同前註，頁50。
〔註238〕同前註，頁78、82。
〔註239〕梅新林《仙話－神人之間的魔幻世界》頁170。
〔註240〕〈袁相根碩〉見《搜神後記》卷一，頁2～3。〈劉晨阮肇〉見《古小說鉤沈》本之

妻，後思鄉還家，出則人間已歷數百年。李豐楙指出，此種人神戀愛型的仙境傳說，一方面是以象徵的方式滿足人們被壓抑的願望。另一方面，則可能是居民入山遇清修之女眞，增飾而成的仙境豔遇故事。〔註241〕陳文新《中國傳奇小說史話》則指出劉阮入天台遇仙女故事的核心是：

> 至暮，令各就一帳宿，女往就之，言聲清婉，令人忘憂。

這樣的描寫實啓唐人以遊仙寫狎妓之風。〔註242〕葛兆光在《想象力的世界》也指出唐傳奇受劉阮入天台故事的影響，發展出許多誤入仙境、娶仙女、交好運的作品，如《逸史・崔生》條記崔生入青城山，因驢走失而誤入仙洞娶仙女事；《會昌解頤錄・張卓》條因驢奔而入仙宅娶仙女事；《原化記・採藥民》記採藥民偶入玉皇第五洞寶九室之天而娶三仙女事；《酉陽雜俎》卷二《玉格》〈蓬球〉條記北海蓬球入山伐木逢仙女事；《續仙傳・元柳二公》條記元胤柳實偶入大海島而成就仙緣事等等。〔註243〕本文以爲葛氏所舉之例，確受劉阮入天台影響；但所舉各篇作品中，「娶仙女」僅爲主角遊歷仙境之一個情節，並非該故事的主體，如〈張卓〉、〈崔生〉二則，以誤入仙境、遇神仙、娶仙女爲故事之發端，而以仙人所賜的法術在人間歷險爲故事主體；〔註244〕〈採藥民〉〈元柳二公〉更是以遊歷仙境的種種奇遇爲主，娶仙女不過其中之一端；〔註245〕凡此之類，便不列入本節討論。

　　至於六朝仙女（神女）降眞的故事，則有《搜神記》卷一的〈杜蘭香〉和〈成公知瓊〉、《眞誥》卷一〈萼綠華〉等爲代表。〔註246〕三篇共同的特色是：

　　一、女子容貌皆爲一、二十歲的少女，如杜蘭香約十六七；成公知瓊自言年七十而視之如十五六；萼綠華「年可二十上下」。

　　二、皆爲神女自降於凡男，且帶有強制性的態度，如杜蘭香謂張碩曰：「從我與福俱，嫌我與禍會。」成公智瓊謂弦超曰：「神仙豈虛感，應運來相之。納我榮五族，逆我致禍菑。」

　　三、神女與凡男之遇合，皆不欲人知，如萼綠華謂羊權曰：「君愼勿泄我，泄我則彼此獲罪。」弦超則因漏泄玉女來降之事，玉女成公知瓊遂求去，並謂弦超曰：「我，

《幽明錄》頁 247。

〔註241〕　參見本章第四節，頁 238 所引。

〔註242〕　陳文新《中國傳奇小說史話》頁 95。

〔註243〕　見葛兆光《想象力的世界》，頁 103。

〔註244〕　參見本章第五節「法術歷險類」。

〔註245〕　參見本章第四節「一、博物風格奇遇型」所述。

〔註246〕　〈杜蘭香〉見汪紹楹校注本《搜神記》，臺北：木鐸，1985 年）卷一，頁 15～16；〈成公智瓊〉見《搜神記》卷一，頁 16～8。〈萼綠華〉見《眞誥》卷一〈運象篇〉，頁 1～2。

神人也。雖與君交，不願人知，而君性疏漏，我今本末已漏，不復與君通接。」

四、皆有五言詩歌答贈。

五、皆有贈物：杜蘭香贈張碩薯蕷子三枚，食之可不畏風波；成公知瓊贈弦超裙衫兩副；萼綠華贈羊權火澣布手巾一枚、金玉條脫（即「釧」）各一枚。

六、結局皆為分手。

據李豐楙的研究，指出神女降真凡男的故事，就民俗學的意義而言，是一種早夭女子的冥婚習俗的流傳。〔註247〕在民俗中，未婚早夭之女子，死後無人祭祀，成為無依無靠的孤魂，故透過冥婚擇一夫家作為歸宿，如此，可以解釋〈成公知瓊〉篇中，弦超娶玉女成公知瓊，七八年後，其父母又為超娶婦的情節才具合理性。因為畢竟冥婚使早夭女子得以享香火祭祀，但凡男仍需娶人間女，方能承繼香火，故事玉女成公知瓊亦曰：「然我神人，不為君生子，亦無妒忌之性，不害君婚姻之義。」李豐楙並以為上述三則故事中，三神女已具有道教女仙的資格，故已由民間早夭女子的冥婚進為神婚的層級。然神女之來去飄忽，「分日而燕，分夕而寢，夜來晨去，倏忽若飛，唯超見之，他人不見。」（〈成公知瓊〉篇）表現出其屬於靈界的特質，是神是仙或是鬼，是神婚抑或為冥婚，其實差別不大。

至於故事神女賦詩的部分，李豐楙的研究也指出，一者與魏晉五言詩流行的風尚有關，就詩歌本身的文學效果而言，具有抒情、隱喻的浪漫情趣。再者，這種降真詩與宗教的扶乩有關，因詩歌與韻文具有韻律感，易於開口、誦詠與記憶，故為扶乩時的基本訓練。而這一類的神女降真故事，極可能反映了扶乩降真的宗教體驗。〔註248〕

以上神女降凡男的故事，到了唐五代傳奇中，宗教性的氣味漸漸淡薄，而文學性的趣味則日趨濃厚。甚至於受到唐代愛情傳奇大盛的影響，發展出新的一種人仙遇合戀愛的故事，既非凡人遊仙境得遇女仙，亦非女仙降真於凡男，而是如同人間男女之偶遇、追求而至結合，除了主角一方為神仙外，其過程仿若愛情傳奇。

以下將唐五代仙道傳奇中人仙情緣的作品，分為仙境式的人仙情緣、女仙降真凡男及仙女奇緣三大型。此外，仙與神本應屬二個不同的範疇，〔註249〕但在人仙情

〔註247〕參見李豐楙〈魏晉神女傳說與道教神女降真傳說〉（收在《誤入與謫降：六朝隋唐道教文學論集》一書）頁143～187。

〔註248〕參見李豐楙〈魏晉神女傳說與道教神女降真傳說〉（收在《誤入與謫降：六朝隋唐道教文學論集》一書）頁159。

〔註249〕基本上，「仙」是由人修鍊而成，而「神」則不是。如自然神、圖騰神、半人半獸神及人死後靈魂變神等。但受仙道文化的影響，傳統神祇逐漸仙化。參見王小盾《神話・話神》（臺北：世界文物出版社，1992年5月初版）頁91～92；鄭有土〈中國

緣中，常有女仙與神女混同的故事，本文基本上採取較嚴格的定義，在仙境式的人仙情緣類中，將故事中被稱爲女仙，但實際上是塚墓冥遇類的作品排除。〔註250〕

一、仙境式的人仙情緣型

所謂仙境式的人仙情緣，即凡男偶入仙境，因之得與女仙結合，即以遊歷仙境爲基本架構，而以凡男女仙的交往爲其內容的主題。本類作品以張驚的〈游仙窟〉爲代表。〔註251〕

〈游仙窟〉文長八千字，爲唐傳奇之冠，而情節卻極單純，以第一人稱敘述作者本身的一次豔遇。他在奉使河源的途中，於積石山入神仙窟宅，受崔十娘及五嫂的款待，宴飲笑謔，詩書相酬，留宿一夜，贈物賦詩而去。

〈游仙窟〉是以遊歷仙境爲其故事的外框架，而內容實爲一夜歡宴的豔遇，因之，除文中謂所至係「神仙窟」，所遇係「女仙」外，作者之來去仙境，並未有仙凡之時差，亦未有任何啓發悟道之歷程；且其中之內容，則仿若狎妓之遊，其初入「神仙窟」遇仙一段，仿六朝志怪中遇仙故事的描寫，但已改誤入爲有意的尋訪：

> 僕從汧隴，奉使河源。……日晚途遙，馬疲人乏。行至一所，險峻非
> 常：向上則有青壁萬尋，直下則有碧潭千仞。古老相傳云：『此是神仙窟
> 也：人跡罕及，鳥路繞通。每有香果瓊枝，天衣錫　，自然浮出，不知從
> 何而至。』余乃端仰一心，潔齋三日。緣細葛，泝輕舟。身體若飛，精靈
> 似夢。須臾之間，忽至松柏巖，桃華澗，香風觸地，光彩遍天。見一女子

〔註250〕　古代神話仙話化的演變軌跡〉（《民間文學論壇》，1992 年 1 月）頁 9～10；梅新林〈神話的仙話化〉（在《仙話－神人之間的魔幻世界》）第三章，頁 51～76。

〔註250〕　如《傳奇》中〈崔煒〉條（見《廣記》卷三四），記崔煒入南越王趙佗墓及娶齊王女田夫人事，即爲塚墓型的冥遇故事。

〔註251〕　關於〈游仙窟〉的文體及其在文學史上的歸屬問題，基本上有傳奇及變文二大説。早期學者如魯迅《中國小説史略》、鄭振鐸《插圖中國文學史》將之列入傳奇之中，而汪辟疆《唐人小説》則選錄之，與其他傳奇作品並列：至於譚正璧《中國小説發達史》則以爲〈遊仙窟〉是「通俗小説」，後來劉開榮在《唐代小説研究》一書承譚氏之説，進一步力陳〈遊仙窟〉與變文之間的關係，判定〈遊仙窟〉是與變文相似的「俗文」小説（見其書第七章「遊仙窟」與變文的關係），此後之學者，大半仍以爲〈遊仙窟〉爲受變文影響或與變文有密切關係之「傳奇」作品，如李劍國《唐五代志怪傳奇敘錄》、陳文新《中國傳奇小説史話》、吳志達《中國文言小説史》等皆以之爲傳奇，而程毅中《唐代小説史話》雖將〈游仙窟〉與通俗小説並列，但在文中卻說明〈游仙窟〉是「傳奇體的創始者」（頁 101）；此外，日人八木　元《遊仙窟全講》（東京：明治書院，1967 年 10 月初版）敘列二派主張後，亦調和其説以爲〈游仙窟〉爲受變文影響的傳奇文學（頁 14）。而各家基本皆認爲〈遊仙窟〉是唐初最早的愛情小説。

向水側浣衣，余乃問曰：『承聞此處有神仙之窟宅，故來祗候。山川阻隔，
疲頓異常，欲投娘子，片時停歇；賜惠交情，幸垂聽許。』〔註252〕

本文入仙窟的形式上，可能淵源自梁・宗懍《荊楚歲時記》記張騫乘槎入天宮訪問
的傳說，張騫由黃河溯源一個月，偶入天宮；〔註253〕而〈遊仙窟〉作者舟溯河源，
而入仙窟，在形式上是相似的。其次，內容上，又與六朝《幽明錄》劉晨阮肇入天
台遇合女仙的故事相似：

（劉晨）阮肇共入天台山取穀皮，迷不得返，經十三日，糧食乏盡，
飢餒殆死。遙望山上有一桃樹，大有子實，而絕巖邃澗，永無登路。攀
援藤葛，乃得至上，各噉數枚，而飢止體充。復下山，持杯取水，欲盥
漱，見蕪菁葉從山腹流出，甚鮮新，復一杯流出，有胡麻飯糝，相謂曰：
『此知去人徑不遠。便共沒水，逆流二三里，得度山出一大溪，溪邊有
二女子，姿質妙絕，見二人持杯出，便笑曰：『劉阮二郎，捉向所失流杯
來。』〔註254〕

其後劉阮與仙女交歡，數女奉侍等等，皆與〈遊仙窟〉主情節相類。

李劍國《唐五代志怪傳奇敘錄》則指出〈遊仙窟〉藉遇神女仙子以寫書生風流，
形式上是藉劉阮故事，但不言成仙而唯述性愛，其機杼則承自《窮怪錄》中〈蕭總〉、
〈劉導〉等篇，以書生偶遇女仙、一夕而別，表現文士冶遊之況。而書生偶遇神女
仙姝的傳說，則又可上推《高唐賦》《神女賦》諸作。〔註255〕

〔註252〕所引〈遊仙窟〉文字，用汪辟疆《唐人小說》據「忠州李氏平等閣鈔本校錄」。

〔註253〕此說乃據日人八木　元《遊仙窟全講》頁13。按，《博物志校證》（臺北：明文書
局，1984年7月再版）卷十有〈浮槎入天河〉事，而今所見梁・宗懍《荊楚歲時
記》中，引用了《博物志》〈浮槎入天河〉之事，而未見有張騫乘槎入天宮云云（查
「漢魏叢書本」、「說郛本」並「寶顏堂秘笈本」等版本）。而宋・陳元靚編《歲時
廣記》（《叢書集成初編》冊179～181，北京：中華書局）卷二十七〈乘浮槎〉條，
謂：「宗懍作《荊楚歲時記》乃引《博物志》直謂張騫乘槎，宗懍不知何據。」云
云，明・康當世《康氏錦囊》卷四云：「張華《博物志》載海上有人每年八月見槎
來，不失期，遂齎糧乘之而到天河，奈何作《荊楚歲時記》者遂以為張騫使西域事，
乃子美不考，亦曰『奉使虛隨八月槎』，豈子美亦未見《博物志》也耶？」是則宋
明時人所見宗懍《荊楚歲時記》似與今日所見諸版本內容有異。不論如何，張騫乘
槎至機女處的傳說，已是唐宋時人習知的典故，陳元靚《歲時廣記》卷二七〈乘浮
槎〉及〈得機石〉條皆引相關唐宋詩人取以入詩的資料可證。又，王毓榮《荊楚歲
時記校註》（臺北：文津出版社，1992年6月一版二刷）引《事文類聚》、《癸辛雜識
前集》卷二六、《太平御覽》卷五一，均節引《荊楚歲時記》言張騫事（頁204）。

〔註254〕見魯迅《古小說鉤沈》頁247～248。

〔註255〕參見李劍國《唐五代志怪傳奇敘錄》頁136～137，並《唐前志怪小說史》頁453。
按，〈蕭總〉記南朝蕭總遇巫山神女事，見《廣記》卷二九六，注「出《窮怪錄》」。

如不顧〈遊仙窟〉「遊歷仙境」的形式，基本上，它是一篇愛情小說。〔註256〕全文主體在一夜歡會，極細膩的描寫男女交接調情的種種情況，全文八千字中有八十首近三千字的詩歌，且多猥褻淫靡之作，故李劍國《唐五代志怪傳奇敘錄》直指為「狹邪小說」、「色情小說」；〔註257〕八木沢元《遊仙窟全講》以其在表現男女愛情心理、純粹人間世界的現實生活的描寫、大膽率直的色情敘述以及明確的時空觀念等等，完全具備了近代小說的要素，因謂之「唐初最早的愛情小說」。〔註258〕陳文新《中國傳奇小說史話》亦指出本篇遊仙實即狎妓，作者有意識的將妓院轉化為神仙窟，賦予狎妓生活以浪漫的色彩，使文士狎妓化為風流韻事，以有別於尋常的嫖妓。〔註259〕

實際上，唐代人仙婚戀的故事，仙蹤道味大多只存其形式，或用以烘托一種神秘而迷離的情境氣氛而已，至於其精神已全然是人世男女情愛的傳奇故事了。在唐代，娼妓與士子之間發展出特殊的依存關係，並因之發展出一種狎遊文學來，因此「仙」與「遊仙」等詞彙在唐代已由六朝時神仙的本意，轉出另一種喻意。陳寅恪〈讀鶯鶯傳〉一文研究崔鶯鶯的真實身份時，即指出唐人以仙喻妓的時代風尚，並謂：「仙之一名遂多用作妖豔婦人或風流放誕之女道士之代稱，或竟有以之目娼妓者。」〔註260〕李豐楙在〈仙、妓與洞窟——從唐到北宋初的娼妓文學與道教〉一文對唐人遊仙文學中以仙擬妓，遊仙實為狎妓的種種，有很深入而全面的研究，並以〈遊仙窟〉一文為狹邪遊的經歷，賦以「洞仙」新意；而在唐詩人中，「遊仙的正統文學就在此一時期轉化完成另一支仙妓文學，這是唐代文化有以致之：遊仙的隱喻，形成仙洞、洞仙、仙郎的隱喻關係。」〔註261〕

李豐楙〈仙、妓與洞窟——從唐到北宋初的娼妓文學與道教〉一文基本上以唐詩宋詞為主要研究對象，但在傳奇作者往往也是詩人的情況下，唐代的遊仙小說中涉及男女情愛者，往往去詩詞之仙妓文學不遠。以下女仙降真凡男型和女仙奇遇型，

〈劉導〉記梁天監時，劉導遇西施事，見《廣記》卷三二六，注「出《八朝窮怪錄》」。
〔註256〕小川環樹即以為〈游仙窟〉是以「仙鄉談」為工具而實際上是在敘述人間的戀愛游戲。參見小川環樹〈中國魏晉以後的仙鄉故事〉，頁89。
〔註257〕見李劍國《唐五代志怪傳奇敘錄》頁137。
〔註258〕見八木　元《遊仙窟全講》頁11～12。
〔註259〕陳文新《中國傳奇小說史話》頁95。
〔註260〕收在《陳寅恪先生文集》（臺北：里仁書局，1982年9月）第三冊《元白詩箋證稿》第四章之附〈讀鶯鶯傳〉，頁107。
〔註261〕參見李豐楙〈仙、妓與洞窟——從唐到北宋初的娼妓文學與道教〉（收在臺大中文研究所主編《宋代文學與思想》，臺北：臺灣學生書局，1989年8月）一文，頁479～489。

一方面較〈遊仙窟〉保存較多的仙道餘韻，一方面受〈遊仙窟〉及唐詩中遊仙（仙妓）文學風潮的影響，已多人情而少神理。

二、仙女降眞凡男型

所謂仙女降眞凡男，指人仙交往的過程中，一方面仙女採取主動，而凡男則爲被動；另一方面發生的地點是在人間，是女仙來到凡間，情挑凡男。

與六朝神女降眞凡男的傳說最大的不同點是，六朝神女降眞時有一種「從我與福俱，嫌我與禍會」的強制性態度，而這種半強迫式的神女降眞態度在唐五代仙女降眞凡男型的作品中已不復見，因此不再有六朝凡男面對神女降眞時，無法拒絕的情形；反之有一類作品是以凡男以拒絕女仙之示好爲主題。其次在男女雙方的形象上，有才子佳人的造形配對的強烈傾向，男方必是俊秀書生，女方則是美豔不可方物「仙女」。唯一例外的一篇〈姚氏三子〉，是笨書生因與女仙結合而變聰明俊朗。因此，唐五代仙女降眞凡男的作品反映的大約是書齋中士子心中的情欲夢幻。

這一型的作品有：《博異志‧楊眞伯》條、《逸史‧任生》、《神仙感遇傳》中〈張鎬妻〉及〈姚氏三子〉、《通幽記‧趙旭》條、《靈怪集‧郭翰》條、《傳奇‧封陟》條等等。〔註262〕

以上各篇故事，雖情節相類，但在細節描寫上又各有特色。如以故事中凡男對待降眞女仙的態度，又可區分爲二：（一）接受降眞女仙情意的有〈姚氏三子〉、〈趙旭〉、〈郭翰〉等三篇；（二）拒絕降眞女仙情挑的有〈楊眞伯〉、〈任生〉和〈封陟〉等三篇。但不論接受或拒絕，結局都是分離。

（一）接受降真仙女情意的作品分析

〈姚氏三子〉記織女、婺女、須女三星下凡，降姚氏三子的故事。故事中，姚氏三子（即唐御史姚生之子及外甥二人）本頑駑不肖，被姚生送至深山讀書。而此三子卻在深山中遇一夫人（女仙）自降其室。夫人妻以三女，謂三子曰：

> 人所重者生也，所欲者貴也。但百日不泄於人，令君長生度世，位極人臣。

不但妻以三女，並爲三子各創一讀書的好環境：「爲三子各創一院，指顧之間，畫堂

〔註262〕《博異志‧楊眞伯》條見《廣記》卷五三；《逸史‧任生》條見《雲笈七籤》卷一一三上，頁 808；《神仙感遇傳》中〈張鎬妻〉見《廣記》卷六四；〈姚氏三子〉，見《廣記》卷六五，注「出《神仙感遇傳》」，而本條故事亦爲陳翰《異聞集》所收，題爲〈三女星精〉，據王夢鷗《唐人小說研究二集》謂，〈三女星精〉與《廣記》卷六五〈姚氏三子〉文字略有出入，而篇末失一大段，因此，本文採用《廣記》卷六五〈姚氏三子〉文字。《通幽記‧趙旭》條見《廣記》卷六五；《靈怪集‧郭翰》條見《廣記》卷六八；《傳奇‧封陟》條見《廣記》卷六八。

延閣，造次而具」；然後爲之延請孔宣父及周尚父爲三子之師。姚氏三子在仙女仙師的調教下：

> 則皆文武全才，學究天人之際矣。三子相視，自覺風度夷曠，神用開爽，悉將相之具矣。

然而姚生因三子的改變過大，疑三子爲山鬼所魅，於是鞭之，苦問其故。三子不勝其痛，遂具道本末。夫人因三子泄露天機，以湯飲三子，使之昏頑如舊，一無所知。另一方面，姚生館中有碩儒，則爲姚生解謎：

> 大異大異！君何用責三子乎！向使三子不泄其事，則必爲公相，貴極人臣。今泄之，其命也夫！……吾見織女、婺女、須女星皆無光，是三女星下降人間，將福三子。今泄天機，三子免禍幸矣。

這個故事，十足反映出書生在當時科舉社會下一種美麗的幻想；無論個人的才幹（由愚拙而變聰敏）、外在物欲（深山中有三女伴讀、豪宅讀書）、聖賢指點（孔子、周公爲師）、未來的成就（位極人臣）、長生的夢想，都在與仙女的結合中獲得滿足。

但這種幻想經不起理性的檢證，如果姚氏三子是作者欲望的投射者，則御史姚生在故事中代表了作者現實與理性的一面。在現實方面，爲了因應科考，讀書人應摒除外務，專心讀書，所以姚生會安排三子在深山讀書：

> 遂於條山之陽，結茅以居之，冀絕外事，得專藝學。林壑重深，囂塵不到。將遣之日，姚誡之曰：「每季一試汝之所能，學有不進，必檟楚及汝。汝其勉焉。」

這樣的安排與要求，才是現實人生中眞實的寫照，時至今日，父母對聯考制度下的學子們的要求依然相類。其後，三子的巨大改變，使得姚生疑其爲山鬼所魅，故鞭打責問，代表的乃是作者心中理性精神的抬頭。

我們可以說，在唐代士子（作者）的心目中，一方面希望能有奇遇，以解除科考仕宦的種種社會成就的壓力，因此有這種假人仙姻緣以成就欲望的幻想；但另一方面，理性與現實又無情揭穿幻想的面具，故有姚生這個人物，破碎美夢，回歸現實世界。

從〈姚氏三子〉的敘述，可以看出作者相當熟悉仙道故事，[註263] 一者運用六朝神女自降中不欲人知的「禁忌」，推展情節；再者，設立解謎者說明三女乃天上三星下凡，是仙道故事中常見的手法。

〔註263〕 李劍國指出《廣記》首句「御史姚生」下，《道藏》本有「失其名，鄭州刺史鄭權敘云姚」十二字，是原爲鄭權之作，杜光庭取入己書。（見《唐五代志怪傳奇敘錄》頁 1019）

　　至於〈趙旭〉與〈郭翰〉二篇，除了在滿足書生欲望之外，也偏重人仙（男女）情意的交流。〈趙旭〉記天水書生趙旭遇合仙女青童君事；〈郭翰〉則有織女月夜自來，解衣與郭翰共臥，欲曉則去。這二篇中，皆爲俊書生配俏仙女，郭翰「少簡貴，有清標，姿度美秀」，趙旭則「少孤介好學，有姿貌」；二人遇仙女自降皆是靜夜獨處之時。在仙女這方面，趙旭所遇者爲天上青童，「年可十四五，容範曠代，衣六銖霧綃之衣，躡五色連文之履」；郭翰所遇爲織女，「乃一少女也，明豔絕代，光彩溢目。衣玄綃之衣，曳霜羅之帔，戴翠翹鳳凰之冠，躡瓊文九章之履」。而仙女之所以自降於凡人，青童是因「久居清禁，幽懷阻曠，位居末品，時有世念，帝罰我人間隨所感配」；織女則謂「久無主對，而佳期阻曠，幽態盈懷，上帝賜命遊人間。」基本上都是因天上寂寞而思凡。

　　〈趙旭〉條青童要求書生不可洩露情事，二篇並都有女仙贈書生寶物，又有詩歌吟唱，最後都是人仙分離，這幾點大體同於六朝神女自降的情節。但唐人作品已無六朝神婚的宗教氣息，反而充滿的了人仙（男女）之間的纏綿情意，趙旭因家奴盜寶鬻於市，遂使機密外洩，青童於是離去，而留下仙訣五篇，勉其修持，未來當可速見；而織女則因「帝命有程」，不得已與郭翰離別，離去前贈以七寶碗，其後二人的酬贈詩，更充滿了情人兩相分離的惆悵相思，織女的詩是：

　　　　河漢雖云闊，三秋尚有期。情人終已矣，良會更何時。

　　　　朱閣臨清漢，瓊宮御紫房。佳期情在此，只是斷腸人。

郭翰的詩是：

　　　　人世將天上，由來不可期。誰知一迴顧，交作兩相思。

　　　　贈枕猶香澤，啼衣尚淚痕。玉顏霄漢裡，空有往來魂。

郭翰自與織女一別，即無意於人間麗色，後因繼嗣之故，勉強娶程氏女，又因不稱意兼以無嗣，遂成反目。

　　在男女的感情方面，郭翰與織女相較於趙旭與青童，青童猶留有仙訣，相待之於未來；而郭翰對織女的念念不忘，似乎更像是一篇愛上了不該愛的人的隱喻式作品，有如唐詩人李商隱的無題詩，引仙姝女冠以喻不可明言的愛情。觀文中，織女夜夜皆來，情好轉切後，郭翰戲問：「牽郎何在？那敢獨行？」織女對以：

　　　　陰陽變化，關渠何事！且河漢隔絕，無可復知，縱復知之，不足爲慮。

後來在七夕時，即天上牛郎織女相會之日，故本夜夜皆來的織女有數夕不復來，再來時，郭翰問織女：「（與牛郎）相見樂乎？」織女笑而對曰：「天上那比人間。」

　　在這樣的問答與其文末別離之後，郭翰、織女的香牋酬贈之詩種種看來，不禁叫人懷疑，郭翰所遇實爲一空閨寂寞的貴婦人，但託言織女耳。而「織女」所謂「上

帝賜命遊人間」、「帝命有程」等等，不過是作者對人物偷情行為的合理化。又因「織女」本有「牛郎」為匹（即可喻為已婚婦人），當然無法像青童君留下仙訣給趙旭一樣，與郭翰日後再續前緣。從這一點而言，〈趙旭〉比較接近六朝人仙戀的原始精神，仍保有倡導人仙感通、仙人度世的目的，只是染有唐人浪漫的愛情氣息，而〈郭翰〉一篇，則有如李商隱無題詩，是有所託喻的。

郭翰，史有其人，為武后時人，在《新唐書》有傳。〔註264〕本故事《靈怪錄》〈郭翰〉條文末謂，郭翰「後官至侍御史而卒」，《新唐書》傳中記郭翰「性寬簡，讀《老子》至『和其光，同其塵』，慨然歎曰：『大雅君子，以保其身。』乃辭憲官，改麟臺郎」云云。郭翰其餘事跡史傳不詳，因此也無法推究本篇故事是否即是郭翰個人少時的感情經歷，只能說，從閱讀角度而言，這一類的人仙情緣，頗有耐人咀嚼的隱喻的況味。

（二）拒絕仙女情挑的作品分析

這一類的作品有〈楊真伯〉條寫真伯拒洞庭女仙事；〈任生〉條任生嵩山讀書，拒女仙事；〈封陟〉條記寶曆中，上元夫人降顧少室山封陟，為其所拒事。在這一類的作品中，以〈楊真伯〉篇較早，〈任生〉篇次之，〈封陟〉篇殿後，〔註265〕因之，呆頭書生拒絕熱情仙姝的情節隨之越發增飾。

三篇中，主角的形象都是極愛讀書的呆頭書生，而不是如前一類接受仙女情意的「俊少書生」。如楊真伯「性耽翫書史」，父母亦憂，因或奪其脂燭，匿其詩書，真伯遂逃至洪饒間精舍空院讀書；任生則隱居嵩山讀書「性志專靜」；封陟則居於少室山「兀兀孜孜，俾夜作晝，無非搜索隱奧」。

至於仙女方面，〈楊真伯〉篇是一年可二八的女郎，「冠碧雲鳳翼冠，衣紫雲霞日月衣，精光射人」，來時，先遣雙鬟青衣告知真伯：「女郎久棲幽隱，服氣茹芝，多往來洞庭雲水間，知君子近至此，又骨氣清淨，志操堅白，願盡款曲。」然而真伯不應。女郎至，真伯又不顧問一言，女郎於是留詩一首：「君子竟執逆，無由達誠素，明月海上山，秋風獨歸去。」文末有幾句議論，謂：

其後亦不知女郎是何人也。豈非洞庭諸仙乎？觀其詩思，豈人間之言歟？

〈楊真伯〉一篇短短不過三百言，但頗有餘味，在女郎留詩後，接以揣測女郎身份

〔註264〕郭翰的傳在《新唐書》卷一一七，附在〈劉禕之傳〉末，頁4252。
〔註265〕〈楊真伯〉在《廣記》卷五三，注「出《博異志》」。《博異志》作者鄭還古，據李劍國《唐五代志怪傳奇敘錄》謂為憲宗元和時進士（頁658）；〈任生〉收在《雲笈七籤》卷一一三上，乃《逸史》之文，《逸史》作者盧肇（820？～879？），武宗會昌時進士（參見《唐五代志怪傳奇敘錄》頁670、672）。〈封陟〉在《廣記》卷六八，注出《傳奇》，作者為晚唐人裴鉶（參見《唐五代志怪傳奇敘錄》頁857～859）。

的幾句議論，故事戛然而止，並未進一步鋪衍真伯事後有否追悔之情，此外，除了女郎來去飄然，頗有仙姿餘韻外，並未鋪衍其他仙道理想與色彩。但到了〈任生〉、〈封陟〉篇，則女仙之來，以「謫仙」、「冥會」之說增飾，又一再贈情挑之詩，並仿六朝神女降誥之言，加以威脅利誘，然而書生皆以為女子是妖異，因此最後，索性讓書生死亡，赴冥府時，仙女現身相救，明示仙真身分，叫書生死又復活後，為自己失去仙緣，追悔不已。故事內容與〈楊真伯〉相較，不但情節踵事增詳，並有加強神仙的宗教意味。

所謂「謫仙」「冥會」之說，〈任生〉篇謂：

> 妾非山精木魅，名列上清，數運冥合，暫謫人間，自求匹偶，以君閑澹，願侍巾箱，不止於延福消禍，亦冀貴而且壽，今反自執迷，亦薄命所致。

〈封陟〉條中，女仙自薦之詞，亦大體如上，一方面讚賞書生的美好品質，一方面說明自己的身份，同時陳明青春有限、人生多苦，而仙人長生多樂的利誘，謂：

> ……恃頑韶顏，須臾槁木。所以君誇容鬢，尚未凋零，固止綺羅，貪窮典籍，及其衰老，何以任持？我有還丹，頗能駐命，許其依托，必寫襟懷，能遣君壽例三松，瞳方兩目，仙山靈府，任意追遊……。

讀來，頗有為樂當及時的況味。〈封陟〉條除了與〈任生〉條一樣，強調「謫仙」「冥會」之故，並在對何以選擇封陟的原因，作進一步詳細的說明：

> 我所以懇懇者，為是青牛道士之苗裔。況此時一失，又須曠居六百年，不是細事。於戲此子，大是忍人！

也就是謫仙到人世一遭，需完成命定的情緣，否則，錯過時機，還要再等待若干年，直至續完命定之情緣方可。這樣，由〈楊真伯〉條中女郎但慕君子，到〈任生〉的「數運冥合」，再到〈封陟〉所謂「青牛苗裔」、「此時一失，又須曠居六百年」，已然是時代越後的作者針對同一傳說，一再以仙道理論增飾說明，合理化女子自薦的行為。

不但如此，〈任生〉及〈封陟〉條，都安排了書生死後獲得女仙的幫助，死而復生，追悔不已的結局。〈任生〉條，自薦女子離去後數月，任生即得疾而卒，被黃衣人引去途中，見女子乘翠輦，侍衛數十人而過，女子見任生，笑曰：「是嵩山讀書薄情漢」，並謂：「今既相遇，不能無情。」於是索筆判牒，更與三年。黃衣使者告任生，女子乃三素元君，仙官最貴者。任生復蘇，嗟恨累日，後三年，果卒。而〈封陟〉條，則在女子去後三年，染疾而卒，有太山使者驅至幽府時，途遇上元夫人遊太山，窺之乃昔日求遇仙姝也。太元夫人謂：「不能於此人無情。」亦索筆改判，更延一紀（十二年）。於是封陟蘇息後，唯有追悔慟哭自咎而已！

　　由上看來，〈楊眞伯〉條，作者只有女郎係洞庭女仙之揣測之詞。到了〈任生〉、〈封陟〉則利用書生赴冥府一節，指實當日自薦女子眞是仙，使書生追悔不已。〈楊眞伯〉條出《博異志》，作者鄭還古，身在太學，所作《博異志》，意在習識談妖而已，於仙道之說，不若作《逸史》之盧肇（〈任生〉條）、作《傳奇》之裴鉶（〈封陟〉條）之深溺神仙之說。〔註266〕

　　在這幾篇，情感的鋪寫上，有幾點可以再加探討的地方，第一點是女仙對凡男之深情款款，與男仙對凡妻的淡漠成對比；第二點是女仙自薦之詩與唐朝遊仙詩的關係；第三點是「女仙」與書生的關係和唐代社會中進士與娼妓之間的對應關係。

　　就第一點女仙對凡男之深情款款，與男仙對凡妻的淡漠成對比而言，以牛肅《紀聞》中〈王賈〉條可作爲男仙對凡妻的態度的例證。〔註267〕道士王賈年十七娶清河崔氏，並育有一女，若干年後子夭亡，王賈不覺悲，並自謂己係謫仙，崔氏實非己妻，女亦非己之子：

> 吾第三天人也，有罪，謫爲世人二十五年，今已滿矣，後日當行。此女亦非吾子也，所以早天；妻崔氏亦非吾妻，即吉州別駕李乙妻也。緣時歲未到，乙未合娶，以世人亦合有室，故司命權以妻吾，吾今期盡，妻即當過李氏。李氏三品祿數任，生五子，世人不知，何爲妄哭！

在婚姻與感情上，同樣爲謫仙之身份，王賈與〈封陟〉中之上元夫人何其不同！這與傳奇多爲男性作者或不無關係吧？就男性謫仙而言，人間婚姻是社會生活的一端，所娶清河崔氏亦爲唐代五大姓之女，其婚姻只爲完成社會的要求而已；〔註268〕加以王賈謫仙的身份，於虛幻之人生早已了悟，自然不需有太多個人的情感在其中，並且〈王賈〉一篇基本上是仙眞的傳記，重點在人物是神仙的身份描寫，對夫妻情感的淡漠，有助於刻劃其仙人的氣質。而〈封陟〉等篇重點在人仙之間的情緣關係，「女仙多情」似乎較合於男性作者及讀者之想像與脾胃。此外，李豐楙的研究亦指出唐詩人有以「謫仙」形象描述誤墜風塵的才女的風氣。〔註269〕因之，〈封陟〉等篇中謫仙女子與當時

〔註266〕鄭還古，號「谷神子」，裴鉶亦號「谷神子」，皆取義《老子》上篇第六章「谷神不死，是謂玄牝」。關於鄭還古著《博異志》之旨趣，參見其本書之序。而盧肇《逸史》載事多神仙異人、前定感通，罕涉鬼魅精怪。至於裴鉶，本身即是文士而身兼道徒者，《傳奇》所戴，多爲仙凡感通，人鬼遇合，發長生久視之想，寓風流冶遊之懷。鄭還古、盧肇及裴鉶都是中晚唐人。

〔註267〕見《廣記》卷三二。

〔註268〕唐人娶五姓女的婚姻觀，參見馮明惠〈唐傳奇中愛情故事之剖析〉（收入《中國古典小說論集》第一輯，臺北：幼獅出版，1988年7月五版）頁134～137。所謂「五姓女」，指隴西李氏，太原王氏，滎陽鄭氏，范陽盧氏，博陵、清河崔氏。

〔註269〕參見李豐楙〈仙、妓與洞窟──從唐到北宋初的娼妓文學與道教〉頁487。

詩風，應亦有相當關係。

就第二點女仙自薦之詩與唐朝遊仙詩的關係而言，自薦詩中援引前此仙傳故事作典故，以求匹偶的作詩技巧，與唐朝士子之遊仙詩是相表裡的。〈任生〉篇中女仙三素元君向任生以詩自薦，謂：

> 葛洪亦有婦，王母亦有夫，神仙盡靈匹，君子意如何？

任生聞之無動於中，三素元君遂再贈以詩，表達歎息之意：

> 阮郎迷不悟，何要申情素？明日海山春，綵舟卻歸去！

〈封陟〉篇中，上元夫人也有類似的詩篇贈書生封陟：

> 弄玉有夫皆得道，劉綱兼室盡登仙，君能仔細窺朝露，須逐雲車拜洞天。

> 蕭郎不顧鳳樓人，雲敞迴車淚臉新，愁想蓬瀛歸去路，難窺舊苑碧桃春。

由上述所引詩作，可以明顯看出，作者嫻熟於仙傳典故，化以入詩，所謂葛洪有婦、王母有夫（東王公）、阮郎入天台遇女仙、弄玉與蕭史鸞鳳和鳴、劉綱與妻樊夫人皆仙人等等，皆是文士常用的典故。李豐楙〈仙、妓與洞窟——從唐到北宋初的娼妓文學與道教〉一文指出唐代的遊仙文學中有一種遊仙的變體詩「仙妓詩」，即以仙詩寫男女之情，如曹唐〈小遊仙詩〉之二三：〔註270〕

> 玉皇賜妾紫衣裳，教向桃源嫁阮郎。爛煮瓊花勸君喫，恐君毛鬢暗成霜。

如多作比較，不難看出〈任生〉〈封陟〉〈楊真伯〉等篇中女仙之贈詩，實不脫「仙妓詩」的風格與範疇。加以這些篇章的作者群，基本上都是中晚唐時文人，浸染於大時代的風氣下，因而反映在傳奇作品中。

至於第三點「女仙」與書生的關係和唐代社會中進士與娼妓之間的對應關係。唐進士狎妓之風，已成論唐愛情傳奇者的通論。〔註271〕今即以愛情傳奇中的名篇《霍小玉傳》而言，「媒婆」鮑十一娘向進士方擢第的李益推薦小玉時的說詞為：

> 有一仙人，謫在下界，不邀財貨，但慕風流。

即以謫仙比名妓，名妓對進士的態度是「但慕風流」，與〈封陟〉等篇中，下凡女仙「某籍本上仙，謫居下界」「為愛君心能潔白，願操箕帚奉屏幃」一何相似！因此，本文以為這一類仙道的愛情故事，實際上只是披著仙道外衣的另一類型的愛情傳奇。

三、仙女奇緣型

所謂仙女奇緣型，指男女雙方相遇於人間，男方對女子一見鍾情，大加追求，

〔註270〕參見李豐楙〈仙、妓與洞窟——從唐到北宋初的娼妓文學與道教〉頁 494～496。
〔註271〕如劉開榮《唐代小說研究》甚至直言「唐代的文學史，就名之為進士與娼妓的文學史，亦不為過。」（頁 74）。

—184—

遂成就一段姻緣，其後方知此女子係天仙下凡。這類作品有《玄怪錄・崔書生》記開元天寶中，崔書生遇合王母第三女玉巵娘子事，然而此一段姻緣終因崔母之反對而告仳離；〔註272〕另一則《傳奇・裴航》條，記長慶中，士子裴航遇合女仙雲英事，因裴航的矢志追求，不但結爲夫婦，裴航亦成仙而去。〔註273〕〈裴航〉可以說是前述這一系列種種人仙情緣傳說中，唯一也是最爲圓滿的一則人仙愛情傳奇故事。

　　〈崔書生〉全文約有千字，記開元天寶中，有崔書生，好植名花，暮春之中，忽有一女自西乘馬而來，女有殊色；崔生有意於該殊色女子，於女子二過其花園時，崔生俱酒且鞭馬隨之，到別墅之前，拜請久之。後隨侍女子之老青衣謂崔生：「君既未婚，予爲媒妁可乎？」崔生大悅，遂依約娶女子。崔母在故居，不知崔生不告而娶，及見新婦之姿甚美，爲之憂而憔悴，崔生伏問几下，母答以新婦妖媚無雙，恐崔生爲狐魅之輩所惑。崔生入室，見女淚涕交下，曰：「本侍箕帚，望以終天，不知尊夫人待以狐魅輩！明晨即別。」崔生亦揮涕不能言。明日，崔生送別女子至一山谷，山中有異花珍果，館宇屋室，侈於王者，崔生在其中，受到谷中人無行之責，然亦受款待，臨去，女子贈崔生一白玉盒。於是各鳴咽出門，崔生慟哭還家，常持玉盒子思之，鬱鬱不樂。一日，忽有胡僧扣門，謂崔生懷有至寶，求示玉盒，願以百萬市之。崔生問胡僧：「女郎誰耶？」胡僧謂乃西王母第三女玉巵娘子，如能同住一年，則可舉家不死。

　　本則故事，有幾點值得注意的：第一、情節仿若一般男女戀情的故事：女子之來，若有意似無意，無法指明必是仙女下凡，俯就凡男；男子之於女子，有主動追求之意。這裡面有勇於追求愛情的意識。其次，運用了仙人邀遊仙境的手法，並藉贈物引出胡僧識寶、解謎等情節，一則傳達男女之間無可奈何的情懷，再則點明女子係天仙的身份。第三，崔母所扮演的角色，她懷疑美女可能是狐魅的情形，代表了傳統的力量與自由戀愛之間的爭鬥，由崔生面對慈母之反對，只能與女子「揮涕不能言」、「各鳴咽而出門」，仿若唐人版本的〈孔雀東南飛〉。因此，本文以爲這是一篇藉仙道以寫婚姻與自由戀愛之間相扞格的作品。

　　此外，我們看到自〈遊仙窟〉至〈崔書生〉這一連串的作品，凡男與女仙之間，大都情好難諧。一則，所謂「女仙」有可能是娼妓，人仙情緣可能是唐士子與妓女之間的露水姻緣的隱晦式寫法，人仙之間，自然只能徒留一段沒有結局的愛情。二則，人仙情緣基本上，相當程度的表現了自由戀愛與禮法倫常的對立。這都是使人仙情緣難有圓滿結局的因素。

〔註272〕　〈崔書生〉見《廣記》卷六三。
〔註273〕　〈裴航〉見《廣記》卷五〇。

在遇仙或遊仙者這一方而言，或如〈遊仙窟〉所述，遊仙之人仿如妓院（仙窟）一遊，歡宴一夜，終須離去；或者遇仙者本身即為理性而不解風情的呆頭書生，如〈楊眞伯〉〈任生〉〈封陟〉等；即或眞誠接受仙眞情意者如〈郭翰〉〈趙旭〉等，亦因人仙（妓）情緣終有程期，只能留下追想而已。

就仙女方面而言，其來去飄忽自如，除了符合仙人的身份以外（同時也有如妖鬼異類），在人間，除了娼家遊女，何有良家婦女能如此情挑男子、自薦枕席？當然我們不能說所有人仙情緣的故事都是暗喻士子與娼妓，只是二者之間，可能存在某種關聯，這種關聯也許是作者浸然於時代風尚，不自覺在作品中反映了出來。並且這種具有主動精神的女仙是與唐愛情傳奇中女子相類，如〈柳氏傳〉中之柳氏、〈崑崙奴〉中之紅綃妓、〈任氏傳〉裡的任氏、〈虬髯客傳〉中的紅拂妓、〈非煙傳〉中之非煙，當看到屬意之男子後，無不直接表現情意，坦率而大膽，而這中間色色女子，其身份或為妓或為妾或即是狐妖，特仙道之愛情傳奇披之以神仙之名耳。

就遇仙的書生而言，他或者願意相信所遇為仙子，而書生之外的親人，如〈姚氏三子〉中的姚氏、〈崔書生〉中的崔母，他們便以為子姪所遇為山魅、為狐魅，他們在故事中扮演維護禮法的長者，認定男女在傳統禮法之外的行為，為變異與非常，維護禮法的長者與自薦枕席的女仙或私自成婚的男女二方，是站在人間倫常的對立面的，此一對立終使浪漫的人仙情緣宣告終結。

因此，唯一的一篇圓滿的人仙情緣〈裴航〉，在故事中，遇仙的男主角彷彿獨生世間一無父無母之人，其遇女仙、追求之、成婚之，除了表現矢志追求的精誠外，無有親族長者的反對，或者即是本故事終能成就仙緣的客觀外在因素吧？此外，〈裴航〉一篇描寫裴航如何追求美麗女子，亦可見唐士子之風致。

〈裴航〉全文約有一千三百字左右，故事大要是：長慶中，航下第，遊鄂渚，偶與樊夫人同載，航見其有國色，慕之，賂侍妾裊煙，以詩達意：

> 同為胡越猶懷想，況遇天仙隔錦屏。儻若玉京朝會去，願隨鸞鶴入青雲。

夫人得航詩，若不聞，使裊煙持詩答航：

> 一飲瓊漿百感生，玄霜搗盡見雲英。藍橋便是神仙窟，何必崎嶇上玉清。

然航亦未達詩旨。後經藍橋驛，渴甚，向老嫗求漿，嫗呼女雲英擎漿與航。雲英色芳麗，航憶樊夫人之詩，異之，願納聘焉。嫗言已有靈丹，須玉杵擣之，有此當相與。航購得之，嫗仍令航擣藥百日。嫗呑靈藥，先入仙洞，告姻戚來迎。航及女就禮，引見諸仙賓，仙賓中有雲英之姐雲翹夫人，謂航識否，航不省，乃曰：「不憶鄂渚同舟事乎？」航始知雲翹夫人乃仙人劉綱之妻樊夫人也。後航與妻入玉峰洞為上仙。末記太和中，友人盧顥遇航於藍橋驛，具言得道事。

　　故事中，裴航首見舟中同載樊夫人，有國色，即有意於夫人；其後藍橋見雲英，豔麗驚人，又願聘納之。種種行徑，仿若一好色之登徒子。然而文中描寫裴航為求得佳人的種種努力，又令人為其至誠感動。初，雲英於葦箔下出一雙玉手捧甌，由裴航接飲之；裴航聞有異香，便趁還甌之便，遽揭葦箔睇之，見雲英嬌豔無雙。裴航驚怛之餘，植足而不能去，藉口僕馬饑甚，願憩於此，再伺機向老嫗提出聘納之意。由先前對樊夫人的詩挑，到對驛旁茅舍女子的提出婚聘，似乎顯示了裴航對女子情愛的渴求。

　　比較唐愛情傳奇中，男女愛情展開的模式，可以發現裴航之行徑，並非特例。如沈既濟〈任氏傳〉：

　　　　鄭子乘驢而南，入昇平之北門，偶值三婦人行於道中。中有白衣者，
　　　　容色姝麗。鄭子見之驚悅，策其驢，忽先之，忽後之，將挑之而未敢。

〔註274〕

白行簡〈李娃傳〉：

　　　　有娃方憑一雙鬟青衣立，妖姿要妙，絕代未有。（鄭）生忽見之，不
　　　　覺停驂久，徘徊不能去。乃詐墜鞭於地，候其從者敕取之，累眄於娃。

〔註275〕

由上可見，裴航的作為，其實就是唐代士子風流的行徑。然而叫人感動的是，裴航為了娶雲英，答應老嫗百日尋得玉杵臼，以擣靈藥。為了尋得擣靈藥的玉杵臼，裴航至京城後，無心於舉業，日日但於坊曲鬧市喧衢，高聲訪求玉杵臼，至為眾視為顛狂。如此數月，一日遇一貨玉老翁有玉杵臼，要價二百緡，裴航乃傾囊兼貨僕馬，方及其數。懷玉杵臼，步行至藍橋。老嫗見之，大笑：

　　　　有如是信士乎！

由上可見，裴航之求得仙偶，終成良緣，最重要的，在於其對情感的堅持，並以實際的努力通過了考驗，這是〈裴航〉一文與前述諸人仙情緣最大的差異點，前述的人仙情緣，或有得之太易，去之亦速之感。

　　〈裴航〉是一則美麗的仙道愛情故事，因之「藍橋」「玉杵」等成為後世文人寫作的典故，而後世戲曲小說亦多取為素材，可以說是唐五代仙道傳奇中人仙情緣的壓卷之作。〔註276〕

　　綜上所述，唐五代仙道傳奇中的人仙情緣故事，雖然繼承了漢魏六朝的神女匹

〔註274〕〈任氏傳〉見《廣記》卷四五二所引。
〔註275〕〈李娃傳〉見《廣記》卷四八四所引。
〔註276〕後世鋪演〈裴航〉的相關戲曲小說，參見李劍國《唐五代志怪傳奇敘錄》頁861。

配凡男的傳說，但宗教性的氣味已漸漸淡薄，而文學性的趣味則日趨濃厚，也就是說唐五代人的人仙婚戀故事，仙蹤道味大多只存其形式，或用以烘托一種神秘迷離的情境氣氛，而其實質精神，幾乎全然是人間男女情愛的傳奇故事了。更由於唐代獨特的狎遊文學，遊仙往往即是狎妓，所以有〈遊仙窟〉這種以遊歷仙境爲外框寫成的狎妓作品。

至於仙女降眞凡男型的傳奇作品，一則不再有六朝神女降眞凡男時所帶有的強制性色彩，如《博異志·楊眞伯》、《逸史·任生》、《傳奇·封陟》等條，書生便可拒絕仙女的情意，二則這一類的作品，仙女與凡男頗有才子佳人的味道，三則表現了書齋中士子心中的情欲夢幻，如《神仙感遇傳》的〈姚氏三子〉，藉著與降眞仙女結合，由愚拙而變聰敏、於豪宅讀書又有三女伴讀、獲名師指點、並有將來位極人臣的預言保障，最後還可獲得長生等等，都在與仙女的結合中獲得滿足。可以說，士子在科考仕官等等社會成就及個人欲望的壓力下，希圖藉由奇遇與良緣得到解決，而仙女降眞匹配凡男的故事形態，恰可滿足此一企圖。

至於在感情的鋪寫上，女仙對凡男之深情款款，與男仙對凡妻的淡漠成對比，這點可能與傳奇幾爲男性作者有關，故「女仙多情」，而男仙則維持淡漠的修道形象。而諸人仙情緣傳奇作品中女仙自薦之詩則與唐朝遊仙詩有呼應的關係；而「女仙」與書生的關係也可能就是和唐代社會中進士與娼妓之間的對應關係。

當然，在人仙情緣傳奇中，最令人讚賞的，仍是如《靈怪集·郭翰》、《通幽記·趙旭》、《玄怪錄·崔書生》、《傳奇·裴航》等，注重人仙（男女）之間情意的交流，是藉仙眞故事的外貌，以抒人間男女眞情之作。

第六章　唐五代仙道傳奇的史才、詩筆與議論

前　言

　　本文要探討的是「仙道」此一題材在傳奇此一「文類」中有什麼特色？〔註1〕在此即以傳統論傳奇特色的「史才、詩筆與議論」爲架構，析論仙道題材在其中如何表現。

　　關於唐傳奇文類上的特色，宋代趙彥衛《雲麓漫鈔》卷八唐代溫卷之風的一段文字，常被研究唐傳奇的學者引用，作爲論唐傳奇之興起與特色的佐證。〔註2〕就唐傳奇與溫卷之關係，歷來已屢有人批之、駁之；〔註3〕但在唐傳奇「文備眾體」

〔註1〕關於「傳奇」在中國古典小說中，可作爲一個「文類」的概念，參見王小琳〈唐代「傳奇」名稱問題辨析〉（見《國立中山大學人文學報》第三期，1995年4月，頁67～76）。不過，王小琳認爲當從敘事學的角度，歸納傳奇的若干文類特徵，以做爲可以識別的標誌云云（頁75），本文以爲還是可以從傳統的「文備眾體」說，來看唐傳奇的文類特徵。

〔註2〕如葉慶炳《中國文學史》（臺北：臺灣學生書局，1980年9月新一版）第二十講〈唐代傳奇與變文〉，頁379～380；齊裕焜主編，《中國古代小說演變史》（蘭州：敦煌文藝出版社，1990年9月一版）一書論及唐傳奇興盛的原因，依然將科舉制度下的溫卷之風爲一項（頁26）。吳志達著《中國文言小說史》（濟南：齊魯書社，1994年9月）也仍肯定行卷之風推動傳奇創作的勃興（頁217）。

〔註3〕關於反對傳奇溫卷之說的論文，可參見馮承基〈論雲麓漫鈔所述傳奇與行卷之關係〉及羅聯添〈唐代文學史兩個小問題之探討〉（此二文俱收入羅聯添主編之《中國文學史論文選集》第三冊，臺北：臺灣學生書局，1979年3月），馮氏考證唐代貢舉盛於開元、天寶之前，而傳奇多出於其後，時間上不相應；羅氏考證的結論爲：「（一）

的特色上，趙氏所謂的「史才、詩筆、議論」，則爲確論。今引其原文如下：

> 唐之舉人，先藉當世顯人，以姓名達之主司，然後以所業投獻；踰數
> 日又投，謂之溫卷，如《幽怪錄》、《傳奇》等皆是也。蓋此等文備眾體，
> 可以見史才、詩筆、議論。至進士，則多以詩爲贄，今有唐詩數百種行於
> 世者是也。……〔註4〕

或有人以爲唐傳奇未必篇篇皆具備史才、詩筆與議論，因之反對以此三者作爲唐傳奇文類上的特色與條件。〔註5〕持此意見者，可能是將「詩筆」視作狹義的詩歌，將「議論」等同於篇末的評議文字，從形式上認爲並非唐傳奇的普遍形式。但是，就形式上而言，亦有人就此對唐傳奇作一番統計，證實唐傳奇作品中出現詩歌、議論、說明著作緣由等成份的，乃屬普遍情形。〔註6〕事實上，論述一個文類的特色，並非因爲該特色爲此一文類的規格化、制式化的定義，而是指出在這一文類中，出現了與前代不同的成份，並且不是一、二篇的孤例，具有一定程度的出現率，我們便可以承認這些成份可作爲此一文類的特色。因此當然不必以此規定所有傳奇作品，都必需同時俱有詩歌與篇末議論的形式成份，方可算作「傳奇」，如果這樣規定的話，未免失之僵化與狹隘。

其次，如果我們以較現代的意義來進一步詮釋「史才、詩筆與議論」的含意，則或者更可以找出唐傳奇此一文類的特色。所謂「史才」，指唐傳奇的敘事手法；「詩筆」指唐傳奇除了篇中的詩歌以外，凡駢儷句法的描寫方式、詩化的情境氛圍塑造等等，也都可以視爲一種詩筆的表現；而「議論」方面，除了篇末類似「史臣曰」的形式外，也可以在敘述過程中利用角色作爲「代言者」，以對話方式來表現。〔註7〕因此，如不

裴鉶《傳奇》、牛僧孺《幽怪錄》並非投獻的溫卷。其他流傳的傳奇作品絕大部分是作者於擢進士第或進入仕途以後，也不是溫卷。傳奇和溫卷實在牽不上關係。（二）唐五代文獻沒有舉人投獻傳奇小説的記載。《雲麓漫鈔》的時代甚晚，又是孤文單證，誠難以取信。」（頁1173）另王夢鷗〈唐人小説概論〉（見《中國古典小説研究專集》第三冊，臺北：聯經出版社，1981）亦以爲溫卷流行之時代與唐人小説之興起，並無直接關係。另又可參閱程千帆《唐代進士行卷與文學》（上海：上海古籍出版社，1980年8月）及傅璇琮《唐代科舉與文學》（西安：陝西人民出版社，1986年10月一版）中之第十講〈進士行卷與納卷〉，程氏與傅氏對趙彥衛《雲麓漫鈔》這一段唐舉人與進士的溫卷之説，有很清楚的批評。

〔註4〕 宋・趙彥衛撰，傅根清點校，《雲麓漫鈔》（北京：中華書局，1996年8月一版）卷八，頁135。

〔註5〕 例如龔鵬程在〈唐傳奇的性情與結構〉（見《古典文學》第三集，臺北：臺灣學生）一文，即以爲如此（頁181～182）。

〔註6〕 參見丁肇琴《唐傳奇的寫作技巧》（臺灣大學中文研究所碩士論文，1987年5月）頁11～13。

〔註7〕 以上「史才、詩筆與議論」的詮釋，是參考寧宗一主編《中國小説學通論》（合肥：

拘泥於「詩筆＝詩歌」、「議論＝篇末的評議」這樣形式上的要求，則唐傳奇中符合「史才、詩筆與議論」三要素的作品比例更是大增，並且也可以說，這些是唐傳奇爲何可以構成一獨立文類的原因。

　　以下即以「史才：敘事手法」、「詩筆：詩歌與詩化的語言風格」、「議論：創作旨趣的闡發」等三方面，看唐五代仙道傳奇的藝術特色。

第一節　唐五代仙道傳奇中之「史才」：敘事手法

　　所謂唐傳奇之「史才」，指傳奇作者的敘事手法，也就是唐傳奇有意的運用了史書中傳記的寫法。〔註8〕

　　就文體性質而言，史傳與小說同屬敘事的體裁，因此在敘事的手法上，自然有可相通之處。或以爲寫《史記》的司馬遷，即是以小說的寫法寫〈鴻門宴〉等篇章；〔註9〕就唐傳奇的根源而言，與史傳有密切的關係，例如程毅中在《唐代小說史話》一書中，論及唐代小說觀的發展時，即指出唐人自劉知幾《史通》開始，把子部的小說和史部的雜傳合併，這是唐代小說觀一大發展。小說從子部轉移到史部，列爲史書的一個旁支，地位就有所變化，不少文人開始以史傳體來寫小說，也就是唐代史學家把小說看作史書的一支，而文人則把史部的雜傳稱作小說。從小說史上看，小說與雜傳合流，或者說把雜傳歸併入小說，就更多地發揚了傳記文學的傳統。唐人用傳記體寫小說，或者說用小說手法寫傳記，就把小說的藝術性提高了一步。小說吸收了史傳的寫作手法，才進一步走向文學的領域。〔註10〕

〔註 8〕安徽教育出版社，1995 年 12 月），第二章第三節「文備眾體——傳奇小說的藝術體製」的說法，頁 351～361。

〔註 8〕參見寧宗一主編《中國小說學通論》，頁 352～354。此外，關於唐人對「史才」一詞的運用，以劉幾知的史才、史學、史識之說最具代表性，見《舊唐書》卷一○二劉知幾的本傳中，劉知幾答鄭惟忠「史才三長論」（頁 3173）。謝保成《隋唐五代史學》（廈門大學出版社，1995 年 2 月初版）以爲劉知幾的「史才」，主要指選擇、組織史料的能力和編纂、撰寫史書的技巧，要求能夠「善擇」、「辨疑」、「敘事簡要」、「事溢事外」（頁 150）；劉節《中國史學史稿》（臺北：弘文館，1986 年 6 月初版）詮釋劉知幾的「史才」一詞，謂「敘述史事的綜合能力」，是「文學方面的事」（頁 182）。而唐‧李肇《國史補》（臺北：世界書局，1991 年 6 月四版）卷下亦有言：「沈既濟撰《枕中記》，莊生寓言之類；韓愈撰《毛穎傳》，其文尤高，不下史遷，二篇真良史才也。」（頁 55）。綜觀上述，可見史才指敘事方面的技巧。

〔註 9〕參見董乃斌〈從史的政事紀要到小說的生活細節化——論唐傳奇與小說文體的獨立〉（《文學評論》1990 年第 5 期，頁 79～86）一文，頁 83。

〔註 10〕參見程毅中《唐代小說史話》，頁 4～5。

　　然而即使唐傳奇與史傳文學關係密切，但是，傳奇畢竟不能等同與傳記，二者之間還是有相當不同的地方：一是寫作態度上，唐傳奇的作家是有意虛構的，史傳則要求記實，絕不能違背已知的歷史事實；〔註11〕二是寫作手法上，史傳「缺少對於生活細節的描述而專注於政事紀要式的敘述」，唐傳奇則相當注重生活細節的描述。〔註12〕這兩點造成史傳與傳奇風格絕不相類，史傳質實，多敘述，少描繪，而傳奇則敘述與描繪並重，風格炫麗多姿。〔註13〕

　　綜上所述，在仙道傳奇的「史才」這一項，我們要討論的是仙道傳奇的敘事手法。

　　唐五代仙道傳奇中，運用紀傳體寫法的，首推那些為仙眞立傳的作品；其次如〈枕中記〉、〈南柯太守傳〉等系列故事，在敘述中以記傳的手法寫出夢中主角的一生仕宦履歷，但在全篇的佈局上，顯然超越史傳的寫法。以上這二者以人或物為敘述的對象（主題），基本的敘事手法較類似於傳記的手法；至於其他類型的仙道傳奇，因應其主題內容，基本上是以事件為中心，其敘事的手法，自然不同於一般史傳平鋪直敘的敘事風格。以下先論各主題類型的大體的結構（布局架構），次論各主題的敘事技巧。

一、仙眞類：以人物為中心的敘事手法

　　為了與史傳中傳記的敘事方式作比較，本文以唐人所修《隋書》中的列傳為例，其文之架構大體可分為三大段：〔註14〕

（一）開端：某人名字，里籍，家世，品貌才能，幼年事蹟；

（二）主體：一生之經歷等；

（三）收尾：其人結局，或子嗣，最後史臣曰作結。

〔註11〕如胡應麟謂：「至唐人乃作意好奇，假小說以寄筆端。」魯迅即謂之「意識之創造」，見《中國小說史略》第八篇〈唐之傳奇文〉（本文收入《魯迅中國小說論文集》，臺北：里仁書局，1992，9初版，頁59）。

〔註12〕參見董乃斌〈從史的政事紀要式到小說的生活細節化——論唐傳奇與小說文體的獨立〉，董氏並認為唐傳奇內容的生活細節化不但可以區分小說與史著，也可用來區分傳奇與志怪、筆記等的不同。

〔註13〕陳文新《中國傳奇小說史話》謂：「但小說畢竟與史傳不同。史傳的目的是展示歷史，以敘事為中心，務求簡潔，因此文簡而事繁常是許多歷史家所奉行的準則；小說的目的是娛人，以作文為中心，務求思翰藻，因此『吟詠情性』、『感蕩心靈』成為小說家的追求。」（頁112）

〔註14〕關於中國傳統傳記形式上的特點，請參看崔采德著、中央研究院中美人文社會科學研究合作委員會譯、張端穗補正〈中國傳記的一些問題〉（《東海中文學報》第八期，1988年7月，頁105～116）一文，頁107～108。

因隱逸與仙道頗有淵源，以下茲舉《隋書》卷七十七，列傳第四十二〈隱逸傳·徐則〉爲例，〔註15〕

　　　　（一）徐則，東海郯人。幼沈靜，寡嗜欲。受業於周弘正，善三玄，精於議論，聲擅都邑，則歎曰：「名者實之賓，吾其爲賓乎！」遂懷棲隱之操，杖策入縉雲山。後學數百人，苦請教授，則謝而遣之。不娶妻，常服巾褐。陳太建時，應召來憩於至眞觀。期月，又辭入天台山，因絕穀養性，所資唯松水而已，雖隆冬冱寒，不服綿絮。太傅徐陵爲之刊山立頌。

　　　　（二）初在縉雲山，太極眞人徐君降之曰：「汝年出八十，當爲王者師，然後得道也。」晉王廣鎮揚州，知其名，手書召之曰：「……。」則謂門人曰：「吾今年八十一，王來召我，徐君之旨，信而有徵。」於是遂詣揚州。晉王將請受道法，則辭以時日不便。其後夕中，命侍者取香火，如平常朝禮之禮，至于五更而死，支體柔弱如生，停留數旬，顏色無變。晉王下書曰：「……身體柔軟，顏色不變，經方所謂屍解地仙者哉！……」是時自江都至於天台，在道多見則徒步，云得放還。至其舊居，取經書道法分遺弟子，仍令淨掃一房，曰：「若有客至，宜延之於此。」然跨石梁而去，不知所之。須臾，屍柩至，方知其靈化。時年八十二。晉王聞而益異之，賵物千段，遣畫工圖其狀貌，令柳　爲之讚曰：「……。」

　　　　（三）史臣曰：古之隱逸者，……徐則志在沈冥，不可親疏，莫能貴賤，皆抱樸之士矣。

〈徐則傳〉寫的便是一位修仙求道之人，全文論述其言行，及一些不尋常的舉止，如「雖隆冬冱寒，不服綿絮」，和屍解升仙的傳說。全文架構即由（一）里籍、家世、才能性格開端；（二）一生主要經歷；（三）史臣評語等三大段。以此和本文第五章仙眞類的作品比較，在大的架構上是相似的，特別是神仙傳記與女仙傳記的部分。如第五章第一節的〈羅公遠〉條，先敘其里籍、幼年事蹟，然後是在人世間的奇行異事，最後結以議論（答玄宗長生之請一段）。同節〈馬自然〉條的架構亦同，而增益以更多的遊歷與法術事蹟。又如同章第三節謫仙類，在因過謫降型、天才秀異型，其共同的結構爲：1謫仙的時地身份（即某人名籍），2試煉、贖罪的歷程，3點破情由，說明謫降之因，4歸返天界，其中1即與史傳的開端完全相類，2、3即其人一生之經歷敘述，4即其結局，亦包舉一生，有首有尾。

〔註15〕唐・魏徵等撰，《隋書》（北京：中華書局，1973年8月一版）頁1758～1761。

誠如傳記的功能在於紀念與說教，〔註16〕仙道傳記可以說更兼負宣揚教義的作用，一方面仙道傳記中記載了仙眞的種種神奇作爲，另一方面爲了取信於世人，仙眞傳記中往往以官府或朝廷的詔告、立廟，作爲所記乃信史的證據，特別傳主是民間傳說人物，例如第五章第一節舉的〈馬自然〉、〈僕僕先生〉，同章第二節女仙傳記中一系列的民間女性修道者的傳記，都有地方官府上奏、朝廷敕令建道觀等的敘述。

然而，正因爲仙道傳奇中包含相當成份的傳說，所以在敘述的方法上，基本上，除了依事件發生的時間順序敘述外，顯然較正史中的傳記更加多樣化。例如第五章第一節〈孫思邈〉條，分別有杜光庭《仙傳拾遺》和沈汾《續仙傳》爲之作傳，二人的處理方式不同，請參看前文的分析。簡言之，杜光庭在史傳的資料《大唐新語》〈孫思邈〉事之後，大致依相關傳說的故事時間羅列其後；而沈汾則在《大唐新語》〈孫思邈〉條中，於相關的地方適度的穿插新龍宮傳說。杜光庭、沈汾皆是運用已有的材料，有意識塑造孫思邈的神仙形象，一方面運用了史傳的材料與敘述方式，一方面更增添許多虛構性的情節，如沈汾〈孫思邈〉中所穿插的龍宮傳說，更使神仙傳記呈現較強的傳奇的風格。

大體上，仙眞類的作品，是以事件的時間爲先後順序加以敘述，事件的中心在烘托傳主（仙眞）之神異，因此大部分的事件之間沒有因果關係。

二、夢幻型仙道傳奇中的人物傳記

以第五章第三節「夢幻型」仙道傳奇爲例，即〈枕中記〉系列的作品，這一類作品運用夢境，讓主角在夢境中歷經一生的富貴起伏，最後夢醒悟道。故事中敘述主角於夢中的一生仕宦經歷，正是一種史書的方式。董乃斌便以爲：「〈枕中記〉敘盧生夢中經歷，有意套用標準的史傳體寫法，一一縷述其仕宦升降、家世子嗣之類，甚至也象正規史書那樣，編入一份臨終的遺表和皇帝的答詔。」〔註17〕

但除了大的架構上的相似外，其實仙道傳奇在敘事的技巧上，較一般史傳要顯得多樣化。例如〈枕中記〉，敘述主角的一生雖然採用了標準的史傳體寫法，但將這一生濃縮、包舉在一場短暫的夢中，融合了寓言和志怪的表現手法，借夢境影射事實，便超越了史傳平鋪直敘的敘述方式。再如〈南柯太守傳〉的架構，一方面與〈枕中記〉相類，另一方面，在夢境中，主角淳于棼與群女交遊，群女中有一女，追敘

〔註16〕參見崔采德著、張端穗補正〈中國傳記的一些問題〉(《東海中文學報》第八期，1988年7月，頁105～116) 一文，頁112。

〔註17〕見董乃斌〈從史的政事紀要式到小說的生活細節化──論唐傳奇與小說文體的獨立〉，頁84。

前此與淳于棼曾有的因緣，彷若眞有其事一般：〔註18〕

> 復有一女謂生曰：「昨上巳日，吾從靈芝夫人過禪智寺，於天竺院觀
> 右延舞婆羅門，吾與諸女坐北牖石榻上，時君少年，亦解騎來看。君獨
> 強來親洽，言調笑謔。吾與窮英妹結絳巾，挂於竹枝上，君獨不憶念乎？
> 又七月十六日，吾於孝感寺悟上眞子，聽契玄法師講觀音經。吾於講下
> 捨金鳳釵兩隻，上眞子捨水犀合子一枚。時君亦講筵中於師處請釵合視
> 之。賞歎再三，嗟異良久。顧余輩曰：『人之與物，皆非世間所有！』或
> 問吾民，或訪吾里，吾亦不答。情意戀戀，矚盼不捨。君豈不思念之乎？」
> 生曰：「中心藏之，何日忘之！」群女曰：「不意今日與君爲眷屬。」

這一段的對話，運用了追敘，在敘述中，明確標舉人事時地物以加強眞實感，在娓
娓道來之中，見種種生活細節之描繪，足使情境再現，這樣鮮活的敘述方式，並非
是一般質實的史傳之體所有的，而上追用文學手法寫傳紀的《史記》。

三、以事件爲主軸的敘事方式

其他類型的仙道傳奇中，大半的開端亦如傳記，載明人物里籍、身份；在中段
方面，則爲各類型的主體所在，此主體往往爲一事件，如人物求仙、遇仙、誤入仙
境、與仙女交往等等的不同歷程；至於收尾的部分，則依其類型而有幾種不同的結
果，篇末或有評議。總之，在全文敘述的大架構上與史傳是相似的。

但在各類型的主體敘述部分，可以說是以人物的某個或某段經歷而不是全部
一生的經歷爲敘述的主軸的，如遊歷仙境的歷程、如何服食成仙、女仙與凡男如
何交往等等，因此在結構上，注重前後情節的因果與轉折，與人物傳記並列諸事
的結構方式不同；前者在有因果關係的限制下，情節是有機的聯繫，而後者諸事
件的敘述，基本上是指向人物，爲製造「傳主」的仙眞形象而並列諸多事件（「傳
主」所行的諸異能神蹟），這些事件增添或刪減幾件，除了篇幅增減外，實際上不
影響結構上的完整。

例如第五章仙眞傳記類中的男仙傳記、女仙傳記，其結構方式基本上是羅列仙
眞事蹟，如〔表5-1　孫思邈故事內容〕、〔表5-2　羅公遠故事內容〕等等，可以
採用條列式的方式一一列舉，因爲故事中諸事件之間，基本上可以說沒有因果關係。
然而法術傳奇類、修仙傳奇類、仙凡對照類、遊歷仙境類、人仙情緣類等，其情節
是有發展性的，每一情節單元有前後的因果關係，這樣的敘述方式便明顯與人物傳
記不同，當然也與以人物爲敘述中心的史傳不同。例如：

〔註18〕以下引文見汪辟疆《唐人小說》，〈南柯太守傳〉頁86。

法術歷險型	誤入仙境→遇仙人→（娶仙女）→仙人授符（或竹）→持符（竹）於人間歷險→仙人現身救離災難。
行善積德型	行善積德→遇智慧老人→交好運→遂願。
仙降授經型	主角好道→在名山或仙境中得遇仙人→仙人授經→修之成仙。
好道遇仙型	主角好道→遇到仙人→通過仙人的觀察與試驗→成仙。
服食成仙型	A. 遇仙或隨道士修行→見奇怪的小犬、小兒→服食→成仙。 B. 行善遇仙→煮食嬰兒→願服食者成仙→不願服食→仙人告以嬰兒乃千歲人參之類。
煉丹試煉型	主角→遇智慧老人→受邀協助煉丹→犯勿語禁忌→失敗。
對　比　型	甲乙二人一同修道→甲堅持／乙放棄→若干年後重逢→甲邀乙一聚→乙發現甲是神仙。
抉　擇　型	主角遇仙→抉擇：A 白日昇仙，B 作人間宰相→主角選擇 B→主角果然作宰相 主角遇仙→遊歷仙境→仙人給予升仙或人間富貴的抉擇→主角選擇人間富貴→回到凡間（作宰相）。
夢　幻　型	主角入夢→夢中經歷婚仕顯宦→夢醒→人生感悟→出世修道。
遊歷仙境類	出發→歷程（仙境遊歷）→回歸。
例博物風格型	主角出發→誤入仙境→仙境中之遊歷：多奇異事物，或有仙人賜食→思歸→仙凡時差→主角繼續修道。
仙境式人仙情緣型	主角出發→誤入仙境→遇女仙，結一段情緣→回歸人間。
人仙情緣	男主角獨居→女主角（女仙）來，以詩挑之→男主角拒絕→女主角離去。 男主角遇見女主角→男主角追求女主角→男主角與女主角結合→分離或一同升仙。

　　從上述各類型的基本結構，可以看出仙道此一題材對傳奇在敘述方式上的影響，最主要的是能使人物出入於現實與虛幻之間，因此而產生各種不同類型的結構，這些敘述類型往往非唐傳奇其他題材所有，但在人仙情緣類型中的仙女奇緣型部分，其結構與愛情傳奇是一致的，除了套上了仙道的外貌，其本質與愛情傳奇無異，因此其敘事結構也就不出愛情傳奇的範圍：相遇→追求→共處一段時日→波折→分手或結合。因此，我們可以說說題材決定了類型與結構，而仙道此一題材確實有其特別的敘述方式。

第二節　唐五代仙道傳奇中的「詩筆」：詩歌及詩化的語言風格

　　所謂唐傳奇的「詩筆」，指唐傳奇的抒情性，用詩的手法寫小說，從而形成了

詩化小說。〔註 19〕洪邁謂「唐人小說，小小情事，悽婉欲絕，洵有神遇而不自知者」，〔註 20〕論者以爲其因之一即是唐傳奇的詩意情境所塑造出的效果。〔註 21〕陳文新《中國傳奇小說史話》亦指出唐傳奇的文體特徵之一是「歷史向詩傾斜」，除了具體的引詩入傳奇外，更指作品的抒情功能，而此一文體特徵應爲唐傳奇最重要的文體特徵。〔註 22〕

　　唐傳奇的詩筆表現方式大致有三個方式：一駢儷對語的運用，在這方面劉上生在《中國古代小說藝術史》中說「文辭華美」是唐傳奇語言的基本風格；〔註 23〕二是詩歌的運用；三是創造詩的意境。以下即依各仙道類型來觀察其中詩筆的運用情形。

一、仙眞類的詩歌

　　唐五代仙道傳奇中的仙眞往往身兼詩人，以詩歌傳達隱逸之趣，如沈汾《續仙傳》中的〈許宣平〉，〔註 24〕負薪以賣，擔常掛一花瓠及曲竹杖，每醉騰騰以歸，獨吟曰：

　　　　負薪朝出賣，沽酒日西歸，路人莫問歸何處，穿入白雲行翠微。

　　　　隱居三十載，石室南山巔，靜夜翫明月，明朝飲碧泉，樵人歌壟上，

　　谷鳥戲巖前，樂矣不知老，都忘甲子年。

同書類似的還有〈藍采和〉，〔註 25〕其形象是一腳著靴，一腳跣行，行則振鞋唱踏歌：

　　　　踏歌藍采和，世界能幾何，紅顏一春樹，流年一擲梭，古人混混去不

　　返，今人紛紛來更多，朝騎鸞鳳到碧落，暮見蒼田生白波，長景明暉在空

　　際，金銀宮闕高嵯峨。

藍采和最後踏歌乘醉隨雲鶴在笙簫樂聲中離去，其歌詩與形象相結合，十分生動自然。

〔註 19〕　參見寧宗一主編《中國小說學通論》，頁 354。李劍國《唐五代志怪傳奇敘錄》以爲
　　　　　「所謂詩筆，不是指無意義地在作品中插入詩歌，而是指作品規定情景的詩意化，
　　　　　在作品中創造情緒和意境。詩筆是唐代小説家—他們常常兼有詩人的身份—著意追
　　　　　求的境界，是創造美的重要手段。」（頁 83〜4）。
〔註 20〕　見清・蓮塘居士（陳世熙）編《唐人説薈》凡例。
〔註 21〕　參見劉上生《中國古代小説藝術史》（長沙：湖南師大出版社，1993 年 6 月），謂唐
　　　　　傳奇的語言藝術，即如此說（頁 51）。
〔註 22〕　參見陳文新《中國傳奇小説史話》，頁 67。
〔註 23〕　參見劉上生《中國古代小説藝術史》，頁 51。
〔註 24〕　〈許宣平〉見《廣記》卷二四。
〔註 25〕　〈藍采和〉見《廣記》卷四四。

唐代的仙人雲遊天下，亦喜到處題詩，如《續仙傳》〈馬自然〉「所遊行處，多題詩句」，其登杭州秦望山詩曰：〔註26〕

> 太乙初分何處尋，空留曆數變人心，九天日月移朝暮，萬里山川換古今，風動水光吞遠嶠，雨添嵐氣沒高林，秦皇謾作驅山計，滄海茫茫轉更深。

綜觀這些仙人詩歌，其主要的情調是隱逸的，其內容則抒發了對人生短暫的悲憫，對仙界永恆的期盼。

這種仙人好詩的情調即使在女仙身上亦然，如記載同一事的盧肇《逸史‧吳清妻》和李復言《續玄怪錄‧楊敬眞》，〔註27〕都有仙詩五首，而以李復言的編排較佳。前者〈吳清妻〉篇記女冠五人同至仙方臺，有仙詩五首，附記於篇末：

> 道啓眞心覺漸清，天教絕粒應精誠。雲外仙歌笙管合，花間風引步虛聲。
> 心清境靜聞妙香，憶昔期君隱處當。一星蓮花山頭飯，黃精仙人掌上經。
> 飛鳥莫到人莫攀，一隱十年不下山，袖中短書誰爲達，華山道士賣藥還。
> 日落焚香坐醮壇，庭花露濕漸更闌。淨水仙童調玉液，春宵羽客化金丹。
> 攝念精思引彩霞，焚香虛室對煙花。道合雲霄遊紫府，湛然眞境瑞皇家。

這五首七絕，言辟穀、焚香、精思、玉液、金丹等等，有濃厚的仙道色彩，但是在編排上附於篇末，不如〈楊敬眞〉篇的安排。〈楊敬眞〉篇敘女性修道者楊敬眞遊仙境之後，追敘與其他四位修道的女性同夜成仙，在仙境中歡會的情景，各賦詩一首以記之：

> 五人相慶曰：「同生濁界，並是凡身，一旦翛然，遂與塵隔。今夕何夕，歡會於斯，宜各賦詩，以道其意。」信眞詩曰：「幾劫澄煩慮，思今身僅成，誓將雲外隱，不向世間存。」湛眞詩曰：「綽約離塵世，從容上太清，雲衣無綻日，鶴駕沒遙程。」修眞詩曰：「華嶽無三尺，東瀛只一杯。入雲騎綵鳳，歌舞上蓬萊。」守眞詩曰：「共作雲山侶，俱辭世界塵。靜思前日事，拋卻幾年身。」敬眞亦詩曰：「人世徒紛擾，其生似夢華。誰言今夕裡，俛首視雲霞。」

這些女眞作的詩，基本上亦以出世爲其基調，以「華嶽三尺」、「東瀛一杯」作滄海桑田之喻，視現世人生爲短暫紛擾污濁，而以棲身雲外爲理想，和〈吳清妻〉那五首七絕仙詩比起來，似乎〈楊敬眞〉抒寫的比較是文人對隱逸生活的嚮往，女眞五人應是作者的代言人而已。而這種仙境中仙人歡會以歌詠的情節，常見於遊歷仙境

〔註26〕〈馬自然〉見《廣記》卷三三。

〔註27〕〈吳清妻〉見《廣記》卷六七，〈楊敬眞〉見《廣記》卷六八。

群仙宴樂的類型中，這其實是士大夫階層的生活寫照，有濃厚的文人情趣。在這樣的文人情趣之中，不可避免的帶有炫誇才學的意味。

二、遊歷仙境類型中炫誇詩才的作品

　　因爲仙境的奇幻色彩，提供了傳奇作家表現奇思文采的空間，如牛僧孺《玄怪錄》中的〈柳歸舜〉、鄭還古《博異志》中的〈白幽求〉，李玫《纂異記》中的〈嵩岳嫁女〉。

　　〈柳歸舜〉條謂隋開皇二十年（600）柳歸舜因風吹至君山，誤入仙境，聽聞鸚鵡仙誦古詩賦，並與一鳥鳳花臺品評時藝，然後送歸。牛僧孺在本篇開首以駢詞儷語描寫仙境一段，就是一篇極美的山水小品：

> ……大風吹至君山下，因維舟登岸，尋小徑，不覺行四五里。興酣，踰越磎澗，不由徑路。忽道傍有一大石，表裡洞徹，圓而砥平，周匝六七畝，其外盡生翠竹，圓大如盞，高百餘尺，葉曳白雲，森羅映天，清風徐吹，戛爲絲竹音。石中央又生一樹，高百尺，條幹偃陰爲五色，翠葉如盤。花徑尺餘，色深碧，蕊深紅。異香成煙，著物霏霏。有鸚鵡數千，丹嘴翠衣，尾長二三尺，翔翔其間，相呼姓字，音旨清越。

　　李劍國《唐五代志怪傳奇敘錄》評牛僧孺《玄怪錄》中此類文字時謂：「或摹仙境風物，五彩披紛，堪稱亦詩亦畫」云云，〔註28〕單由上述一段，即可見一斑。

　　其次本篇在鸚鵡仙的角色設計上，可見作者牛僧儒的巧思。鸚鵡本是一種具有學舌能力的鳥，故能記誦詩詞，本篇中又將這些鸚鵡安排在仙境之中，則它們口誦漢宮中諸事，就合於虛構之理了。於是作者便通過這樣合理的虛構，盡情施展他的才學：

> 或有唱歌者曰：「吾此曲是漢武鉤弋夫人常所唱。」詞曰：「戴蟬兒，分明傳與君王語，建章殿裡未得歸。朱箔金缸雙鳳舞。」名阿蘇兒者曰：「我憶阿嬌深宮下淚。」唱曰：「昔請司馬相如爲作《長門賦》，徒使費百金，君王終不顧。」又有誦司馬相如《大人賦》者曰：「吾初學賦時，爲趙昭儀抽七寶釵橫鞭，余痛不徹，今日誦得，還是終身一藝。」名武遊郎者言：「余昔見漢武帝，乘鬱金楫，泛積翠池，自吹紫玉笛，音韻朗

〔註28〕見李劍國《唐五代志怪傳奇敘錄》，頁624。又按，〈柳歸舜〉，《廣記》卷一八注「出《續玄怪錄》」，論者以爲乃《玄怪錄》之作，其中之一理由即在二書文采不同，王夢鷗《唐人小說研究四集》即以爲李復言《續玄怪錄》敘事質直，頗乏風趣，而牛僧孺《玄怪錄》則於幻想神仙生活時，必模山範水，圖寫煙霞草木，有詩情畫意云云（頁24），於〈柳歸舜〉篇亦可見一斑。

暢，帝意歡適。李夫人歌以隨，歌曰：『顧鄙賤，奉恩私，願吾君，萬歲期。』」

從文中所引鉤弋夫人、阿嬌、司馬相如、趙飛燕、李夫人等等，可見牛僧孺運用典故，有意識的虛構以成小說。在逞其才學的同時，亦渲染出一種風雅的文人情調。

又如鄭還古《博異志・白幽求》條，〔註29〕寫一再下第的秀下白幽求，因失志而隨新羅王子過海，爲風所飄而至海外仙境，遇四岳眞君遊春臺，親聞諸眞君賦〈迎月詩〉共四首，並記下童兒玉女所唱〈步虛詞〉一首。這樣一篇之中便有五首詩歌。大量的仙人歌詠，從遊歷仙境的作品類型而言，可以達到表現神仙世界中閒適美好的作用，同時也給予作者逞才的機會。然而觀篇首言白幽求爲一失志秀才，篇末白幽求自仙境遊歷歸來後，便永絕宦情。這樣的描寫，對照作者鄭還古的身世，不禁令人覺得有弦外之音的感覺。〔註30〕

另外李玫《纂異記・嵩岳嫁女》條，〔註31〕文中寫嵩岳嫁女，諸仙同賀，並即興賦詩，共有十五位仙人出場，並賦詩二十首，眞是洋洋灑灑。這二十首詩的內容，一則在憑弔往事、感歎人生的虛無，一則寄寓作者對時事的諷刺與評議，可以說作者虛構了一個神仙故事，有意顯示一己的才學。〔註32〕事實上《纂異記》一書中的作品有許多具有諷刺的意味，不獨〈嵩岳嫁女〉而已。〔註33〕

上述遊歷仙境的作品中，凡寫及群仙宴樂的部分，總安排一段諸仙賦詩吟詠的情節，成爲仙道小說的習套，因此也就特別適合文士用以逞其詩才了。

值得注意的是，在上述的篇章之中，遊歷仙境的主角全部是書生，因爲用書生作爲遊歷仙境的角色，才有能力記下那許多仙人的詩章，因此託言仙眞以逞才學的傾向極爲明顯。而其他遊歷仙境的主角如非書生，則篇內就沒有詩詞歌賦的記載，如《博物志・陰隱客》記鑿井工人由井入仙穴事、〔註34〕《原化記・採藥民》記蜀郡青城民採藥誤入仙境事、〔註35〕《集異記・李清》記染工入仙雲門山求仙事等等〔註36〕。

〔註29〕〈白幽求〉見《廣記》卷四六。

〔註30〕關於鄭還古之生平及其創作《博異志》之旨趣，參見陳文新《中國傳奇小說史話》頁243。

〔註31〕〈嵩岳嫁女〉見《廣記》卷五○。

〔註32〕相關的分析論述，請參看本文第五章第三節頁247～251的分析。

〔註33〕參見陳文新《中國傳奇小說史話》頁234～242。

〔註34〕〈陰隱客〉見《廣記》卷二○。

〔註35〕〈採藥民〉見《廣記》卷二五。

〔註36〕〈李清〉見《廣記》卷三六。

三、人仙情緣類的詩情畫意

在唐五代仙道傳奇中，抒情成分最濃的就屬人仙情緣類的作品。人仙情緣的作品有許多是披著仙道外衣的愛情傳奇，其中的文士與仙女頗有才子佳人的傾向，男女主角才貌出眾，文采過人，作者不但以駢儷對語描寫人物的形貌，也以駢詞儷句作為人物的對話方式，更且讓角色以詩傳情。

例如張文成的《遊仙窟》，主角張文成問浣衣女子：「崔女郎何人也？」浣衣女子的回答即是大段的對語鋪陳其容貌：「華容婀娜，天上無儔；玉體逶迤，人間少匹。輝輝面子。荏苒畏彈穿；細細腰支，參差疑勒斷。韓娥宋玉，見則愁生；絳樹青琴，對之羞死。千嬌百媚，造次無可比方；弱體輕身，談之不能備盡。」其後文成與崔十娘等詩賦相和，長篇累牘。〔註37〕

出於裴鉶的《傳奇》的〈封陟〉篇，〔註38〕也是通篇駢詞儷語，不但以之寫情景烘托氣氛，並形容人物形貌，連人物對話亦如此。而篇中寫仙女月夜中來，一而再、再而三地向書生封陟以駢詞儷語及詩章利誘情挑，今錄一段以見一斑：

> 時夜將午，忽飄異香酷烈，漸布於庭際。俄有輜軿自空而降，畫輪軋軋，直湊簷楹，見一仙姝，侍從華麗，玉珮敲磬，羅裙曳雲。體欺皓雪之容光，臉奪芙蕖之艷冶。正容斂衽而揖陟曰：「某籍本上仙，謫居下界，或遊人間五岳，或止海面三峰。月到瑤階，愁莫聽其鳳管，虫吟粉壁，恨不寐於鴛衾。燕浪語而徘徊，鶯虛歌而縹緲，寶瑟休泛，蚖䖄懶斟，紅杏艷枝，激含嚬於綺殿；碧桃芳萼，引凝睇於瓊樓。既厭曉粧，漸融春思，伏見郎君，坤儀濬潔，襟量端明，學聚流螢，文含隱豹，所以慕其真樸，愛以孤標，特謁光容，願持箕帚，又不知郎君雅旨如何？」陟攝衣朗燭，正色而坐，言曰：「某家本貞廉，性唯孤介，貪古人之糟粕，究前聖之指歸，編柳苦辛，燃粕幽暗，布被糲食，燒蒿茹藜，但自固窮，終不斯濫，必不敢當神仙降顧，斷意如此，幸早迴車。」姝曰：「某作造門墻，未申懇迫，輒有詩一章奉留，後七日更來。」詩曰：「謫居蓬島別瑤池，春媚煙花有所思，為愛君心能潔白，願操箕帚奉屏幃。」

類似這樣的三問三拒三留詩，不但文字富麗，其情緻亦顯濃麗之極。

陳邵的《通幽記‧趙旭》篇，〔註39〕寫天上青童稱趙旭為仙郎，二人同宿之夜，又有織女前來，青童遂扣柱歌而拒之：

〔註37〕 見汪辟疆《唐人小說》，頁 19。
〔註38〕 〈封陟〉見《廣記》卷六八。
〔註39〕 〈趙旭〉見《廣記》卷六五。

月露飄颻星漢斜，獨行窈窕浮雲車。仙郎獨邀青童君，結情羅帳連心花。詩中謂「仙郎獨邀青童君」，實際上是反過來青童欲獨佔趙旭。

至於《靈怪集》中的〈郭翰〉篇，〔註40〕除了用駢詞儷句描繪人物外，也以同樣的筆墨寫歡會之情景：

> 女（織女）爲敕侍婢淨掃室中，張霜霧丹縠之幃，施水晶玉華之簟，轉會風之扇，宛若清秋。乃攜手昇堂，解衣共臥。其襯體輕紅綃衣，似小香囊，氣盈一室。有同心龍腦之枕，覆雙縷鴛文之衾。柔肌膩體，深情密態，妍艷無匹。欲曉辭去，面粉如故，爲試拭之，乃本質也。

讀來有如豔體詩一般。最後當二人分手一年後，書信中互贈以詩，見第五章第四節所引，其情直如人間情緣未諧之男女，留下無限的惆悵。

至於《玄怪錄》中〈崔書生〉篇，〔註41〕寫崔書生與玉巵娘子從相戀到分離，雖未有詩歌往來以傳情達意，但在分離時釀造一種迷離惆悵的氣氛，則是相當俱有詩意的：

> ……女遂袖中取白玉盒子遺崔生，生亦留別。於是各嗚咽而出門，至遷谷口回望，千巖萬壑，無有遠路，因慟哭歸家。

人仙情緣傳奇中，書生與女仙之間，以詩傳情的種種行爲，其實是唐代現實社會生活中士子與倡家交往的寫照。專述唐代娼家風情的《北里志》中，有一條〈王團兒〉，記一段作者孫棨的親身經歷，可作一佐證。孫棨曾遇一妓名宜之者願托終身，孫棨拒之，其一來一往即以詩章爲之：〔註42〕

> ……他日忽以紅箋授予，泣且拜，視之詩曰：「日日悲傷未有圖，懶將心事話凡夫。非同覆水應收得，只問儂郎有意無。」余因謝之曰：「甚知幽旨，但非舉子所宜，何如？」……予題其箋後曰：「韶妙如何有遠圖，未能相爲信非夫。泥中蓮子雖無染，移入家園未得無。」覽之因泣，不復言，自是情意頓薄。

後來，宜之被賣於豪家，孫棨曾趁便致意，又得宜之詩曰：

> 久賦恩情欲託身，已將心事再三陳。泥蓮既沒移栽分，今日分離莫恨人。

孫棨覽之，悵然不已。其後每遇賓客話及宜之，則嗚咽久之，顯然不能忘情。

由《北里志》這一段記載，和唐人仙道傳奇中那許多的人仙情緣，可知詩歌傳

〔註40〕〈郭翰〉見《廣記》卷六八。
〔註41〕〈崔書生〉見《廣記》卷六三。
〔註42〕唐‧孫棨《北里志》（在《唐國史補等八種》一書中，臺北：世界書局，1991 年 6 月四版），頁 32～34。

情乃當世之風尚，仙道小說亦託虛構以記實耳。

四、以詩歌作情節伏筆

　　在仙眞傳記中，詩歌可作爲人物言志的一種手段，達到描寫人物的效果。在遊歷仙境類型中，詩歌則作爲神仙歡會的內容，並借以顯示作者的才情。在人仙情緣的類型中，詩歌則是才子佳人傳情達意的工具。除此以外，詩歌還可以作爲推進情節的一種手段。

　　例如前所舉李玫《纂異記・陳季卿》篇，陳季卿對乘竹葉舟自地圖歸家之事，以爲是一場夢幻。然而後來其妻子來訪，並以詩作其歸家之證明，陳季卿自己日後也親眼再見到當日的題詩，遂知一切並非幻夢。則詩歌在此俱有證實前述情節的作用。

　　類似的作法，又見於杜光庭《仙傳拾遺・薛肇》篇。〔註43〕篇中敘崔宇接受昔日舊識薛肇之邀宴，在宴席之中，見一彈箜篌之女子，容色美艷，其所彈之箜篌上有字一行：

　　　　天際識歸舟，雲間辨江樹。

崔默記之。其後，崔娶妻柳氏，覺面貌似曾相識，一日命取箜篌理曲，見該詩句。崔問其故，其妻謂，曾在夢中被人召去彈曲。

　　在這個故事中，詩句即成爲虛幻情節的佐證。

　　此外，又有在詩歌暗示情節發展的作品，即詩歌的內容與情節相勾連。如裴鉶《傳奇・元柳二公》中，〔註44〕寫元徹、柳實二人在海上遇仙，在離開仙境時，女仙上元夫人贈以玉壺一枚，並題詩贈之：

　　　　來從一葉舟中來，去向百花橋上去。若到人間扣玉壺，鴛鴦自解分明語。

原來元柳二人自海上來，故曰「來從一葉舟中來」，而其後元柳二人果然自百花橋歸向人間。回到人間以後，果然因扣玉壺而有鴛鴦指示，度過餓餒之難關。

　　在運用詩歌作爲伏筆的作品，以《傳奇・裴航》一篇的運用最有意思。〔註45〕在該文中，樊夫人的詩：「一飲瓊漿百感生，玄霜擣盡見雲英。藍橋便是神仙窟，何必崎嶇上玉清。」預示了男主角日後的命運：在藍橋驛向老嫗求漿而得遇雲英；因老嫗之要求，尋覓玉杵臼，爲老嫗擣藥（「玄霜」），終於得以娶雲英爲妻，又因此而

〔註43〕〈薛肇〉見《廣記》卷一七。另盧肇《逸史・盧李二生》條，內容大同小異，大約
　　　　是同一事的改寫（亦見《廣記》卷一七）。
〔註44〕〈元柳二公〉見《廣記》卷二五，注「出《續仙傳》」，李劍國《唐五代志怪傳奇敘
　　　　錄》以爲本篇乃《傳奇》之作（頁869、1012）。
〔註45〕〈裴航〉見《廣記》卷五○。相關分析請參看本文第五章第四節的部分。

登仙。用人物的詩作預示其後情節的總發展，讓詩歌擔負起情節推衍的作用，是唐五代仙道傳奇的特色之一。

綜上所述，詩筆在仙道傳奇中可以說得到絕大的發揮，因為仙道此一題材一方面刺激作者的想像力，與詩歌的抒情本質相得益彰；其次當傳奇作者欲逞其詩才或抒發一己之感憤愁思時，超越現實的仙道世界為作者提供了上下古今、縱橫虛實的絕佳舞臺。另一方面，詩歌在仙道傳奇中，一者可以突顯仙真的飄逸、神仙世界的安閒美好，二者則可作為仙道愛情中人物傳情的手段，三者可以作為推進情節的工具。

就仙道傳奇的語言風格而言，基本上與個別作家的寫作風格及時代風尚有關。

仙真傳記類部分，主要是為宣揚教義而立傳，故文字大半直質乏趣，如初唐的《十二真君傳》及晚唐杜光庭的《神仙感遇傳》、《墉城集仙錄》、《仙傳拾遺》等，都是如此。其中只有晚唐沈汾的《續仙傳》將仙人與詩人合為一體，把枯燥的道教義理轉化為飄逸出塵的詩情，如前所舉〈藍采和〉、〈許宣平〉等諸作。李劍國《唐五代志怪傳奇敘錄》以為這是因為杜光庭人以道徒的身份為仙真立傳，而沈汾則以文士之筆，慕道之心為之，故「敘事多而言道者少，情貌生動，辭氣清暢」。〔註46〕

至於人仙情緣部分，屬唐傳奇早期作品的〈遊仙窟〉通篇是辭賦，一者是以仙窟遇合的志怪小說基礎上融合豔情賦的結果。〔註47〕而由此以下的諸人仙情緣的傳奇作品，雖然未必通篇用駢體，但大體上沒有脫離這個影響，如前面所舉的事例：張薦《靈怪集・郭翰》、《通幽記・趙旭》、裴鉶《傳奇・封陟》等都是如此。

基本上，不論類型為何，基本上影響作品的語言風格者，仍與作家本人的寫作風格有關，而這一項因素，有時不免受當時文學風尚的影響。寫〈遊仙窟〉的張鷟（658～730）可能因為本身即浸淫於初唐崇尚俳偶的文學風尚之中，故以此逞才；而中晚唐時寫作《傳奇》的裴鉶（咸通時人），集中作品幾乎皆出之以駢詞儷句，並且以詩寫情，情致委婉，可以說是時代的文學風氣加上作家個人的寫作風格所致。〔註48〕

第三節　唐五代仙道傳奇中的「議論」：創作旨趣的闡發

唐傳奇承襲了史傳文的寫作方式，往往在作品中說明寫作動機與主題，或評斷

〔註46〕參見李劍國《唐五代志怪傳奇敘錄》頁 1013。
〔註47〕參見李劍國《唐五代志怪傳奇敘錄》頁 35～36。
〔註48〕胡應麟《少室山房筆叢》（臺北：世界書局，1963 年 4 月初版）卷四一〈莊嶽委談〉下評裴鉶《傳奇》：「其書頗事藻繪，而體氣俳弱，蓋晚唐文類爾。」（頁 555）。

其事，或臧否人物。其呈現方式，有的在篇末或篇首有作者主觀的評論，有的則在篇中借人物之口，以表達作者之意。〔註49〕

一、議論的形式

在唐五代仙道傳奇中，作者直接現身發表議論的作品非常少見，大部分是借由人物之口，作者隱身在其後，這是因為大部分的作品都結束在「（該人）莫知所在」「入（某）山去」「昇天而去」「其後時有見者」等等這樣的形式。其次，除了借人物代言以外，還有以詩歌的形式來議論的。

（一）議論置於篇末，作者現身說明者

作者在篇末發議論，往往點明題旨，並作教訓之用，例如盧肇《逸史‧李虞》，〔註50〕記李虞與楊稜俱有棲遁之志，好入山幽賞吟詠，及二人入華山遊洞中仙境，遇仙人杜子華，邀二人同住，二人面露難色。李、楊二人出洞之後，楊君官雖至御史，最後卻貶謫番禺而卒；李公終亦流蕩以終。最後作者總結：

　　眞仙靈境，非所實好，不可依名而往之也。後君子誡之哉！

唐五代仙道傳奇中，由作者在篇末發揮一段總結性的議論的作品很少見。

（二）議論置於情節尾端，作為情節推衍的結論者

唐五代仙道傳奇中，由作者在篇末發揮一段總結性的議論的作品幾乎沒有，較多是將議論置於情節尾端，由故事中的角色發表感言，以申明主旨作為總結。如張讀《宣室志‧尹君》，〔註51〕記道士尹君餌柏葉，容貌常少，里中有老父見證尹君自其少時至今，容貌如舊，「得非神仙乎？」此則借老父之口作評。次則述尹君與嚴公綬交往，嚴之女弟學浮圖，怒其兄與道士來往，於是密以菫斟致湯中以飲尹君，尹君因此速老而死，嚴公綬葬之。第二年秋天，道士朱太虛於山中驚見尹君，尹君笑謂朱太虛：「有人以菫斟飲我者，我故示之以死，然則菫斟安能敗吾眞耶？」朱太虛歸而告嚴公綬，曰：「吾聞仙人不死，脫有死者，乃尸解也，不然何變異之如是耶？」

這則故事，前後二段議論皆是透過故事中的人物說出，作者實際上隱身在人物的背後。故事內容有佛道爭勝的味道，而主旨則在說明神仙不老不死。

〔註49〕或以為唐傳奇因借鑑史傳的寫法，有意的應用「太史公曰」式的寫法，使之成為小說的因素，因而認為所謂唐傳奇的「議論」指傳奇作者在故事講述過程中的「主觀評論部分」（參見寧宗一《中國小說學通論》頁360～1）。但本文以為所謂議論，不僅只是移植於史傳體中「史臣曰」一類的形式而已，也包括作者借人物之口發表看法的部分。

〔註50〕〈李虞〉見《廣記》卷四二。

〔註51〕〈尹君〉見《廣記》卷二一。

以議論置於情節尾聲者，並作爲全故事的總結者，無寧是較具說服力的，如沈既濟的〈枕中記〉，〔註 52〕當盧生夢醒後，知所歷富貴一生，不過是一夢時，呂翁謂之曰：「人生之適，亦如是矣。」盧生醒悟而謝曰：「夫寵辱之道，窮達之運，得喪之理，死生之情，盡知之矣。此先生所以窒吾欲也。敢不受教！」稽首再拜而去。

又如牛僧孺《玄怪錄·杜子春》，〔註 53〕在敘述完杜子春經歷總總幻境試煉，最後仍然失敗後，老人謂杜子春曰：「吾子之心，喜怒哀懼惡慾皆忘矣，所未臻者愛而已。向使子無噫聲，吾之藥成，子亦上仙矣。嗟乎！仙才之難得也，吾藥可重鍊，而子之身猶爲世界所容矣。勉之哉！」

以上〈枕中記〉申言人生如夢或〈杜子春〉絕情去欲之說，都安排在主角具體的種種經歷之後，使抽象的哲理顯得深刻而動人，而這樣的議論也才不致於削弱作品的藝術性。

（三）篇末借人物之口以發議論，但其議論乃在情節之外者

在仙道傳奇中的仙眞傳記類型的作品，雖亦有將議論置於篇末，借人物之口以申論的作品，但因其性質是爲人物立傳，所以其言論並非是針對全篇故事作一總結，也不是情節推衍的結果，而是一種仙道理論展示。例如杜光庭《仙傳拾遺·楊通幽》，〔註 54〕前四分之三的篇幅記楊通幽爲玄宗召求楊貴妃的魂魄，玄宗因而禮重之，後四分之一的篇幅記玄宗問楊通幽所受之術等等，最終結以楊通幽與群眞俱去。篇中其後半論道術之言，即一段宣揚教義的文字：

> 得道之人，入火不蒸，入水不濡，躡虛如履實，觸實如蹈虛，雖九地之厚，巨海之廣，八極之遠，萬方之大，應念　忽，何所拘滯乎？所以然者，形與道合，道無不在，毫芒之細，萬物之眾，道皆居之。

這段宣揚教義的文字，是楊通幽的道術之言，本身缺乏故事性，與全篇故事情節並非有機的結合，像這樣記錄人物之主張的情形，大半出現在仙眞類傳奇之中。

（四）議論出現在情節之中，利用人物對話的方式

利用人物對話的方式，在篇中議論教義，以宣揚仙道思想，是仙道傳奇最慣用的方式，有的長篇大論，佔據主要篇幅，有的則以一、二句對話點明題旨。

長篇議論的，例如杜光庭《仙傳拾遺·陳惠虛》，〔註 55〕記天台國清寺僧陳惠

〔註 52〕〈枕中記〉見《廣記》卷八二，題作〈呂翁〉。以下引文用汪辟疆據《文苑英華》校錄之文（見《唐人小說》頁 38～39）

〔註 53〕〈杜子春〉見《廣記》卷一六。

〔註 54〕〈楊通幽〉見《廣記》卷二十。

〔註 55〕〈陳惠虛〉見《廣記》卷四九。

虛因遊仙境而志於仙道的故事。故事中利用陳惠虛與仙人的對答，大量帶出仙道教義的信息：

> （惠虛）見一叟挾杖持花而來，訝曰：「汝凡俗人，何忽至此？」惠虛曰：「常聞過石橋即有羅漢寺，人世時聞鐘聲，故來尋訪，千僧幸會，得至此境，不知羅漢何在？」張老曰：「此真仙之福庭，天帝之下府，號曰金庭不死之鄉，養真之靈境，周迴百六十里，神仙右弼桐柏上真王君主之。列仙三千人，仙王力士，天童玉女，各萬人，爲小都會之所。太上一年三降此宮，校定天下學道之人功行品第。神仙所都，非羅漢之所也。王君者，周靈王之子，瑤丘先生之弟子，位爲上真矣。」惠虛曰：「神學可學之乎？」張老曰：「積功累德，肉身昇天，在於立志堅久耳。汝得見此福庭，亦是有可學之望也。」又問曰：「學仙以何門而入？」張老曰：「內以保神鍊氣，外以服餌丹華，變化爲仙，神丹之力也。汝不可久住，上真適遊東海，騎衛若還，恐有咎責。」因引之使出門。

故事的前半是利用這樣的對答帶出修仙的教義，後半則爲人物陳惠虛的修仙努力和成仙事蹟。這樣作者著述本則故事的旨趣，一方面借故事完成，另一方面也在人物的對話中明白宣示。

像這樣長篇大論的對話在宣揚教義類的仙道傳奇中並不少見。類似的例子還有《仙傳拾遺》的〈陽平謫仙〉、〈張殖〉、《續仙傳·李玨》、《宣室志·石旻》。〈陽平謫仙〉篇藉謫仙少年之口講二十四化種種，佔了全故事幾乎一半的篇幅，可以說作者杜光庭藉少年之口，宣揚神仙洞天之事。〔註 56〕〈張殖〉宣揚「術與道，相須而行」的道理；〔註 57〕〈李玨〉宣揚積德行善以成仙之說等等。〔註 58〕〈石旻〉藉丹藥說成仙之道等等，〔註 59〕可以說以宣揚教義爲主旨的仙道傳奇，最擅於在篇中大量發抒議論。

用一、二句對話點明題旨的，例如薛用弱《集異記·李清》，〔註 60〕敘李清入雲門山遇仙事。當李清在仙境中，仙人囑其勿開北扉，然而李清偶然自北戶顧望，見家

〔註 56〕〈陽平謫仙〉見《廣記》卷三七。關於少年所述二十四化事，參見第二章第四節「修道求仙的環境」一節仙境諸中所引原文及論析。

〔註 57〕〈張殖〉見《廣記》卷二四。

〔註 58〕〈李玨〉見《廣記》卷三一。

〔註 59〕〈石旻〉見《廣記》卷七四。

〔註 60〕〈李清〉見《廣記》卷三六，注「出《集異記》」。按薛用弱、陸勳皆著有《集異記》，陳文新《中國傳奇小說史話》未敢定本篇屬何者（頁 233），李劍國《唐五代志怪傳奇敘錄》則以爲出薛用弱之《集異記》（頁 514）。

鄉宛然在目，興起一股思家情緒，仙人於是說：「令其勿犯北門，竟爾自惑。信知仙界不可妄至也！」李清因此而被送出仙境。其後又敘述李清離仙境之後的生活。全文的中心題旨即在仙人的幾句話，申明求仙必需絕去親情之想，否則「仙界不可妄至」。

又如盧肇《逸史・裴老》，〔註61〕記王員外好道，不顧他人的目光，禮遇除溷裴老，因為王員外以為「天真道流，不擇所處」。而裴老果然是得道之仙人，因王員外之禮遇而現原貌為之煉藥（藥金），但卻又對王員外說：「王員外非真好道，乃是愛藥耳。」點明了當世求仙道者的普遍心態。這篇故事的題旨其實便在前述王員外和裴老的這二句話之中。

（五）情節與議論相交織者

即全文處處有議論，人物之言論與其行為相配，例李復言《續玄怪錄・裴諶》，〔註62〕作者先藉由對立的二個人物各抒其人生觀：王敬伯說明他放棄修道的理由時，所說的代表追求今世名利富貴者的心聲。〔註63〕多年後與堅持修道的裴諶相逢，裴諶邀請王敬伯一聚，敬伯至則示之以仙府中之種種美好，最後裴諶又說：

> 此堂乃九天畫堂，常人不到。吾昔與王為方外之交，憐其為俗所迷，自投湯火，以智自燒，以明自賊，將沈浮於生死海中，求岸不得，故命於此，一以醒之。

這樣，作者李復言靈活的透過人物的對談，說明了二種不同的人生觀，在篇末現身議論神仙裴諶的神奇法術，強調神仙實有，古書上所記種種神奇異事，即使超乎理解的範圍，也非不可信之事：

> 吁！神仙之變化，誠如此乎！將幻者譎術以致惑乎？固非常智之所及。且夫雀為蛤，雉為蜃，人為虎，腐草為螢，蛝蜣為蟬，鯤為鵬，萬物之變化，書傳之記者，不可以智達，況乎耳目之外乎？

最後一段作者的評論，看起來像是故事的總結，但是細味之，該段評論乃針對篇中神仙法術的神奇性而作，與全篇透過人物之口的議論合併觀之，本篇故事在說明堅持求道的重要，與成仙之事雖神奇但可信的意旨。

（六）借仙道傳說為框架，而以議論為中心的小說

如柳祥《瀟湘錄・益州老父》篇，〔註64〕即以議論為小說的中心。故事記武則天時，益州有一老父攜一藥壺在城中賣藥，每遇有識者必告之治國、治身之道，

〔註61〕〈裴老〉見《廣記》卷四二。
〔註62〕〈裴諶〉見《廣記》卷一七。
〔註63〕參見第五章第三節〈一、對比型〉。
〔註64〕〈益州老父〉見《廣記》卷二三。

最後吞丸藥，化一白鶴飛去。篇中，老父論治國、治身的理論佔故事五分之四的篇幅，可以說僅是套用賣藥翁化仙鶴的故事，申論個人的理念。

（七）以詩歌為議論者

唐五代仙道傳奇中，有許多仙真身兼詩人，往往以詩章歌詠其志，並發抒其對世情的看法。如裴鉶《傳奇·陶尹二君》，〔註65〕記陶太白、尹子虛二人入山採松脂等，遇一丈夫與女子，自言是秦時役夫與宮人，暢論古今及服食成仙之道，最後古丈夫與毛女各吟一詩作松下清談的結論：

> 餌柏身輕疊嶂間，是非無意到塵寰。冠裳暫備論浮世，一餉雲遊碧落間。

> 誰知古是與今非，閒躡青霞遠翠微。蕭管秦樓應寂寂，綠雲空惹薜蘿衣。

其實古役夫論秦始皇一段，即是一篇史論，而這二首詩則是對所論作結。又如沈汾《續仙傳·譚峭》中，〔註66〕書生譚峭遊歷名山不歸家，其父寄以衣帛，則贈予他人，一無所留。人問其故，曰：「何能看得？盜之所竊，必累於人。不衣不食，固無憂矣。」並吟詩曰：

> 線作長江扇作天，靸鞋拋向海東邊。蓬萊信道無多地，祇在譚生拄杖前。

即以詩歌輔其議論，發表其仙道之人生觀，極其灑脫無礙。類似這樣的例子，在唐五代仙道傳奇中並不少見。以詩歌的形式發為議論，更多一份縹渺的韻緻。

二、議論的內容

仙道傳奇的議論內容，首先當然以宣揚修道成仙的思想為大宗，這在前面各種形式的引文中已可見，不再贅述。其次則為作者借此以抒發人生感慨者，如〈枕中記〉一類的作品。再其次則為顯示作者才學的作品，如〈柳歸舜〉中在仙境中借與鸚鵡仙論近人時藝，錢鐘書以為可補詩話、詞話。

在種種議論中，值得注意的是，仙道與政治的關係，有些仙真傳記中作者特別記錄下道士對朝廷的所進的言論。例如《大唐新語·司馬承禎》條，〔註67〕司馬承禎對睿宗論治國與治身之道。〈羅公遠〉條，〔註68〕羅公遠勸玄宗勿以萬乘之尊而輕䘏小術，對玄宗請教長生之道時，又說刳心滅智非至尊所能等等。

由議論的內容，可知仙道傳奇作者的創作旨趣，主要是利用傳奇以宣揚仙道思想，部分則以仙道題材為其抒發思想才學的依託。

〔註65〕〈陶尹二君〉見《廣記》卷四十。
〔註66〕沈汾《續仙傳》卷下。
〔註67〕〈司馬承禎〉見《廣記》卷三一。
〔註68〕〈羅公遠〉見《廣記》卷二二。

第七章　結　論

一、素材分析：唐五代仙道傳奇中的仙道思想

　　本論文將《廣記》中有關唐五代的仙道傳說視爲分析的素材，從其中歸納整理出唐人的仙道思想，分爲理論、條件和方法三大部分，並縷析唐人心目中的神仙世界。

　　唐五代有關仙道的故事中所反映的成仙理論，是主張我命在我，神仙可學，而修仙能否成功，往往取決於修道者的態度，因此許多宣揚仙道理論的傳奇作品中，往往強調立志、積習與勤習。由〔表 2-1　成仙事例〕的分析，我們可以發現唐人仍煥發著積極主動的求仙精神，這是就因爲唐人基本上接受神仙可學所致的觀念。

　　雖然唐人以爲神仙可學而致，但是事實上並非人人因此必然成仙（唐人是相信確有神仙的存在，特別是道徒），因此便有成仙條件的限制，成仙的條件有二大點，一爲仙骨說，一爲得到明師（仙眞）的指引說。

　　就仙骨說而言，就是指一個人是否能成仙除了個人的努力以外，還要有他是否具有仙骨與仙緣。有些作品中，並不強調人物的修道努力，而將他爲何以遇見仙師指引、或得賜仙食等成仙等等，用「骨相應仙」「君有仙相」等說法來解釋。這種具有定命色彩的成仙條件，也成爲人物遊歷仙境的前定機緣。在史實人物與仙道的關聯上，也採取仙骨的說法，即某些唐代的大臣，其富貴乃是命中注定，並由此衍出一段虛幻性的成仙與富貴的抉擇情節。這種因仙骨、仙緣而成仙的說法，使唐五代仙道傳奇富有濃厚的定命色彩。

　　至於明師指引部分，一方面成仙並非一蹴可躋，需要通過學習與實踐；因此透過仙眞的指引，取得正確的修仙方法，是修仙成功與否的關鍵。另一方面，以煉丹爲修仙的手段，更需要明師的指引，因爲丹經中有許多隱語，如果沒有前輩或仙眞

教授，往往無法了解其眞義。在唐五代仙道傳奇中，明師指引通常是小說中的一個重要的情節單元，指引者以智慧老人的姿態出現在故事中，促進情節的推衍。而人物也因「遇仙」而受啓悟、獲贈仙食，或因此而有志於仙道，或因此而登仙。

在修道求仙的過程中，環境的選擇是很重要的，道徒往選擇名山福地，以利於修煉，這也是唐人承繼前人的說法而反映在小說中成仙理論之一。從唐五代仙道故事中出現的修道之山的分佈看來，唐人入山修道的地域偏佈南北，十分廣闊，可見福地洞天之說在唐人心中已是一普遍的概念了。

至於唐五代人以爲的修道成仙的方法，一方面注重人物內在品性及外在的功德，一方面配合種種的養生之道，如服氣、導引、辟穀等，並相信透過服食可以成仙。在人物的德行方面，包括心性的修養、善行的累積，同時受佛教戒殺生的影響，併入原本的功德說、三尸說、算紀說、首罪悔過說，成爲具有目的性的德行倫理觀。在種種的養生術中，服氣、導引、辟穀等等，成爲小說中人物修道的標記，而大量的服食成仙的內容，反映了唐代興盛的服食風氣，服食的內容則涵蓋了漢魏以來的各種說法：金石丹藥、芝草木實。又由服食的成敗，表現出求仙修道中聖、俗二分的觀念。

唐人心目中的神仙世界，就神仙的品級而言，大致上有天仙、地仙及尸解仙三種，不過大部分的仙道傳奇中，並沒有特別強調這些分別。基本上，唐人之神仙觀大體上繼承漢魏的神仙三品說，並認爲三品之間是可以依次修習而向上升遷的：「尸解（太陰鍊形）」→「地仙」→「上仙（遷居洞天）」；其次，承襲漢魏六朝「地仙隱逸」的精神特質，唐人仙道傳奇中有許多入山修道，最後不知所終的事例，大約也都可以視爲「地仙」之流，這同時表現出唐代仙道與隱逸之風的關聯；第三，由唐仙道傳奇中對尸解成仙諸現象的描述，尸解成仙者，有死亡的歷程，尸身特異，有香氣與群鶴等異徵，往往在將葬之前，尸體消失，唯存衣冠，皆爲人物成仙之暗示。此外，尸解者，因生前服食丹藥，死後尸身不易朽爛，古人以爲是鍊形之故，其後尸身消失，則以爲是尸解成仙了。一些古墓古屍故事，便都成爲尸解仙說了。

至於仙人所居的仙境諸說方面，唐傳奇中依仙境所在的位置分類，可分爲：一、天上仙境，以三清境爲代表。二、海外仙島，承繼漢魏以來洲島傳說的地理博物式的風格。三、山中仙境，因洞天福地說的完成，而成爲仙境故事的大宗，同時也反映唐人入山修道的風氣。四、點化型仙境，出現一時即消失，具有神秘迷離的效果，與仙人具有法術異能有關。五、水中仙境與龍宮，是唐傳奇中新仙境。六、其他，是一些從上下文無法判別類別的仙境。以上各種仙境大體上俱前有所承，表現了唐人心目的他界觀之一斑。

　　就仙人的衣食住行育樂而言，有以下的特色：飲食上，仙人的飲食一則與道徒的服食內容相同，多為金石類、芝草類等類，其次，仙境中的美酒嘉餚，一方面有人間理想性的反映，其次則雜有一種地理博物志式的色彩和趣味。第三仙境中的飲食與凡間的飲食是聖俗二分的，同樣的食物，在仙境便具有特殊的效用，如仙人的酒可以改變人的氣質，仙境的桃栗吃了可以使人不饑不餓，身輕體健；此外，唐代仙人與酒的關係似乎較前代為密切，仙人好酒，表現出唐人心目中文士隱逸好酒的瀟灑風味，逐漸成為仙人的典型形象。而仙道傳奇中仙人好酒，一則表現仙道人士隱於人間，藉酒以自晦的精神，一則因仙人好酒，而使「飲酒」成為與仙人交往的契機，成為小說情節的推進點。

　　在仙真的穿著方面，大致是頭上戴冠，身上著衣帶帔。道教與仙道小說中的仙道冠服可以說表現了中國傳統對服色品級的重視。唐傳奇中仙人常有如下的衣飾：「遠遊冠」和「縫掖衣」，仙境之人著寬袖單衣的「縫掖衣」和高長的「遠遊冠」，可以顯示一種富貴而悠閒的飄然之氣。仙道服飾在小說中的作用，一在以冠服作為仙境仙人的辨識特徵，即冠服亦有聖／俗的分別作用，凡人不可隨意穿仙人所著之衣。其二有轉變身份的作用，仙真若先以凡人身份出場，其後欲顯示其為仙人時，除了藉法術以炫神奇外，形貌的改變也是重要的手段。

　　仙人在行的部分，大致有以下幾種形態：一、利用法術，如尸解隱遁或變化他物以飛行；二、乘龍騎鶴；三、騰雲駕霧；四、健步如飛，如有輕功。不論仙人如何行走，都呈現了仙人的基本特色：一、仙人有神通異能，故能變化隱遁；二、仙人會飛，不受空間限制，與仙人長生的特質合之，即為仙人最吸引人的地方：不受時空限制，身輕體健而永遠逍遙自在。

　　仙人的居處與遊宴部分，唐人仙道傳奇中所表現的仙人居處，基本有兩種類型：一、庭臺樓閣，富麗堂皇，如王者之家，表現出神仙富貴的一面，是仙人居處的標準類型。另一類型是隱居山林，居處樸素，表現出仙道人物飄然物外的一面，可見一種文人雅士的趣味。至於仙人的歡宴遊樂，向來都是豪華、特異和氣派的，宴席之間，有珍異器物的賞玩、香醪嘉饌的享用，佐以女樂以彈箏歌詩，可見唐人社會生活之一斑。

　　在仙真的法術異能方面，運用符籙鏡劍與咒語，仙真可以施行下列的各種法術，有變化法術、飛行法術、縮地術與、千里召人取物術、召劾鬼神、使人復生、除妖法術、消災解厄的法術、黃白術、使人不能動的法術等等。以上施行法術者，實際上包含了神仙和道士，也就是身懷絕技的道士和具有神通異能的神仙，有時並不易區別。傳奇中仙真道人施用法術，可能有以下幾個作用：（1）證明神仙實有。（2）

誇耀神奇，以傳揚教義。（3）作爲規勸或懲戒。（4）修道的實際需要。而這個充滿種種異能法術的神仙世界的背後，隱含著人們渴望突破現實困境的種種欲求，雖具有正面的意義，但因法術中濃厚的神秘色彩，也不免有令人有訾議之處。

二、唐五代仙道傳奇的類型分析方面

在神仙傳記方面，繼承唐前仙傳的傳統，而又增益神異事蹟的描寫，其基本特點即一在突顯神仙的特質：不死和神通，一在強調眞實性。爲仙眞立傳的風氣在晚唐蔚爲潮流，道徒們擷取當代知名人物的種種傳說加以仙化。以孫思邈而言，在正史中長壽又尸解的記載，已有將之仙化的意味，而晚唐五代的杜光庭《仙傳拾遺》及沈汾《續仙傳》皆附以種種神異傳說，將之完成爲一神仙人物。又如杜光庭《神仙感遇傳》中的〈羅公遠〉，有意的將前此在《逸史》、《開天傳信記》、《酉陽雜俎》等三書的相關記載的基礎上，將其事蹟揉合成一首尾完整的仙傳，而其內容不外強調傳主的神奇法術及長生不死的事蹟。在仙眞傳記的眞實性的追求上，從民間傳說到朝廷配合的封敕立廟等等，一一顯示唐五代的崇道之風。此外，又因唐代佛道並盛，並有佛道相爭的情形，因此，在神仙傳記中述神仙法術異能的同時，也加入了佛道鬥法的色彩和內容。

至於女仙傳記的三種形態方面：一、承襲漢魏以來西王母故事及其相關的女仙集團者，其內容多半在宣揚教義；二、以唐當代民女修道成仙之女仙傳記者，則以實錄的精神爲之，有固定傳記的敘述模式：人、事、時、地，一一詳錄之，這些修道女子的形象上，有相似的性格：好靜守和、恬淡寡欲，爲修道之故，總是矢志不嫁或婚後獨居靜室，其成仙之事，總有地方官府的記錄等等，因此立傳的目的仍在宣揚神仙思想，在文學藝術上，價值不高，但如作爲研究唐人女子修道的資料，有深入研究的價值。至於以神通異能爲主要內容的女仙傳記部分，則因敘述細膩，可看性較高。

唐五代仙眞傳記有兩種的謫仙類型：（一）因過謫降型，（二）天才秀異謫仙型。都含有：「謫仙時地身份→試煉與贖罪歷程→點破情由（說明謫降之因）→歸返天界」的結構，參見〔表5-5　因過謫降型結構分析〕、〔表5-6　天才秀異謫仙型結構分析〕，可以說是標準的謫仙故事，而名臣或名士謫仙類則較不具有這種結構，但是可藉以補充唐人的謫仙觀的另一個面相。

在因過謫降型的傳奇中，其思想基礎是漢魏以來仙道思想中反映人間官僚的價值體系：仙人、仙獸有過則謫降人間以贖其過，其謫降人間是有一定時間性。而在仙人謫降人間的歷程中，混合了多種仙道情節：修道、遇仙、服食和仙命說等等，

顯示仙道故事自漢魏以來流傳已久，各種仙道的情節單元已為人熟知，故唐五代仙道傳奇中，多能熟練融合各種母題以創寫新仙說，這其實不獨在謫仙故事中才如此。此外，在過去因過謫降的神仙故事中，強調的是其贖罪的歷程，到了唐五代仙道傳奇中，謫仙人間贖罪的部分固然還是此類型作品主流，但也出現了側重描寫仙人犯錯的過程的作品，即先在牛僧孺《玄怪錄・許老翁》出現的天官盜天衣事件，到杜光庭《仙傳拾遺》中的同事記載，除了側重在仙人犯過的部分外，其所受的懲處亦不同於過去謫仙故事的類型。本來謫仙至人間往往擔任賤役以受煉贖罪，但在天衣故事中，天上小官犯錯，卻是罰至人間作天子。類似的又有玄宗與貴妃亦為天上謫仙人之說，這可能是是一種仙人高於凡人的階級觀念使然。

在天才秀異謫仙型的傳奇方面，一是以天上謫仙做為對人間秀異之士悲劇一生的一種解釋與補償，如現實人生中熟於音律卻餓餒孤單而終的萬寶常、早夭的李賀，李賀雖然不是謫仙，但其成仙的事蹟，亦類似有寬慰人心悲天才之早殤的作用。二是這種謫仙之說有時亦有文人自慰的影子，如從東方朔以至李白的謫仙之說，到沈汾《續仙傳》裡的〈許碏〉，其形象是一脈相承，或由他人推許，或因自我悲憐，而自認為是謫仙降世。而這種天才秀異之士的謫仙說再混合因過謫降型的結構，滲入俠義傳奇中，也就是很自然的事了，這一方面是因為俠者超人的行徑，實與天才秀異之士相近，又與仙道的神通異能相關，俠者往往處身卑微，又與因過謫降的思想相配，故如《甘澤謠・紅線》者，可以說係運用道教謫仙說寫成的俠義傳奇。

修仙傳奇類型有五種型態：行善積德、仙降授經、好道遇仙、服食成仙及煉丹試煉等。行善積德型的故事架構是：「行善積德→遇智慧老人→交好運→遂願」，因著行善和好道，主角得到仙真的引導與幫助，獲致富足、平安與長壽，故事內容有較強的庶民性格，反映庶民希冀行善得福報的心願。仙降授經型的仙道傳奇充滿道教內部傳經的神秘色彩，其故事架構是：「主角好道→在名山或仙境中得遇仙人→仙人授經→修之成仙」，雖然情節上運用遊歷仙境、遇仙和服食等多種仙道情節單元，但因內容較多教義的訓誨與宣揚，往往較為乾枯乏味。好道遇仙型基本上即為仙道傳奇中的一大主題，其基本架構為：「主角好道→遇仙→通過仙人的觀察與試驗→成仙」，而故事往往著重在主角如何通過仙人的觀察與試驗的部分。服食成仙型的基本架構是：「遇仙→服食／不服食→成仙／不成仙」，其中服食的對象往往是化成人形或動物的千歲植物，這其中反映了服食成仙的思想，而增益以神奇的傳說。至於煉丹試煉型，其基本架構為：「主角受恩／遇智慧老人→受邀協助煉丹→犯禁忌→失敗」，這一類作品因其中所反映的人性深度，往往成為唐傳奇的名篇，如〈杜子春〉。以上各種修仙類型的作品都有一個共同的情節單元——遇仙並經過仙真的觀察與試

煉。能通過試煉者，或因行善或因好道，前者具有勸善的意味，後者則有宣揚教義的作用。而未通過試煉者，反而更能反映一種人性的深度。此外，各類型雖皆有一基本架構，但實際的作品中，或多或少揉合各種仙道情節：遊歷仙境、服食、道術展現等等，使個別的作品各有其貌。

仙凡對照傳奇類有對比型、抉擇型與夢幻型三種類型，其基本架構各爲：對比型－「甲乙二人一同修道→甲堅持／乙放棄→若干年後重逢→甲邀乙一聚→乙發現甲是神仙」，抉擇型－「主角遊歷仙境→仙人給予升仙或人間富貴的抉擇→主角選擇人間富貴→回到凡間」，夢幻型－「主角入夢→夢中經歷婚仕顯宦」→夢醒→人生感悟→出世修道」。三者主題都與作神仙或享富貴二者的抉擇有關：對比型是立足於神仙高於人間富貴的觀點，闡揚修道的理念，並以仕宦和修道對立的兩組人物作對比，主題明確，但較缺乏人物自身內在的掙扎，作品的深度因而有限。抉擇型則讓人物面對升仙與富貴的抉擇，充份表現了唐代士子重視現世富貴的心態，並且其中的人物幾皆爲唐世宰相，將虛構建基於眞實人物的身上，具有反映唐人典型人生觀的象徵意義。而夢幻型則表現了唐代士子的苦悶與夢想，當功名不成，只好遁於仙道世界當中以求解脫，其中的人物爲現實生活中的落寞者，與抉型擇中多當世富貴權位者恰可形成對照。此外又夢幻型中的人物有經歷、有自省，也使得作品的人生關照層面較爲深廣，超越仙道傳奇的類別局限，而成爲唐傳奇中的名篇、佳構。

唐五代遊歷仙境傳奇的作品十分多樣而豐富，本文將之分爲：博物風格奇遇型、深山求道型、仙人邀遊型、品評時事人物型、炫誇才學型等五種類型。以上五種型態的遊歷仙境傳奇，雖然基本上仍延續六朝遊歷仙境故事的架構：「出發→歷程→回歸」，有些作品也還保留魏晉仙鄉故事的特點，但在面貌上大有不同，在誤入仙境的形式之外，大量增加了仙人邀遊仙境的形式，並新增了入山修道有意尋訪仙境的形式。這代表了唐五代人已普遍接受名山修道的觀念，仙境不再是無意誤入的縹渺傳說，而是可以努力追尋得到的，與神仙可學的觀點是相契合的。其次，在誤入仙境的傳統形式下，一者遊歷仙境的歷程豐富了起來，再者，唐五代作者往往有意託之，以品評時事人物或表現才情、感歎時局、嘲諷人事，這些都是唐五代遊歷仙境傳奇的新發展。

與遊歷仙境故事有類似結構的是法術歷險類傳奇，因仙人的法術並使人在現實世界以外，尋得另一玄妙的天地。這類故事的結構皆爲：「誤入→遇仙→授符術→歷險→被救回歸」。故事中主角彷彿經歷一場奇遇，而仙人的法術是推動情節發展的基礎，也是主要篇幅所在，特別在主角歷險的部分，還有仙道鬥法的情節。在這些故事中，道德的意味薄弱，也沒有積極勸人修道的意味，故事起於偶然，目的以法術

的施展展示仙道世界中的不凡，從而造成一種閱讀的趣味。至於教訓型的法術故事和炫誇法術神奇型的作品，都同樣具有這種閱讀上的趣味。

唐五代人仙情緣傳奇類的作品，基本上自漢魏六朝仙鄉奇遇和神女降眞二大型中演化而來，而又翻出新意，並且宗教性的氣味已漸漸淡薄，而文學性的趣味則日趨濃厚，也就是說唐五代人的人仙婚戀故事，仙蹤道味大多只存其形式，或借仙人來去無跡的特質帶出一種神秘迷離的情境氣氛，而其實質精神，幾乎全然是人間男女情愛的傳奇故事了。更由於唐代獨特的狎遊文學，遊仙往往即是狎妓，所以有〈遊仙窟〉這種以遊歷仙境爲外框寫成的狎妓作品。

至於仙女降眞凡男型的傳奇作品，一則不再有六朝神女降眞凡男時所帶有的強制性色彩，書生可拒絕仙女的情意；二則這一類的作品，仙女與凡男頗有才子佳人的味道，三則表現了書齋中士子心中的情欲夢幻，藉著與降眞仙女的結合，獲得社會成就與長生的保證。可以說，士子在科考仕官等等社會成就及個人欲望的壓力下，希圖藉由奇遇與良緣得到解決，而仙女降眞匹配凡男的故事形態，恰可滿足此一企圖。至於在感情的鋪寫上，女仙對凡男之深情款款，與男仙對凡妻的淡漠成對比，這點可能與傳奇幾爲男性作者有關，故「女仙多情」，而男仙則維持淡漠的修道形象。而諸人仙情緣傳奇作品中女仙自薦之詩則與唐朝遊仙詩有呼應的關係；而「女仙」與書生的關係也可能就是和唐代社會中進士與娼妓之間的對應關係。當然，在人仙情緣傳奇中，最令人讚賞的，仍是如《靈怪集・郭翰》、《通幽記・趙旭》、《玄怪錄・崔書生》、《傳奇・裴航》等，注重人仙（男女）之間情意的交流，是藉仙眞故事的外貌，以抒人間男女眞情之作。

三、唐五代仙道傳奇的史才、詩筆、議論

本論文以「史才：敘事手法」、「詩筆：詩歌與詩化的語言風格」、「議論：創作旨趣的闡發」等三方面，檢視唐五代仙道傳奇在這三方面的表現。

（一）敘事手法

在敘事手法方面，唐五代仙道傳奇大致可分爲二大類型，一種類似史傳中傳記的敘事方式，以人或物爲中心，包舉一生，有首有尾，以事件的時間爲先後順序的敘事方式。這種敘事方式多半運用在仙眞傳記類型中，因敘事的中心在烘托傳主之神異，因此諸事件之間往往沒有因果關係，而使結構顯得較爲鬆散；但也因爲仙眞的傳說容許較多虛構的情節，可在史實之外重新編排材料，所以實際上較史傳的敘事更加活潑。史傳的敘事方式也明顯的運用在夢幻型系列的作品中，以記傳的方式寫出主角夢境中一生的仕宦履歷，但將此一生包舉在一場短暫的夢中，融合了寓言

和志怪的表現方法，出實入虛，超越史傳平鋪直敘的敘述方式。

唐五代仙道傳奇敘事手法的第二種類型是以事件為主軸的敘事方式，即以人物的某個或某段經歷為敘述的主體，而不是以包舉一生，如遊歷仙境的歷程、如何服食成仙、女仙與凡男如何交往等等，因此在結構上，注重情節的因果與轉折。雖然在整體上，架構亦如史傳，開端載明人物里籍、身份，收尾的部分交待人物後來如何，篇末或有評議，在全文敘述的大架構上與史傳是相似的，但在主體敘述的部分，其情節是有發展性的，情節之間呈有機的聯繫，與人物傳記並列諸事的結構方式不同。又因仙道的題材能使人物出入於真實與虛幻之間，因而產生各種不同類型的結構，這些結構類型往往非唐傳奇的其他題材所有。

（二）詩歌與詩化的語言風格

在唐五代仙道傳奇中的詩歌及詩化語言風格方面，詩化的語言風格與個別作家的寫作風格有關，而詩歌則大量出現在仙道傳奇中，在仙真傳記中，仙真身兼詩人，以詩歌吟詠情性與超然物外之志趣，具有塑造人物形象的作用。在遊歷仙境傳奇類中，首先仙境奇幻色彩的描繪，提供作者表現其藻繪山水的能力；其次藉由仙人歡會、詩歌酬唱的場面，一方面表現神仙世界的閒適美好，一方面作者在其中也可盡情展現詩歌的才華，其至藉仙人歌詩寄寓個人對歷史及時事的感歎與品評，充滿了文人的雅趣。

詩歌在仙道傳奇中除了塑造人物形象、傳情達意及烘托氣氛等作用以外，還有促進作情節發展的作用，預示人物未來的遭遇，或作為遇仙、遊仙等的證明。

總而言之，詩筆在仙道題材相得益彰，其主因在於仙道題材提供一寬闊的想像空間——超越古今、出入虛實的舞臺，可以任傳奇作者趁便逞其詩才與情思。

（三）創作旨趣的闡發

在唐五代仙道傳奇中的「議論：創作旨趣的闡發」部分，其呈現方式，較少由作者現身說明，大半採用代言的方式，作者隱身在幕後，借由故事中的人物代發議論，說明作品的主題與寫作之旨趣所在，比較多的情形是將議論安排在情節的尾端，以作為全故事總結，如〈枕中記〉、〈杜子春〉之作，都安排在主角具體的經歷之後，才由情節中人物發出總結性的議論，使抽象的哲理顯得深刻而動人。但如果議論是雖借由人物之口而發，但在情節之外者，宣揚教義的意味往往過重，與全篇故事並非有機的聯合，因此多只具有說明、宣傳的作用，而較缺乏說服力與感染力。仙道傳奇亦善於利用人物對話的方式，帶出議論，以說明創作旨趣並宣揚道教義理，這樣的議論方式之優劣，在於作者是否能以簡馭繁，不使對話過長，過長則不免予人

枯乾乏味之感，若能在數句的對談間，點明題旨，則較具諷諭之效。此外亦有使情節與議論相交織者及利用仙道傳說為外框，而以議論為中心者，亦有以詩歌作為議論之手段者。基本上，仙道傳奇有相當的比例在於發明「仙道之不誣」，其次則是假仙道之名以談論時事、品評歷史，因此可以說大半的仙道傳奇都利用了各種形式以發議論。

附錄：唐五代仙道傳分期表

說　明：

（1）篇名之後（　）內的數字爲該篇的字數。

（2）字數的計算爲文史哲出版之（太平廣記），每行 44 字（含標點符號）乘以行數。因此，字數爲大略之估算。

（3）基本上以字數在四、五百字以上者，並內容爲描寫神仙故事、修道故事和人仙相遇相交等：納入本表。

一、初興期：作品約成于初唐至代宗者

	作　者	時　期	書　名	存佚	篇　名	內　容	出處說明
1	胡慧超	高宗時？～703	晉洪州西山十二君內傳一卷	節存	述許仙集團，成仙及道述事蹟。		
					許眞君（1360）	神仙傳記	《廣記》卷 14
					蘭公（616）	神仙傳記	《廣記》卷 15
2	張鷟	高宗至武后658～703		存	遊仙窟	人仙豔情	《唐人小說》上卷
3	牛肅	玄宗至肅宗時人	紀聞十卷	輯存	除「郗鑒」條爲遊歷仙境類外，餘皆載仙人道士之事蹟。		
					刑和璞（576）	神仙傳記	《廣記》卷 26
					郗鑒（1584）	遊歷仙境	《廣記》卷 28
					王賈（1716）	謫仙傳記	《廣記》卷 32
					王旻（528）	神仙傳記	《廣記》卷 72
4	張薦	肅宗至德宗初 744～804	靈怪集二卷	存	郭翰（1056）	太原郭翰遇合天上織女	《廣記》卷 68
5	戴孚	代宗德宗時	廣異記二十卷	輯存	僕僕先生（880）	神仙傳記	《廣記》卷 22
					張李二公	修仙對比型	《廣記》卷 23
					劉清眞（760）	劉清眞遇神僧服食成仙事	《廣記》卷 24
					王老（520）	仙人邀遊仙境	《廣記》卷 41

二、興盛期：作品約成于德宗至憲宗時期者

	作　者	時　　期		存佚	篇　名	內　容	出處說明
6	沈既濟	德宗時？～786？		存	沈中記（4250）	述夢遊而悟道	《廣記》卷 230《文苑英華》卷 833
7	李朝威	順宗、憲宗時人		節存	柳毅傳（4816）	柳毅爲龍女傳書事。	《廣記》卷 419，題「柳」，注出《異聞集》。
8	李公佐	代宗至武宗		存	南柯太守傳（3913）	述夢入蟻穴，醒而悟道	《廣記》卷 475 卷「淳予夢」，注「出《異聞錄（集）》」
9	王　建	肅宗代宗時人 766～？		存	崔少玄傳（1408）	女仙傳記（謫仙）	《廣記》卷 67
10	陳　劭	德宗時人	通幽記三卷	輯存	趙旭（1360）	書生趙遇合仙女青童君事	《廣記》卷 65
					妙女（1375）	謫仙妙女靈應事	《廣記》卷 67
11	薛用弱	憲宗穆宗時人	集異記三卷	殘存	葉法善（2800）	神仙傳記	《廣記》卷 26
					王四郎（560）	神仙王四郎賜化金	《廣記》卷 35
					李清（1670）	遊歷仙境	《廣記》卷 36
					徐佐卿（420）	化鶴中箭	《顧氏文房小說》本，卷一第 1 條。〔註 1〕《廣記》卷
					韋仙翁（880）	韋侍御華山遇老翁，引見諸祖姑及阿婆，皆爲仙人	《廣記》卷 37，注出《異聞集》
					王積薪（490）	山中遇仙教棋	《顧氏文房小說》本，卷一第 2 條。
					蔡少霞（700）	夢入仙境，鈔錄碑銘	《顧氏文房小說》本，卷一第 7 條。《廣記》卷 55，文末謂「有鄭還古者，爲立傳焉」
					王女（600）	入山食水芝事	《廣記》卷 63
					趙操（515）	遇異人得煉金鍊事	《廣記》卷 73
					符契元（440）	道士能入靜神遊	《廣記》卷 78
					茅安道（470）	行法術以救徒	《廣記》卷 78

〔註 1〕 薛用弱《集異記》二卷（收在《唐國史補等八種》中，臺北：世界書局，1991 年 6 月四版），今所見版本以《顧氏文房小說》本爲最早，分上下二卷，卷後識云：「陽山顧氏十友齋宋本重刻」。其中卷上第一條〈徐佐卿〉，《唐記》卷 36 引之，注「出《廣德神異記》」，文句大致相同，李劍國《唐五代志怪傳奇敘錄》謂：「疑後人取《集異記》以益《廣德神異記》。」（頁 501～511）。

12	牛僧孺	德宗至武宗 779～847	玄怪錄十卷	殘存	杜子春（2080）	杜子春爲老人守丹爐受試事	陳應翔刻本卷一，〔註 2〕《廣記》卷16，注出《續玄怪錄》誤。
					裴諶（1770）	修仙對比型	陳刻本卷一，《廣記》卷17，注出《續玄怪錄》，誤
					柳歸舜（1200）	遊歷仙境，遇鸚鵡仙事	陳刻本卷二，《廣記》卷18，注出《續玄怪錄》，誤
					崔書生	崔書生遇合玉厄娘子事	陳刻本卷二，《廣記》卷63

三、中期：作品約成於穆宗至懿宗者

	作 者	時 期	書 名	存佚	篇 名	內 容	出處說明
13	薛漁思	文宗	河東記三卷	輯存一卷	黑叟	神仙畫圖	《廣記》卷 41，注出本書及《會昌解頤》
					蕭洞玄	終無爲爲道士守丹爐受試事	《廣記》卷 44
14	闕 名	武宗時	會昌解頤錄四卷	佚	韋丹（585）	好道訪仙成仙事	《廣記》卷 35
					黑叟（730）	神仙畫圖	《廣記》卷 41，注出本書及《河東記》
					張卓（780）	遇仙得符，人間歷險	《廣記》卷 52
15	鄭還古	憲宗至武宗時	博異志三卷	殘存	白幽求（1360）	入海外仙境	《廣記》卷 46
16	盧 肇	穆宗至懿宗時 820？～879？	逸史	節存一卷輯存三卷	任生（500）	任生嵩山遇女仙，拒絕女仙之情意	《雲笈七籤》卷 113 上
					李師稷（420）	商客入海中蓬萊山仙宮，見白樂天院	《雲笈七籤》卷 113 上，《廣記》卷 48 題「白樂天」。
					袁滋（470）	袁滋入山見仙人，言己前身及官祿	《雲笈七籤》卷 113 上，《廣記》卷 153、388
					王水部（760）	王員外遇裴老仙人化金事	《雲笈七籤》卷 113 上，《廣記》卷 42 題「裴老」
					崔生（780）	入山遇仙人，娶仙女，得法術，人間歷險	《雲笈七籤》卷 113 上，《廣記》卷 23
					盧杞（820）	遇女仙太陰夫人，在升仙與宰相中擇一，選作宰相	《雲笈七籤》卷 113 上，《廣記》卷 64
					盧李二生（650）	修道對比型	《雲笈七籤》卷 113 上，《廣記》卷 17

〔註 2〕程毅中點核《玄怪錄・續玄怪錄》（臺北：文史哲，1989 年 7 月台一版）即據陳刻本。

					李林甫（1640）	李林甫遇神仙，升仙與宰相之抉擇事，安祿山術士事	《廣記》卷19、76
					蕭家乳母（470）	蕭家乳母幼時成仙事	《廣記》卷65
					姚弘（650）	太宗時禪時在山中見晉時姚弘，已成仙	《廣記》卷29
					齊映（420）	遇仙，升仙與宰相抉擇	《廣記》卷35
					劉晏（1120）	劉晏遇仙王十八	《廣記》卷39
					李吉甫（430）	神仙王鍊師救疾事，王起富貴與升仙之擇	《廣記》卷48
					吳清妻（520）	女子修道成仙事	《廣記》卷67
					馬士良（470）	盜食靈食遇神女相救，遂娶之	《廣記》卷69
17	李復言	文宗至宣宗時	續玄怪錄四卷	殘存	楊敬眞（1420）	女子修道成仙，遊歷仙境	程毅中點校本卷一，〔註3〕《廣記》卷68
					辛公平上仙（1850）	入冥見陰使迎駕上仙事	程毅中點校本卷一
					麒麟客（1160）	仙人邀遊仙境，以竹杖己身	程毅中點校本卷一，《廣記》卷3
					李公衛公靖（1300）	李靖代龍神行雨事	程毅中點校本卷四，《廣記》卷418題「李靖」
					張老（1860）	張老娶韋女，韋兄入仙府遊歷	《廣記》卷16
18	李玫	宣宗大中時人	纂異記一卷	節鄉	嵩岳嫁女（2540）	二書生於嵩岳遇王母諸仙聚會嫁女事	《廣記》卷50
19	段成式	德宗至懿宗時人 803？～863	酉陽雜俎三十卷		孫思邈（一）孫思邈（二）（共2150）	孫思邈救昆明池龍玄宗夢孫思邈乞武者雄黃	前集卷二〈玉格〉75，《廣記》卷21
					治病鶴（600）	裴沆持胡盧生血治病鶴，老人使裴飲杏漿，長壽	前集卷二〈玉格〉77
					趙業（820）	夢遊上清，見天神記錄天下之過錯及善惡	前集卷二〈玉格〉78，文末有「趙著《魂遊上清記》敘事甚詳」趙業，貞元時人。
					邢和璞（720）	善卜算，記卜算三事	前集卷二〈壺史〉82，《廣記》卷26「邢和璞」，引《記聞》，內容與本條異。）
					盧山人（850）	仙眞傳記	前集卷二〈壺史〉87，《廣記》卷43

〔註 3〕 程毅中點校《玄怪錄・續玄怪錄》（臺北：文史哲，1989 年 7 月台一版）中《續玄怪錄》乃以陳應翔刻本及宋刻本爲基礎。

					尹君（560）	神仙傳記	《廣記》卷21。〔註4〕
					僧契虛（1460）	遊稚川仙都	《廣記》卷28，篇末謂採自鄭紳〈稚川記〉。
					地下肉芝（440）	蕭逸人食肉芝成仙	《廣記》卷413。（參卷24引《神仙感遇傳》「蕭靜之」條）
					玉清三寶（820）	開元中韋弇遇女仙得黃清宮三寶	《廣記》卷403。（參卷33引《神仙感遇傳》「韋弇」條）
20	張讀	文宗至僖宗時834？～886？	宣室志十	輯存十卷補遺一卷	尹眞人，崔君（650）	崔君開尹眞人石涵而入冥，並削年壽事。	《廣記》卷43「尹眞人」、384「崔君」，二篇爲一事，各有詳略。
					唐玄宗（620）	玄宗狩得千歲仙鹿，張果辨之	《廣記》卷443。（參卷30「張果」條）
					侯道華（470）	侯道華成仙事，好讀書，謂天上無愚懵仙人。	《廣記》卷51。
					閭丘子（790）	仙人閭丘子責鄭又玄學道心驕事	《廣記》卷52
					石旻（440）	以丹藥使腐魚再生	《廣記》卷74
					楊通幽（1840）	道士楊通幽爲玄宗尋貴妃	《廣記》卷20注出《仙傳拾遺》，實取自《傳奇》
					元柳二公（1840）	入海中仙境	《廣記》卷29
					陶尹二君（1290）	陶尹二人於華山市秦役夫、宮女	《廣記》卷40
					許棲巖（770）	入洞穴仙境，遇太乙眞君，飲石髓	《廣記》卷47
					裴航（1570）	人仙情緣（裴航娶雲英）	《廣記》卷50
21	裴鉶	同上	傳奇三卷	輯存	湘媼（1200）	劉鋼與妻樊夫人鬥法，樊夫人化身湘媼以法術除妖	《廣記》60，注出《女仙傳》〔註5〕
					封陟（1410）	人仙情緣（封陟拒上元夫人）	《廣記》卷68
					薛昭（1450）	人仙情緣（遇合張雲容，使由太陰鍊形而爲地仙）	《廣記》卷69，題作「張雲容」。
					韋自東（1090）	烈士除夜叉，護丹鼎失敗事	《廣記》卷356
					江叟（1090）	學道求仙，吹玉笛得龍之化水丹，服之爲水仙。	《廣記》卷416

〔註4〕張永欽，侯志明點校《宣室志》（與《獨異志》合刊，北京：中華書局，1993年6月一版），本書點校以萬曆刊《稗海》中的三卷本爲底本，校以他本。而《稗海》本實爲南宋人拾掇《廣記》引文而成，重加編次而成。因此本文只注以《廣記》卷數。

〔註5〕按前半鬥法事即葛洪《神仙傳》卷七之「樊夫人」，後半法術除妖事乃出《傳奇》。

| 22 | 陳 翰 | 宣宗至僖宗時人 | 異聞集十（傳奇選集） | 節存 | 櫻桃青衣（1090） | （作者不詳）士子入夢，夢中一生富貴，醒而悟道 | 《廣記》281 |

四、晚期：僖宗至唐末入五代者

作 者	時 期	書 名	存佚	篇 名	內 容	出處說明
23 皇甫氏	僖宗乾符年間	原化記三卷	節存	馮俊（860）	隨仙人遊歷仙境	《廣記》卷23
				採藥民（1640）	採藥入仙境	《廣記》卷25
				李衛公（530）	入山遇神仙李靖，賜食丸藥	《廣記》卷29
				斐氏子（645）	行善得仙人之助，並遊仙境避禍	《廣記》卷34
				柏葉仙人（560）	服柏葉戊仙	《廣記》卷35
				拓跋大郎（720）	神仙教訓扶風令	《廣記》卷36
				崔希眞（490）	遇仙	《廣記》卷39
				薛尊師（690）	棄官求道成仙	《廣記》卷41
				王卿（748）	入仙爐犯禁	《廣記》卷45
				陸生（1012）	遇仙人得術，人間歷險	《廣記》卷72
24 蘇 鶚	僖宗時人	杜陽雜編三卷	存	元藏幾（770）	處士元藏幾因風飄至海外仙境	《杜陽雜編》卷下，《廣記》卷19。
				伊祈玄解（820）	處士伊祈玄解爲憲宗解明遠方弱珍，後歸還仙島	《杜陽雜編》卷中，《廣記》卷47「唐憲宗皇帝後三分之二。
				羅浮先生軒轅集（710）	神仙傳記	《杜陽雜編》卷下，《廣記》卷48
25 高彥休（參寥子）	僖宗時人854～？	闕史三卷	存	丁約劍解（980）	丁約劍解成仙	《四庫全書》本卷上，〔註6〕《廣記》卷45題「丁約」
26 李 隱	懿宗咸通至僖宗光啓時人	大唐奇事記十卷	輯存	王常（730）	終南山神授王常黃金術以濟世	《廣記》卷73注出《奇事記》。
27 柳 祥	唐末人	瀟湘錄十卷	節存	益州老父（460）	謫仙賣藥，論治道	《廣記》卷23
				王常（610）	遇山神得黃金術濟世	《廣記》卷303
				王屋薪者（740）	鐵鐺精、龜背精化爲僧道，爭論佛道優劣事。	《廣記》卷370

〔註6〕收到周光培編《唐代筆記小說》第二冊（《歷代筆記小說集成》秦皇島市：河北教育出版社，1994年4月），頁63。

28	康　屏	僖宗乾符時進士	劇談錄二卷	存	嚴士則（690）	採藥終南山，誤入仙境	《廣記》卷 37
					玉蕊院女仙（480）	女仙遊觀唐昌觀玉蕊花事，元稹等詩人歌詠之	《廣記》卷 69
					唐武宗朝術士（520）	諸方士之術	《廣記》卷 74
29	嚴子休(馮翊子)	僖、昭時人	桂苑叢談一卷	存	張綽有道術（530）	好酒能詩，剪蝶而飛，噢鶴騎之而去	《廣記》卷 75
30	皇甫枚	唐末入五代時人	三水小牘二卷	殘存	溫京兆（830）	輕侮眞君而受責	《廣記》卷 49
31	沈　汾	唐末入五代	續仙傳三卷	存	仙眞傳記：卷上飛昇十六人，含女仙三人；卷中應化十二人，卷下隱化八人，共 34 人。〔註 7〕按		
32	杜光庭	850～933	神仙感遇傳十卷	殘存五卷	仙眞傳記：《道藏》本共 77 人，佚文輯 18 人，共 95 人。襲取消前人書者約四分之一，自撰者多載蜀事。〔註 8〕		
33	杜光庭	同上	仙傳拾遺四十卷	輯存	仙眞傳記：《廣記》《三洞群仙錄》輯佚文共 128 條，群仙四百餘。大都採擷舊籍，唐事者乃多有自作，而於蜀仙頗多留意。〔註 9〕按，篇幅有長有短，有傳奇體製，亦有志怪筆記體。		
34	杜光庭	同上	王氏神仙傳四卷	節存	神仙傳記：原書 55 人，今存 39 人，撰集古來道書中王姓神仙似媚蜀主王建父子，用固其寵。〔註 10〕按，篇幅有長有短，有傳奇體製，亦有志怪筆記體。		
35	杜光庭	同上	墉城集仙錄十卷	殘存六卷節存三卷	女仙傳記：記古今女子得道昇仙之事。《通志略》謂本書凡 109 人，今可見 84 人；《道藏》本 37 人，《七籤》本 27 人，重 2 人。其他諸書所引佚文 22 人。乃編纂舊籍而成。〔註 11〕（按，唐世女子成仙者約有四十人左右，篇幅有長有短，有傳奇體制，亦志怪筆記體）。		

〔註 7〕 參見李劍國《唐五代志怪傳奇敍錄》中《續仙傳》部分，998～1013。
〔註 8〕 參見李劍國《唐五代志怪傳奇敍錄》中《神仙感遇傳》部分，頁 1013～1024。
〔註 9〕 參見李劍國《唐五代志怪傳奇敍錄》中《仙傳拾遺》部分，頁 1025～1040。
〔註 10〕 參見李劍國《唐五代志怪傳奇敍錄》中《縱嶺會眞王氏神仙傳》部分，頁 1055～1061。
〔註 11〕 參見李劍國《唐五代志怪傳奇敍錄》中《墉城集仙錄》部分，頁 1061～1075。

參考書目

壹、基本資料

1. （晉）干寶著，汪紹楹校注，《搜神記》，臺北：木鐸出版社，1985 年 7 月初版。

2. （漢）于吉著，王明編校，《太平經合校》，北京：中華書局，1992 年 3 月一版四刷。

3. （元明之際）不著撰人，《靈寶無量度人上經大法》，收在《正統道藏》，第 5 冊，臺北：新文豐出版社，1985 年 12 月再版。

4. （唐）王仁裕著，《開元天寶遺事》，收於周光培編，《唐代筆記小說》，秦皇島：河北教育出版社，1994 年 4 月一版一刷。

5. （漢）王充著，《論衡》，臺北：宏業書局，1983 年 4 月初版。

6. （五代）王松年著，《仙苑編珠》，收入《四庫全書存目叢書》〈子部・道家類〉，第 258 冊，台南：莊嚴文化出版社，1995 年。

7. （宋）王溥編，《唐會要》，北京：中華書局，1990 年 10 月一版三刷。

8. （晉）王嘉著，《拾遺記》，臺北：新文豐出版社，1987 年 6 月一版。

9. （唐）牛僧孺著，程毅中點校，《玄怪錄》，《玄怪錄・續玄怪錄》合刊，臺北：文史哲出版社，1987 年 7 台月一版。

10. （漢）司馬遷著，瀧川龜太郎會註，《史記會注考證》，臺北：洪氏出版社，1982 年 10 月再版。

11. （唐）白居易著，朱金城箋校，《白居易集箋校》，上海：上海古籍出版社，1988 年 12。

12. （北周）宇文邕編，《無上秘要》，《道藏要籍選刊》第十冊，上海：上海古籍出版社，1989 年一版。

13. 列子著，楊伯峻集釋，《列子集釋》，臺北：華正出版社，1987 年 9 月初版。

14. （梁）任昉著，《述異記》，收於《百部叢刊集成》，據龍威秘書本影印，臺北：藝文印書館，1965 年。

15. （明）朱權著，《天皇至道太清玉冊》，收在《正統道藏》第 60 冊，臺北：新文豐出版社，1985 年 12 月再版。

16. （南唐）沈汾，《續仙傳》，收入《四庫全書存目叢書》〈子部・道家類〉第 285 冊，台南：莊嚴文化出版社，1995 年。

17. （梁）沈約著，《宋書》，北京：中華書局，1983 年 4 月一版二刷。

18. （唐）李冗著，張永欽、侯志明點校，《獨異志》，《獨異志・宣室志》合刊，北京：中華書局，1983 年 6 月一版。

19. （唐）李白著，王琦注，《李太白全集》，北京：中華書局，1977 年 9 月一版。

20. （唐）李延壽著，《南史》，北京：中華書局，1987 年 12 月一版三刷。

21. （唐）李玫著，李宗爲點校，《纂異記》，《甘澤謠・纂異記》合刊，上海：上海古籍出版社，1991 年 12 月一版。

22. （宋）李昉等編，《文苑英華》，北京：中華書局，1990 年 8 月一版三刷。

23. （宋）李昉等編，《太平御覽》，北京：中華書局，1992 年 2 月一版四刷。

24. （宋）李昉等編，《太平廣記》，臺北：文史哲出版社，1987 年 5 月再版。

25. （唐）李肇著，《唐國史補》，收入《唐國史補等八種》，臺北，世界書局，1991 年 6 月四版。

26. （唐）杜佑著，王文錦等點校，《通典》，北京：中華書局，1988 年 12 月一版。

27. （清）吳廷燮著，《唐方鎮年表》，收入《二十五史補篇》第六冊，北京：中華書局，1991 年 3 第六刷。

28. （梁）宗懍著，王毓榮校注，《荊楚歲時記校注》，臺北：文津出版社，1992 年 6 月一版二刷。

29. （唐）孟棨著，王夢鷗校補，《本事詩校補考釋》，書刊題爲《唐人小說研究三集》，臺北：藝文印書館，1974 年 11 月初版。

30. （南朝梁）金明七眞著，《洞玄靈寶三洞奉道科戒營始》，收於《正統道藏》，第 41 冊〈太平部〉，臺北：新文豐出版社，1985 年 12 月再版。

31. （宋）洪邁著，《夷堅志》，收於《宛委別藏》第 88 冊，臺北：臺灣商務印書館，1981 年。

32. （宋）洪邁著，《容齋隨筆》，吉林：吉林文史出版社，1996 年 3 月一版二刷。

33. （唐）封演著，趙貞信校注，《封氏聞見記校注》，收於《晉唐札記六種》，臺北：世界書局，1984 年 9 月再版。

34. （南朝宋）范曄著，《後漢書》，北京：中華書局，1991 年 3 月一版五刷。

35. （唐）范攄著，《雲溪友議》，收入《唐國史補等八種》，臺北：世界書局，1991 年 6 月四版。

36. （唐）姚汝能著，曾貽芬點校，《安祿山事蹟》，上海：上海古籍出版社，1983 年 9 月一版。

37. （宋）皇都風月主人編，周楞伽箋注，《綠窗新話》，上海：上海古籍出版社，1991

年 2 月一版。

38.（唐）段成式著，方南生點校，《酉陽雜俎》，臺北：漢京出版社，1983 年 10 月初版。

39.（清）紀昀編，《合印四庫全書總目提要及四庫未收書目禁燬書目》，臺北：臺灣商務印書館，1985 年 5 月三版。

40.（唐）高彥休著，《闕史》，收入周光培編，《唐代筆記小説》，秦皇島：河北教育出版社，1994 年 4 月一版。

41.（唐）孫思邈著，《備急千金要方》，臺中：自由出版社，1959 年 8 月一版。

42.（唐）孫棨著，《北里志》，收入《唐國史補等八種》，臺北，世界書局，1991 年 6 月四版。

43.（漢）班固著，《漢書》，北京：中華書局，1990 年 12 月一版四刷。

44.（唐）袁郊著，李宗爲點校，《甘澤謠》，《甘澤謠・纂異記》合刊，上海：上海古籍出版社，1991 年 12 月初版。

45. 袁珂校注，《山海經校注》（增補修訂本），四川：巴蜀書社，1993 年 4 月一版。

46.（清）徐松著，《登科記考》，北京：中華書局，1993 年 9 月一版二刷。

47.（清）徐松著，李健超增訂，《增訂唐兩京城坊考》，陝西：三秦出版社，1996 年。

48.（唐）徐堅著，《宋本初學記》，臺北：藝文印書館，1966 年。

49.（唐）殷芸著，余嘉錫輯證，《殷芸小説輯證》，收於余嘉錫，《余嘉錫論學雜著》，北京：中華書局，1963 年 1 月一版。

50.（清）梁紹壬著，《兩般秋雨庵隨筆》，上海：上海古籍出版社，1982 年。

51.（宋）郭若虛著，《圖畫見聞誌》，收在《叢書集成初編》，第 1648 冊，北京：中華書局，1985 年北京新一版。

52.（晉）郭璞註，《穆天子傳》，收於《四庫備要》，臺北：臺灣中華書局，1965 年。

53. 莊子著，張默生釋，《莊子新釋》，臺北：漢京出版社，1983 年 9 月初版。

54.（宋）張君房著，《雲笈七籤》，北京：書目文獻出版社，1992 年 7 月一版。

55.（晉）張華著，范寧校注，《博物志校注》，臺北：明文書局，1984 年 7 月再版。

56.（唐）張萬福著，《三洞法服科戒文》，收在《正統道藏》第 30 冊〈洞神部〉，臺北：新文豐出版，1985 年 12 月再版。

57.（唐）張讀著，張永欽、侯志明點校，《宣室志》，收入《獨異志・宣室志》，北京：中華書局，1983 年 6 月一版。

58.（南朝梁）陶弘景編，尚志鈞輯校，《名醫別錄》，北京：人民衛生出版社，1988 年 6 月一版二刷。

59.（南朝梁）陶弘景編，尚志鈞、尚元勝輯校，《本草經集注》北京：人民衛生出版社，1994 年 2 月一版。

60. （南朝梁）陶弘景著，《眞誥》，收入《叢書集成初編》第 570～573 冊，北京：中華書局，1985 北京新一版。

61. （晉）陶淵明著，汪紹楹校注，《搜神後記》，臺北：木鐸出版社，1985 年 7 月初版。

62. （宋）陳元靚著，《歲時廣記》，收於《叢書集成初編》，第 179～181 冊，北京：中華書局，1991 年。

63. （明）馮夢龍著，《醒世恆言》，臺北：桂冠出版社，1988 年二版。

64. （清）屠紳著，《六合內外瑣言》，臺北：新文豐出版社，1980 年 2 月初版。

65. 楊家駱編，《敦煌變文》，臺北：世界書局，1989 年 10 月七版。

66. （清）彭定求等編，《全唐詩》，北京：中華書局，1992 年 10 月一版五刷

67. （清）董誥等編，《全唐文》，上海：上海古籍出版社，1993 年 11 月一版二刷。

68. （明）董穀著，《碧里雜存》，收在《叢書集成初編》，第 2911 冊，北京：中華書局，1985 年北京新一版。

69. （晉）葛洪著，《神仙傳》，收入《叢書集成初編》，第 3348 冊，北京：中華書局，1991 年。

70. （晉）葛洪著，王明校釋，《抱朴子內篇校釋》，北京：中華書局，1988 年 7 月一版三刷。

71. （唐）虞世南著，《北堂書鈔》，北京：中國書店，1989 年 7 月一版。

72. （宋）趙彥衛著，傅根清點校，《雲麓漫鈔》，北京：中華書局，1996 年 8 月初版。

73. （唐）趙璘著，《因話錄》，收入《唐國史補等八種》，臺北，世界書局，1991 年 6 月四版。

74. （清）趙翼著，《二十二史箚記》，臺北：華世出版社，1977 年 9 月初版。

75. 潘重規編著，《敦煌變文集新書》，臺北：文化大學中文研究所印行，1984 年 7 月初版。

76. （漢）鄭玄注，《禮記鄭注》，臺北：學海出版社，1992 年 8 月初版。

77. （唐）鄭處晦著，田廷柱點校，《明皇雜錄》，《明皇雜錄・東觀奏記》合刊，北京：中華書局，1994 年 9 月一版。

78. （宋）鄭樵著，《通志》，北京：中華書局，1990 年 3 月一版二刷。

79. （唐）鄭還古著，《博異志》，收入《唐國史補等八種》，臺北，世界書局，1991 年 6 月四版。

80. （宋）歐陽修、宋祁著，《新唐書》，北京：中華書局，1991 年 12 月一版四刷。

81. （漢）劉向著，張金嶺注譯，陳滿銘校閱《新譯列仙傳》，臺北：三民書局，1997 年 2 月一版。

82. （後晉）劉昫等著，《舊唐書》，北京：中華書局，1991 年 12 月一版四刷。

83. （南朝宋）劉敬叔著，范寧校點，《異苑》，北京：中華書局，1996 年 8 月一版。

84. （唐）劉肅著,《大唐新語》,臺北:新宇出版社,1985 年 10 月。

85. 魯迅編,《古小說鉤沈》,臺北:不著出版社及出版年代。

86. （宋）盧憲著,《嘉定鎮江志》,收於《宛委別藏》第 44 冊,臺北:臺灣商務印書館,1981 年。

87. （明）謝肇淛著,《五雜俎》,收在《筆記小說大觀》第八編,第 6、7 冊,臺北:新興書局,1988 年月初版。

88. （漢）戴德著,《大戴禮記》,收於《叢書集成新編》第 1028 冊,北京:中華書局,1983 年。

89. 〔唐〕薛用弱著,《集異記》,收入《唐國史補等八種》,臺北,世界書局,1991 年 6 月四版。

90. （唐）韓愈著,錢仲聯集釋,《韓昌黎詩繫年集釋》,臺北:世界書局,1986 年 10 月四版。

91. （北齊）魏收著,《魏書》,北京:中華書局,1984 年 1 月。

92. （唐）魏徵著,《隋書》,北京:中華書局,1991 年 12 月一版四刷。

93. （宋）羅泌著,《路史》,明嘉靖間錢塘洪楩刊本,藏於臺北國家圖書館善本室。

94. （唐）釋玄奘著,季羨林等校注,《大唐西域記校注》,臺北:新文豐出版社,1987 年 6 月初版。

95. （唐）釋道世編著,《法苑珠林》,收在《四部叢刊初編》,〈子部〉,臺北:臺灣商務印書館,1967 年一版。

96. 饒宗頤,《老子想爾注校箋》,收於《選堂叢書本》,香港:自印本,1954 年。

貳、一般論著

1. 丁肇琴,《唐傳奇的寫作技巧》,臺北:臺灣大學中文研究所碩士論文,1987 年。

2. （日）八木沢元,《遊仙窟全講》,東京:明治書院,1967 年 10 月初版。

3. 〔日〕小南一郎著,孫昌武譯,《中國的神話傳說與古小說》,北京:中華書局,1993 年 6 月一版。

4. 文鏞盛,《漢代巫人社會地位之研究》,臺北:文化大學史學研究所碩士論文,1992 年。

5. 王小盾,《神話·話神》,臺北:世界文物出版社,1992 年 5 月初版。

6. 王枝忠,《古典小說考論》,寧夏:寧夏人民出版社,1992 年 11 月一版。

7. 王家祐,《道教論稿》,成都:巴蜀書社,1987 年 8 月一版,1991 年 2 月二刷。

8. 王國良,《唐代小說敘錄》,臺北:政治大學中文研究所碩士論文,1976 年。

9. 王國良,《搜神後記研究》,臺北:文史哲出版社,1964 年。

10. 王壽南,《隋唐史》,臺北:三民書局,1986 年 12 月初版。

11. 王夢鷗,《唐人小說研究》,臺北:藝文印書館,1997 年 6 月初版二刷。

12. 王夢鷗，《唐人小説研究二集》，臺北：藝文印書館，1973 年 3 月初版。

13. 王夢鷗，《唐人小説研究四集》，臺北：藝文印書館，1978 年 10 月初版。

14. （日）内山知也，《隋唐小説研究》，東京：木耳社，1978 年。

15. （英）弗雷澤著，汪培基譯，《金枝：巫術與宗教之研究》，臺北：桂冠出版社，1994 年 3 月初版二刷。

16. 伍偉民、蔣見元，《道教文學三十講》，上海：上海社科院出版社，1993 年 5 月一版。

17. 任繼愈主編，《中國道教史》，臺北：桂冠出版社，1991 年 10 月初版。

18. 牟鍾鑒、胡孚琛、王葆玹主編，《道教通論——兼論道家學説》，濟南：齊魯書社，1991 年 11 月一版，1993 年 12 月二刷。

19. 沈從文編著，《中國古代服飾研究》，臺北：南天書局，1988 年 5 月台一版。

20. 汪辟疆編，《唐人小説》，臺北：純眞出版社，1983 年。

21. 李申主編，《中國古代宗教百講》，北京：中國廣播電視出版社，1993 年 12 月一版。

22. 李劍國，《唐前志怪小説史》，天津：南開大學出版社，1984 年 5 月一版。

23. 李劍國，《唐五代志怪傳奇敍錄》，天津：南開大學出版社，1993 年 12 月一版。

24. 李曉實，《中國道教洞天福地攬勝》，香港：海峰出版社，1993 年 7 月一版。

25. 李樹桐，《唐史研究》，臺北：臺灣中華書局，1979 年 6 月初版。

26. 李豐楙，《不死的探求：抱朴子》，臺北：時報出版社，1983 年 11 月初版。

27. 李豐楙，《神話的故鄉：山海經》，臺北：時報出版社，1983 年 11 月初版。

28. 李豐楙，《六朝隋唐仙道類小説研究》，臺北：臺灣學生書局，1986 年 4 月初版。

29. 李豐楙，《誤入與謫降：六朝隋唐道教文學論集》，臺北：臺灣學生書局，1996 年 5 月初版。

30. 吳志達，《中國文言小説史》，濟南：齊魯書社，1994 年 9 月初版。

31. 吳秀鳳，《廣異記研究》，臺北：輔仁大學中文研究所碩士論文，1986 年。

32. 吳禮權，《中國筆記小説史》，臺北：臺灣商務印書館，1993 年 8 月初版。

33. 呂思勉，《先秦史》，上海：上海古籍出版社，1982 年。

34. 呂思勉，《隋唐五代史》，臺北：里仁書局，1977 年 12 月。

35. 余嘉錫，《四庫提要辯正》，臺北：藝文印書館，1957 年。

36. 周勛初著，《唐人筆記小説考索》，江蘇：江蘇古籍出版社，1996 年 5 月一版。

37. 周勛初，《詩仙李白之謎》，臺北：臺灣商務印書館，1996 年 11 月初版。

38. 周錫保，《中國古代服飾史》，臺北：南天書局，1989 年 9 月臺一版。

39. 姜生，《漢魏兩晉南北朝道教倫理論稿》，成都：四川大學出版社，1995 年 12 月一版。

40. 胡孚琛，《魏晉神仙道教》，北京：人民出版社，1990 年 3 月一版二刷。

41. 侯宗義，《中國文言小說史稿》，北京：北京大學出版社，1990 年 3 月初版。

42. （美）約翰生著，黃素封譯，《中國煉丹術考》，上海：上海文藝出版社，1992 年。

43. （日）宮川尚志，《中國宗教史研究》，東京：同朋社，1983 年。

44. （荷）高羅佩著，李零等譯，《中國古代房內考》，上海：上海人民出版社，1990 年 12 月一版二刷。

45. 袁珂，《中國神話通論》，成都：巴蜀書社，1993 年 4 月一版。

46. 孫克寬，《寒原道論》，臺北：聯經出版社，1977 年 12 月初版，1981 年 9 月二刷。

47. 卿希泰主編，《中國道教史》第一卷，四川：四川人民出版社，1988 年 4 月初版

48. 卿希泰主編，《中國道教史》第二卷，四川：四川人民出版社，1992 年 7 月初版

49. 卿希泰主編，《中國道教》1～4 冊，上海：知識出版社，1994 年 1 月一版。

50. 倪士豪，《傳記與小說——唐代文學比較論集》，臺北：南天書局，1995 年 8 月初版。

51. 徐君慧，《中國小說史》，南寧：廣西教育出版社，1991 年 12 月一版。

52. 康韻梅，《六朝小說變形之探究》，臺北：台大中文研究所碩士論文，1987 年。

53. 許雪玲，《唐代遊歷仙境小說研究》，台中：東海大學中文研究所碩士論文，1994 年。

54. 郭玉雯，《聊齋誌異的幻夢世界》，臺北：臺灣學生書局，1985 年 7 月初版。

55. 張友鶴，《唐宋傳奇選》，臺北：明文書局，1993 年 8 月四版。

56. 張松輝，《漢魏六朝道教與文學》，長沙：湖南師範大學出版社，1996 年 1 月一版。

57. 張金儀，《漢鏡所反映的神話傳說與神仙思想》，臺北：故宮博物院出版社，1981 年。

58. 張貞海，《宋前神話小說中龍的研究》，臺北：文化大學中文研究所博士論文，1993 年。

59. 梁明娜，《薛用弱集異記研究》，臺北：東吳中文研究所碩士論文，1991 年。

60. 梅新林，《仙話——神人之間的魔幻世界》，上海：三聯書店，1992 年 6 月一版。

61. 陳文新，《中國傳奇小說史話》，臺北：正中書局，1995 年 3 月台初版。

62. 陳怡仲，《中國古代小說中的劍及其文化意象研究》，臺北：文化大學中文研究所碩士論文，1995 年。

63. 陳香，《李白評傳》，臺北：國家出版社，1982 年 2 月初版。

64. 陳耀庭、李子微、劉仲宇編，《道家養生術》，上海：復旦大學出版社，1992 年 8 月一版，1995 年 8 月三刷。

65. 黃炳秀，《唐中葉以後史傳人物與神仙傳說》，臺北：政大中文研究所碩士論文，1990 年。

66. 湖南醫學院主編，《長沙馬王堆一號漢墓古屍研究》，北京：文物出版社，1980 年 10 月一版。

67. 傅勤家，《中國道教史》，臺北：臺灣商務印書館，1966 年 3 月。

68. 傅璇琮，《唐代科舉與文學》，陝西：陝西人民出版社，1986 年 10 月一版。

69. 程千帆，《唐代進士行卷與文學》，上海：上海古籍出版社，1980 年 8 月一版。

70. 程毅中，《唐代小說史話》，北京：文化藝術出版社，1990 年 12 月一版。

71. 葉素蓉，《唐人筆記小說中所記幻術之研究》，臺北：文化大學中文研究所碩士論文，1994 年。

72. 葉慶炳，《中國文學史》，臺北：臺灣學生書局，1980 年 9 月新一版。

73. 葛兆光，《想象力的世界》，北京：現代出版社，1990 年 2 月一版。

74. 趙匡華，《中國煉丹術》，香港：中華書局，1989 年 12 月初版。

75. 詹石窗，《道教文學史》，上海：上海文藝出版社，1992 年 5 月一版。

76. 詹石窗，《道教與女性》，臺北：世界文物出版社，1992 年 9 月初版。

77. 寧宗一，《中國小說通論》，合肥：安徽教育出版社，1995 年 12 月一版。

78. 齊裕焜，《中國古代小說演變史》，蘭州：敦煌文藝出版社，1990 年 9 月一版。

79. 蒲慕州，《墓葬與生死：中國古代宗教之省思》，臺北：聯經出版社，1993 年 6 月。

80. （日）窪德忠著，蕭坤華譯，《道教史》，上海：上海譯文出版社，1990 年 7 月二刷。

81. 鄭有土，《曉望洞天福地——中國的神仙與神仙信仰》，陝西：陝西人民教育出版社，1991 年 9 月一版。

82. 劉上生，《中國古代小說藝術史》，長沙：湖南師範大學出版社，1993 年 6 月一版。

83. 劉開榮，《唐代小說研究》，臺北：臺灣商務印書館，1994 年 5 月二版。

84. 劉瑛，《唐代傳奇研究》，臺北：聯經出版社，1994 年 10 月初版。

85. 劉節，《中國史學史稿》，臺北：弘文館出版社，1986 年 6 月初版。

86. 魯迅，《中國小說史》，收入《魯迅小說史論文集》，臺北：里仁書局，1992 年 9 月初版。

87. 盧錦堂《太平廣記引書考》，臺北：政治大學中文研究所博士論文，1981 年 5 月。

88. 蕭登福，《黃帝陰符經今注今釋》，臺北：文津出版社，1996 年 12 月初版。

89. 錢鍾書，《管錐編》，北京：中華書局，1991 年 6 月一版三刷。

90. 謝明勳，《六朝志怪小說他界觀研究》，臺北：文化大學中文研究所博士論文，

1992 年。

91. 謝保成,《隋唐五代史學》,廈門:廈門大學出版社,1995 年 2 月初版。

92. 薛秀慧,《唐人小說盧肇逸史研究》,台中:東海大學中文研究所碩士論文,1987 年。

93. 韓秋白、顧青,《中國小說史》,臺北:文津出版社,1995 年 6 月初版。

94. 顏進雄,《六朝服食風氣與詩歌》,臺北:文化大學中文研究所碩士論文,1992 年 6 月。

95. 顏慧琪,《六朝志怪小說異類姻緣故事研究》,臺北:文津出版社,1994 年 5。

96. 羅聯添主編,《中國文學史論文選集》,臺北:臺灣學生書局,1979 年 3 月。

97. 嚴一萍,《道教研究資料》第一輯,臺北:藝文印書館,1991 年 3 月再版。

98. 嚴耕望,《嚴耕望史學論文集》,臺北:聯經出版社,1991 年 5 月初版。

參、重要工具書

1. 方積六、吳冬梅編撰,《唐五代十二種筆記小說人名索引》,北京:中華書局,1992 年 7 月一版。

2. 王秀梅、王泓冰編,《太平廣記索引》,北京:中華書局,1996 年 6 月一版。

3. 中國道教學會編,《道教大辭典》,北京:華夏出版社,1994 年 6 月一版。

4. (日)池田溫,《唐代詔敕目錄》,陝西:三秦出版社,1991 年 5 月一版。

5. 朱越利,《道藏分類解題》,北京:華夏出版社,1996 年 1 月一版。

6. 任繼愈主編,《道藏提要》(修訂本),北京:中國社會科學出版社,1991 年 7 月一版,1995 年 8 月二刷。

7. 周次吉編,《太平廣記人名書名索引》,臺北:藝文印書館,1973 年 1 月初版。

8. 周勛初主編,《唐人軼事彙編》,上海:上海古籍出版社,1995 年 12 月一版。

9. 胡孚琛主編,《中華道教大辭典》,北京:中國社會科學出版社,1995 年 8 月初版。

10. 袁珂編著,《中國神話傳說詞典》,香港:商務印書館香港分館、上海:上海辭書出版社,1986 年 2 月一版。

11. 張志哲主編,《道教文化辭典》,上海:江蘇古籍出版社,1994 年 6 月一版。

12. 張解民等編,《中國方術大辭典》,廣州:中山大學出版社,1991 年。

13. 傅璇琮、張忱石、許逸民編撰,《唐五代人物傳記資料綜合索引》,北京:中華書局,1982 年 4 月一版,1992 年 7 月二刷。

肆、一般論文

1. (日)小川環樹著,張桐生譯,〈中國魏晉以後的仙鄉故事〉,收入《中國古典小說論集》第一輯,臺北:幼獅出版社,1975 年。

2. 王小琳，〈唐代「傳奇」名稱問題辨析〉，《國立中山大學人文學報》，第三期，1995 年 4 月。

3. 王孝廉，〈試論中國仙鄉傳說的一些問題〉，收於《神話與小說》，臺北：時報出版社，1991 年 11 月初版三刷。

4. 王枝忠，〈唐人小說二札〉，收在《古典小說考論》，寧夏人民出版社，1992 年 11 月一版。

5. 王拓，〈《枕中記》與《杜子春》——唐代神異小說所表現的兩種人生態度〉，原刊《幼獅月刊》，40：2，後收入《中國古典小說論集》第一輯，臺北：幼獅出版社，1988 年 7 月五版。

6. 王家祐，〈唐代道教〉，收在《道教論稿》，成都：巴蜀書社，1987 年 8 月一版，1991 年 2 二刷。

7. 王家祐，〈道教簡說〉，收在《道教論稿》，成都：巴蜀書社，1987 年 8 月一版，1991 年 2 二刷。

8. 王國良，〈太平廣記概述〉，收在李昉（宋）等編，《太平廣記》書前，臺北：文史哲出版社，1987 年 5 月再版。

9. 王國良，〈唐五代的仙境傳說〉，收於《唐代文學研究》，第三輯，廣西：廣西師大出版社，1992 年 8 月一版。

10. 王國良，〈幽明錄研究〉，收在《中國古典小說研究論集》第 2 集中，臺北：聯經出版社，1981 年 8 月二印。

11. 王夢鷗，〈陳翰《異聞集》考論〉，收入王夢鷗，《唐人小說研究二集》，臺北：藝文印書館，1973 年 3 月初版。

12. 王夢鷗，〈唐人小說概論〉，收入靜宜大學古典文學研究中心編《中國古典小說研究專集》，臺北：聯經出版社，1981 年。

13. 王麗雅，〈《古鏡記》探析〉，《輔大中文研究所學報》，第四期，1995 年。

14. 申戴春，〈道教與唐傳奇〉，《山西師範大學學報》（社會科學版），24：1，1997 年 1 月。

15. 李元貞，〈李復言小說中的點睛技巧〉，收於《中國古典文學研究叢刊——小說之部二》，臺北：巨流出版社，1979 年 2 月初版。

16. 李劍國，〈唐稗思考錄〉，收在《唐五代志怪傳奇敘錄》中代前言，天津：南開大學出版社，1993 年 12 月一版。

17. 李豐楙，〈六朝仙境傳說與道教之關係〉，原刊《中外文學》，8：8，1980 年 1，後收入《誤入與謫降：六朝隋唐道教文學論集》，臺北：臺灣學生書局，1996 年 5 月。

18. 李豐楙，〈六朝精怪傳說與道教法術思想〉，收入《中國古典小說研究專集》第三集，臺北：聯經出版社，1981 年。

19. 李豐楙，〈神仙的世界——道教與中國文化〉，（收在劉岱主編《中國文化新論》，臺北：聯經出版社，1981 年 9 月初版。

20. 李豐楙，〈漢武內傳研究〉，收於李豐楙，《六朝隋唐仙道類小說研究》，臺北：臺灣學生書局，1986 年 4 月初版。

21. 李豐楙，〈唐人創業小說與道教圖讖傳說〉，收於李豐楙，《六朝隋唐仙道類小說研究》，臺北：臺灣學生書局，1986 年 4 月初版。

22. 李豐楙，〈仙、妓與洞窟──從唐到北宋的娼妓文學與道教〉，收於台大中文研究所主編《宋代文學與思想》，臺北：臺灣學生書局，1989 年 9 月初版。

23. 李豐楙，〈六朝鏡劍傳說與道教法術思想〉，收入《中國古典小說研究專集》第二集，臺北：聯經出版社，1980 年。

24. 李豐楙，〈道教謫仙傳說與唐人小說〉，收入《中研院第二屆國際漢學會議論文集》，1989 年 6 月初版，後收入李豐楙《誤入與謫降：六朝隋唐道教文學論集》，臺北：臺灣學生書局，1996 年 5 月初版。

25. 李豐楙，〈正常與非常：生常、變化說的結構意義──試論干寶《搜神記》的變化思想〉，收於《第二屆魏晉南北朝文學與思想學術研討會論文集》，臺北：文史哲出版社，1993 年 11 月初版。

26. 李豐楙，〈西王母五女傳說的成及其演變〉，收入李豐楙《誤入與謫降：六朝隋唐道教文學論集》，臺北：臺灣學生書局，1996 年 5 月初版。

27. 李豐楙，〈魏晉神女傳說與道教神女降真傳說〉，收入李豐楙《誤入與謫降：六朝隋唐道教文學論集》，臺北：臺灣學生書局，1996 年 5 月初版。

28. 李豐楙，〈許遜傳說的形成與演變〉，收於《許遜與薩守堅》，臺北：學生書局，1997 年 3 月初版。

29. （日）板出祥伸，〈長生術〉，收於（日）福井康順等監修，《道教》，上海：上海古籍出版社，1990 年 6 月一版。

30. 周世榮，〈從馬王堆出土文物看我國道教文化〉，收入陳鼓應編《道家文化研究》第三輯，上海：上海古籍出版社，1993 年 8 月一版。

31. 金正耀，〈唐代道教外丹〉，《歷史研究》，1990 年 2 月。

32. 胡翔驊，〈帛書"卻穀食氣"義證〉，收於陳鼓應編《道家文化研究》第三輯，上海：上海古籍出版社，1993 年 8 月一版。

33. 胡萬川，〈神仙與富貴之間的抉擇──唐代小說中一個常見的主題〉，收於《小說戲曲研究二》，臺北：聯經出版社，1989 年 8 月初版。

34. 胥洪泉，〈論道教對唐代傳奇創作的影響〉，《四川師範大學學報》，1990 年 4 月。

35. 柳存仁，〈許遜與蘭公〉，《世教宗教研究》，1985 年 3 月。

36. 倪士豪，〈南柯太守傳的語言、用典、和外延意義〉，收在《傳記與小說──唐代文學比較論集》，臺北：南天書局，1995 年 8 月初版。

37. 袁珂，〈略論《山海經》的神話〉，《中華文史論叢》，第二輯，1979 年。

38. 康韻梅，〈唐人小說中「智慧老人」之探析〉，《中外文學》，23：4，1994 年 9 月。

39. 陶志平，〈唐代道教的興盛及其政治背景〉，《西南師範大學學報》（哲學社會科學版），1988 年 2 月。

40. 張火慶，〈中國傳統短篇小說的特色〉，《文訊》雙月刊，第 36 期，1988 年 6 月。

41. 張念穰、劉連庚，〈佛道影響與中國古典小說的民族特色〉，《文學評論》，1989 年 6 月。

42. 張振軍，〈論道教對中國傳統小說之貢獻〉，收在陳鼓應主編《道家文化研究》，上海：上海古籍出版社，1996 年 6 月一版。

43. 梅家玲，〈論《杜子春》與《枕中記》的人生態度——從「幻設技巧」的運用談起〉，《中外文學》，15：12，1987 年 5 月。

44. 陳文新，〈論唐人傳奇的文體規範〉，《中州學刊》，1989 年 4 月。

45. 崔采德著，中央研究院中美人文社會科學研究合作委員會譯，張端穗補正，〈中國傳記的一些問題〉，《東海中文學報》，第八期，1988 年 7 月。

46. 馮承基，〈論雲麓漫鈔所述傳奇與行卷之關係〉，收入羅聯添主編，《中國文學史論文選集》第三冊，臺北：臺灣學生書局，1979 年 3 月。

47. 馮明惠，〈唐傳奇中愛情故事之剖析〉，收於《中國古典小說論集》第一輯，臺北：幼獅出版社，1975 年。

48. 華頤，〈道教的占卜與符籙〉，收入《道教與傳統文化》，北京：中華書局，1992 年 8 月一版。

49. （日）游佐昇〈道教和文學〉，收在（日）福井康順等監修《道教》第二卷，上海：上海古籍出版社，1992 年 11 月一版。

50. 葉慶炳，〈有關《太平廣記》的幾個問題〉，收入葉慶炳《古典小說評論：晚鳴軒文學論文集之二》，臺北：幼獅出版社，1985 年 5 月初版。

51. 葉慶炳，〈六朝至唐代的他界結構小說〉，《台大中文學報》，第三期，1989 年 12 月。

52. 董乃斌，〈從史的政事紀要式到小說的生活細節化——論唐傳奇與小說文體的獨立〉，《文學評論》，1990 年 5 月。

53. 董乃斌，〈從史的政事紀要式到小說的生活細節化——二論唐傳奇與小說文體的獨立〉，《文學遺產》，1991 年 1 月。

54. （日）蜂屋邦夫，〈白居易和老莊思想〉，收於《白居易研究講座》，東京：勉誠社，1993 年。

55. 詹石窗、黃景亮，〈中晚唐傳奇小說與道教〉，《宗教研究》，1990 年 12 月。

56. 詹石窗、汪波，〈道教小說略論〉，收入陳鼓應編《道教文化研究》第四輯，上海：上海古籍出版社，1994 年 3 月一版。

57. 趙宗誠，〈"靈化二十四"的一些特點〉，《宗教學研究》，1990 年 1-2 期。

58. 蒙文通，〈晚周仙道分三派考〉，四川《圖書集刊》，第八期。

59. 聞一多，〈神仙考〉，收入《聞一多全集》第一集，北京：三聯書店，1982 年。

60. 熊建偉，〈道家、道教在五岳定位中的作用〉，《中國道教》，1993 年 2 月。

61. 魯迅，〈六朝小說和唐代傳奇文有怎樣的區別〉，收在《魯迅全集》第六集：《且介亭雜文二集》，臺北：谷風出版社，1989 年 12 月臺一版。

62. 鄭有土，〈中國古代神話仙話化的演變軌跡〉，《民間文學論壇》，1992 年 1 月。

63. 劉守華，〈道教與神仙〉，收入《道教與傳統文化》，北京：中華書局，1992 年 8 月一版。

64. 羅聯添，〈唐代文學史兩個小問題之探討〉，收入羅聯添主編，《中國文學史論文選集》第三冊，臺北：臺灣學生書局，1979 年 3 月。

65. 嚴耕望，〈唐人習業山林寺院之風氣〉，收入《嚴耕望史學論文集》，臺北：聯經出版社，1991 年 5 月初版。

66. 龔鵬程，〈唐傳奇的性情與結構〉，原刊中國古典文學研究會編《古典文學》第三集，臺北：臺灣學生書局，後收於汪辟疆《唐人傳奇》書前導言，臺北：金楓出版社，1987 年 5 月初版。